rororo

Eric Giacometti ist Journalist und Autor zweier Sachbücher. Jacques Ravenne ist das Pseudonym eines französischen Freimaurers. Er half Giacometti bei der Recherche und lieferte wichtige Hintergrundinformationen zum Wesen der Freimaurerei. Das französische Autorenduo landete mit «Das Schattenritual» (rororo 24335) auf Anhieb einen Bestseller. Nach «Die Casanova-Verschwörung» (rororo 24589) liegt hier nun der dritte Band um den Pariser Kommissar und Freimaurer Antoine Marcas vor.

«Ein echter Sommer-Thriller. Pures Gold!» (Le Parisien)
«Großartige Spannung. Wie ‹Sakrileg› von Dan Brown, nur mit mehr Gehalt.» (Livres Hebdo)

Und so urteilte die Presse über «Das Schattenritual»:
«Das Buch hat das Zeug zum Thriller des Jahres.» (WAZ)
«Fesselnde Unterhaltung – besser recherchiert als Dan Brown.» (Krimi-Couch)
«Sehr gut recherchiert und spannend konstruiert.» (Le Parisien)

Und über «Die Casanova-Verschwörung»:
«Ein starker Thriller.» (L'Express)
«Die Handlung lässt Ihnen keine Atempause.» (Le Parisien)
«Das französische Autorenduo führt seine Leser in Abgründe und zeigt ihnen die dunkelsten Seiten der Welt.» (Buchreport)

Eric Giacometti · Jacques Ravenne

Die Bruderschaft des Blutes

Thriller Deutsch von Anja Malich

Rowohlt Taschenbuch Verlag

Die Originalausgabe erschien 2007
unter dem Titel «Le Frère de Sang»
bei Éditions Fleuve Noir, Paris.

Deutsche Erstausgabe
Veröffentlicht im Rowohlt Taschenbuch Verlag,
Reinbek bei Hamburg, August 2009

Redaktion Katharina Rottenbacher
Umschlaggestaltung any.way, Sarah Heiß
(Foto: ZenShui / Odilon Dimier / Getty Images)
Satz Dante PostScript (InDesign) bei
Pinkuin Satz und Datentechnik, Berlin
Druck und Bindung CPI – Clausen & Bosse, Leck
Printed in Germany
ISBN 978 3 499 24899 3

Vorbemerkung

Die Bruderschaft des Blutes ist ein frei erfundener Text, der Elemente und Tatsachen enthält, zu denen der Leser Verweise im Anhang des Buches finden kann. Die Mitgliedschaft eines der beiden Autoren in einer Freimaurerloge bedeutet in keinerlei Hinsicht, auch nicht in indirekter Form, eine bestimmte geistige Abhängigkeit bei der Gestaltung dieses Romans oder der fiktiv geäußerten Ansichten seiner Protagonisten.

Ein Glossar am Ende des Buches erläutert die hier benutzten Begrifflichkeiten der Freimaurerei.

Für meine Mutter Zdenka, deren Bibliothek mir ungeahnte und faszinierende Horizonte eröffnet hat. Ein Vermächtnis von unschätzbarem Wert.

E. G.

Meinen Eltern, Jacqueline und André, ohne die nichts von alldem möglich gewesen wäre.

J. R.

Prolog

Paris
7. Arrondissement
Eiffelturm
23 Uhr

Nebel hatte sich über die gesamte Hauptstadt gelegt. Paris war wie in Watte gehüllt. Die Sichtweite betrug weniger als drei Meter, sodass sich selbst die Motorroller nicht mehr zwischen den Autoschlangen hindurchzwängten, die wegen der immer zahlreicher werdenden Busspuren dicht an dicht langsam vorwärtsrollten. Die höheren Gebäude der Stadt waren von der Bildfläche verschwunden, vom übermächtigen Nebel geschluckt. Nicht nur Sacré-Cœur, der gesamte Montmartre war vom übermächtigen Nebel verschluckt. Auch der Montparnasse-Turm schien sich in Luft aufgelöst zu haben. Nur einem rotierenden Scheinwerfer an der Spitze des Eiffelturms gelang es einigermaßen, das dichte Weiß zu durchdringen.

Léo fuhr seit zwanzig Jahren in Paris Taxi. Nachdem er einen Kunden in der Avenue de La Bourdonnais abgesetzt hatte, beschloss er gezwungenermaßen, eine Pause einzulegen. Dieser verfluchte Nebel machte ihn vorübergehend arbeitslos. Seufzend parkte er seinen nachtblauen Mercedes in der Rue du Général Lambert und drehte schimpfend das Radio aus. Laut Wetterbericht würde der Nebel erst am nächsten Tag abziehen. Das dicke Ende eines milden Frühjahrs. Griesgrämig beschloss er, sich am Eiffelturm ein wenig die Beine zu vertreten.

Die feuchte Kälte kroch ihm unter das zerknitterte Hemd, als er aus dem Wagen stieg. Mit aufgestelltem Jackenkragen machte er sich gemächlich auf den Weg in Richtung des stählernen Turms, dessen Tragpfeiler man kaum erkennen konnte. Lediglich der kreisende Lichtkegel ganz oben zeugte davon, dass die gute alte «eiserne Dame» tatsächlich dort stand. Die Szenerie war so gespenstisch wie ein düsterer Albtraum.

Eine Gruppe Touristen, die dicht gedrängt unter dem Turm stand, machte unnötig Lärm und Geschrei. Léo blickte missmutig zu ihnen hinüber.

Wieder kreischte jemand laut auf, doch diesmal war der Schrei schriller als zuvor. Léo wurde klar, dass es nicht der übliche Lärm der Touristen war, die gerade von rumänischen Taschendieben bestohlen worden waren. Es musste etwas anderes geschehen sein. Neugierig näherte er sich der Gruppe.

Ungefähr dreißig japanische Touristen, alle mit einem roten Plastikponcho bekleidet, starrten den Turm hinauf. Léo verstand nicht, warum sie die Köpfe von links nach rechts drehten, als würden sie am Himmel ein Tennismatch verfolgen. Neben den Japanern deuteten zwei junge Frauen im Grufti-Outfit ebenfalls nach oben. Auf dem T-Shirt der einen stand *Raven*, auf dem der anderen *Aloha*.

Jetzt bemerkte auch Léo, dass ungefähr drei Meter über dem Boden immer wieder kurz etwas Dunkles aus dem Nebel auftauchte. Er trat näher, um besser sehen zu können.

Über ihm baumelte eine Puppe, deren Kopf in einer

Schlinge hing. Fast anmutig segelte sie frei schwingend durch den Nebel.

Léo stöhnte angewidert. *Noch so ein Straßenkünstler, der naiven Touristen mit Marionetten das Geld aus der Tasche zog.* Offenbar hatte jemand von der ersten Plattform des Turms eine Schaufensterpuppe an einem Seil heruntergelassen, die im Moment nichts anderes tat, als hin- und herzupendeln.

Doch bald ließ der Schwung nach, und man konnte das Gesicht der Puppe erkennen.

Die beiden schwarzgekleideten Mädchen bemerkten den makabren Irrtum als Erste. Entsetzt begannen sie zu schreien.

Léo fuhr zusammen. Was er sah, löste in ihm einen plötzlichen Brechreiz aus, der ihm fast die Kehle zerriss: Dort am Eiffelturm baumelte keine Marionette, sondern ein menschlicher Körper. Ein gehängter Mann. Mit hochrotem Kopf, heraushängender Zunge und schlackernden Armen.

Schreie des Entsetzens drangen nun auch von den Touristen herüber. Instinktiv war die Gruppe zurückgewichen.

Léo war von dem malträtierten Körper wie hypnotisiert, unfähig, seinen Blick von ihm abzuwenden.

Der Erhängte pendelte aus.

ERSTER TEIL

Das gesamte Gold der Erde ist ungefähr
2000 Milliarden Dollar wert.

Peter L. Bernstein, *Die Macht des Goldes.*
Auf den Spuren einer Faszination

1
Paris
9. Arrondissement
Rue La Fayette
10 Tage zuvor

Antoine Marcas hatte es sich im Café Régent auf einem der Stühle im Kolonialstil bequem gemacht und schlürfte genüsslich einen Likör. Am Tag zuvor hatte er seinen zweiundvierzigsten Geburtstag gefeiert. Kein Vergleich zu dem Schock, vierzig zu werden. Nach der grausamen Erkenntnis, dass der nächste Meilenstein der fünfzigste sein würde, hatte die Zeit in den letzten zwei Jahren nur geringfügige Spuren hinterlassen.

Er betrachtete sich in einem etwa zwei Meter entfernt hängenden Spiegel. Lediglich vereinzelt waren weiße Haare an den Schläfen zu erkennen. Ansonsten ließ ihn seine neue, kürzere Frisur, die er sich auf Anraten seines Sohnes zugelegt hatte, weniger ernst und viel jugendlicher aussehen. Jedenfalls versuchte er sich das einzureden. Und auch wenn die ersten Falten unter den braunen Augen wohl nicht mehr zu leugnen waren, hatte er die Mundwinkel nach wie vor stets zu einem verschmitzten Lächeln hochgezogen. Bisweilen verlieh ihm das gegen seinen Willen eine spöttischen Miene, die selbst seine engsten Freunde irritierte.

Marcas richtete sich auf und sah nach, ob sich der *Schurz* in seiner ledernen Aktentasche befand. In einer guten halben Stunde würde die *Tempelarbeit* in der Freimaurerloge beginnen.

Als er das blaue Stück Stoff in der Tasche sah, war er beruhigt und lächelte innerlich. Seit vier Jahren band er sich den Meisterschurz nun schon um die Taille, stets in derselben Länge, ein Zeichen, dass sich sein Umfang nicht verändert hatte. Er brachte ungefähr siebenundsiebzig Kilo auf die Waage, seinem Arzt zufolge das Idealgewicht für seine Größe. Eine reife Leistung angesichts der Tatsache, dass Marcas zwei Donnerstage im Monat an einer *Tafelloge* teilnahm.

Langsam füllte sich die Bar. Die Gäste kamen zur Happy Hour.

Zwei junge Anzugträger in den Dreißigern, die ihre Krawattenknoten gelockert hatten, ließen sich geräuschvoll neben Marcas nieder. Der Ältere der beiden, ein Blonder mit ordentlichem Seitenscheitel, bestellte zwei Bier und schlug dann entschlossen mit der flachen Hand auf den Tisch.

«Hast du schon das Neueste gehört?»

«Hmm ...», grunzte der Jüngere, der brünettes Haar hatte und sich eine Portion Erdnüsse nach der anderen in den Mund schob.

«Im Fernsehen haben sie gesagt, dass der Iran bald Atombomben baut. Ich hoffe nur, dass sie die nicht über uns abwerfen.»

Während Marcas dem Ober bedeutete, dass er zahlen wolle, lauschte er weiter seinen Tischnachbarn. Er liebte Kneipengespräche, je schwachsinniger, desto besser.

Der Brünette starrte einer der Kellnerinnen hinterher, die ein enges T-Shirt trug, und nickte anerkennend.

«Im Fernsehen und in den Zeitungen wird doch nur

Quatsch verbreitet. Die Wahrheit findet man nur im Netz! Dort steht alles, und im Gegensatz zu den Journalisten wird das Internet auch nicht von der Macht des Geldes kontrolliert. Ich habe einen unglaublichen Blog gefunden: Echtinfo. Da kannst du zum Beispiel lesen, dass es die Juden und die Freimaurer sind, die den Iranern zu der Scheißbombe verholfen haben.»

«Unsinn», erwiderte der Blonde und nahm einen Schluck aus seiner Bierflasche. «Dann würden sich die Israelis ja freiwillig den Kopf wegblasen lassen, das ergibt doch keinen Sinn.»

«Das glaubst du vielleicht, aber das wäre zu simpel. Geh mal auf Echtinfo. Die Juden helfen den Iranern über die Russen, damit niemand es merkt. Und sobald die Iraner die Bombe haben, fängt Israel an, laut zu jammern, und dann marschieren die Amis im Iran ein. Genau wie im Irak. So was steht aber in keiner Zeitung, die Journalisten sind doch alle Pappnasen. Warum bezahlt man die Leute überhaupt, wenn sie gar nicht die Wahrheit sagen?»

«Mhm … Das klingt plausibel.»

Der Brünette verschränkte selbstzufrieden die Arme.

Marcas seufzte. Die beiden strotzten nur so vor Dummheit. Jetzt setzte der Blonde sogar noch einen drauf: «Du hast schon recht, die Medien lügen die ganze Zeit, aber es kommt noch besser. Erinnerst du dich an das Weltwirtschaftsforum in Davos? Da trafen sich die mächtigsten Leute der Welt und entschieden über unseren Planeten. Ich zeig dir mal was Irres, was ich im Netz entdeckt habe.»

Er holte Zettel und Stift heraus und schrieb:

D = 4 A = 1 V = 22 O = 15 S = 19

«Hinter jedem Buchstaben steht die Stelle, die er im

Alphabet einnimmt. Wenn man die Zahlen zusammenrechnet, kommt man auf 61. Wenn man nun 6 und 1 addiert, erhält man für den Namen Davos die Zahl 7. Das nennt sich esoterische Addition. Ist was für Eingeweihte.»

«Aha.»

«Es geht noch weiter.» Wieder schrieb er etwas auf den Zettel:

L = 12 O = 15 G = 7 E = 5 N = 14 T = 20 E = 5 M = 13 P = 16 E = 5 L = 12

«Macht insgesamt 124, und das ergibt wiederum 7. Das ist kein Zufall, denn die Zahl 7 ist die Zahl der Freimaurer par excellence. Das Weltwirtschaftsforum wurde also von Freimaurern kontrolliert. Alles, was mit der Zahl 7 zu tun hat, zeigt die Macht der *Dreipunktebrüder*.»

Marcas entschied sich, noch einen kleinen Milchkaffee zu trinken. Er holte ein Notizbuch hervor und schrieb sich die Argumentationskette des Grünschnabels auf. Jedes Jahr veranstaltete er mit seinen Logenbrüdern ein Abendessen zum Thema Verschwörung. Jeder gab bei der Gelegenheit das verrückteste Komplott zum Besten, in das die Freimaurer angeblich verwickelt sein sollten. Die abenteuerlichste Geschichte, die stets einer gewissen kranken Logik gehorchte, wurde mit einer Kiste Haut-Brion prämiert. Letztes Jahr hatte sein Freund Jean-Marc die zwölf Flaschen mit einer Theorie gewonnen, nach der die Freimaurer von Außerirdischen abstammten und Jesus angeblich in einer fliegenden Untertasse mitgenommen haben. Dieses Jahr würde wohl er als Sieger aus dem Wettbewerb hervorgehen, dachte Marcas amüsiert.

Der Blonde setzte seine mathematischen Ausführungen fort.

«Du kannst es auch mit den Staatspräsidenten versuchen, die von den Freimaurern kontrolliert werden. Probier es mal mit Giscard und Chirac.»

Schnell rechnete Marcas nach und runzelte amüsiert die Stirn. Da stimmte etwas nicht. Er tippte dem Rechenkünstler auf die Schulter. «Entschuldigen Sie bitte, ich habe Ihr Gespräch mit angehört. Und es tut mir leid, Ihnen widersprechen zu müssen, aber ich habe nachgerechnet: Chirac ergibt nur 6.»

Der junge Mann wurde rot, als ihm klar wurde, dass jemand ihre Unterhaltung belauscht hatte. Sein Kumpel griff nach dem Stift und rechnete nun selbst.

«Der Mann hat recht. Das ergibt 6. Es funktioniert nicht.»

Doch der Blonde ließ sich nicht entmutigen und erklärte eifrig: «Doch, doch, das passt schon. Die Dreipunktebrüder wissen, dass die Zahl 7 bei denen, die sie durchschaut haben, bekannt ist. Deshalb haben sie sich zur Tarnung auf die 6 verlegt.»

Marcas sah ihn besorgt an. Der Typ war eindeutig durchgeknallt. «Daher kommt dann wohl auch die berühmte Zahl 666 für den Antichrist, wie?»

«Ja, genau», erwiderte der Mann leicht verwirrt.

«Und deshalb sind drei Chiracs gleich ein Antichrist? Oder ist das nicht doch ein bisschen viel?», fuhr Marcas fort und griff mit Genugtuung nach seinem Notizbuch.

Wenn er rechtzeitig in der *Loge* sein wollte, musste er jetzt los. Einer plötzlichen Eingebung folgend, schrieb er schnell noch einige Buchstaben und Zahlen auf ein kleines Stück Papier. Anschließend faltete er den Zettel und gab ihn dem Verschwörungstheoretiker.

Marcas hatte sich bereits die Jacke angezogen und

die Rechnung beglichen, als der blonde Krawattenträger plötzlich aufsprang und erbost nach Marcas' Arm griff.

«Das ist eine Frechheit!», rief er und hielt ihm das zerknitterte Stück Papier unter die Nase. Darauf stand:

A1 R18 M13 L12 E5 U21 C3 H8 T20 E5 R18 = 7

Marcas warf ihm einen mitleidigen Blick zu. «Nein, ich finde Ihre Theorie wirklich sehr spannend, wirklich. Aber Armleuchter ergibt nun mal auch 7 …»

Der Grünschnabel hielt Marcas die Faust unter die Nase. «Selber Armleuchter! Meine Theorie zu einem Schlag ins Gesicht, willst du die vielleicht auch kennenlernen?»

Der Kommissar sah sein Gegenüber einen Moment lang eindringlich an, doch der Spaß war vorbei. Er zog seine Brieftasche hervor, kramte nach seinem Ausweis und hielt ihn dem verhinderten Verschwörer aufgeklappt unter die Nase.

«Polizei. Wir beruhigen uns jetzt besser mal ganz schnell, sonst können Sie Ihre dubiosen esoterischen Berechnungen in einer Zelle fortführen.»

Der Mann ließ den Arm sinken und wich kleinlaut zurück.

«'tschuldigung …», murmelte er und hockte sich wieder neben seinen Kumpel.

Marcas steckte den Ausweis ein und griff nach seiner Aktentasche und etwas, das wie eine lange Regenschirmhülle aussah. Er konnte es nicht verhehlen: Ein wenig Machtmissbrauch von Zeit zu Zeit tat gut.

«Der Dreipunktebruder verabschiedet sich.»

Beim Gehen hörte er ein leises «Mistkerl».

Als er auf die Straße trat, freute er sich noch immer,

Material für das jährliche Abendessen gesammelt zu haben. Wenn die beiden Grünschnäbel gewusst hätten, dass in der langen Hülle ein Degen für die rituelle Zeremonie der Freimaurer steckte, hätten sie sich wahrscheinlich einen Tag später noch nicht wieder beruhigt.

Marcas schaute auf die Uhr. Es war fast acht, in dreißig Minuten würde die Tempelarbeit beginnen. Eilig ging er los und bog dann von der Rue La Fayette rechts in die Rue Cadet ein. Er kam an der Metzgerei vorbei, aus der, wie immer, verlockende Bratengerüche drangen, und blieb dann vor der Buchhandlung Detrad stehen, die an das Logenhaus grenzte. Sie war noch geöffnet, und es blieb ihm gerade genug Zeit, um kurz hineinzugehen.

Nachdem er den beiden Buchhändlern zugenickt hatte, einem Mann mit freundlicher Stimme und einer blonden, stets lächelnden Frau, ließ er den Blick über die Neuerscheinungen schweifen. Immer wieder war er beeindruckt, wie viele Bücher jedes Jahr über die Freimaurerei veröffentlicht wurden.

Schließlich fand er das Buch, das er gesucht hatte: das neue Werk des Archiv- und Forschungsleiters der *Großloge Grand Orient de France*, Pierre Mollier. Die *Brüder* hatten in den höchsten Tönen davon gesprochen. Er nahm den Band und ging damit in den hinteren Teil der Buchhandlung, wo sich eine Vitrine mit freimaurerischen Gegenständen befand. Sie beherbergte Requisiten, Schurze, Zierstücke mit *Zirkel* und *Winkelmaß*, aber auch Aschenbecher, Spazierstöcke, Gläser und Teller.

Marcas entschied sich für eine kleine rechteckige Schachtel mit Elfenbeinverzierungen, auf der plastisch leicht hervorgehoben ein Auge in einem Dreieck zu erkennen war.

Er lächelte. Sie würde seine Sammlung von freimaurerischen Zigarettenschachteln vervollständigen, die er im Laufe der Jahre zusammengetragen hatte. Inzwischen bewahrte er ungefähr zwanzig Stücke in einem Schrank auf. Ein Hobby, über das sich seine Exfrau stets lustig machte und sogar einige der anderen Brüder, doch es war eben seine Marotte. Obwohl er längst aufgehört hatte zu rauchen, trug er stets eine davon bei sich. Ein befreundeter Psychologe hatte ihm erklärt, dass diese Vorliebe wahrscheinlich in seiner Kindheit begründet liege, als er ganze Tage in der Tischlerwerkstatt seines Vaters in der Rue Saint-Antoine verbracht hatte. Sein Vater war Kunsthandwerker gewesen und hatte aus Spaß zwischen zwei Aufträgen immer wieder Kisten und Schachteln gefertigt. Durch den Erwerb würde der erwachsene Marcas kurzzeitig wieder zum kleinen Antoine, der verzaubert war von den verzierten kleinen Schatullen seines Vaters. Die Erklärung klang plausibel. Und was die freimaurerischen Symbole anging, so musste Marcas zugeben, dass sie ihn auch mit über vierzig Jahren noch faszinierten.

Nachdem er bezahlt hatte, reichte ihm der Buchhändler lächelnd die Schachtel zusammen mit dem Buch in einer Plastiktüte. Marcas plauderte noch kurz mit ihm über die bevorstehenden kulturellen Veranstaltungen in der Loge, dann verabschiedete er sich.

Bis zum Logenhaus nebenan waren es keine zehn Schritte. Er betrat das hässliche Gebäude, das mit grauen Metallplatten verkleidet war und eine gelungene Mischung aus Briefverteilerzentrum und Zweigstelle der Sozialversicherung darstellte. Da es kaum eine unattraktivere Fassade gab als die des Logenhauses, ahnten die Passanten nicht, dass sich dahinter mehrere freimaurerische *Tempel* von einzigartiger Pracht verbargen. Von den – zumindest für Außenstehende – recht seltsamen *Riten*, die darin zelebriert wurden, ganz zu schweigen.

2
Paris
Quartier Saint-Jacques-de-la-Boucherie
13. März 1355

Nicolas Flamel trat aus seinem Laden, weil der Lärm auf der Straße immer lauter wurde. Die Menschen liefen in Richtung Seine, von wo der Lärm heraufdrang. Ganz Paris war wie elektrisiert, als stünde ein schweres Gewitter bevor. Wind kam auf und brachte den schweren und strengen Geruch von Harz mit sich.

Vorsichtshalber schloss Flamel die Fensterläden vor seinem Geschäft. Wie die anderen Händler in der Rue Saint-Jacques-de-la-Boucherie räumte auch er seine Auslagen ein. Womöglich rüsteten sich die Engländer, die an mehreren Stellen der Stadt ihr Lager aufgeschlagen hatten, jetzt wirklich zum Angriff. Oder das Volk begehrte wieder einmal auf: Die Unzufriedenheit der zahllosen Armen aus der Vorstadt, die vom Hunger geplagt und mit immer neuen Abgaben belegt wurden, gipfelte stets in Plünderungen und Blutbädern.

Flamel nahm die kolorierten Pergamentbögen ab, die vor seinem Laden im Wind flatterten. Sorgfältig verstaute der Kopist und Buchmaler ein feingearbeitetes Blatt nach dem anderen. Für jeden Geschmack war etwas dabei: Kriegschroniken, Gebetstexte, Ritterromane, alle mit

Blattgold verziert. Jeden Tag aufs Neue versuchten sich seine Lehrlinge gegenseitig zu übertrumpfen mit einfallsreichen Illustrationen von Jungfrauen mit engelsgleichem Lächeln, Kriegern mit blutbefleckten Schwertern oder Drachen, die in finsteren Höhlen Feuer spien.

«Na, habt Ihr Angst um Eure Kunstwerke?»

Der Kopist drehte sich um. Maître Maillard, seines Zeichens Kürschner, blickte spöttisch unter seinem samtenen Barett hervor.

«Werter Nachbar, mir gefällt die Luft hier heute Abend nicht. Und ich will kein Risiko eingehen. Es gibt Gerüchte über Unruhen in der Stadt.»

«Stimmt, das Volk wartet schon ungeduldig darauf, dass das Feuer entzündet wird.»

Flamel war sprachlos. «Was meint Ihr? Eure Worte sind mir genauso unheimlich wie die bevorstehende Nacht.»

«Wisst Ihr denn nicht, was hier vor sich geht? In welcher Welt lebt Ihr nur? Das kommt davon, wenn man die Nase immerfort in Bücher steckt. Ihr solltet lieber …» Maître Maillard dämpfte seine Stimme. «Na ja, zurzeit ist es nicht gerade ratsam, sich allzu sehr mit Büchern zu beschäftigen. Man weiß nie, was man darin findet. Unsere heilige Mutter, die Kirche, kann nicht alles überprüfen. Und wer weiß, ob nicht einer ihrer Lehrlinge genau in diesem Moment eines der Teufelsevangelien abschreibt.»

«Aber Maître Maillard!», rief Flamel empört.

«Nicht so laut, nicht so laut. Es ist nicht der rechte Moment, um sich auf offener Straße zu streiten. Ich habe Euch nur einen Rat gegeben, nichts weiter. Bücher haben im Moment etwas Anrüchiges. Allzu viele Ketzer verbreiten ihre Lehren auf Pergament, zu viele Hexer halten darauf ihre heidnischen Riten fest. Ihr werdet sehen, bald sind es die Bücher, die brennen werden. Und mit ihnen ihre Verfasser.»

Flamel versuchte erneut, etwas aus seinem Gegenüber herauszubekommen: «Ihr habt mir noch nicht gesagt, was heute Abend vor sich geht.»

Der Kürschner wurde rot vor Erregung. «Wisst Ihr es wirklich nicht?»

«Nein, ich habe die ganze Woche damit verbracht, mit meinen Gehilfen einen Band von Aristoteles' *Physik* für die Herren von der Universität abzuschreiben. Besonders die Abbildungen waren aufwendig, und nicht nur wegen der Illustrationen. Ich musste extra blaues Pulver kommen lassen, das es nur im Orient gibt. Dort haben die Zeichner …»

Maître Maillard bekreuzigte sich. «Von diesen Ungeheuern dort, diesen schwarzhäutigen Sarazenen und verteufelten Seelen, will ich nichts hören. Wisst Ihr denn nicht, dass sie einen Gott namens Baphomet verehren, der das Haupt einer Katze hat? Die Templer, verdammt sollen sie sein, mussten die Anbetung dieser Götzenfigur mit dem Leben bezahlen.»

3
Paris
9. Arrondissement
Sitz der Großloge

Antoine Marcas überprüfte den makellosen Sitz seines Schurzes und achtete darauf, dass sein Degen auch gut an der Seite befestigt war.

Er freute sich auf die Initiation eines jungen Mannes, der Freimaurer werden wollte. Der Flachbildschirm neben dem Fahrstuhl zeigte an, dass die Tempelarbeit um Punkt 21 Uhr im La-Fayette-Tempel beginnen würde.

Wie der Monitor am Flughafen, auf dem die Flüge aufgelistet werden, dachte Marcas. Für den Abend war sonst keine weitere Veranstaltung angekündigt. Die siebzehn anderen Tempel waren geschlossen. Er blickte auf die Uhr. Etwas mehr als fünf Minuten blieben ihm noch bis zum Beginn. Wieder starrte er wie gebannt auf den Bildschirm.

«Aha, werter Bruder, wie ich sehe, fasziniert dich der Triumph der Moderne. Fernseher mit LCD-Bildschirm … Bald werden wir virtuelle Sitzungen im Internet mitverfolgen können.»

Ein wenig überrascht drehte sich Marcas um und blickte zu einem Mann im Rollstuhl hinunter, der ihn spöttisch ansah. «Paul, ich habe dich gar nicht kommen hören.»

Der Mann musterte ihn lächelnd. Paul de Lambre, seit einem Autounfall zwangspensionierter Arzt und ganz nebenbei einer der letzten Nachfahren des berühmten Marquis de La Fayette, auch er ein *Sohn der Witwe*.

«Einen Vorteil hat der Fortschritt wenigstens. Durch

die Karbonrahmen und die eingebaute Elektronik quietschen Rollstühle nicht mehr. Ich kann dir dieses neue Modell nur empfehlen», sagte Lambre und klopfte grinsend auf die mit Leder bezogene Armlehne.

«Solange du noch so redest, stehen die Zeichen gut, werter Bruder.»

Doch Lambres Miene verfinsterte sich, und er wurde plötzlich ernst. «Im Moment stehen die Zeichen gar nicht gut. Was ist mit dir, bist du immer noch bei der Polizei?»

Erstaunt sah Marcas ihn an, da er glaubte, ein wenig Besorgnis in Lambres Stimme mitschwingen zu hören.

«Theoretisch ja, aber ich habe mich für eine Weile beurlauben lassen. Bis September habe ich frei.» Automatisch wandte er den Blick wieder dem Bildschirm zu, wo der unmittelbar bevorstehende Beginn der Tempelarbeit angekündigt wurde. «Es wird Zeit, dass wir uns in den Tempel deines ruhmreichen Vorfahren begeben. Das muss doch immer wieder beeindruckend für dich sein, oder?»

Paul de Lambre verzog das Gesicht und setzte seinen Rollstuhl ruckartig in Bewegung. «Du glaubst gar nicht, wie recht du hast.»

Ein Mann mit lederner Maske wartete in der Dunkelheit einer kleinen Kammer. Mit den Fingern nestelte er in der Tasche seiner Hose, über der er einen weißen, mit einem vertikalen Degen verzierten Schurz trug. Bevor er seinen sicheren Platz im Verborgenen verließ, holte er tief Luft. Es herrschte Stille. Er öffnete die Tür und vergewisserte sich, dass der Gang leer war. Mit zusammengepressten Lippen wiederholte er immer wieder leise den Satz: *Ich bin das Schwert des Lichts. Ich schreite durch die Nacht.*

Lautlos ging er den Gang entlang. Sich in den dunklen Winkeln der Loge zu verstecken und das Sicherheitssystem auszutricksen verschaffte ihm eine innere Befriedigung. Es berauschte ihn sogar. Wie oft war er schon heimlich in die Loge eingedrungen? Zehn-, elfmal. Und jedes Mal hatte er erst kurz vor der Tür zur *Dunklen Kammer* kehrtgemacht. Ein einziges Mal nur war er einem anderen Bruder begegnet, aber der hatte ihn nicht bemerkt.

Die seltsame Aufteilung der Loge kannte er inzwischen wie seine Westentasche, und er hätte sich mit geschlossenen Augen im Gebäude zurechtgefunden. Wenn er sich in den verwinkelten Gängen und durch die großen, verschiedenartigen im Gebäude verteilten Tempel bewegte, hatte er das Gefühl, sich in einem Labyrinth zu befinden. Viele Abende hatte er das Gebäude praktisch direkt vor den Augen der Wachleute durchstreift, war vom ägyptischen Tempel in den republikanischen La-Fayette-Tempel geschlüpft, der von einer Mariannenbüste dominiert wurde, war die Marmorsäle abgeschritten und durch den finsteren, im Stil des 19. Jahrhunderts erbauten Flügel des Logenhauses gegangen.

Doch dieser Abend würde der letzte sein, an dem er sich frei bewegen konnte. Mit den Opfergaben würde auch die Suche nach ihm beginnen.

Er hastete die Treppe hinauf und lächelte in die Dunkelheit. Erneut hörte er seine eigene monotone Stimme. *Ich töte und ich morde. Ich töte und ich werde wiedergeboren. Ich bin der Auserwählte.*

Beim Herunterbeten der rituellen Sätze spürte er ein immer stärker werdendes Kribbeln. Sein Mund war trocken, und er schmeckte Blut.

4
Paris
Quartier Saint-Jacques-de-la-Boucherie
13. März 1355

Flamel seufzte. Die Templer und die Sarazenen … Der Kürschner war ebenso abergläubisch wie kleingeistig.

«Der Gott der Sarazenen ist nicht Baphomet, Maître Maillard, sondern der Prophet Mohammed. Ein Mensch, ein ganz normaler Mensch. Und was die Templer angeht, die hätten sich zu allem bekannt. Ihr wisst genau, dass sie gefoltert worden sind.»

«Kein Wort mehr davon», unterbrach ihn sein Nachbar, «oder wollt Ihr auch auf dem Scheiterhaufen enden?»

Jetzt war es der Kopist, der sich bekreuzigte. Es war schon eine Weile her, seit in Paris zuletzt jemand auf dem Scheiterhaufen hatte sterben müssen. Dem König widerstrebte es, diese Strafe zu verhängen. Die letzte große Verbrennung war die der Templer vor vierzig Jahren gewesen. Doch der damals ausgesprochene Fluch des Großmeisters war immer noch nicht vergessen, denn seitdem schien Frankreich vom Unglück verfolgt. Die Dynastie der Kapetinger war zerschlagen und das Königreich von den Engländern und der Pest gebeutelt worden.

«Um das zu befehlen, muss unser guter König Jean gute Gründe haben», mutmaßte Flamel, «denn Gott verzeiht nicht, wenn ein Unschuldiger verbrannt wird.»

Maître Maillard grinste. «Es wird ein Jude verbrannt. Einen besseren Grund kann es nicht geben. Er ist ein Gelehrter, soviel ich weiß. Kam aus Spanien. Unser König, dessen Güte keine Grenzen kennt, hat ihn sogar in seiner Festung empfangen. Die Juden wissen viel. Vergesst nicht, dass sie es waren, die unseren Herrn Jesus Christus gekreuzigt haben. Seitdem tut der Teufel alles für sie.»

«Aber …»

Der Kürschner wurde ernst. «Der König ist getäuscht worden. Und als er gemerkt hat, dass er das Böse in sein Reich gelassen hatte, hat er die heilige Inquisition angerufen.»

Flamel erschauderte.

«Ihr wisst, was das bedeutet, oder?», fuhr Maillard fort. «Der Jude kam übrigens nicht allein. Er hat seine Tochter mitgebracht und …»

Auf der anderen Straßenseite öffnete sich plötzlich mit einem unheimlichen Knarren eine Tür. Jahrelang hatte sich hinter dieser Fassade nichts geregt, die Fenster waren verschlossen und die Tür zugemauert gewesen. Im Viertel ging das Gerücht, das Haus gehöre den Dominikanern, einem geistlichen Orden, der es geerbt hatte und verfallen ließ.

Ein schwarzgekleideter Mann, das Gesicht unter einer wollenen Kapuze verborgen, trat aus dem Haus und machte sich auf den Weg in Richtung Seine.

Maître Maillard griff seinen Nachbarn am Ärmel. «Gott bewahre, dass er uns gehört hat. Für das Heil unserer Seelen und unser blankes Überleben.»

Langsam begann Flamel tatsächlich zu zweifeln, ob er und die Seinen nicht doch zu sehr in der Welt der Bücher lebten. «Maître Maillard, wirklich, Ihr gebt mir Rätsel auf. Erst dieser Scheiterhaufen, von dem Ihr nur in Andeutungen sprecht. Und nun dieser Mann, der Euch am ganzen Leib erzittern lässt.»

Der Kürschner wartete, bis der Unbekannte hinter der nächsten Ecke verschwunden war, bevor er antwortete.

«Diese Zufälle sind mir einfach unheimlich, werter Nachbar. Ausgerechnet jetzt tritt dieser Unglücksbringer, schwarz wie die Nacht gekleidet, auf die Straße.»

«Mir ist vor allem seine Kapuze aufgefallen, die sein Gesicht verbarg.»

«Damit man ihn nicht erkennt. Und die Leute nicht wütend auf ihn losgehen. Oh, den Tag, an dem ich erfahren habe, wer er ist, werde ich nicht so schnell vergessen.»

Jetzt konnte Flamel, dessen ruhige Wesensart in der Rue Saint-Jacques als beispielhaft galt, nicht mehr an sich halten. «Maître Maillard, sagt mir sofort, wer er ist!»

«Der neue Folterer.»

Einen Moment lang sah Nicolas Flamel das Bild der Hölle vor sich, wie sie über den Portalen von Kathedralen dargestellt wurde.

«Deshalb», sprach sein Nachbar weiter, «haben die Dominikaner ihm dieses Haus zur Verfügung gestellt. Sie haben ihn beauftragt, die Ketzerei zu bekämpfen. Dafür brauchen sie einen zähen Kerl, jemanden, dem nichts etwas anhaben kann …»

Unwillkürlich musste der Kopist an den schrecklichen Anblick des Toten denken, den die Seine unlängst ausgespuckt hatte – an den verfallenen Körper mit prallem Wasserbauch und dem zu einer schrecklichen Grimasse verzerrten Mund. Den Schiffern, die den verwesenden Leichnam aus dem Wasser gefischt hatten, war nur ein einziger Satz über die Lippen gekommen, dann hatten sie sich bekreuzigt: «Das ist das Werk des Folterers.»

Von Notre-Dame drang jetzt das Angelusläuten herüber. Maître Maillard prüfte, ob er sein Haus auch gut abgeschlossen hatte.

«Danken wir dem Himmel, dass wir gute und der Kirche ergebene Christen sind.» Maillard fasste Flamel am Arm. «Denn für einige wird diese Nacht lang werden. Kommt mit mir an die Seine und schaut Euch die Verbrennung des Juden an. Es wird ein Spektakel für alle rechtschaffenen Bürger von Paris sein.»

5
Paris
Sitz der Großloge

In der dritten Etage verließen Lambre und Marcas den Aufzug.

«Hast du nach der Tempelarbeit noch Zeit, etwas trinken zu gehen?», fragte Lambre ihn mit ernster Miene.

«Aber gern, ich bleibe dann für die *Tafelloge*, auch wenn ich eigentlich gar keine Lust habe.»

«Nein, nicht beim Essen hier in der Loge. Ich würde gern mit dir unter vier Augen reden. Bei mir zu Hause.»

«Warum nicht? Ich habe heute Abend sonst nichts vor. Treffen wir uns nach der Tempelarbeit?»

«Einverstanden. Ich muss allerdings noch schnell einen Umschlag beim Großbibliothekar abholen und kurz beim *Großsekretär* vorbeischauen. Das wird aber nicht länger als eine halbe Stunde dauern.»

«Soll ich in der Bar gegenüber auf dich warten?» Marcas beschleunigte den Schritt, um mit dem Rollstuhl mitzuhalten.

«Nein, dafür ist die Angelegenheit zu delikat. Ich wusste, dass du heute Abend kommen würdest, der *Meister vom Stuhl* hat mir die Teilnehmerliste geschickt.»

Marcas hielt inne. «Ist etwas nicht in Ordnung?»

«Ich erzähle dir, was los ist, wenn wir bei mir sind», antwortete Lambre und sah sich misstrauisch um.

Als die beiden Männer um die nächste Ecke bogen, sahen sie eine Gruppe Logenbrüder, ebenfalls mit Schurzen, vor dem La-Fayette-Tempel stehen. Auf ein Zeichen des *Torwächters* gingen die Männer hinein. Marcas war feierlich zumute, als er eintrat, und er ließ die beeindruckende Atmosphäre, von der er nie genug bekam, auf sich wirken.

An der Nord- und Südwand des Tempels hingen prachtvolle Degen und Schwerter. Wie stille Wächter der freimaurerischen Geheimnisse.

Seit Gründung des Tempels befanden sie sich dort und waren Zeuge von Tausenden von Initiationen geworden. Auch heute noch glänzte das Metall der Klingen im Halbdunkel. Zwischen ihnen hing als Zeichen der Revolution das Rutenbündel.

Nicht gerade ein typisches Dekor für einen Freimaurertempel, überlegte Marcas. Er wandte den Blick von den Waffen ab und sah zum *Ersten Aufseher* hinüber, der seinen Platz am Eingang des Tempels einnahm. Zu seiner Linken hatte Paul de Lambre seinen Rollstuhl vor einem Schwert zum Stehen gebracht. Er nahm Blickkontakt mit dem Torwächter auf und deutete dann auf die Waffe. Dieser nahm sie aus der Halterung und reichte sie ihm behutsam. Marcas stellte sich an die *Säulen*. Als *Großer Experte* war es seine Aufgabe, den zu Initiierenden aus der Dunklen Kammer zu holen.

Der Meister vom Stuhl ließ sich unter dem *Allsehenden Auge* nieder und eröffnete die Tempelarbeit: «Weil die Zeit gekommen ist und wir das rechte Alter haben, lasst uns mit der Arbeit beginnen.»

Eine Etage tiefer blieb der Mann mit der ledernen Maske stehen. Auf dieser Ebene befanden sich mehrere Dunkle Kammern. Hier musste ein *Suchender* die Zeit unmittelbar vor der Initiation verbringen.

An einigen Stellen blätterte die Farbe von der Wand, schlecht abgedeckte Risse durchzogen die Mauern, ein halbgeschlossener Kleiderschrank diente als Abstellkammer … Und dann behaupteten die Leute immer wieder, die Freimaurer würden in Geld schwimmen! Da der Mann jeden Winkel der Loge erkundet hatte, wusste er, dass das labyrinthische Gebäude dringend einer Grundsanierung bedurft hätte. Fast hätte er laut losgelacht.

Er postierte sich vor zwei aus dem 19. Jahrhundert stammenden Dunklen Kammern. Von dort konnte er den Gang einsehen, den der Große Experte in einer Viertelstunde entlangkommen würde.

Es waren nur noch wenige Minuten bis zu seinem ersten wahren Mord. Dann würde ein zweiter folgen. Niemand vor ihm hatte jemals eine derartige Schändung dieses heiligen Ortes begangen. Er war sich sicher, dass der Suchende in der nur spärlich von einer Kerze erleuchteten Dunkelheit immer nervöser wurde. Schließlich war er selbst vor langer Zeit initiiert worden. Daher wusste er, wie man sich fühlte, wenn man in jenem finsteren Raum einem grinsenden Totenkopf gegenübersaß und ein philosophisches Testament verfassen musste, während man darauf wartete, abgeholt und den Brüdern vorgeführt zu werden.

Ich töte und ich morde. Ich töte und ich werde wiedergeboren. Der Maskierte verspürte eine zunehmende Erregung. Töten war für ihn an sich nichts Neues. Erst vor einem Monat hatte er im Abstand von nur einer Woche zwei Obdachlose umgebracht. Zu Übungszwecken. Sie hatten sich gewehrt, als er seine Waffe zückte. Dieses Mal hingegen würde sein Opfer – zumindest das erste – willig sein. Es würde blind gehorchen und mit vollem Vertrauen in den Tod gehen. *Und den Großen Baumeister des Universums auf dem absoluten Gipfel seines Könnens erleben.*

Das war schöner als alles andere. *Bin ich nicht der Bruder des Blutes …*

6
Paris
Île de la Cité
13. März 1355

Der Mann in Schwarz schenkte der Menge, die sich bereits am Ufer versammelte, keinerlei Aufmerksamkeit, während er über die Brücke ging. Weder der Lärm der Menschen noch der Talggeruch der Fackeln konnten ihn von seinem Weg abbringen. Für das niedere Volk, das sich in wenigen Stunden an Blut und Flammen berauschen würde, hatte er nichts als Verachtung übrig. Doch was konnte man vom Volk anderes erwarten? Der heilige Augustin hatte recht, als er sagte, die Gnade Gottes erreiche nur eine Handvoll Auserwählter. Unbeugsame Menschen, die dazu bestimmt waren, den Willen Gottes zu verkörpern und in Seinem Namen zu handeln. Mit dieser nichtswürdigen Masse, die sich angesichts des Todesspektakels in der Sünde suhlte, hatten die Auserwählten nichts gemein. Der rauschhafte Zustand zwischen Angst und Erregung, in den das Volk bei jeder Hinrichtung geriet, hatte ihn für immer von seinen Mitmenschen entfernt. Er diente nur Gott allein.

Am Eingang des Gefängnisses angekommen, klopfte er an die Tür.

Beim Anblick des Mannes mit der tief ins Gesicht gezogenen Kapuze wich der Wachmann zurück und presste sich an die Wand.

Der Folterer lächelte in der Dunkelheit. Wie jeder seiner Zunft haftete auch an ihm die Sünde des Blutes. Man fürchtete ihn mehr als einen Pestkranken. Er sei «der kürzeste Weg zur Hölle» hatte einmal ein königlicher Berater über ihn gesagt, der genau zu der Zeit den Kerker aufsuchte, als der Folterer dort seiner Arbeit nachging. Seitdem hatte man sich darauf verlegt, ihn schriftlich über die Anschuldigungen, die zu gestehen waren, in Kenntnis zu setzen. Persönlich war nie wieder jemand zu ihm gekommen.

Außer an diesem Abend.

Als er das Zimmer betrat, das ihm als Garderobe diente, erschrak der Folterer und hielt inne. Vor dem Feuer saß ein weißbärtiger Mann auf einem Schemel und wärmte sich. Er war edel gekleidet, im Stil des Hofes, und stieß ungeduldig mit dem Fuß gegen den Rand des Kamins. Ein Mann, der offensichtlich nicht gern wartete.

«Schließt die Tür und tretet näher.»

Folgsam begann der Folterer die Stufen hinabzusteigen, die in den Raum führten.

«Das genügt. Jetzt setzt Euch auf die letzte Stufe. Wir müssen reden, aber dazu braucht Ihr mein Gesicht nicht zu sehen. Und ich habe keine Lust, in das Eure zu blicken.»

Der Folterer antwortete nicht. Er verachtete den Hochmut der Adeligen. Nur auf Erden hatten sie Macht, das letzte Urteil würde Gott über sie fällen.

Bevor er weitersprach, streckte der fremde Besucher die Hände in Richtung Feuer. Die Schatten der Flammen huschten über seine blasse Haut. Wie eine Schlange, die sich ihrer Beute näherte.

7
Paris
Sitz der Großloge

Seit zwei Stunden saß Gabriel Cimés bereits in der Dunklen Kammer und fühlte sich inzwischen hundeelend. Zwar hatte man ihm erklärt, warum er hier inmitten der makabren Objekte warten sollte, doch die Zeit schien nicht zu vergehen. Er wagte es nicht einmal, an die vom Kerzenschein erhellte Mauer zu blicken.

Das riesige, mehr als drei Meter lange, goldfarbene Skelett schien sich vor der schwarzen Wand zu bewegen, sodass man glauben konnte, die Brüder würden im nächsten Moment dahinter hervorkommen und den Suchenden zu einem schauerlichen Tanz auffordern.

Der Totenkopf auf dem Schreibtisch starrte ihn

an. Die schwarzen Augenhöhlen waren leer. Cimés spürte Schweiß auf den Handflächen. Er überlegte, ob es womöglich die falsche Entscheidung gewesen war, der Bruderschaft beitreten zu wollen. Wenn die offiziell bekannten Rituale nun nicht der Wirklichkeit entsprachen und man ihn stattdessen zu satanischen Praktiken zwingen würde?

Panik stieg in ihm auf. Plötzlich wollte er nur noch fort. In weniger als drei Minuten könnte er draußen sein, auf der Straße, unter normalen Menschen.

Cimés zwang sich, die Angst zu unterdrücken. Sein freimaurerischer Pate hatte ihm versichert, diese Erfahrung gehöre dazu, um Vertrauen zu beweisen. Alles beruhte auf Vertrauen.

Als er über die Gründe nachdachte, die ihn dazu bewogen hatten, einer Freimaurerloge beizutreten, musste er verlegen lächeln. Er hatte sie schön an der Nase herumgeführt, die drei Brüder, die ihn befragt hatten! Ebenso seinem Paten, dem er die Antworten gegeben hatte, die dieser hatte hören wollen.

An der Erschaffung einer besseren Gesellschaft mitwirken? Sich weiterentwickeln, um anderen zu helfen?

Dummes Zeug! Ihm ging es vielmehr darum, Kontakt zu einflussreichen Persönlichkeiten zu bekommen und von den Seilschaften zu profitieren. Es war höchste Zeit. Er war siebenundvierzig Jahre alt und ein aufstrebender Bauunternehmer. Die Anzeigen wegen Betrügerei, die an der Côte d'Azur gegen ihn erstattet worden waren, lagen fünf Jahre zurück. Jetzt brauchte er nur noch das großzügige Wohlwollen der Dreipunktebrüder. Mit den Ritualen, Symbolen, dem *Großen Baumeister*, seinem Winkelmaß und all diesen Albernheiten hatte er nichts am Hut. Nein, er wollte bei Geschäftsessen durch das rituelle *Erkennungszeichen* als einer der Ihren erkannt werden. Er wollte einflussreiche Menschen kennenlernen, die ihm auf dem Weg nach oben nützlich sein konnten, sich beim Brudermahl mit denen verbünden, die am Hebel der Macht saßen. Bei Regen im Schurz auf die Straße zu gehen, um für die Republik oder die Trennung von Staat und Kirche zu demonstrieren, oder sich mit den esoterischen Feinheiten der ägyptischen und schottischen Riten auseinanderzusetzen interessierte ihn hingegen weniger.

Los, Brüder, ich bin bereit, auch die letzte eurer dämlichen Prüfungen abzulegen. Sobald er initiiert wäre, würde er sich eine Loge mit betuchteren Mitgliedern suchen. Seine Karriere war ihm auf jeden Fall eine Initiation wert.

Es klopfte an der Tür. Vier Mal. Cimés schreckte auf und wandte den Kopf.

Ein Mann mit besticktem Schurz betrat die Kammer, er hielt einen vergoldeten Degen in der Hand. «Es ist Zeit», sagte er ernst und feierlich.

Cimés wollte gerade aufstehen, als der Mann ihm die Hand auf die Schulter legte und ihn wieder auf den Stuhl zurückstieß.

«Sitzen bleiben, du *Neophyt*, du Suchender.»

Cimés fügte sich, überrascht von dem rauen Ton. Er musste jetzt seine Folgsamkeit unter Beweis stellen. Nicht rebellieren, das war alles nur Teil der Zeremonie. Der Mann reichte ihm ein Paar Handschellen.

«Kette dich mit diesen Handschellen als Symbol der physischen Unterwerfung selbst an der Armlehne fest und wiederhole: ‹Ja, ich will.›»

Folgsam legte Cimés die Handschellen an. «Ja, ich will.»

Der Unbekannte musterte ihn. «Warum willst du Freimaurer werden?»

«Aus Liebe zur Wahrheit und …»

Die Ohrfeige saß. Cimés spürte einen metallenen Schlagring auf den Lippen. Dieser Kerl war brutal. Mit dem, was in dem Buch *Zehn Schritte zum Freimaurer* zu lesen war, hatte das hier nichts zu tun. Doch er musste die Fassung bewahren und die Frage beantworten.

Der schwarzgekleidete Mann hielt ihm seinen Degen unter die Nase. Die Klinge glitzerte golden im Kerzenschein.

«Du wirst von der Finsternis ins Licht gelangen, aber zuvor musst du all deine eigennützigen Beweggründe an der Tür zum Tempel zurücklassen. Jemanden, der aus Habgier beitritt, können wir nicht brauchen. Also, warum willst du Freimaurer werden?»

«Aus Liebe zur Wahrheit und …»

Der goldene Degen fuhr nieder. Fast hätte Cimés vor Schmerzen aufgeschrien, als er sah, dass der Mann mit der Klinge sein Handgelenk aufgeschlitzt hatte. Das Blut schoss heraus und spritzte auf den Totenschädel vor ihm. Cimés war verwirrt. Das hatte nichts mit einem Ritual zu tun.

«Stopp, das geht zu weit.»

«Das sage ich ja. Schwarze Schafe können wir nicht brauchen. Die Aufnahmeprüfungen wurden verschärft. Und ich habe die schwere Aufgabe, den Initiationsritus anzupasssen. Du musst mir deine wahren Beweggründe nennen.» Der Mann sprach jetzt langsamer und setzte erst nach einer kleinen Pause erneut an: «Erst wenn ich von deiner Aufrichtigkeit überzeugt bin, wirst du aus dieser Dunkelheit entlassen.»

In Cimés' Kopf begann sich alles zu drehen. Sein Handgelenk schmerzte. Er hatte die Brüder in ihrer Gründlichkeit unterschätzt. Sie wussten also von den Strafanzeigen gegen ihn und wollten ein Geständnis. Oder handelte es sich um eine Falle?

Er richtete sich auf und sah eine enorme Blutlache vor sich. Der Degen hatte offenbar eine Schlagader durchtrennt. Cimés versuchte, überzeugend zu klingen, als er erneut die Standardantwort gab.

«Ich suche die Wahrheit ...»

Die Klinge fuhr erneut durch die Luft und glitt haarscharf an seiner Wange entlang, wo sie einen tiefen Schnitt hinterließ. Cimés krümmte sich vor Schmerzen. Die Handschellen schnitten ihm ins Fleisch. Der Schmerz übermannte ihn.

«Sie sind ja krank! Ich mach den Quatsch nicht mehr mit. Lassen Sie mich gehen!»

Zum ersten Mal lächelte der Mann in Schwarz. Mit dem Rücken zur Wand, das riesige Skelett hinter sich, malte er mit dem Degen Kreise in die Luft.

«Du brauchst mir nur die richtigen Antworten zu geben. Befreie dich von deinen Bürden, dann verschwindet der Degen sofort in seiner Scheide.» Er legte die Waffe nieder, stellte sich hinter Cimés und legte ihm die Hände auf die Schultern. Seine Stimme klang jetzt viel wärmer. «Hab Vertrauen, auch ich war nicht ohne eigennützige Interessen, als ich der Loge beigetreten bin. Ich habe egoistische Ziele verfolgt. Erleichtere dein Gewissen vor dem Großen Baumeister.»

Cimés zitterte vor Kälte und vor Angst. Er wollte mit

diesem Wahnsinnigen nicht mehr allein sein. Mit dünner Stimme sprach er in die Dämmerung.

«Ich möchte … Geschäftskontakte knüpfen. Ich will, dass die Bruderschaft meine Karriere fördert. Ich bereue die Fehler, die ich in der Vergangenheit begangen habe. Doch ich will mich ändern!»

Das Gesicht seines Prüfers sah Cimés nicht. Er hoffte, dass er jetzt die richtige Antwort gegeben hatte. Die Blutlache zu seinen Füßen wurde immer größer.

Der Unbekannte klopfte ihm auf die Schulter. «Ich beglückwünsche dich zu deiner Ehrlichkeit. Nun kannst du über die Schwelle des Tempels schreiten. Ich werde dich befreien.»

Die Stimme klang jetzt geradezu freundlich. Und schon hörte Cimés das metallene Klirren der Handschellen, die zu Boden fielen. Der Mann zog ihn an den Schultern hoch und gab ihm eine Kompresse für seine Verletzungen. Cimés schwankte ein wenig, der Blutverlust machte sich bemerkbar.

«Das ist eine ziemlich beeindruckende Prüfung. Ich habe ganz schön Schiss gehabt. Was muss ich jetzt tun?»

Der Mann nahm ihn kurz in den Arm, trat dann aber sofort wieder einen Schritt zurück.

«Ich werde dich in den Tempel führen, wo du weitere Prüfungen absolvieren musst. Knöpf dein Hemd auf, sodass deine Brust freiliegt. Dann stell dich vor die Wand. Ich werde meinen Degen auf dein Herz richten, als Zeichen, dass deine weltlichen Ängste jetzt hinter dir liegen.»

Cimés war jetzt ganz leicht zumute. Die Furcht war wie weggeblasen. Von diesem Teil des Rituals hatte er gelesen. Er tat, was von ihm verlangt wurde.

Der Mann im Schurz hob seinen Degen und drückte die Spitze auf die Brust des Novizen. «Bist du bereit, als freier Mann ins Licht zu treten und die Finsternis und Unwissenheit hinter dir zu lassen?»

«Ich bin bereit.»

«Schau mir in die Augen.» Er klang wohlwollend. «Bist du bereit zu sterben, um als besserer Mensch wiedergeboren zu werden? Noch kannst du nein sagen und in die Welt zurückkehren.»

«Ich bin bereit.»

Der Mann grinste breit. «Du hast es so gewollt. Das Licht soll dich durchdringen.» Dann zog er die Waffe etwa dreißig Zentimeter zurück, um sie kurz darauf ruckartig in die Brust des Suchenden zu stoßen.

Cimés riss entsetzt die Augen auf. Er spürte, wie das kalte Metall sein Herz durchbohrte. Der Schmerz strahlte in seinen ganzen Oberkörper aus. Er hob die Hände, um den Degen herauszuziehen, doch es war zu spät. Er konnte nicht einmal mehr schreien. Das Letzte, was er sah, war das riesige, an der Wand tanzende Skelett. Dann wurde es dunkel.

Der Mörder zog den Degen aus der Brust des Toten und wischte die Klinge an dem edlen Stoff seines Schurzes ab. Das Blut saugte sich in das makellose Weiß. Zufrieden ließ er den Degen in die Scheide gleiten und betrachtete sein Opfer.

Du bist nur ein Häufchen Elend. Viel zu viele erbärmliche Gestalten wie du wurden initiiert und haben das Blut der Bruderschaft beschmutzt. Die Brüder werden mir dankbar sein. Ich bin der Bruder des Blutes.

Ich töte und ich werde wiedergeboren.

8
Paris
Île da la Cité
13. März 1355

Der Folterer versuchte, das Gesicht seines Besuchers genauer zu erkennen, doch es gelang ihm nicht. Er konnte lediglich von der Seite dessen hellen Bart schimmern sehen. Der Adelige ergriff erneut das Wort:

«Ihr habt einen guten Ruf. Die Dominikaner, die Euch wegen Eures besonderen Talents angestellt haben, können Eure Überzeugungstaktiken gar nicht genug preisen. Man sagt, dass Ihr die Lüge bis ins Innerste verfolgt und dass niemand Euren geschickten Händen widerstehen kann. Stimmt das?»

«Ich erfülle meine Pflicht, um zum Ruhme Gottes beizutragen.»

«Zum Ruhme Gottes … Seid Ihr sicher? Aber das soll hier nicht unser Thema sein, es geht mir vielmehr um den Angeklagten, der Euch gleich erwartet. Was haben Euch die Dominikaner über ihn erzählt?»

«Dass ich einem Ketzer, der sich weigert, seine Fehler einzusehen, helfen soll … seine Seele zu retten.»

«Durch Folter?»

«Indem ich das unreine Fleisch geißele und den fehlgelenkten Geist dieses Menschen quäle. So rettet man Seelen.»

Der Mann, der ihm nach wie vor den Rücken zuwandte, seufzte. «Auch wegen der Seele bin ich nicht gekommen. Es ist außerdem gar kein Ketzer, den Ihr zum Geständnis zwingen sollt. Es ist nur … eine Frau.»

«Welches Verbrechen hat sie begangen?»

«Das schlimmste aller Verbrechen, das gleiche, für das heute Abend ein Mann auf dem Scheiterhaufen sterben wird. Das Verbrechen der Majestätsbeleidigung.»

«Und, hat sie gestanden?»

«Nicht das, was wir hören wollen.»

Der Folterer konnte nicht ganz folgen.

«Wir verbrennen den Juden, weil wir bereits wissen, dass wir nichts mehr aus ihm herausbekommen. Der Tod macht ihm nicht viel aus. Seine Gefährtin hingegen … Sie ist erst zwanzig, sie hängt noch am Leben. Sie wird reden. Besonders, wenn sie es mit Euren erfahrenen Händen zu tun bekommt. Merkt Euch genau, was sie sagt. Besonders, wenn sie etwas von einem Buch erzählt.»

«Von welchem Buch?»

«Ihr seid ziemlich neugierig! Genau wie Eure Dominikanerfreunde. Sie halten nicht viel von Büchern. Besonders nicht von jenen, die sie nicht verstehen.»

«Es sind zu viele Bücher im Umlauf, die ketzerische Lehren und Ideen verbreiten. Diese Pergamentsammlungen greifen unsere heilige Mutter Kirche an. Sie sollte erbarmungslos dagegen vorgehen.»

«Und die Dominikaner machen als brave Diener der Kirche ohne Unterlass Jagd auf diese Bücher, stimmt's?»

«In den Büchern lauert das Böse.»

Der Adelige strich sich über den Bart. «Eure Meinung interessiert mich nicht. Aber hört mir gut zu. Wenn die Angeklagte auch nur die kleinste Andeutung zu einem Buch macht, müsst Ihr es eigenhändig und exakt notieren und mir hernach exakt berichten.»

«Durchlaucht, wenn ich einen Angeklagten zum Reden bringe, schreibe ich das Geständnis nicht selbst nieder. Ein Dominikanerbruder ist an meiner Seite und nimmt die Aussage auf. Pergament zu schwärzen ist meine Sache nicht. Wenn Ihr wollt, rufe ich einen der Brüder.»

«Es kommt nicht in Frage, dass ein Dominikaner bei dem Verhör zugegen ist. Ihr schreibt selbst!»

«Das ist unmöglich», murmelte der Folterer. «Ich kann nicht schreiben. Das ist Aufgabe der Geistlichen.»

Der Adelige stand auf und schnaubte wütend. «Dreht Euch um, ich muss jetzt gehen. Aber zuvor hört mir gut zu. Sucht Euch einen Schreiber. Einen weltlichen. Einen einfachen Mann, der es gewohnt ist zu schreiben, ohne das Bestreben zu haben, etwas davon zu verstehen. Aber schaut ihn Euch vorher genau an.»

Der Folterer, mit dem Gesicht zur Wand, verbeugte sich zustimmend. Der Herr war es offensichtlich gewohnt, dass alle taten, was er befahl. Hinter sich vernahm er das Rascheln der edlen Robe. Die Stimme drang ihm jetzt direkt ins Ohr.

«Schaut ihn Euch vorher genau an, denn nicht nur sein Leben, sondern auch das Eure steht auf dem Spiel.»

9
Paris
Sitz der Großloge

Sechsundachtzig. Siebenundachtzig. Achtundachtzig … Wenn er in seiner Funktion als Großer Experte einen zu Initiierenden holen ging, was zweimal im Jahr vorkam, zählte Marcas immer die Schritte, die er zwischen dem Tempel und der Dunklen Kammer zurücklegte. Das war idiotisch, doch es half ihm, sich auf seine Aufgabe zu konzentrieren. Einen neuen Bewerber zum Tempel zu führen war für ihn immer eine sehr emotionale Angelegenheit. Er kam sich vor wie ein Fährmann, der einen Profanen zu den Ufern der Freimaurerei geleitete.

Auch er war diesen Weg vor langer Zeit gegangen und erinnerte sich noch an seine Aufregung vor dem Eintritt in die Loge. Den Großen Experten kommen zu sehen war zum einen mit Erleichterung verbunden, nicht mehr allein in der Dunkelheit sitzen zu müssen, zum anderen aber auch mit der Angst, mit verbundenen Augen vor die Freimaurer geführt zu werden und dort nicht zu bestehen.

Einhundertzwanzig. Einhunderteinundzwanzig …

Marcas erreichte den Korridor, von dem die kleine Kammer abging, in dem der Suchende wartete. Wie viele tausend Freimaurer hatten wohl seit dem Bau des Tempels im 19. Jahrhundert dort warten müssen? Von bekannten Persönlichkeiten – Minister, Künstler, hochrangige Militärs, Bankiers, Funktionäre – bis zu vollkommen Unbekannten. Alle hatten sich diesem Ritual unterziehen müssen. Marcas erinnerte sich noch an einen wichtigen Politiker, einen Liebling der Medien, der im weltlichen Leben nur so vor Selbstbewusstsein strotzte. In der Dunklen Kammer jedoch war er vollkommen aus dem Gleichgewicht geraten.

Einhundertdreiundvierzig. Einhundertvierundvierzig. Marcas blieb vor der Tür stehen und klopfte drei Mal. Ohne die Antwort abzuwarten, drehte er den Türgriff.

Zunächst verstand er nicht, warum der Suchende in sich zusammengesackt an der Wand lehnte. Der Mann starrte ihn mit weit aufgerissenen Augen an. Den Mund halb geöffnet, saß er unter dem riesigen Skelett, das über seinem Kopf einen makabren Tanz vollführte. Ein roter Fleck prangte auf seinem weißen Hemd.

Marcas erstarrte.

10
Paris
Jardin de l'Hôtel de Nesle
13. März 1355

Das Viertel um den Nesleturm am Seine-Ufer hatte schon seit langem einen schlechten Ruf. Man erzählte sich, Königin Marguerite habe hier zu Beginn des Jahrhunderts ihre Liebhaber, wenn sie genug von ihnen hatte, in den Fluss geworfen. Von ehrbaren Menschen wurde das Viertel gemieden, und die Tatsache, dass der König den Scheiterhaufen genau an dieser Stelle errichten ließ, nährte das Gerücht, dass an diesem Tag ein Verbrechen bestraft werden sollte, das weit schlimmer war als Hexerei.

Die Schaulustigen versammelten sich an der Spitze der Île de la Cité. Fackeln erleuchteten die zusammengedrängte Menschenmenge. Als die ersten Wachen mit Lanzen den Zugang zum Turm versperrten, begann das Volk zu pöbeln. Zuerst waren es nur spottende Frauen, was die Soldaten in ihren Kettenhemden noch ungerührt ließ. Dann jedoch traten Waghalsigere vor, die vor den Wachen auf und ab spazierten und sie mit Beleidigungen und obszönen Gesten provozierten.

Nicolas Flamel war seinem Nachbarn tatsächlich gefolgt. Sie hatten sich neben eine noch im Bau befindliche Schifferkirche gestellt, wo es ein wenig ruhiger war. Die Zunft der Flussschiffer und Fährleute genoss hohes Ansehen, und Maître Maillard hatte dort einige Freunde.

«Nun, lieber Nachbar, haben wir nicht einen guten Platz ergattert?»

Flamel antwortete nicht. Die Hinrichtung ekelte ihn an, doch in unsicheren Zeiten wie diesen war es nicht gut, sich auszugrenzen. Wenn sich das Pariser Volk daran erfreute, einen Juden brennen zu sehen, musste man die Begeisterung zumindest nach außen teilen, wie niederträchtig sie auch sein mochte. Für die Kirche bot die Hinrichtung eine gute Gelegenheit, ihre Macht und die Bestrafung, die demjenigen blühte, der sich ihr widersetzte, zu demonstrieren.

Eine Frage beschäftigte den Kopisten jedoch. «Maître Maillard, Ihr habt gesagt, der Mann sei auf Anweisung des Königs verurteilt worden. Also wird ihm nicht Ketzerei vorgeworfen, was Sache der Kirche wäre?»

Der Kürschner beugte sich zu seinem Nachbarn. «Unser König hatte den Juden höchstpersönlich aus Spanien an seinen Hof geholt. Trotz der Begünstigung hat sich der Jude als unwürdig erwiesen.»

«Aber Juden sind doch seit Jahrzehnten aus dem Königreich verbannt …»

«Der König hatte dafür seine Gründe.»

Flamel blieb hartnäckig. «Wahrscheinlich war er Arzt. Man sagt, dass in Avignon, wo der Papst residiert, alle Mediziner Jünger Abrahams sind und als Alchemisten ein hohes Ansehen genießen.»

Maître Maillard sprach jetzt leiser. «In Wahrheit ist es schlecht um die Finanzen des Königreichs bestellt. Die Kassen sind leer.»

«Kennt der Jude sich auf diesem Gebiet aus?»

«Nein, es handelt sich um ...»

Seine Worte wurden vom Tumult der pöbelnden Menge übertönt. Soeben hatten die Wachen Reisigbündel gebracht, die sie am Fuße eines mannshohen Kreuzes stapelten.

Die Menge wurde lauter, als der Henker erschien. Er trug ein schmalgeschnittenes schwarzes Gewand und hatte das Gesicht unter einer blutroten Maske verborgen. Langsam schritt er mit seinen Helfern, die ihn rechts und links von der Masse abschirmten, näher.

«Das Rad! Das Rad!», hallte die lautstarke Aufforderung der Schaulustigen von der steinernen Fassade des Turms wider. Das Volk verlangte die Strafe, die nur bei den grausamsten Verbrechen angewandt wurde. Es wollte Blut fließen sehen.

11
Paris
Sitz der Großloge

Dreißig Brüder in schwarzen Anzügen mit passender Fliege und rituellem Schurz standen auf dem Korridor vor der Dunklen Kammer und flüsterten leise. Die Nachricht vom Mord war einfach unbegreiflich. Der Großsekretär der Großloge, der an der Zeremonie teilgenommen hatte, schritt auf und ab. Es war nicht zu fassen.

Keiner der Brüder konnte sich daran erinnern, dass in den heiligen Gemäuern des Logenverbands je ein Mord geschehen war.

Marcas hatte als Polizist die Tragweite des Verbrechens sofort erfasst. Nachdem er die Tür zu der Kammer hinter sich geschlossen hatte, war er schnell die Treppe zum La-Fayette-Tempel hinaufgestürmt und hatte dem Torwächter Bescheid gegeben. Der Mann schloss daraufhin sofort den Eingang zum Tempel und informierte den Meister vom Stuhl. Es erging die Anweisung, dass alle Brüder sich versammeln sollten. Womöglich konnte einer von ihnen einen Hinweis geben oder zur Identifizierung des Mörders beitragen.

Unterdessen war Marcas zum Eingang des Gebäudes gehastet, um den Pförtner zu informieren. Seit Beginn der Tempelarbeit hatte dieser jedoch niemanden herunterkommen sehen. Der Mörder musste sich also noch im Gebäude befinden.

Marcas bahnte sich einen Weg durch die Gruppe der Brüder und nahm den Meister vom Stuhl zur Seite.

«Es gibt zwei Möglichkeiten», flüsterte Marcas dem kahlköpfigen Mann ins Ohr. «Die erste ist, sofort das Kommissariat des 9. Arrondissements zu benachrichtigen. Das wäre die vernünftigste Lösung.»

«Und die zweite?»

«Meine Kollegen zu alarmieren, bis zu ihrem Eintreffen aber schon einmal in kleinen Gruppen das Gebäude zu durchsuchen. Ich bin überzeugt, dass der Mörder noch hier ist. Wenn wir uns auf die verschiedenen Flügel verteilen, müssten wir ihn eigentlich zu fassen kriegen. Weißt du, wer einen Grundriss hat?»

«Der Großsekretär hat eine Kopie in seinem Büro. Ich

habe sie erst vor kurzem gesehen, als sie die behindertengerechte Rampe eingebaut haben.»

Marcas erstarrte. «Wo ist eigentlich Paul?»

«Du glaubst doch wohl nicht, dass …»

Marcas rannte bereits die Treppe zum La-Fayette-Tempel hinauf. Still und dunkel lag der Saal vor ihm. Auf den schwarz-weißen Mosaiksteinen in der Mitte des Raumes konnte er die Umrisse des Rollstuhls erkennen. Als er genauer hinsah, bemerkte er ein seltsames Detail: Auf dem *musivischen Pflaster* war, direkt unter dem Rollstuhl, eine rote Lache zu sehen.

«Paul!»

Marcas rannte zum Rollstuhl und drehte ihn um. Ihm stockte der Atem. Mit blutüberströmter Brust, die Hände an die Lehnen geklammert, starrte Paul de Lambre zum *Sternenzelt* an der Decke des Tempels. Er war tot. Doch aus seinem bewegungslosen Blick sprach Angst.

12

Paris
Jardin de l'Hôtel de Nesle
13. März 1355

Das Rädern war die aufsehenerregendste Hinrichtungsart und kam nur sehr selten zur Anwendung. Die Menge grölte unaufhörlich. Auch Steine flogen bereits. Die Stimmung war aufgeheizt.

Der Kopist aus der Rue Saint-Jacques erschauderte. Er erinnerte, was die Klatschweiber des Viertels sich von der Hinrichtung der Brüder Aulnay im Jahre 1314 erzählten.

Nachdem man ihnen die Knochen gebrochen hatte, wurden sie auf einem Wagenrad festgebunden und anschließend lebendig gehäutet. Eine wahre Schlachtung.

«Da seht Ihr das rechtschaffene Volk von Paris, das Rache für seinen König fordert.» Maître Maillard griff Flamel am Arm.

«Passen wir lieber auf, dass sie nicht aus lauter Liebe zu ihrem Herrscher unsere Läden plündern und in Brand stecken.»

Der Kürschner wirkte plötzlich beunruhigt. «Glaubt Ihr, die Gefahr besteht? Aber wir sind doch keine Juden!»

«Wir sind Händler, das ist für das Volk kein großer Unterschied. Hört Ihr denn nie dem Geschwätz auf dem Markt zu?», erkundigte sich Flamel, der die dummen Äußerungen seines Nachbarn unerträglich fand.

«Ihr macht mir Angst. Ich bin doch nur ein einfacher Mann.»

«Ein einfacher Mann, der ein schönes Haus besitzt, in dessen Keller die edelsten Pelze hängen und …»

Maître Maillard hatte den Blick vom Scheiterhaufen abgewandt. Er schaute jetzt in Richtung Templerviertel. Seit der Zerschlagung der Templer hausten in dem Gewirr dunkler Gassen Bettler und Aussätzige. Auch sie würden das Spektakel sicher gern zu ihrem Vorteil nutzen.

«… eine schöne Frau hat.»

Der Kürschner erstarrte. Sprachlos schlug er die Hände zusammen.

Doch Flamel war jetzt in Fahrt. «Man sagt, wenn Arme das Haus eines Adeligen oder Großbürgerlichen stürmen, vergnügen sie sich erst einmal mit der Dame des Hauses, bevor sie sich an die Besitztümer machen. Was sagt Ihr dazu?»

Maître Maillard blieb keine Zeit zu antworten. Die Menge brach in Freudengeheul aus. Der Henker hatte gerade nach einer Fackel gegriffen und begutachtete ein letztes Mal den Scheiterhaufen. Während die unterste Schicht aus lose aufgeschütteten Zweigen bestand, bedurfte die Lage darüber, auf der das Kreuz stand, besonderer Sorgfalt. Jedes trockene Reisigbündel bestand aus verschiedenen Hölzern, um sicherzustellen, dass der Scheiterhaufen gleichmäßig aufflammte. Die letzte Schicht Zweige reichte bis an die Füße des Verdammten. Es waren Hölzer aus besonders langen Weinstöcken. Man munkelte, ein Teil des Weinbergs auf dem Montmartre würde nicht im Frühjahr geschnitten. Man ließ den Wein vielmehr bis zum Sommer wachsen und schnitt ihn erst dann, um das Holz anschließend in der Sonne trocknen zu lassen.

Plötzlich legte sich eine bleierne Stille über die Menge. Der zum Tode Verurteilte wurde herbeigeführt.

13
Paris
Sitz der Großloge

«Das kann nicht sein!» Marcas war entsetzt. Er griff nach der Hand seines Freundes. Pauls Körper war noch warm. Der Kommissar schloss die Augen des Toten und trat einen Schritt zurück. Zwei Morde in der Großloge innerhalb so kurzer Zeit. Wie niederträchtig und krank musste jemand sein, um zuerst einen Suchenden und anschließend einen Bruder umzubringen. Und noch dazu auf eine Art und Weise, dass es aussah wie ein pervertiertes Ritual. Denn ganz offensichtlich hatte es der Mörder hier bewusst darauf angelegt, nicht nur die armen Opfer zu demütigen, sondern die Freimaurerei insgesamt.

Plötzlich fiel die Tür zum Tempel mit einem leisen Klicken ins Schloss. Marcas erschrak. Auf dem Gang entfernte sich jemand im Laufschritt. Nach kurzem Zögern rannte der Kommissar hinterher. Schnell bereute er bitterlich, das Joggen im Buttes-Chaumont-Park vor sechs Monaten aufgegeben zu haben. Bald würde sogar sein zwölfjähriger Sohn schneller sein als er.

Er riss die Tür auf, hastete durch die Gänge und nahm am Fuß der Treppe schemenhaft einen Mann wahr. Ihm blieb keine Zeit, die anderen Brüder zu warnen. Er rannte die Stufen hinab.

Der Flüchtige war in Richtung Groussier-Tempel gelaufen – dem größten der Großloge. Dreihundert Brüder fanden dort Platz.

Marcas erreichte die offenstehende Tür und lief in die Mitte des Tempels. Nur durch den Spalt in der Tür fiel Licht in den Tempel. Suchend sah er sich um.

Als er links von sich ein leises Geräusch wahrnahm, griff er nach seinem Degen. Ihm wurde klar, dass er die Waffe, die er nur aus rituellen Gründen bei sich trug, vielleicht zum ersten Mal zur Verteidigung einsetzen musste. Schritt für Schritt näherte er sich den Sitzreihen. Plötzlich sah er in der Nähe der Tür einen Schatten aufspringen. Nur undeutlich konnte er einen schwarzgekleideten Mann mit Maske erkennen, der einen Schurz um die Hüfte sowie einen Degen trug.

«Stehen bleiben! Polizei!», brüllte Marcas. Und noch

während er rief, merkte er, wie absurd die Situation war. Er hatte nicht einmal seine Dienstwaffe bei sich.

Der Mörder wandte sich Marcas zu. Nur wenige Meter trennten die beiden Männer. Blitzartig zog der Maskierte ein Messer hervor und ließ es kreisen. Unter der Maske konnte man seinen hechelnden Atem hören. Die schrägen Augenschlitze verliehen seiner Gestalt einen leicht wahnsinnigen Ausdruck.

Der Kommissar zögerte, er musste Zeit gewinnen.

«Sie kommen aus dem Gebäude nicht mehr raus. Es gibt nur einen Ausgang, und der ist bewacht. Legen Sie Ihre Waffe auf den Boden!»

Der Mörder ließ das Messer sinken und strich mit der Spitze über seinen Schurz.

Marcas näherte sich dem Maskierten mit langsamen Schritten. Sein Gegenüber machte eine kurze Bewegung, und es wurde schlagartig hell. Er musste auf einen Lichtschalter gedrückt haben.

Der Mörder trug einen weißen Schurz, auf den mit goldenem Faden ein Degen gestickt war. Der Stoff war blutbefleckt.

«Bist du einer von uns?», fragte Marcas leise. Zweifel begannen an ihm zu nagen.

Der Maskierte hob erneut das Messer. Dann hallte seine gedämpfte Stimme durch den Tempel: «Endlich gebrauchst du deinen Verstand, werter Bruder …»

14
Paris
Jardin de l'Hôtel de Nesle
13. März 1355

Nicolas Flamel musterte den Verurteilten, dem jeder Schritt sichtlich schwerfiel. Er trug ein makelloses weißes Hemd, sein Haar war zu einem Zopf zusammengebunden. Einer der Gehilfen des Henkers wies den Mann an, auf einen Tritt zu steigen, und band ihn dann am Kreuz fest.

Die Schaulustigen waren jetzt vollkommen still. Lediglich das trockene Knistern der brennenden Fackeln war zu hören. Selbst die Freudenmädchen, die man an ihrem gefärbten Haar erkennen konnte, lachten nicht mehr.

Flamel warf einen Blick auf den Balkon des Louvre. Dort würden gleich der König und seine Familie erscheinen, um der Hinrichtung beizuwohnen. Da schallte die Stimme des öffentlichen Anklägers durch die Nacht.

«Isaac Benserade, Jude aus dem Königreich León … Ihr werdet der Lüge, des Meineids und des Verrats gegenüber unserem Herrscher Jean II. beschuldigt.»

Ein Raunen ging durch die Menge. Das waren in der Tat schwerwiegende Vorwürfe. Insbesondere in diesen Zeiten des nicht enden wollenden Krieges. Wer wusste schon, ob der Verurteilte nicht auch ein Spion im Auftrag der Engländer war oder, schlimmer noch, ein verhinderter Königsmörder?

«Isaac Benserade, Ihr werdet beschuldigt, Geld und Gold veruntreut und gefälscht zu haben.»

Empört schrien einige auf, die glaubten, einen jener

elenden Pfandleiher und Wucherer vor sich zu haben, die den Leuten das Geld aus der Tasche zogen und sie damit ruinierten.

«Isaac Benserade, Ihr werdet beschuldigt, schwarze Magie praktiziert zu haben, unter Zuhilfenahme von Kräutern, Zaubertränken und anderem teuflischen Gebräu.»

Der Groll der Menge entlud sich lautstark. Die Juden waren verhasst, seitdem die Pest ganze Landstriche fast vollständig ausgerottet hatte. In Avignon hatte man im jüdischen Viertel Destilliergefäße und Fläschchen mit teuflischen Flüssigkeiten gefunden und den Söhnen und Töchtern Abrahams die Schuld an der Seuche gegeben. Ein Sündenbock sollte jetzt für all das Unglück büßen, das die Menschen in diesen schweren Zeiten heimsuchte.

Nicolas Flamel war derweil ein wenig zurückgetreten, um seinem Nachbarn einen besseren Blick auf den Scheiterhaufen zu ermöglichen. Plötzlich spürte er, wie ihm jemand eine Hand auf die Schulter legte. Er drehte sich um und erkannte einen seiner Kunden: Jean-Baptiste de Tuz, Baron aus Pontoise.

«Maître Flamel! Ich hätte nie gedacht, Euch bei einem so traurigen Spektakel anzutreffen.»

Der Mann in den Vierzigern mit dem kleinen schwarzen Kinnbart war seit zwei Jahren Kunde des Schreibers. Er war ein großer Bewunderer der Troubadoure und hatte es sich in den Kopf gesetzt, die Lieder, die auf seiner Burg gesungen wurden, auf Pergament festzuhalten. Er war ein wohlwollender Herrscher und gehörte jener Minderheit aufgeklärter Adeliger an, die versuchte, den König dazu zu bringen, das Reich zu reformieren.

«Glaubt mir, ich bereue es bereits, dass ich mich

hierher habe mitschleifen lassen, Durchlaucht», erklärte Flamel.

«Ich weiß, dass Ihr ein guter Mensch seid, Maître Flamel. Wenn alle Christen wären wie Ihr …»

Flamel lächelte. Der Baron de Tuz war bekannt für seine Güte und hatte schon oft Juden und anderen Verbannten geholfen. Einmal war er sogar so weit gegangen, einen übereifrigen Inquisitor von seinen Wachen verprügeln zu lassen. Nur seine Freundschaft mit dem Bruder des Königs schützte ihn damals vor Vergeltungsmaßnahmen.

«Es bestürzt mich, diesen Unglückseligen auf dem Scheiterhaufen zu sehen.»

«Baron, wisst Ihr, warum unser König seinen Tod will? Was ist der wahre Grund?»

«Ich merke, Euer Geist ist wach wie eh und je», bemerkte der Adelige und lächelte. «Ich kenne die Gerüchte, der König sei getäuscht worden. Doch er ist bestimmt kein Herrscher, den man so leicht hintergehen kann. Ich habe mir sagen lassen, dass diese Sache außerhalb des königlichen Rats beschlossen wurde. Das ist alles, was ich weiß …»

Ein Aufruhr ging plötzlich durch die Menge.

«Da ist er!»

15
Paris
Sitz der Großloge

Die beiden Männer standen weniger als zehn Schritte voneinander entfernt.

«Wie konntest du nur so etwas Abartiges tun?»

«Irgendjemand muss sich doch darum kümmern, das Blut der Bruderschaft zu reinigen. Es gibt so viel Abschaum! Mein *Grad* gibt mir das Recht, so etwas zu tun.»

«Welcher Grad?» Marcas näherte sich seinem Gegenüber ein wenig.

«Lieber Bruder, nun zeig doch mal ein wenig Scharfsinn. Nur wenige von uns dürfen sich der Rache bedienen. – Vorsicht, nicht näher kommen.»

Der Kommissar blieb stehen, den Griff seines Degens fest umschlossen.

«Du hast keine Chance zu entkommen.»

«Mein armer Bruder, ich bin hier zu Hause. Ich kann gehen, wohin ich will», höhnte der Mann mit der Maske.

Fast unmerklich schob sich Marcas weiter vorwärts, der Abstand zwischen den beiden Männern verringerte sich. Bald wäre er nah genug für einen Angriff. Und sofern sein Gegenüber nicht gerade irgendeinen Kampfsport beherrschte …

Als könne er Gedanken lesen, ging der Mörder kurz in die Knie und zog sein Messer ein wenig zurück. Doch der Kommissar sah die Bewegung und sprang genau in dem Moment zur Seite, als die Klinge wenige Zentimeter an ihm vorbeisauste. Unglücklich landete Marcas zwischen den Stühlen, die unter seinem Gewicht auseinanderrutschten. Eine Lehne stach ihm ins Schulterblatt. Er fluchte vor Schmerzen. Im nächsten Moment hörte er, wie die Tür des Notausgangs ins Schloss fiel. Wütend stieß Marcas die Stühle zur Seite, rappelte sich auf und rannte zur Tür. Er musste den Geistesgestörten zu fassen bekommen, bevor der einen weiteren Mord beging.

Als er den Notausgang erreichte, der zur Haupttreppe führte, hörte er von unten jemanden in Richtung Museum rennen. Das Gebäude hatte zurzeit tatsächlich nur einen Eingang, da der Lieferanteneingang während der Renovierungsarbeiten versperrt war. Der Kerl saß also in der Falle.

Unten angekommen, kam ihm von der anderen Seite der Pförtner entgegen und hielt einen schwarzen Apparat in der Hand. Marcas erkannte den Taser X26, eine Waffe, die winzige Elektroschocks von nur zwei Milliampere aussendete, mit denen das zentrale Nervensystem lahmgelegt werden konnte.

«Wo hast du das Ding her? Ist für Zivilisten verboten!», fragte Marcas gehetzt.

«Ähm … ich weiß mir eben zu helfen.»

«Gib es mir. Der Kerl hat ein Messer bei sich.» Der Kommissar nahm den Taser in die rechte Hand und schaltete ihn ein. «Ich hoffe, er funktioniert, sonst sind wir auf unsere Fäuste angewiesen.»

Der Pförtner grinste breit.

«Kein Problem. Ich war früher Catcher. Man nannte mich ‹Schwarzer Engel›.»

«Ein Catcher als Freimaurer … Die Logen öffnen sich wirklich allen», murmelte Marcas und überprüfte, ob er die Elektropistole auch richtig in der Hand hielt.

«Gut, Schwarzer Engel, halt dich bereit. Wir stürmen das Museum.»

Marcas holte tief Luft und stieß dann mit Schwung die Tür auf.

16
Paris
Jardin de l'Hôtel de Nesle
13. März 1355

Am gegenüberliegenden Seine-Ufer leuchtete ein Fenster hell auf. Umgeben von seinen Vertrauten, erschien der König auf dem Balkon.

Flamel blickte zu dem Henker hinüber. Der Mann mit der Kapuze hielt eine Fackel dicht an den Scheiterhaufen. Er wartete auf den Befehl des Herrschers.

Dann gab der König das entscheidende Zeichen, und der Henker senkte den Arm. Die Menge johlte zustimmend. Wie Schlangen krochen die Flammen die aufgeschichteten Äste und Zweige hinauf. Der Verurteilte begann einen makabren Tanz, um dem Tod doch noch zu entrinnen. Doch um ihn herum stieg bereits dicker Qualm auf.

Die Gehilfen des Henkers eilten herbei, um die Zweige mit Heugabeln zu wenden, damit der Verurteilte nicht erstickte, bevor er zu brennen begann.

Flamel seufzte, als plötzlich Wind aufkam. Für das Volk war es wie ein göttliches Zeichen. Während die Soldaten ihre Lanzen rhythmisch auf den Boden stießen, begannen die Schaulustigen im Schein der Flammen zu tanzen. Ganz Paris schien am Rande des Wahnsinns zu sein.

Fassungslos betrachteten Flamel und sein adeliger Bekannter das Spektakel.

«Ich schäme mich für sie», brummte der Baron de Tuz.

Schrille Musik drang jetzt durch die Nacht. Eine quietschende Bratsche spielte eine schaurige Melodie, die die aufgeheizte Stimmung noch unterstrich.

Bald züngelten die ersten Flammen am Hemd des Verurteilten. Kurz darauf brannte er lichterloh wie eine Fackel. Der Jubel wurde lauter.

Ein letztes Mal versuchte der Unglückselige, den Qualen zu entkommen, indem er sich reckte, doch das Feuer kannte kein Erbarmen und verschlang ihn mit Haut und Haar. Sein Schopf verwandelte sich in eine brennende Krone. Die Augäpfel zerbarsten in der Hitze, und das Gesicht schmolz zusammen.

Der Kopist spürte, wie ihn die Kräfte verließen und ihn der Brechreiz überkam. Der Baron fasste ihn bei der Schulter.

«Gehen wir, Flamel. Verlassen wir diese Hölle. Ich bringe Euch nach Hause.»

Die beiden Männer entfernten sich eilig von der kreischenden Menge.

17
Paris
Sitz der Großloge

In dem großen, fensterlosen Museumssaal war es dunkel. Neben eilig errichteten Gerüsten standen Holzkisten und verstaubte Vitrinen. Seit Anfang des Jahres wurden dort Renovierungsarbeiten durchgeführt, um dem historischen Raum wieder zu neuem Glanz zu verhelfen. Lange hatte er nur als riesige Abstellkammer gedient.

Marcas deutete in Richtung eines Podests, in dessen Nähe er seinen unsichtbaren Gegner vermutete. Der Pförtner war ihm gefolgt und hatte sich am Eingang postiert.

Doch nichts rührte sich.

Den Finger am Auslöser des Tasers, wartete der Kommissar einen Moment, bis sich seine Augen an die Dunkelheit gewöhnt hatten. Das wenige Licht, das vom Gang hereinfiel, spiegelte sich auf einigen der Ausstellungsvitrinen. Wahre Schätze ruhten hinter dem Glas: Schurze von berühmten Freimaurern, wertvolle Pergamente aus dem 18. Jahrhundert, unbezahlbare *Requisiten* … Aber nichts deutete auf die Anwesenheit des Mörders hin, es war hoffnungslos still in dem Raum.

«Was machen wir jetzt?», flüsterte der Pförtner.

«Wo geht das Licht an?», erkundigte sich der Kommissar.

«Die Elektriker erneuern das gesamte Kabelnetz. Im Moment gibt es nur einen einzigen Sicherheitsschalter, unter dem Nachtlicht, ganz hinten.»

«Dann gehen wir dorthin. Du links, ich rechts. Wir

werden diesen Mistkerl schon kriegen», zischte Marcas und erhob sich. Kurz ließ er den Blick durch den dunklen Saal wandern. Nichts. Alles schien ruhig.

Der Pförtner bewegte sich Schritt für Schritt an den Vitrinen entlang. Der Kommissar tat es ihm auf der anderen Seite mit gespitzten Ohren gleich. Doch alles, was er hörte, war sein eigener schneller Atem, der von den Wänden widerhallte.

Als er das von Frauenbüsten aus der Empirezeit eingerahmte Podest erreichte, hörte er, wie auf dem Flur Stimmen und Schritte näher kamen. Marcas drehte sich um. Ungefähr zehn Brüder, angeführt vom Meister vom Stuhl, stürmten in den Saal.

«Er ist hier drinnen! Und Achtung, er ist bewaffnet!», rief Marcas und ging weiter. Dann entdeckte er den Lichtschalter und betätigte ihn.

Im nächsten Moment erstrahlte der Saal dank der Scheinwerfer, die die Arbeiter an der Tribüne angebracht hatten, in hellem Licht. Der Kommissar stieg die Stufen zum Podest hinauf und schaute sich verblüfft um.

Er konnte niemanden sehen. Der Mörder war wie vom Erdboden verschluckt.

«Ich bin wohl nicht mehr ganz klar im Kopf», stieß er zwischen den Zähnen hervor. Missmutig schob er Kisten und Holzbretter beiseite, die an den mit schwarzem Samt bespannten Wänden lehnten. Doch der Mann schien sich in Luft aufgelöst zu haben.

Die anderen Brüder waren näher getreten.

«Bist du sicher, dass er hier drinnen ist?», fragte der Meister vom Stuhl und blickte sich nervös um. «Könnte er das Gebäude nicht durch den Lieferanteneingang verlassen haben?»

Bevor Marcas antworten konnte, schaltete sich der Pförtner mit energischem Ton ein: «Das ist ausgeschlossen. Der ist zurzeit gar nicht zugänglich. Alle Ausgänge sind blockiert.»

Weitere Brüder betraten den Saal. Der Kommissar flüsterte dem Meister vom Stuhl zu: «Sorg dafür, dass sie verschwinden, und lass uns auf die Polizei warten. Ich weiß, dass der Kerl in diesem Raum war. Hast du eine Ahnung, ob man hier auf irgendeinem anderen Weg rauskommt?»

Der Meister vom Stuhl kratzte sich am Kopf und überlegte, während Marcas eine Hand auf seiner Schulter spürte. Mit bekümmerter Miene stand der Großsekretär, Guy Andrivaux, hinter ihm.

«Es ist fürchterlich. Blut im Tempel … Der Großmeister ist bereits informiert, aber er ist zurzeit auf Besuch bei Brüdern in der Provinz. Wenn ich also irgendwie behilflich sein kann …»

Marcas ließ die Arme sinken und setzte sich auf eine Holzkiste. Er spürte Zorn in sich aufsteigen. Während er sich umsah und fieberhaft nach dem Fluchtweg des Mörders suchte, sah er das Bild des massakrierten Paul wieder vor sich. Wehrlos in seinem Rollstuhl, war er ein leichtes Opfer für seinen Mörder gewesen. Ein feiger Mörder, der zu allem Überfluss noch Freimaurer war. Die wenigen Worte, die sie im Groussier-Tempel gewechselt hatten, waren eindeutig. Und er war nicht irgendein Bruder. Wenn das, was der Wahnsinnige behauptet hatte, stimmte, hatte er einen der bedeutendsten Grade innerhalb der Freimaurerei inne, den Rachegrad.

«Ich bin felsenfest davon überzeugt, dass der Mörder in den Museumssaal geflüchtet ist», erklärte Marcas und richtete sich auf. «Aber jetzt ist er verschwunden. Entweder kann er durch Wände gehen oder –»

«Oder er ist durch ein anderes Schlupfloch entkommen», gab der Großsekretär mit geheimnisvollem Blick zu bedenken.

«Aber zum Donnerwetter, es gibt keins! Sieh dich doch mal um, ich habe kein Schlupfloch gefunden.»

Andrivaux blickte kurz zum Podest, dann wandte er sich wieder dem Kommissar zu. «Dann hast du wohl schlecht gesucht.»

18
Paris
Île de la Cité
13. März 1355

«Wo ist die Angeklagte?»

Der Wachmann am Eingang richtete sich kerzengerade auf, bevor er antwortete. «Sie ist auf dem Stein.»

Der Folterer sagte nichts, obwohl er die Verdächtigen normalerweise lieber selbst abholte und dann Anweisungen gab, wie mit ihnen zu verfahren war. Doch das war in diesem Fall offenbar bereits geschehen.

Er stieg die Treppe hinab, die in die tiefer gelegenen Kammern auf Höhe der Seine führte. An manchen Stellen, an denen das Gemäuer besonders dünn war, konnte man das schmutzige Wasser des Flusses plätschern hören. Das rhythmische Geräusch begleitete die Verdächtigen bei ihrem Abstieg in die Hölle.

Unten gab es weitere, halb unterirdische Räume: die

Verliese. Dorthin brachte man die Gefangenen, wenn kein Geständnis aus ihnen herauszubekommen war. Dort erledigten die Aufgabe dann innerhalb einer Nacht die Ratten und das steigende Wasser.

Der Folterer ging zu der Kammer, in der das Verhör stattfinden sollte – ein kleiner Raum mit Gewölbedecke, der nach Salpeter und Angstschweiß roch.

Seit Jahrhunderten wurden in diesen Verliesen Verdächtige befragt, seit Jahrhunderten kettete man sie auf diesen von Leiden und Blut blankgeriebenen Stein. Er hatte jedoch eine Neuerung eingeführt: Die Ketten waren durch Lederriemen ersetzt worden. Damit schnitten sich die Angeklagten während der Verhöre in dem verzweifelten Versuch, dem unerträglichen Schmerz ein Ende zu setzen, die Handgelenke und Knöchel auf. Um die Sache zu beschleunigen, ließ der Folterer die Riemen zwischendurch lösen und tränkte sie in Essig. Anschließend brauchte man sie nur wieder festzuschnallen, und schon fraß sich das ätzende Leder langsam bis zu den Sehnen. Zu dem Zeitpunkt schrien die Gefolterten nicht mehr, sondern bettelten winselnd darum, sterben zu dürfen.

Vor der Kammer nahm der Folterer die Schlüsselkette ab, die er um den Hals trug, und schloss die Tür auf. Sie ließ sich zunächst geräuschlos öffnen, schabte dann jedoch knirschend über den Boden.

Der Körper auf dem Steintisch bewegte sich. Es war ein kurzes, schnelles Zucken, als würde ein böser Traum den Schlaf stören.

In allen vier Ecken der Kammer brannten kleine Öllampen und erleuchteten die von der Feuchtigkeit grünen Wände mit flackerndem Licht. Der Boden war mit einer dunklen Schmutzschicht bedeckt, die alles, was vom Stein hinunterlief, aufsog. Der Folterer hatte verboten, dass der Boden jemals sauber gemacht wurde. Wenn die Gefangenen hereinkamen, hatten sie nackte Füße. Ihr erster Kontakt mit der Folterkammer sollte die getrocknete Schicht Blut sein. Einige gestanden bereits, bevor man sie überhaupt dort festschnallte.

Mit dem Rücken an die kalte Wand gelehnt, betrachtete der Folterer sein neues Opfer. Es war eine junge Frau. Haarsträhnen fielen ihr über die verschwitzte Stirn und umrahmten ihr feingeschnittenes Gesicht. Sie war nackt und lag auf dem Rücken. Nur ihr Unterleib war mit einem edlen, orange-weißen Stoff bedeckt, den sonst nur Adelige trugen. Sie war geknebelt und auf dem Stein festgeschnallt.

Mit einer Kerze in der Hand überprüfte der Folterer die Haltbarkeit der Riemen. Alles war gut vorbereitet. Ihm blieb nur noch, diesen Engel zu wecken.

Als die ersten Wachstropfen auf ihren Bauch fielen, wurde der Körper der Frau von einem wiederholten Zucken geschüttelt. Während die brennend heiße Flüssigkeit immer weiter auf ihre Haut tropfte, begann sie durch den Knebel hindurch zu stöhnen.

Dann bohrte der Folterer den Kerzenstumpf in den Wachs um den Bauchnabel und begann zu sprechen: «Ich sehe deine Augen. In ihnen lese ich Schmerz und Angst. Doch du kennst weder das eine noch das andere.»

Die junge Frau runzelte entsetzt die Stirn.

«Du glaubst, du hast bereits gelitten, doch du irrst dich. Wahres Leiden übersteigt deine Vorstellungskraft bei weitem. Du wirst lernen, dass der Schmerz keine Grenzen kennt.»

Der Körper der Frau war jetzt schweißbedeckt.

«Dein Schweiß ist erst der Anfang. Bald wird alles aus dir herausfließen, ohne dass ich dich auch nur berühre. Die Angst ist größer als unsere Scham. Aber keine Sorge, Scham wird bald nicht mehr dein Problem sein. Tu dir keinen Zwang an, dich zu erleichtern. Du wirst so viel Wasser im Bauch haben, dass du noch darum betteln wirst, dass ich dir deine Innereien aufschneide, damit es wieder herauskommt.»

Das Gesicht der Frau lief rot an, und ein saurer Geruch machte sich im Raum breit. Ihr Körper begann zu zittern, und sie rollte mit den Augen wie eine Verdammte.

«Weißt du, warum Verdächtige gestehen? Weil sie sich vor dem eigenen Leiden fürchten. Wenn ich dir den Knebel aus dem Mund nähme, würdest du bereits reden. Doch das interessiert mich nicht. Ich lasse dich nachdenken, überlegen. Und du kannst dir gewiss sein, dass ich morgen wiederkomme.»

Kurz stieß der Folterer gegen die Kerze. Weitere Wachstropfen landeten auf dem nackten Körper. Ihr ängstliches Klagen wurde vom Knebel gedämpft.

«Dein erstes Rendezvous mit dem Tod.»

19
Paris
Sitz der Großloge

Der Großsekretär stieg auf das Podest und schob ein langes Holzbrett zur Seite. Dann zog er die Samtbespannung hoch, holte eine Taschenlampe von einem der Gerüste und hielt sie vor die Öffnung. Der Lichtkegel erleuchtete eine Steintreppe, die in der Dunkelheit verschwand.

«Es ist ein verborgener Gang, der zu einem Keller führt», erklärte der Bruder. «Dort wird der Teil der Sammlung aufbewahrt, der nicht im Museum ausgestellt ist. Nur wenige Brüder wissen davon. Während der Bauarbeiten wurde das Licht dort unten abgestellt.»

«Ein Geheimgang also», murmelte Marcas. «Ich gehe vor.»

Der Großsekretär folgte ihm mit der Taschenlampe. Unten angekommen, standen sie vor einem schwarzen Metallgitter, das ihnen den Zugang zu einem Raum versperrte, in dem Kisten und Möbelstücke aus verschiedenen Epochen gestapelt waren.

«Von dem Mörder keine Spur», stellte der Kommissar fest, während der Großsekretär mit der Taschenlampe noch dichter an das Gitter trat, um besser sehen zu können. «Gibt es hier vielleicht noch einen Notausgang?»

«Nein, der wurde zugemauert, weil zu viel Feuchtigkeit von der Grange Batelière hereindrang, dem unterirdischen Fluss, der fünf oder sechs Meter tiefer fließt. Wir befinden uns auf Höhe der Tiefgaragen. Aber ich glaube, ich weiß, welchen Fluchtweg unser Mann genommen hat. Komm mit.» Andrivaux gab sich abermals geheimnisvoll, während er sich der Wand rechts vom Gitter zuwandte. Dort befand sich auf halber Höhe eine Metallplatte mit einem eingeritzten Baum in der Mitte, umgeben von Kreuzen.

«Ich nehme an, du erkennst das Symbol, das einer unserer Brüder in früheren Zeiten hier angebracht hat?», fragte Andrivaux.

«Die Akazie. Der Baum wurde gepflanzt, um die sterbliche Hülle von Meister *Hiram* nach dessen Ermordung wiederzufinden.»

«Sehr richtig», stellte der Großsekretär fest, während er mit der Hand über den Baum fuhr und entschlossen auf einen der drei Äste drückte.

Plötzlich begannen die Steine zu knirschen, und im Boden tat sich ein Loch auf. Andrivaux leuchtete hinein, und eine Metallleiter wurde sichtbar, die in eine Art Schacht noch weiter nach unten führte.

«Was ist das denn?» Marcas war verblüfft.

«Ein Geheimgang, der wahrscheinlich im 19. Jahrhundert gegraben wurde, als das ehemalige Privathaus Richelieus in den Sitz der Großloge umgewandelt wurde. Ich habe die Pläne in einem angestaubten Ordner gefunden, mitten zwischen den archivierten Akten, die 1940 von den Nazis gestohlen wurden und die wir vor sieben Jahren von den Russen zurückbekommen haben. Du erinnerst dich?»

Marcas lächelte gezwungen. Aufgrund dieser Akten war viel Blut geflossen, und er dachte nicht gern daran zurück. Er trat an das Loch und versuchte, bis auf den Boden des Schachts zu sehen.

«Bilde ich mir das ein, oder kann man dort unten in der Tiefe der Katakomben ein Licht sehen?»

«Ja, da ist eine Lichtanlage aus Vorkriegszeiten. Letztes Jahr habe ich einen unserer Brüder ins Vertrauen gezogen. Er hat sie repariert. Überraschend ist allerdings, dass auch unser Mörder offenbar davon weiß. Nicht einmal der Großmeister hat eine Ahnung.»

«Und wohin führt der Gang?»

«Vom Fuß der Leiter gehen drei Wege ab. Der erste führt nach Norden zu dem schmalen Abwasserkanal, der sich meinen Berechnungen zufolge genau unter der Rue La Fayette befindet. Der zweite geht in Richtung Süden und endet an einer verputzten Mauer, wahrscheinlich neben der Rue de la Grange Batelière. Der dritte …»

Der Kommissar wollte bereits in den finsteren Schacht abtauchen, ohne die Fortsetzung der Erklärungen abzuwarten, doch Andrivaux hielt ihn am Arm zurück.

«Warte, ich gehe vor. Ich kenne mich hier besser aus als du.» Die Stimme des Großsekretärs hallte dumpf wider, als sie nacheinander in die Tiefe stiegen.

«Es könnte gefährlich werden», gab Marcas zu bedenken. «Besonders, wenn unser Mann sich noch da unten versteckt.»

«Ich glaube nicht, dass der Kerl sich noch in diesem Loch aufhält. Der hat bestimmt einen Ausgang gefunden. Der dritte und längste Gang führt übrigens nach Osten, wahrscheinlich ins Trinité-Viertel. Er ist mehr als einen Kilometer lang und endet in einem Durchbruch, der in die Katakomben mündet. Vorausgesetzt, es stimmt, was in den alten Akten steht.»

Marcas folgte dem Großsekretär und tastete nach dem Taser, den er sich unter den Gürtel geklemmt hatte.

«Ich verstehe nicht, wie er es geschafft hat, den Zugang hinter sich wieder zu verschließen.»

«Er muss das Geheimnis kennen», mutmaßte Andrivaux.

«Welches Geheimnis?»

«An der siebten Sprosse der Leiter gibt es einen versteckten Mechanismus. Wenn man darauf drückt, bewegt sich die Steinplatte der Falltür zurück an ihren Platz.»

«Und wenn man sie von unten öffnen will?»

«Dazu muss man erst auf die fünfte und dann auf die

dritte Sprosse drücken, damit sich die Tür wieder öffnet. Drei, fünf, sieben, die Zahlen, die symbolisch für Lehrling, Geselle und Meister stehen.»

Andrivaux hatte kaum zu Ende gesprochen, als sie wieder ein leises Knirschen hörten und sich die Luke über ihnen schloss. Nun waren sie von der Außenwelt abgeschnitten.

Je weiter sie in die geheimen Tiefen der Hauptstadt hinabstiegen, desto modriger wurde der Geruch, der von den feuchten Wänden ausging.

«Beeindruckend. Wie viele Meter sind wir jetzt unter der Erde?», erkundigte sich Marcas und konnte gerade noch rechtzeitig einem verrosteten Eisenbolzen ausweichen, der aus einem Stein hervorragte und den er im matten Schein der Taschenlampe nicht gesehen hatte.

«Mindestens zwanzig. Die Brüder haben damals gute Arbeit geleistet. Der Ingenieur, der diesen Gang gebaut hat, war auch für den berühmten Pariser Stadtplaner Haussmann tätig. Daher standen ihm alle Pläne des Viertels zur Verfügung.»

Unten am Fuß der Leiter angekommen, standen sie in einem hohen Raum mit Gewölbe. Drei türgroße Öffnungen gingen davon ab. Über jeder war ein freimaurerisches Zeichen eingemeißelt. Marcas erkannte sie alle: das Allsehende Auge, die *Knotenschnur* und den Totenkopf über zwei Knochen. Drei mögliche Fluchtwege für den Mörder, überlegte er, während er sich niederhockte, um den Sandboden auf Fußspuren zu überprüfen. Der Großsekretär leuchtete mit seiner Taschenlampe.

«Habt ihr normale Straßenschuhe angehabt, als ihr hier unten die Elektrik wieder in Gang gebracht habt?», fragte Marcas.

«Nein, natürlich nicht. Hier braucht man eigentlich wasserdichte Stiefel. Überall sickert Wasser rein. Die Abwasserkanäle sind nicht weit weg.»

Marcas deutete auf Fußspuren, die zu dem Eingang mit der Knotenschnur führten.

«Dann hat er diesen Weg genommen. Wohin führt der?»

«Nach Süden. Das ist seltsam, denn er endet an einer Mauer. Ich weiß nicht, wie er da entkommen will.»

Marcas nahm Andrivaux die Taschenlampe ab und leuchtete in den Gang, doch der Lichtstrahl verlor sich im Dunkel. Irgendwo dort befand sich der Mörder, der zwei Menschen auf dem Gewissen hatte. Marcas dachte an Paul, dessen Leichnam die Sanitäter wahrscheinlich inzwischen weggebracht hatten. Und er sah wieder die schrägen Sehschlitze der Maske des Mörders vor sich. Eine nahezu hypnotische Wirkung war von den weit aufgerissenen Augen ausgegangen.

Der Kommissar drehte sich um. «Du gehst lieber wieder rauf und gibst den anderen Bescheid.»

«Aber ich …»

«Sag auch den Sicherheitsleuten Bescheid und zeig ihnen, wie sie hier herunterkommen. Ich werde Verstärkung brauchen», wies ihn Marcas mit einer Bestimmtheit an, die keine Widerworte zuließ.

«Gut, aber pass auf dich auf. Der ganze unterirdische Bereich ist instabil und löchrig wie ein Schweizer Käse. Jeden Moment kann alles zusammenbrechen.»

Marcas leuchtete dem Großsekretär noch auf seinem Weg nach oben. Dann zog er den Taser vom Gürtel und marschierte in den steinernen Tunnel. Sofort wurde er von der Dunkelheit verschluckt.

20
Paris
Quartier Saint-Jacques-de-la-Boucherie
14. März 1355

Am Tag nach der öffentlichen Verbrennung bemerkte Pernelle Flamel, dass ihr Gatte stiller war als sonst. Sie sagte jedoch nichts.

Nicolas war ihr dritter Ehemann, und sie wusste, wie man sich zu verhalten hatte, wenn Männer schweigsam wurden. Eine Frau hatte eine gute und treuliebende Ehefrau sowie eine aufopfernde Mutter zu sein.

Pernelle Flamel war sehr fromm und besuchte regelmäßig die Kirche Saint-Jacques, die direkt neben ihrem Haus stand. Sie lebte im Rhythmus der täglichen Gebete und der kirchlichen Feste. Im absoluten Glauben fand sie ihr Seelenheil. Ohne Zweifel, ohne Fragen.

Während sie die Treppe hinabstieg, beobachtete sie ihren Mann, wie er inmitten seiner Lehrlinge arbeitete. Mit schwungvoller Feder besserte er präzise ein Initial aus, den schmückenden Anfangsbuchstaben eines Textes. Dennoch schien sein Blick ab und zu von dem sorgfältig kolorierten Pergamentbogen in die Ferne zu schweifen.

Ihr selbst waren Bücher stets unheimlich gewesen, doch Nicolas schrieb sie nicht nur ab, er las sie auch gern. Vor allem jene Bücher machten ihr Angst, die Mönche aus dem fernen Orient bisweilen zum Abschreiben brachten und die voller seltsamer Gestalten und phantastischer Illustrationen waren. Ihren Mann hingegen faszinierten diese Dokumente aus Konstantinopels alten Bibliotheken oder Jerusalems Kirchen. Einmal hatte sie ihn sogar dabei ertappt, wie er seine Abschrift für sich selbst kopierte, und sie wusste, dass ihr Mann im Keller, in einem mit einer schweren Holztür verschlossenen Schrank, Schriftstücke aufbewahrte, deren Inhalt nur er allein kannte.

Niemals hätte Pernelle gewagt, dieses Geheimnis ihrem Beichtvater anzuvertrauen, aus Furcht, das Haus würde dann vom Unglück heimgesucht. Doch bei der Vorstellung, durch diese Unterlassung ihr Seelenheil aufs Spiel zu setzen, begann sie stets zu zittern. Denn das Gesicht ihres Mannes war von Mal zu Mal erhitzter, wenn er mit einer Kerze in der Hand aus dem Keller zurückkehrte und sich lange ruhelos im Bett hin und her wälzte, bevor er einschlief.

In Wahrheit konnte Pernelle Bücher nicht ausstehen. Und noch weniger mochte sie die seltsamen Kunden, die in der Dämmerstunde mit einem Buch unter dem Mantel zu ihrem Mann kamen. Flamel hieß sie alle willkommen, bot ihnen etwas zu trinken und einen Platz am Feuer an, denn er wusste, dass der neue Kunde sich so mit der Zeit sicherer fühlen und Vertrauen schöpfen würde.

Als sie die Werkstatt betrat, beugte sich ihr Mann gerade wieder über den Pergamentbogen und tätigte den letzten Federstrich an einem Initial. Sie hüstelte, und ihr Mann zuckte plötzlich zusammen. Als er sich zu seiner Frau umwandte, sah er aus, als habe er soeben den Teufel leibhaftig erblickt. Wortlos griff er zu seiner Kappe und eilte aus dem Laden.

«Maître Flamel, ich war gerade auf dem Weg zu Euch.»

Wie angewurzelt blieb der Kopist wenige Schritte neben seinem Haus stehen. Vor ihm stand der seltsame Nachbar, wie immer in Schwarz gekleidet, und starrte ihn an. Sein aschfahles Gesicht wirkte durch die tiefen Augenringe noch blasser und ließ seinen kahlen Schädel enorm aussehen.

«Ihr seid ein Meister der Schrift, wie ich höre? Auch ich bin ein Meister im Dienste des göttlichen Willens, wenn auch einer sehr außergewöhnlichen Zunft. Ich heiße Jehan. Jehan Arthus.»

Flamel nahm seine Kappe ab. «Nicolas Flamel. Zu Euren Diensten.»

Ein flüchtiges Lächeln huschte über das kreidebleiche Gesicht des Folterers.

«Genau deswegen bin ich hier», sagte der Mann und sah sich verschwörerisch um. Die ersten Händler in der Straße öffneten gerade ihre Läden. Viele waren spät dran. Am Abend zuvor war noch lange gefeiert worden. Jehan Arthus beobachtete die geschäftigen Bürger mit Verachtung. «Was sagt Ihr zu der gestrigen Hinrichtung?»

«Dass der König gut und gerecht geurteilt hat», stotterte Flamel.

Erneut verzog der Folterer das Gesicht zu einem Lächeln. «Ihr seid ein vorsichtiger Mann, Maître Flamel. Bloß kein falsches Wort.»

«Man wird nicht gerade vertrauensselig, wenn man den ganzen Tag Texte abschreibt.»

«Eine einsame Tätigkeit, in der Tat, genau wie meine.»

Nicolas Flamel schwieg. Die Unterhaltung nahm eine Wendung, die ihm nicht behagte.

«Maître Flamel, seid Ihr ein guter Christ? Keine Sorge, ich will Euch nicht prüfen. Ich möchte lediglich Gebrauch von Euren Fähigkeiten machen.»

Sofort entspannte der Kopist sich ein wenig. «Ihr

möchtet ein Buch abgeschrieben haben? Dann seid Ihr wahrscheinlich ein Mann der Kirche. Ich habe bereits …»

«Nein. Ich brauche jemanden, der aufschreiben kann, was man ihm diktiert, um dann zu vergessen, was er gehört hat. Seid Ihr ein solcher Mann, Maître Flamel?»

21
Paris
Sitz der Großloge

Der Mann ging schnell und fand seinen Weg ohne irgendein Licht. Unzählige Male war er diese Strecke bereits gegangen und hatte sich dabei stets nur von seiner Hand leiten lassen, mit der er die porösen Mauern abtastete.

Die absolute, uneingeschränkte Kontrolle, das ist Macht. Ich liebe die Dunkelheit.

Er stieg drei Stufen zu einem Durchgang hinauf. Bald würde er wieder an der frischen Luft sein. Er hatte es eilig, nach Hause zu kommen. Er musste sich von seiner Rolle verabschieden und wieder in das weltliche Geschehen zurückkehren, sich bei seiner Frau erkundigen, ob sein Sohn auch brav die Hausaufgaben gemacht habe, und sich in der Mikrowelle das von der Haushälterin Martha zubereitete Essen warm machen.

Je weiter er sich vom Tempel entfernte, desto mehr gewann seine profane Existenz wieder die Oberhand. Langsam verschwand der Rachebruder.

Da sah er unvermittelt das Gesicht des Mannes im

Rollstuhl vor sich. *Mir treibt es die Tränen in die Augen, wenn sie leiden. Warum verstehen sie nicht, dass ich sie von ihren Ketten befreie? Ich bin der Wind und der Sturm. Ich bin die Rache. Ich bin der Bruder des Blutes. Für immer und ewig.*

Seine Finger ertasteten den Eisenknauf der Tür. Mit einem Ruck zog er ihn zu sich. Die Tür quietschte in den Angeln, und sofort strich ihm eine frische Brise übers Gesicht.

Als er noch einmal in die Dunkelheit zurückschaute, hörte er Schritte näher kommen. Er lächelte. Der Kerl hielt sich für schlau, doch er war vorbereitet.

Der Lichtkegel der Taschenlampe fiel abwechselnd auf den Boden und die feuchten Wände. Marcas drehte sich kurz um und warf einen Blick hinter sich. Der Raum, der zu der Leiter führte, war nur noch zu erahnen.

Er schätzte, dass der Gang ungefähr hundert Meter lang war. Die Fußspuren waren deutlich zu erkennen. Er war sich sicher, dass der Mörder diesen Weg genommen hatte. Schneller laufen war jedoch unmöglich, da immer wieder Metallteile aus der Decke ragten. Zweimal hatte er sich eines dieser Teile fast ins Auge gerammt.

Obwohl er wusste, dass sich zwanzig Meter über ihm ein unendlicher Strom von Passanten und Autos über die Straße bewegte, fühlte sich Marcas in diesem Labyrinth jenseits von Zeit und Raum. Allein.

Der tunnelartige Gang wurde schmaler und machte eine Rechtskurve, als vor ihm plötzlich ein Schatten auftauchte. Dem Kommissar blieb fast das Herz stehen. Instinktiv sprang er zur Seite und drückte den Auslöser des Tasers.

Nichts war zu hören. Marcas leuchtete mit der

Taschenlampe in die Richtung des Schattens. Nur ein abgebrochener Balken, der aus der Wand ragte. Marcas atmete erleichtert aus.

Der Gang führte nun leicht nach links und mündete, nachdem er für einige Meter noch schmaler geworden war, in einen rechteckigen Raum.

Knapp unter der Decke waren verschiedene Zeichen in die Wände gemeißelt. Winkelmaß, Zirkel, Lot, zwei Säulen … Der Anblick dieser vertrauten Freimaurersymbole beruhigte Marcas. Mehr als ein Jahrhundert zuvor hatten Brüder ihre Spuren in diesem Labyrinth hinterlassen. Brüder, die jetzt nur noch Staub und Asche waren … Still sprach der Kommissar einige rituelle Sätze zu ihrem Gedenken. Dann ließ er den Lichtkegel über die Wände wandern und entdeckte eine Öffnung, die groß genug für einen Menschen schien. Daneben war auf einer verrosteten Tafel ein weiteres Symbol eingraviert: die Knotenschnur. Marcas trat näher und leuchtete in das dunkle Loch.

Übler Gestank schlug ihm entgegen, und er musste würgen. Aber Marcas entdeckte hinter einem Haufen Geröll einen weiteren Gang, der steil nach links abfiel. Die lose auf dem Boden verlegten Steine sahen aus wie das Pflaster einer schmalen Gasse. Sie schimmerten feucht wie nach einem Regenguss.

Als Marcas über den Geröllhaufen kletterte, rutschte er aus und konnte sich gerade noch an einem Stein festhalten. Doch er hatte sich an der Hand verletzt. Blut lief an seinem Finger hinab. Er fluchte und fragte sich, ob seine vierzig Jahre alte Tetanusimpfung wohl noch ausreichenden Schutz bot.

Je weiter er in den glitschigen Kanal eindrang, desto

unerträglicher wurde der Gestank. Mit seinen Lederschuhen rutschte Marcas ständig aus, und ihm blieb nichts anderes übrig, als geduckt zu kriechen. Er kam nur langsam voran.

Nach etwa fünf Minuten gelangte er in eine Art Zisterne von drei Metern Durchmesser, deren Boden aus großen Steinplatten bestand. Aus den Wänden ragten drei große Abwasserrohre, die hier offenbar ihren schlammigen Inhalt entleerten. Über einem dieser Rohre entdeckte der Kommissar Eisensprossen, die zu einem halbgeöffneten Gitter hinaufführten. Behände schwang er sich auf das Rohr und begann die Sprossen zu erklimmen.

Plötzlich ertönte ein lautes Grollen und Staub wirbelte auf. Marcas zuckte zusammen und suchte seine Umgebung mit der Taschenlampe ab. Erschrocken stellte er fest, dass die Mauer mit der Öffnung zu dem Kanal, der ihn hierher geführt hatte, eingestürzt war. Praktisch im selben Moment wurde das Gitter über ihm mit einem schrillen Knirschen gänzlich über die Zisterne geschoben. Marcas saß in der Falle.

Er leuchtete mit der Taschenlampe nach oben. Im schwachen Schein der Lampe tauchte über dem Gitter der Kopf des Maskierten auf. Mit stechenden Augen starrte er Marcas an wie ein Dämon.

Zum ersten Mal seit langer Zeit fühlte der Kommissar Panik in sich aufsteigen.

22
Paris
Île de la Cité
14. März 1355

Als Nicolas Flamel sich an diesem Abend von seiner Gattin verabschiedete, gab er vor, einen Auftrag zu haben, den er nicht in seiner Werkstatt erledigen könne. Ein reicher Kunde, für den er ein kostbares Buch abschreiben solle, verlange, dass er bei ihm zu Hause arbeite.

Am Eingang des Palasts auf der Île de la Cité angekommen, passte Flamel auf, dass die Wachmänner seine Pergamentbögen und Federn beim Kontrollieren nicht beschädigten. Er wollte seinen neuen Auftraggeber keinesfalls verärgern.

Ein Diener führte ihn schließlich in das imposante Gebäude und über ein Labyrinth von Treppen und düsteren Räumen zu einer schmalen Tür, vor der zwei Wachen standen. Dieses Mal wurde er noch genauer durchsucht und dann eine Wendeltreppe hinabgeschickt.

An der letzten Stufe erwartete ihn der Folterer. In diesem Moment hörte man von draußen die Glocken von Notre-Dame zur Abendmesse läuten.

«Ihr seid pünktlich, Maître Flamel, das ist gut. Tretet ein. Und vor allem … schaut genau hin.»

Den Anblick sollte Flamel sein Leben lang nicht mehr vergessen: Auf einem großen Stein lag eine festgebundene Gestalt, die herzzerreißend wimmerte. Als Flamel näher trat, konnte er erkennen, dass es sich um eine junge Frau handelte. Ihre Züge waren durch die Folter entstellt, ihre Hände verkrampft und ihr Bauch eingeschnitten.

«Wir haben ihr bereits die üblichen Fragen gestellt.

Unter leichter Gewaltanwendung. Nichts Außergewöhnliches. Aber wenn sie sich weiter verweigert, müssen wir zu überzeugenderen Mitteln greifen.» Der Folterer griff nach einer schweißnassen Haarsträhne der Frau.

Der Kopist war entsetzt. Niemals hätte er diesen Auftrag annehmen dürfen! «Aber sie ist doch geknebelt», wagte er einzuwenden.

«Ihr wundert Euch, warum ich ihr den Knebel nicht aus dem Mund genommen habe? Genau deswegen, damit sie nichts sagen kann. Damit das Leiden ihrem Gedächtnis auf die Sprünge hilft. Damit sie sich an all das erinnert, was sie uns noch erzählen soll.»

Die verquollenen Augen der jungen Frau waren voller Tränen. Noch nie hatte Flamel einen Menschen so sehr leiden sehen.

«Ihr wisst nicht, wer sie ist, oder?»

Der Kopist antwortete nicht.

«Wahrscheinlich wäre es besser, wenn Ihr es nie erfahrt. Aber ich werde es Euch dennoch verraten, denn wir werden heute Nacht allein sein. Ich werde Euch ihre Geschichte erzählen, die kurze Geschichte ihres Lebens.»

«Ich schwöre Euch …»

«Genug!», schnitt ihm der Folterer das Wort ab. «Wenn ich Euch von dieser verlorenen Seele erzähle, tue ich das aus einem einzigen Grund. Sollte ihre Geschichte je bekannt werden, dann weiß ich, wer es gewagt hat, sie weiterzuerzählen.»

Der Kopist öffnete den Mund, um zu widersprechen. Doch der Folterer hob drohend seine Hand.

«Und das wäre Euer Ende.»

23
Paris
Sitz der Großloge

Reglos und ohne einen Ton von sich zu geben, stand der Mörder über dem Gitter und damit außerhalb Marcas' Reichweite. Vergeblich versuchte der Kommissar seinen Gegner zu erwischen. Er war nur zwanzig Zentimeter vom Gesicht des Mörders entfernt. Lediglich das rostige Eisengitter, das seinem zornigen Rütteln nicht nachgab, trennte sie.

Der Maskierte blieb ungerührt und betrachtete ihn schweigend.

Marcas kletterte die Sprossen wieder hinab und hockte sich vorsichtig auf das Abflussrohr. Mit der Taschenlampe leuchtete er in jeden Winkel der Zisterne. Die Chance, durch den verschütteten Kanal wieder ans Tageslicht zu gelangen, war noch unwahrscheinlicher als durch das Gitter. Marcas bekam Angst. Wie lange würde er hier ausharren müssen?

Die Polizei musste inzwischen längst im Logenhaus eingetroffen und vom Großsekretär über die unterirdische Verfolgungsjagd informiert worden sein. Aber würden sie sich durch die eingestürzte Mauer aufhalten lassen?

Plötzlich begannen Marcas' Beine merkwürdig zu vibrieren. Ein dumpfes Brummen drang durch das Rohr, auf dem er hockte. Womöglich befand er sich in der Nähe einer Métro-Linie, und ein vorbeifahrender Zug erschütterte die Umgebung.

Doch das Rütteln wurde immer stärker und verwandelte sich schließlich in ein geräuschvolles Gurgeln. Kurz darauf sah der Kommissar mit Schrecken, wie schmutziges Wasser aus dem Rohr schoss und sich in die Zisterne ergoss. Auch die beiden anderen Leitungen spuckten plötzlich schlammige Flüssigkeit aus.

Beißender Gestank drang Marcas in die Nase, während das Abwasser bereits den Zisternenboden bedeckte. Als er sich auf dem Rohr aufrichtete, bemerkte er, dass der Abfluss im Boden offenbar verstopft war und die stinkende Flüssigkeit deshalb nicht abfließen konnte. Auch die eingestürzte Mauer des schmalen Gangs, durch den Marcas gekrochen war, schien fast vollkommen wasserdicht zu sein. Immer heftiger gurgelte es durch die Rohre.

Plötzlich schallte die Stimme des Mörders durch die Zisterne:

«Wie du siehst, werter Bruder, haben die Brüder den Ausgang dieses unterirdischen Labyrinths durch eine Abwasseranlage getarnt. Von hier oben lässt sich der Mechanismus aktivieren, mit dem man die Zisterne volllaufen lassen kann.»

«Woher weißt du das alles?», rief Marcas irritiert.

«Die Pläne der unterirdischen Gänge befinden sich seit Jahrhunderten in unserer Familie. Aber wer hätte gedacht, dass ich sie eines Tages tatsächlich würde gebrauchen können.»

Marcas biss sich auf die Lippen. Er musste eine Lösung finden.

«Ich nehme an, das Wasser steigt bis zum Gitter, und du hast deinen Spaß daran, mich ertrinken zu sehen», rief er und versuchte, möglichst gelassen zu klingen.

Der Mörder zuckte mit den Schultern. «So kann man es sehen. Die Exkremente aus der profanen Welt werden durch eine von Freimaurern errichtete Mauer aufgehalten, um den Eingang zum Tempel nicht zu beschädigen ... ein wunderbares Bild.»

«Abartig ...»

«So sprichst du mit einem Bruder? Musst du mir meinem Grad entsprechend nicht ein bisschen mehr Respekt entgegenbringen?»

«Scheiße ... Was für ein Grad?»

«Ich habe dir bereits gesagt, dass ich den Grad der Rache innehabe. Und dir zu helfen dient leider nicht meinen Interessen. Ich frage mich –»

Marcas konnte ihn kaum noch verstehen, denn das Gurgeln des Abwassers übertönte die Worte seines Peinigers. Wütend schrie er: «Hilfe! Hier bin ich!»

Der Maskierte lachte höhnisch. «Ich glaube nicht, dass unsere Brüder auf der anderen Seite der Mauer sind. Und selbst wenn, können sie nichts ausrichten. Es sei denn, sie haben Sprengstoff.»

Inzwischen stand die übelriechende und eiskalte Brühe bereits bis zu Marcas' Hüfte. Der Pegel in der Zisterne stieg schnell. Marcas änderte seine Position, wusste allerdings, dass er es so nicht lange aushalten würde. Also ließ er sich vom Rohr gleiten und versuchte zu schwimmen. Als er Abwasser in den Mund bekam, musste er sich fast übergeben. Ihm war so kalt, dass er seine Glieder kaum noch spürte. Alles drehte sich um ihn herum, und plötzlich spürte er etwas an seinem Schenkel entlanggleiten. Panisch reckte er sich dem Gitter entgegen und klammerte sich daran fest. Das Sprechen fiel ihm schwer.

«Warum ...?»

«Ich erfülle nur meinen Auftrag. Aber das verstehst du nicht.»

Das Wasser reichte mittlerweile bis einen halben Meter unter das Gitter. Marcas rechnete damit, dass es nur noch Minuten dauerte, bis er ertrinken würde. Es war der sichere Tod.

24
Paris
Île de la Cité
14. März 1355

Der Tod. Schon als er über die Schwelle zu dieser widerlichen Höhle getreten war, hatte Nicolas Flamel geahnt, dass auch ihm mit dem Tod gedroht würde. Doch seltsamerweise kümmerte ihn sein eigenes Schicksal jetzt weniger als das der armen Frau. Er sprach ein stilles Gebet für sie. Gott durfte solche Gräueltaten nicht zulassen. In ihren Augen stand die Unschuld.

Der Folterer ging um den Stein herum und setzte sich auf eine schmale Felsbank an der Wand.

«Sie ist vor drei Wochen nach Paris gekommen, mit diesem Juden, den der König zu sich bestellt hatte. Jener Verdammte, der gestern Abend auf dem Scheiterhaufen sterben musste. Seinen Aussagen zufolge ist sie seine Tochter, die ihn aus Spanien hierher begleitet hat. Er behauptete, sie sei seit ihrer Geburt stumm. Doch das ist nur eine List, um die Wahrheit zu verschleiern: dass sie kein Wort Spanisch spricht.» Ein kaltes Lächeln machte sich auf dem Gesicht des Folterers breit. «Seit sie mir anvertraut wurde, wurden neue Tatsachen aufgedeckt. Belastende Tatsachen.»

Der Atem des Kopisten ging immer schneller, während Jehan Arthus seinen Bericht fortsetzte.

«Die Reise aus Spanien nach Paris ist lang. Um sich ein wenig Geld zum Überleben zu verdienen, hat der Jude entlang der Strecke Kranke behandelt. In Städten und Klöstern. Allerorten war man sehr zufrieden mit seinen medizinischen Fähigkeiten und lobte ihn in den höchsten Tönen.»

«Wahrscheinlich eine göttliche Gabe …», mutmaßte Flamel, dem der Schweiß auf der Stirn stand.

«Oder das Werk des Teufels!», verbesserte ihn der Folterer. «In der Nähe von Cahors hat man ihn gerufen, um eine kranke Frau zu behandeln. Eine Adelige. Die Leute sind zu allem bereit, wenn es um ihr Leben geht. Dann vertrauen sie ihr Schicksal sogar einem Juden an.»

«Jedes von Gott geschaffene Wesen fürchtet sich davor, seinem Schöpfer gegenüberzutreten», gab der Kopist zu bedenken.

«Ihr schreibt zu viele Strafpredigten ab», höhnte der Folterer. «Lieber solltet Ihr Euch mit den Gleichnissen Unseres Herrn von den Reichen und Mächtigen beschäftigen. Für sie wird das Tor zum Paradies verschlossen bleiben. Auch ihr Gold kann es nicht öffnen. Glaubt mir, alle Adeligen enden im schlimmsten Höllenfeuer.» Der Folterer deutete auf die gefesselte Frau. «Aber zurück zu der Frau. Die Adelige hat die Krankheit überlebt. Der Ketzer hat ihr ein geheimnisvolles Heilmittel verabreicht. Einen dämonischen Zaubertrank, der den Geist der schwachen Frau verwirrt hat. Doch die Bediensteten haben den Skandal aufgedeckt.»

«Welchen Skandal?»

«Die Frau war Witwe. Eine Witwe mit zwei Kindern. Für die Heilung hat sie ihre Tochter verkauft. Sie hat ihre Tochter zur Hure gemacht, und seitdem ist sie beschmutzt, bis auf ihr Innerstes beschmutzt.»

Der Folterer wurde leiser. Als wäre er erschöpft. Mechanisch bekreuzigte sich Flamel. Offenbar war hier ein teuflischer Pakt geschlossen worden. Das Leben der Mutter gegen die Unschuld der Tochter, dachte er.

Der Folterer musterte sein Opfer mit durchdringendem Blick. «Aber sie wird uns alles gestehen, und dann werde ich sie reinigen.» Er zögerte einen Moment. «So, wie sie gesündigt hat!»

25
Paris
Sitz der Großloge

Sein Kopf stieß bereits gegen das Eisengitter. Das Wasser stand Marcas mittlerweile bis zum Hals. Er legte seinen Kopf in den Nacken und klammerte sich an die Metallstäbe. Deutlich sah er die schwarzen, geweiteten Pupillen des Mörders über sich und spürte dessen Hand über seine Finger gleiten, wie die eines Freundes.

«Du hast recht. Ich bin verpflichtet, dir zu helfen. Schließlich habe ich ja nichts gegen dich.»

«Mach endlich die Luken dicht!», schrie Marcas, dem das Wasser jetzt bis zum Kinn reichte.

«So einfach ist das nicht. Ich werde dir eine Frage stellen, die für einen Freimaurer mit reinem Gewissen ganz einfach zu beantworten ist. Wenn du die richtige Antwort weißt, rette ich dich. Amüsant, nicht wahr?»

Krampfhaft hielt Marcas sich an den Gitterstäben fest, seine Schultern schmerzten.

«Warum tragen wir ein Schwert beziehungsweise einen Degen?»

«Um dir die Kehle durchzuschneiden!», rief Marcas, der abermals stinkendes Wasser geschluckt hatte.

Sein Peiniger schüttelte den Kopf. «Nein, zum Gedenken an die Ritterorden, aus denen wir uns entwickelt haben. Ich gebe dir eine zweite Chance. Wozu wird es benutzt?»

«Für die Initiation», stieß der Kommissar mit einer Wange ans Gitter gepresst hervor. Wasser lief ihm ins Ohr. Bald würde er nicht mehr antworten können.

«Und was versteht man unter dem *Flammenden Schwert*? Überleg dir die Antwort gut. Die Symbolikexperten sind sich nämlich nicht ganz einig», warnte der Maskierte.

In Marcas' Kopf drehte sich alles. Das Flammende Schwert, das Flammende Schwert … Das lernte man erst spät in der Freimaurer-Ausbildung.

«Es ist das Schwert des Meisters vom Stuhl. Der Stab des Moses … die Schlange der Erkenntnis. Scheiße, ich weiß es nicht genau.» Marcas bekam kaum noch Luft. Er drückte den Mund gegen das Gitter. Rostpartikel schnitten ihm in die Lippen. Bald würde er sich nicht mehr halten können. Wieder lief ihm die stinkende Flüssigkeit in den Mund. «Das Symbol des Lichts!», schrie er.

Mit einem Mal hörte das Wasser auf zu steigen.

«Bravo, du kennst deinen freimaurerischen Katechismus gut», sagte der Maskierte, als sein Gesicht wieder über dem Gitter auftauchte. «Man sollte dieses Spiel patentieren lassen. Man könnte es Bruder-Quiz nennen.»

Der Kopf des Mörders tanzte vor seinen Augen hin und her, doch Marcas vernahm die Worte seines Peinigers kaum noch. Der Wasserspiegel sank nicht. Am liebsten hätte er gebrüllt, doch es war zu spät. Die Luft erreichte seine Lungen nicht mehr.

Marcas ließ die Stäbe los und merkte, wie er in einen bodenlosen Brunnen sank. Um ihn herum wurde es schwarz.

26

Paris
Île de la Cité
14. März 1355

Es klopfte kräftig an die Tür, und ein Mann mit Helm steckte den Kopf herein.

«Monsieur Arthus, der Besucher, der gestern Abend schon hier war, erwartet Euch im Gartensaal. Er will Euch sprechen. Sofort.»

Der Folterer legte das Seil nieder, das er gerade durch einen Haken an der Gewölbedecke hatte ziehen wollen. Flamel kannte die Methode: Man hängte den Verdächtigen an den Handgelenken auf und ließ dann dessen eigenes Gewicht die Arbeit verrichten. Die Sehnen versagten als Erstes, dann die langsam reißenden Muskeln, während der Körper nach wie vor lebendig an den Seilen baumelte.

«Flamel, Ihr bleibt hier, es wird nicht lange dauern. Ich kenne den Herrn dort draußen bereits, er gehört zur Entourage des Königs. Anscheinend verliert man am Hof die Geduld. Sie warten darauf, dass unsere Besucherin hier endlich redet.»

Die Tür fiel zu, und der Schlüssel drehte sich im Schloss. Der Kopist holte sein Schreibzeug hervor, rollte das Pergament aus und begann die Federn zu spitzen. Der Frau auf der Steinplatte kehrte er dabei den Rücken zu. Er wollte ihr nicht in die Augen sehen, nicht den Blick der zerstörten Unschuld ertragen müssen.

Mit der flachen Hand glättete er die Gänsefeder und öffnete das Tintenfässchen. Plötzlich hörte er, wie die Finger der Gefangenen krampfhaft am Stein des Foltertisches kratzten. Flamel verspürte das tödliche Verlangen, sich umzudrehen und ihr den Knebel aus dem Mund zu reißen. Doch das konnte ihn selbst das Leben kosten.

Erschreckt über seine Tollheit versuchte er, sich auf den langen Holztisch zu konzentrieren, auf dem der Folterer seine Werkzeuge zurechtgelegt hatte. Vor allem der Anblick der Schnürstiefel ließ Flamel erblassen. Er musterte die schweren Holzplatten, auf denen die Füße der Verdächtigen festgeschnallt wurden, und die Schraube, deren Druck zuerst das Fleisch zerquetschten, dann die Nerven zum Zerreißen brachten und schließlich die Knochen brachen.

Durch die Hexenverfolgungen und im Kampf gegen die Ketzerei war die Folter zu einer wahren Wissenschaft geworden. Immer wieder wurden neue Methoden entwickelt, von der Inquisition sorgfältig erfasst. Wochenlang konnte man einen Verdächtigen leiden lassen, ohne dass er starb oder auch nur das Bewusstsein verlor. Alles war möglich, um den Willen eines Menschen zu brechen.

Den Kopisten schüttelte es vor Abscheu. Die Worte

des Folterers gingen ihm nicht aus dem Kopf. Da drehte sich auf einmal der Schlüssel knirschend im Schloss um.

Der Folterer kehrte zurück und durchquerte eilig den Raum. «Habt Ihr Wachs dabei, Flamel?»

«Ja, um Briefe zu versiegeln …»

«Gebt es mir. Mit Wachs kann man nicht nur geschriebene, sondern auch gesprochene Worte versiegeln.» Der Folterer griff nach der roten Wachsstange, die der Kopist ihm reichte, und hielt sie an eine Kerze.

Kurz darauf schallte ein ersticktes Schreien durch den Raum, das nur vom Knebel gedämpft wurde. Flamel fuhr herum.

Der Folterer hatte sich über das schmerzverzerrte Gesicht der jungen Frau gebeugt und ließ gerade heißes Wachs in ihr Ohr laufen. Sie zuckte am ganzen Körper.

Flamel wurde übel. Der Geruch von verbranntem Fleisch breitete sich im Raum aus. Dann bewegte sich die junge Frau plötzlich nicht mehr – sie war vor Schmerzen ohnmächtig geworden. Der Folterer richtete sich auf.

«So hört sie nicht, was ich Euch zu sagen habe.»

«Aber dafür hätte es gereicht, ihr Stoff in die Ohren zu stopfen.»

«Maître Flamel!» Die Stimme des Folterers überschlug sich wütend. «Widersprecht mir nie wieder!»

Der Kopist wurde blass vor Angst.

«Ihr habt keine Ahnung von der Suche nach der Wahrheit. Der Gesandte des Königs, bei dem ich gerade war, hat verlangt, dass man die Frau am Leben lässt. Wenn sie das mitbekommt, wird sie nicht reden.»

«Aber wie soll sie etwas sagen, wenn sie Eure Fragen nicht hört?»

Der Folterer brach in heiseres Gelächter aus. «Ich habe keine Fragen an sie.»

«Was wollt Ihr damit sagen?»

Der Mann griff nach einer Zange, prüfte, wie wirksam sie war, und erklärte dann: «Ich stelle niemals Fragen.»

«Aber warum?»

«Um den Verdächtigen zu zwingen, alles zu sagen. Wenn er nicht weiß, was ich will, weiß er nicht, was er vor mir verbergen soll.» Er klapperte mit der Zange. «Und dann sagt er mehr.»

Mit einem Ruck riss der Folterer seinem Opfer den Knebel aus dem Mund und entfernte ihm grob das Wachs aus den Ohren.

«Macht Euch bereit zum Schreiben, Maître Flamel!»

ZWEITER TEIL

Wenn ein Geheimnis ausgeplaudert wird, ist derjenige schuld, der es der Person anvertraut hat.

La Bruyère, *Charaktere*

Ein Geheimnis darf man nur demjenigen anvertrauen, der es gar nicht wissen wollte.

Diane de Beausaq

27

Aurora-Zentrale an alle Aurora-Mitglieder
13.45 Uhr GMT
Newsletter, der verschlüsselt von der Aurora-Zentrale an alle Aurora-Mitglieder verschickt wird
Kurse
Die Goldpreise sind seit zwei Wochen stabil, Aurora Singapur hat jedoch eine Warnung ausgegeben.
Mitteilungen
Aurora Le Cap hat eine aktualisierte Analyse der weltweit noch im Boden vorhandenen Goldvorkommen vorgelegt. Anbei die wichtigsten Zahlen; das ausführliche Dokument befindet sich im Anhang.
Jahresproduktion der Goldminen weltweit: 2530 Tonnen.
Jährliche Nachfrage nach Gold (Schmuck, Finanzmarkt, industrielle Verarbeitung) weltweit: 3200 Tonnen
Geschätzte Minen-Reserven weltweit: 48000 Tonnen
Hauptlagerstätten:
- Südafrika: 19000 Tonnen
- USA: 5600 Tonnen
- Australien: 5000 Tonnen

- China: nicht bekannt

Nach neuesten Schätzungen werden die Goldreserven im Jahr 2027 aufgebraucht sein. Wir bestätigen unsere frühere Analyse, nach der die Knappheit des Edelmetalls die Preise in Zukunft in bisher ungekannte Höhen steigen lassen wird. Mit einer Steigerung um das Fünf- bis Zwanzigfache ist zu rechnen. Experten sind der Meinung, diese Information sei bislang noch nicht ins Bewusstsein der Öffentlichkeit gedrungen, zumindest nicht wie bei den Ölreserven. Eine zunehmende Auseinandersetzung mit dem Thema in den Medien wird sich also deutlich auf den Preis auswirken. Eine von Aurora Zürich durchgeführte Prognose, die auf einem vertraulichen Expertenbericht basiert, zeigt, dass der Ankauf von Gold überall auf der Welt explosionsartig ansteigen wird, sobald die entsprechenden Informationen publik werden. Zitat: «Die Menschen werden sich vor allem auf Schmuck, Münzen und kleine Barren stürzen (…). Da die Goldreserven begrenzt sind, wird das Edelmetall wieder zur Fluchtwährung.»

Verschiedenes

Der Agent unserer Abteilung für Sicherheit und Einsatz (ASE) hat den peruanischen Behörden die Identität des Verkäufers der deutschen Goldbarren mitgeteilt. Es handelt sich um Roberto Guttierrez alias Gunther Müller, Sohn des Obersturmbannführers

```
Müller, der als Kriegsverbrecher gesucht
wurde und wahrscheinlich 1999 in Lima starb.
Eine Kiste mit zehn Barren wurde auf Mül-
lers Anwesen sichergestellt.
In Kuwait wurde die Operation «Brennende
Wüste» ins Leben gerufen.
Ende
```

28
Paris
Bichat-Krankenhaus

Weiß. Alles um ihn herum war weiß, die Decke, die Wände, sogar die Gestalt, die er jetzt verschwommen wahrnahm. Marcas wollte sich aufrichten, doch ein stechender Schmerz ließ ihn nach Luft schnappen und in die Kissen zurücksinken. Er schmeckte bittere Galle im Mund.

«Beruhigen Sie sich», sagte eine sanfte Frauenstimme. «Nicht bewegen, Sie haben eine Infusion im rechten Unterarm.»

Langsam schärfte sich sein Blick, und er sah immer deutlicher eine Krankenschwester vor sich. Sie trug ein kleines rechteckiges Namensschild an ihrem Kittel, die Buchstaben darauf konnte Marcas jedoch nicht lesen.

Neben sich hörte er eine andere Person sprechen. Die Stimme klang tiefer als die der Krankenschwester.

«Das hast du davon, wenn du in den Katakomben Detektiv spielst. Solche Dummheiten solltest du in deinem Alter besser lassen.»

Marcas wandte den Kopf zur Seite. Ein Mann mit beeindruckendem Körperumfang saß auf einem wackeligen Stuhl. Er ließ die Zeitschrift, mit der er sich die Zeit vertrieben hatte, auf einen Tisch fallen und bedeutete der Krankenschwester, das Zimmer zu verlassen. Dann stand er auf und trat an Marcas' Bett.

«Du bist gerade nochmal davongekommen. Nicht gerade gesund, so ein Pariser Abwassercocktail.»

Jetzt erkannte Marcas das hochrote, spöttische Gesicht seines Kollegen Hodecourt, den alle *beleibter Bruder* nannten.

«Du hast Beruhigungsmittel bekommen. Ich erzähle dir, was ich weiß. Und du ergänzt dann den Rest, ja?»

Marcas versuchte erneut, sich aufzurichten, doch sofort durchzuckte ihn wieder der Schmerz.

Der beleibte Bruder flüsterte ihm ins Ohr: «Ich bin persönlich mit dem Fall betraut worden. Es gibt eine gute und eine schlechte Nachricht. Die gute ist, dass ich wie du ein Sohn der Witwe bin, was die Dinge vereinfacht, und die schlechte, na ja, alles ist relativ …»

Marcas nahm all seine Kraft zusammen, um ihn zu unterbrechen. «Bist du immer noch Mitglied in der Loge *Laurent le Magnifique* aus Nizza, genau wie der ehemalige Bürgermeister dieser charmanten Stadt? Du weißt schon, der, der dieses originelle Geschäftsgebaren an den Tag gelegt hat.»

Der beleibte Bruder lächelte und tätschelte ihm den Unterarm. «Ich merke, du hast deinen Humor wiedergefunden. Aber wir sollten uns nicht gegenseitig die korrupten Brüder unserer Logen vorhalten. Was die – sagen wir – diplomatische Seite betrifft, wurde nämlich beschlossen, dass wir in dieser Sache zusammenarbeiten.»

«Kommt nicht in Frage. Ich bin zurzeit freigestellt», widersprach Marcas entschieden.

«Keine Sorge. Ich kümmere mich um alles. Du bist der Einzige, der den Mörder gesehen hat.»

Marcas gelang es, sich mit dem Kissen im Rücken ein wenig aufzurichten. In einer derart hilflosen Position ließ er sich nur ungern ausfragen. «Ich kann mich nur noch daran erinnern, einen kräftigen Schluck von diesem ekelhaften Abwasser genommen zu haben.»

Hodecourt ließ sich wieder auf dem Stuhl nieder und holte ein kleines braunes Notizbuch hervor. «Die Beamten vom Kommissariat waren zehn Minuten nach dem Anruf deiner Brüder vor Ort. Zwei der Polizisten haben sich dann zusammen mit dem Großsekretär in den unterirdischen Gängen auf die Suche nach dir gemacht. Sie fanden dich halb ertrunken in einer Abwasserzisterne, die sich gerade leerte. Du hast kaum noch geatmet.»

«Das verstehe ich nicht. Was ist mit dem eingestürzten Kanal, der mir den Rückweg versperrte?»

Der Kommissar zuckte mit den Schultern. «Die Mauer hat dem Wasserdruck offenbar nicht standgehalten. Nachdem man dich gerettet hat, ist es den Beamten gelungen, das Gitter der Zisterne mit Gewalt zu öffnen. Von dort gelangt man durch die Kanalisation zu einem Wartungsraum in der Rue de la Grange Batelière. Das Schloss war aufgebrochen. Dem Mörder ist es gelungen, sich unbemerkt aus dem Staub zu machen.»

Plötzlich bekam Marcas hämmernde Kopfschmerzen. Und er spürte ein unerträgliches Stechen im Magen.

Der beleibte Bruder blickte auf die Uhr. «Leider muss ich unsere Unterhaltung jetzt beenden. Du wirst nämlich gleich ins Land der Träume gehen. Die Krankenschwester hat mir erklärt, dass das Schlafmittel spätestens nach zehn Minuten wirkt.»

«Verdammt ...»

«Du sagst es. Aber wenn alles gutgeht, wirst du morgen bereits entlassen. Wir sehen uns dann in der Loge bei deinen Brüdern», verkündete der dicke Kommissar und erhob sich mit erstaunlicher Leichtigkeit.

Marcas merkte, wie ihm die Sinne schwanden. Die Stimme seines Kollegen schien bereits meilenweit entfernt zu sein. Er hörte nicht einmal mehr, wie sich die Tür hinter seinem Besucher schloss.

29

Paris
Île de la Cité
14. März 1355

Die Dunkelheit in der Folterkammer war schwer und drückend. Nur vor dem Schreiber stand eine brennende Kerze und verbreitete flackerndes Licht. Flamel hatte angefangen zu schreiben. Die rituellen Sätze, mit denen das Verhör begann, kannte er auswendig, weil er in seinem Beruf schon oft mit solchen Texten zu tun gehabt hatte. Niemals folterte man in seinem eigenen Namen, sondern stets im Namen Gottes und des Königs. Die Hand des Peinigers führte lediglich die Anweisungen von ganz oben aus.

Der Folterer ließ den Knebel achtlos zu Boden fallen.

Flamel war überrascht, keinen Laut des Opfers zu

hören. Offenbar ahnte die junge Frau nicht, was die Geste ihres Peinigers bedeutete.

«Sie heißt Flore», erklärte dieser dem Schreiber.

«… de Cenevières», ergänzte eine weibliche Stimme, die von den Qualen noch nicht vollkommen gebrochen zu sein schien.

Flamel drehte sich erstaunt zu der jungen Frau um, wandte sich dann aber schnell wieder seinem Pergament zu.

«Und ich weiß, was Ihr wollt.»

Mit der Zange in der Hand hielt der Folterer inne. Entgegen seinem Grundsatz, niemals Fragen zu stellen, erkundigte er sich jetzt: «Woher willst du wissen, was wir wollen, Weib?»

«Weil alle es wollen. Die Kirchenmänner, der König. Alle!»

Der Folterer lachte höhnisch. «Wer bist du eigentlich, du kleine Provinzgans, dass du behauptest zu wissen, was die Großen dieser Welt wollen?»

«Männer wollen nur das eine: Macht.»

Schallendes Gelächter hallte durch den feuchten Raum. «Und du glaubst, das ist uns neu? Das wissen wir doch schon, seit Gott Adam aus dem Paradies vertrieben hat.»

Das kalte Metall der Zange senkte sich auf Flores Brust. Sie atmete hastig, ihr Oberkörper hob und senkte sich.

«Wenn du eines Tages Kinder stillen willst, musst du mir noch ein paar andere Dinge verraten.»

«Kinder zu zeugen ist schlecht. Das macht alles nur noch schlimmer. Ein teuflisches Werk.»

«Dann brauchst du deine Brüste also gar nicht, du

Hure», wetterte der Folterer. «Wer hat dir denn solche Gedanken eingetrichtert? Dein unglückseliger Jude?»

Mit einem verächtlichen Zischen in der Stimme erwiderte sie: «Isaac war ein guter Mensch. Er hat meiner Mutter das Leben gerettet.»

«Er hat sie verhext. Und sie hat deinen Körper an diesen verdammten Kerl verkauft.»

«Niemals. Er hat mich kein einziges Mal angerührt.»

«Jetzt tut er es jedenfalls nicht mehr.»

Einen Moment lang war nur das Kratzen der Feder auf dem Pergament zu hören. Flamel schrieb jetzt langsamer, weil er wusste, dass die Worte, die er niederschrieb, die Frau womöglich dem Tod näher brachten. Hatte sie nicht gerade erst behauptet, das Leben auf Erden sei ein Werk des Teufels? Allein dafür landete man schon auf dem Scheiterhaufen.

«Weißt du, was mit Menschen geschieht, die von Gott verstoßen wurden? Mit denen, die Sein Gesetz nicht achten, die es wagen, sich Seinem Willen zu widersetzen?» Der Folterer öffnete die Zange mit einem quietschenden Geräusch. «Man reinigt sie mit Feuer. Doch das ist nichts gegen das, was dich erwartet. Also rede jetzt!»

«Die Männer wollten das Gold», stöhnte Flore.

Bei diesen Worten sprang der Folterer mit einem Mal zurück, als hätte er sich an ihr verbrannt. «Was redest du da von Gold, du erbärmliche Hure? Glaubst du wirklich, dass ich deinen Körper wegen dieses schnöden Metalls quäle, das alle verrückt macht?»

Flamel hatte aufgehört zu schreiben. Ein Satz seines Nachbarn, Maître Maillard, fiel ihm ein. *Die Kassen sind leer*, hatte der Kürschner gesagt.

«Bist du wirklich so naiv, Folterer?» Die Stimme der

Frau war schmerzverzerrt. «Glaubst du wirklich, dass man mich ausgeliefert hat, damit du meine Seele rettest? Man hat nach Isaac geschickt, weil er wusste, wie man Gold herstellt.»

Ein Alchemist, dachte Flamel.

«Wenigstens glaubte er es zu wissen.» Die Stimme schwoll jetzt zu einem Keuchen an. «Er glaubte, dass er in Paris am Ziel seiner Suche angekommen sei. Doch ihm blieb nicht genug Zeit.»

Unauffällig blickte der Kopist über seine Schulter. Der Folterer stand reglos da und blickte finster drein. Dann legte er die Zange nieder.

Flamel nahm die Feder wieder auf. Er wollte auf keinen Fall die Aufmerksamkeit des Folterers auf sich lenken.

«Ich habe die Anweisung, dich nicht zu töten, Weib, sondern dich in die Provinz zurückzuschicken. Aber den anderen Teil meines Auftrags werde ich zu Ende bringen. Also, ich überlasse es dir. Du redest freiwillig, oder ich bringe deinen Körper zum Reden.»

Entschlossen antwortete die junge Frau: «Ich werde reden.»

30
Paris
18. Arrondissement
Rue Muller

Der letzte Sonnenstrahl des Tages fiel auf den gerahmten Nachdruck der Menschenrechtserklärung an der Wand. Über dem Text rahmten zwei vollschlanke Damen mit Flügeln und entblößter Brust ein Dreieck ein, in dessen Zentrum ein weit geöffnetes Auge zu sehen war.

Marcas saß auf einem schäbigen Sessel und betrachtete das Bild. Die Heimfahrt vom Krankenhaus hatte keine Viertelstunde gedauert, und jetzt ruhte er sich ein wenig aus, bevor der Großsekretär ihm einen Besuch abstattete.

Immer wenn Marcas das Bild ansah, und sei es nur zur Entspannung, verspürte er eine Ehrfurcht vor der Geschichte. Die Erklärung war über zweihundert Jahre alt und symbolisierte ein Ideal, für das die Menschen gekämpft und für das viele sogar ihr Leben gelassen hatten.

Seine Lieblingsversion war die von 1794, in der die Redakteure, darunter ein Bruder, mehrere Artikel angefügt hatten, unter anderem auch den mit der Nummer XXXV: *Wenn die Regierung die Rechte des Volkes verletzt, ist für das Volk und jeden Teil des Volkes der Aufstand das heiligste seiner Rechte und die unerlässlichste aller Pflichten.*

Den Republikanern war dieser Artikel zu subversiv gewesen, sodass er in den späteren Versionen nicht mehr auftauchte.

Marcas wusste nur zu gut, dass seine Schwäche für

dieses Dokument leicht antiquiert war. Vergeblich hatte er versucht, seinen Sohn für diese revolutionäre Erklärung zu begeistern. Aber mit einem Plasmabildschirm und einer Spielekonsole konnte das alte Dokument einfach nicht mithalten.

Marcas schenkte sich ein zweites Glas Wein ein und grübelte über die Ereignisse der letzten Tage nach. Warum hatte der Mörder ihn am Leben gelassen? Und wie konnte man ihm auf die Spur kommen? Das einzige Indiz war der Rachegrad, den der Mann angeblich innehatte.

In den meisten Logen weltweit erreichte ein Großteil der Freimaurer nur den Grad des Meisters. Vertreter dieses freimaurerischen Ranges trafen sich in den sogenannten blauen Logen. Ein kleiner Teil jedoch stieg im Laufe der Jahre oder Jahrzehnte in die *Hochgrade* auf. Voraussetzung dafür war vor allem das eingehende Studium der Symbolik. Diese Brüder trugen seltsame Namen wie «Prinz des Tabernakels», «Rosenkreuzer» oder «Erhabener Auserwählter Ritter». Marcas belächelte diese Bezeichnungen zwar, hatte aber Respekt vor allen, die sich zu diesem Schritt entschlossen und damit über eine beeindruckende Bildung verfügen mussten.

Er stand auf und ging zu einem seiner Bücherregale. Als er feststellte, dass er sein illustriertes Lexikon der Freimaurerei von Lhomme, Maisondieu und Tomaso verliehen hatte, begann er zu fluchen.

Er nahm sein Handy und rief den Mann an, der ihm in solchen Fällen helfen konnte: Pragman, ein belgischer Bruder, der den freimaurerischen Blog führte. Die Internetseite war eine wahre Goldgrube an Informationen über die Freimaurerei.

Der Bruder aus Brüssel hob ab und meldete sich mit leichtem Akzent.

Der Kommissar holte Luft. «Hallo, hier ist Marcas.»

«Wie geht es dir, Bruder?»

«Gut. Du musst für mich mal wieder Licht ins Dunkel bringen. Hast du zufällig das thematische Lexikon griffbereit?»

«Natürlich.»

«Kannst du mir sagen, was darin über den Rachegrad steht?»

Der belgische Bruder am anderen Ende der Leitung griff nach dem Buch und öffnete das Werk auf Seite 213 unter dem Buchstaben H wie Hochgrade.

Marcas hörte aufmerksam zu. Offensichtlich folgte jede Großloge einem der drei Riten, die sich im Laufe der Geschichte etabliert hatten: dem «alten angenommenen schottischen Ritus», dem «rektifizierten schottischen Ritus» oder dem «französischen Ritus». Jeder Ritus kannte verschiedene hierarchische Grade, die ein Freimaurer theoretisch irgendwann erreichen konnte.

Pragman begann den Artikel zu überfliegen. Beim alten angenommenen schottischen Ritus, der bei den Freimaurern am weitesten verbreitet war, hielt er inne. «Ich lese dir einen Abschnitt vor: *Neunter Grad. Auserwählter Meister der Neun. Wird als Grad der Rache bezeichnet (am Mord Hirams)* … Und beim französischen Ritus … *Dieser Ritus kennt lediglich vier Hochgrade, die als Ordres bezeichnet werden. Der erste, der des Heimlich Auserwählten, ist ein Rachegrad, ähnlich dem des neunten Grades im alten angenommenen schottischen Ritus. In diesem Grad geht es um die erfolgreiche Verfolgung der Mörder des Meisters Hiram – dem legendären Vater und Schöpfer der Freimaurerei, der angeb-*

lich der Erbauer des Tempels für König Salomon war –, auf dass endlich Gerechtigkeit herrsche. Die Freimaurer und ihre Kritiker sahen jedoch mit Besorgnis, wie schnell im Rachegrad Urteile vollstreckt wurden. Einem Schuldigen den Dolch ins Herz zu stoßen war barbarisch, wie schändlich er sich auch benommen haben mochte. Eine solche Tat im Rahmen einer freimaurerischen Zeremonie auszuführen entspricht keineswegs dem, was die Freimaurerei lehren möchte. Dennoch wird es von einem Bewerber für den neunten Grad vollzogen. Bist du jetzt im Bilde?»

«Ja und nein.» Marcas dachte nach. Während der Aufnahmezeremonie für diesen Hochgrad musste der zu Initiierende also einen Dolchstoß ausführen. Konnte es sein, dass in diesem Fall ein Bruder das symbolische Ritual zu wörtlich genommen hatte?

«Hat es etwas mit den beiden Morden in Paris zu tun?», unterbrach Pragman seine Gedanken. «Das hat sich wie ein Lauffeuer im Netz verbreitet.»

«Das weiß ich noch nicht. Der Mörder hat behauptet, einem Hochgrad anzugehören ... Aber ich muss jetzt Schluss machen. Sag Bescheid, wenn du mal wieder in Paris bist.»

«Mache ich. Bis bald, Antoine.»

Marcas hatte gerade aufgelegt, als es an der Tür klingelte.

31

Aurora-Zentrale an alle Aurora-Mitglieder
13.43 Uhr GMT
Kurse
Überhitzung auf dem Londoner Parkett in Folge der Nachricht über einen Anstieg des Transaktionsvolumens um 5%. In drei Tagen wird es laut unserem Informanten einen neuen Preishöchststand geben. Wir gehen davon aus, dass in dieser Zeit Kauforders in einem Wert von 50 Millionen Dollar gegeben werden, die die Aurora-Mitglieder unter sich und an einige ihrer Kunden verteilen sollten, um einen zu starken Kursanstieg zu verhindern.
Der zu erwartende Gewinn liegt bei ca. 2%, das entspricht 1 Million Dollar. Kauf- und Verkauforders sollten sich unseren Berechnungen nach über sechs Stunden erstrecken, um nicht den Verdacht der Absprache und des Kartells zu erregen.
Operation Brennende Wüste
Unsere Abteilung für Sicherheit und Einsatz (ASE) teilt uns mit, dass ihr Agent in Kuwait eingetroffen ist, um die Übergabe zu kontrollieren.
Ende

32
Kuwait
Hamadis Ölkomplex

Der schwarze Lieferwagen überholte die Fahrzeugschlange. Als er mit großer Geschwindigkeit auf die Stichstraße einbog, die zum Förderturm 58 führte, ließ er eine weiße Staubwolke hinter sich. Scheinbar endlos zog sich das schmale Asphaltband durch den ockerfarbenen Sand, entlang der großen Metallhähne, die in regelmäßigen Abständen an den Stellen aus dem Boden ragten, wo die Bohrungen durchgeführt wurden.

Als der Lieferwagen an einem verrosteten russischen Panzerwrack vorbeifuhr, wurde er langsamer und bog erneut ab, dieses Mal auf eine ungeteerte Sandpiste.

Jack Winthrop, ehemaliger Marinekommandant, der als Sicherheitsexperte für die Aurora-Gruppe ins zivile Leben zurückgekehrt war, klemmte seine Dose Limonade in die Plastikhalterung am Armaturenbrett. Dann gab er seinem kuwaitischen Begleiter in traditionellem Beduinengewand ein Zeichen, worauf dieser lächelte und eine brandneue Uzi-Maschinenpistole unter dem Sitz hervorholte.

Der Lieferwagen rumpelte über die holprige Sandpiste. An zahlreichen Stellen waren riesige schwarzglänzende Öllachen zu sehen, die noch aus der Zeit der irakischen Invasion stammten. Hinter einer Anhöhe kam plötzlich eine einsame Straßenlaterne ins Blickfeld der beiden Männer.

Der Lieferwagen wurde langsamer. Jack Winthrop schaltete runter und sah aus dem Nichts eine Lagerhalle aus Wellblech auftauchen. Die Wegbeschreibung, die ihm der ortsansässige Aurora-Vertreter gegeben hatte, war also korrekt. Er brauchte nur den Anweisungen zu folgen, die Übergabe zu kontrollieren und Kollateralschäden zu vermeiden.

Er trank einen letzten Schluck eiskalter Limonade. Die Erfrischung tat ihm gut. Seit er seine militärische Einheit wegen «unangemessener Brutalität» verlassen musste, hatte er die Entscheidung, für Aurora zu arbeiten, nie bereut. Er hätte zwar die Bezeichnung *gerechtfertigte Brutalität* passender gefunden, doch die Armee hatte ein Exempel statuieren wollen.

Ein ehemaliger Oberst hatte ihn dann einem Schweizer Finanzier vorgestellt, der einen Sicherheitsexperten suchte. Nachdem die ersten beiden Aufträge gut gelaufen waren, hatte der Geschäftsmann Winthrop schließlich in die Existenz von Aurora eingeweiht.

Es war eine Gruppe von zwanzig Mitgliedern weltweit, die eine gemeinsame Passion hatten: Gold. Hochkarätige Finanziers, spezialisierte Händler, Entscheidungsträger in den Minen, sogar Funktionäre von Zentralbanken – sie alle glaubten an die Macht des wertvollen Metalls. Für sie war Gold der einzige Garant für politische und finanzielle Stabilität weltweit.

Die Mitglieder tauschten untereinander Informationen über den Goldhandel, potenzielle lukrative Absatzmärkte und Transaktionen aus. Der Schweizer Finanzier, der gleichzeitig die Aurora-Zentrale darstellte, sammelte die Informationen und gab sie an die Mitglieder weiter.

Zwei Tage zuvor war Winthrop durch die Zentrale über die Hintergründe seiner jüngsten Mission aufgeklärt und anschließend nach Kuwait City geschickt worden.

Offenbar hatte ein Ingenieur bei Renovierungsarbeiten in den Raffinerien des Ölhändlers Hamadi fünfzehn Standardbarren Gold gefunden. Sie wogen jeweils 12,5 Kilo und waren 1990 von Saddam Husseins Armee gestohlen worden. Auch Jahre nach dem Ersten Golfkrieg fand man immer noch Geheimverstecke, die die Iraker vor ihrer Flucht angelegt hatten. Um die Barren unauffällig in Umlauf zu bringen, hatte sich der Ingenieur einem in Kuwait ansässigen Libanesen anvertraut. Dieser zum Islam konvertierte Christ sollte dem Aurora-Vertreter in Kuwait das Gold übergeben, und Winthrop war für die Sicherheit des Konvois verantwortlich. Aurora Kuwait wollte nicht die eigenen Leute mit dieser Aufgabe betrauen, weil sie dem Geheimdienst der königlichen Familie zu nahe standen.

Der Lieferwagen parkte vor der Tür der Lagerhalle. Der Kuwaiter griff nach einem weißen Sack, der im Fußraum lag.

Wortlos stiegen Fahrer und Beifahrer aus dem klimatisierten Wagen. Heiße Luft schlug ihnen entgegen. Bis zum Eingang des ebenfalls klimatisierten Gebäudes waren es nur wenige Meter, doch die Hitze war unerträglich. Der beißende, klebrige Geruch von Öl hing in der Luft.

Die Tür öffnete sich, noch bevor sie angeklopft hatten. Drei bewaffnete Männer führten sie in das Lager. Winthrop wusste, dass seine Arbeit jetzt beginnen würde.

33
Paris
Île de la Cité
15. März 1355

Ihre zarte Stimme zitterte wie ihr Körper, doch sie versagte nicht.

Flamel schrieb ohne Unterlass. Manchmal, wenn die junge Frau langsamer sprach oder zu schluchzen begann, drehte er sich zu ihr um. Was er sah, ließ ihn jedoch jedes Mal schnell zu seiner Aufgabe zurückkehren. Flamel überlegte, was ein Folterer wohl dachte, wenn er das Ergebnis seiner Arbeit auf dem Körper seiner Opfer sah.

Der Folterer zeigte kein Erbarmen mit Flore. Er hielt die Zange griffbereit und beobachtete, wie aus allen Poren ihres Körpers der Schweiß trat. «Erzähl mir von diesem Isaac», befahl er.

Schluchzend setzte sie erneut an. Und während Flamel weiterschrieb, entstand nach und nach ein genaueres Bild von Isaac Benserade. Er war im spanischen Gérone geboren worden. Der Ort war von einer jüdischen Gemeinschaft geprägt, deren Traditionen sich seit der Antike nicht verändert hatten. Man nahm rituelle Bäder, studierte die Thora und besuchte die Synagoge. Doch für einige Männer entsprach diese von alten Riten bestimmte Lebensweise nicht mehr ihrem Bedürfnis nach Wahrheit. Den alten Lehren der Tradition zu folgen entfernte sie ihrer Meinung nach sogar von Gott.

Isaac war derjenige unter ihnen, den es am meisten umtrieb. Er studierte Medizin, um die Nachfolge seines Vaters anzutreten, doch diese Aufgabe erfüllte ihn nicht.

Man sah ihn auch nach Einbruch der Dunkelheit noch die Rabbinerschulen aufsuchen, um die Nächte mit heiligen Texten zu verbringen. Unermüdlich horchte er Juden aus, die auf der Durchreise in der Stadt waren. Selbst Christen suchte er auf, vor allem Mönche, von denen behauptet wurde, sie beherbergten in ihren Bibliotheken die gesamte Weisheit der Antike. Auch mit Arabern sah man ihn, barfüßige Ungläubige, die auf dem Boden kauerten und ständig den Namen Allahs wiederholten.

Je mehr Isaac sein Herz der weiten Welt öffnete, desto weniger verstand er den unnahbaren Gott seines Volkes. Einen Gott, den man lediglich verehren konnte, ohne ihm jemals zu begegnen, während man den Gott der katholischen Klöster und der Sufi-Bruderschaften von Angesicht zu Angesicht sehen lernte, was einen für immer veränderte.

Damit ihm diese Möglichkeit nicht versagt blieb, musste Isaac dem Glauben seiner Vorväter abschwören. Doch dann hörte er eines Tages von einem anderen Weg. Einem Weg, der Vernunft und Gewissensfreiheit vereinte. Einem Weg, der sich über die Religionen hinwegsetzte und danach strebte, die Seele zu offenbaren, den Körper zu retten und sogar die Gesellschaft zu verändern.

In Gérone bezeichnete man die Vertreter dieser Richtung als Adepten. Insgeheim nannte man sie auch die Bläser, weil bei ihnen ununterbrochen, manchmal jahrelang, ein Feuer brannte, das sie für ihre seltsamen Experimente brauchten. Man erzählte sich, sie suchten die Geheimnisse der Materie, um die der Seele besser begreifen zu können. Andere behaupteten, sie studierten unsichtbare Gesetze des Universums, um sich gottähnlich zu machen. Doch alle waren sich einig, dass sie eine Kunst beherrschten, die faszinierender war als alles andere: die Herstellung von Gold.

Flamel schrieb fieberhaft und vergaß völlig, wie sehr die junge Frau unterdessen litt. Doch die Furcht vor dem Folterer war angesichts der unbändigen Neugier, die ihn ergriffen hatte, fast verschwunden. Beschämt, aber ungeduldig wartete er darauf, dass Flore de Cenevières ans Ende ihrer Geschichte gelangen würde und, freiwillig oder unter Zwang, Isaac Benserades Geheimnis lüftete.

34
Paris
Rue Muller

Guy Andrivaux stand vor der Tür. Marcas lächelte. Der Besucher schüttelte dem Kommissar kräftig die Hand und ließ sich dann mit einem Seufzer der Erleichterung in einem der beiden Wohnzimmersessel nieder.

«Ich bin zu Fuß vom Logenhaus gekommen. Hätte gar nicht gedacht, dass es so weit ist. Hast du etwas Kaltes zu trinken?»

Marcas nickte und brachte ein Tablett mit zwei Gläsern und Getränken.

«Während du im Krankenhaus gelegen hast, war dein Kollege bei uns, um zu ermitteln. Ich kann nicht verhehlen, dass die Tatsache, dass er einer anderen Großloge angehört, bei mir ein gewisses Unbehagen auslöst. Aber gut, wir haben keine Wahl.» Der Blick des Großsekretärs fiel auf Marcas' Notizen, die dieser sich während des

Telefonats mit dem belgischen Bruder gemacht hatte. «Glaubst du, der Mörder hat einen Rachegrad inne?»

«Das hat er jedenfalls behauptet. Er schien davon wie besessen. Die Verfolgung und symbolische Tötung der Mörder Hirams, des legendären Begründers der Freimaurerei … Aber du weißt genauso gut wie ich, dass diejenigen, die diesen Grad innehaben, nur symbolisch handeln. Bisher ist niemand auf die Idee gekommen, wirklich jemanden umzubringen! Derlei Gerüchte bringen unsere Gegner seit Jahrhunderten immer wieder hervor. Genau wie die Teufelsverehrung. Das klingt, als sei es der Feder von *Leo Taxil* entsprungen.»

Andrivaux betrachtete den Kommissar, der jetzt richtig in Fahrt kam: «Dieser Grad ist reine Selbstdarstellerei. Ein theatralischer Racheakt, der im 18. Jahrhundert für die Bourgeoisie ersonnen wurde. Um sie glauben zu machen, dass sie an etwas besonders Geheimnisvollem teilhat. Ein Mythos. Aber was hat das mit unseren Morden zu tun?»

«Ich weiß es nicht. Und was ist mit den Templern?»

Fragend sah Marcas den Großsekretär an. «Was meinst du damit?»

«Direkt nach der Revolution entstand eine neue Form des Rachegrades, bei dem es darum ging, den Tod Jacques de Molays, des Großmeisters der Templer, zu rächen.»

Der Kommissar hörte skeptisch zu.

«Auf Befehl des französischen Königs wurde er 1314 in Paris verbrannt. Und es kommt noch besser: 1792, bei der Exekution Louis' XVI., ist ein Unbekannter zum Schafott gestürzt, hat sich den Kopf des Königs geschnappt und gebrüllt: *Jacques de Molay, endlich bist du gerächt!* Mehr als vier Jahrhunderte später! Ich glaube, dass einige Freimaurer, die den Ideen der Revolution nahestanden, im Templerorden eine erste Gegenbewegung sahen.»

«Aber das ist eine historische Verirrung!» Marcas vertrat die Auffassung, dass die Freimaurer die Symbolik der Templer übernommen hatten, weil es zum einen der Romantik im 19. Jahrhundert entsprach, zum anderen, um sich eine schillernde Vergangenheit anzudichten, was die interessanten Geister der Zeit anlocken sollte.

«Stimmt. Aber andererseits ist da die Sache mit dem Tempel. Und dessen tragische Geschichte mit dem Schatz, der nie wiedergefunden wurde. Das kann einigen Leuten schon den Kopf verdrehen.»

Der Kommissar starrte in sein Glas, als könnte er in einem Pure Malt Whisky die Zukunft lesen. «Der Schatz der Templer … Wie würde mein Sohn es formulieren: *Bullshit*. Also, vergessen wir diese gepeinigten Ritter, denen im Laufe der Zeit alles Mögliche an Esoterik-Kram angedichtet wurde, und konzentrieren wir uns auf unseren Mörder.»

Der Großsekretär nickte und ließ den Blick durch das Zimmer wandern. «Du hast recht, mein Lieber. Durch deine Freistellung hast du ja im Moment genug Zeit. Deshalb wäre ich dir sehr verbunden, wenn du inoffiziell ein wenig ermitteln könntest. Schließlich war Paul auch dein Freund. Das sind wir ihm schuldig. Genau wie dem armen Unglücksraben, der in der Dunklen Kammer niedergestochen wurde.»

«Ich bin mir meiner Pflicht bewusst», antwortete Marcas.

«Dann ist es an dir, ihn zu rächen.»

Die beiden Männer schwiegen. Draußen ging die

Dämmerung langsam in die Nacht über. Wie eine unterirdische Flut breitete sich die Dunkelheit aus.

Andrivaux brach schließlich die Stille. «Eine Sache musst du noch wissen: Paul hat einen Brief für dich hinterlassen. In meinem Büro, am Abend des Mordes, kurz bevor er sich in den Tempel begeben hat.»

«Mhm, ich nehme an, dass du einfach vergessen hast, ihn meinem Kollegen von der Polizei zu übergeben?», erkundigte sich Marcas mit sarkastischem Unterton.

Der Großsekretär griff nach seinem Glas und nahm seelenruhig einen kräftigen Schluck. «Ja, mein Gedächtnis lässt mich wirklich manchmal im Stich, wahrscheinlich die ersten Anzeichen von Alzheimer. Glücklicherweise fiel es mir sofort wieder ein, nachdem dein Kollege gegangen war. Ich habe den Brief sogar mitgebracht.» Er zog einen kleinen Umschlag aus der Jacke und reichte ihn Marcas.

Der Kommissar öffnete den Bogen, und ein schwarzer USB-Stick und eine Visitenkarte kamen zum Vorschein. Darauf war der folgende Satz gekritzelt: *Wenn mir etwas zustößt, lies die Informationen auf dem Stick und nimm vor allem den Degen meines Vorfahren an dich. Dein Bruder Paul.*

Marcas zeigte die Karte dem Großsekretär, der zustimmend nickte. «Ich habe die Karte bereits gelesen. Was glaubst du denn –»

«Dann hast du dir die Daten auf dem USB-Stick wahrscheinlich auch kopiert?», unterbrach Marcas.

«Nein, habe ich nicht. Man braucht ein Passwort, um die Datei zu öffnen. Wir haben es versucht, aber es ist uns nicht gelungen.»

Marcas stand auf und ging in seinem Wohnzimmer

auf und ab. Draußen waren bereits die Straßenlaternen erleuchtet. Er sah auf die Uhr.

«Mist. Ich muss los. Ich habe meiner Exfrau versprochen, sie zu einer Einladung zu begleiten. Aber spätestens in zwei Stunden werde ich mir den Stick ansehen können. Und was ist mit dem Degen?»

Andrivaux stand ebenfalls auf und legte sich den Mantel über den Arm. «Dabei kann ich dir helfen. Es handelt sich um eines der wertvollsten Stücke unseres Museums. Es ist der Freimaurer-Degen des Marquis de La Fayette, Pauls Vorfahr. La Fayette verwandte den Degen zur Tempelarbeit. Es ist eine wunderschöne Waffe mit bronzenem Handschutz und goldenen Ziselierungen, geschwungener Klinge, feingemeißelter Scheide und Perlmuttgriff. Ein Unikat.»

Marcas nahm seine Jacke vom Garderobenhaken im Flur, öffnete die Wohnungstür und ließ den Großsekretär vorausgehen. Dann legte er ihm die Hand auf die Schulter.

«Dann müssen wir ihn ja nur noch aus der Vitrine im Museum holen.»

Andrivaux sah ihn mit ernster Miene an. «Das dürfte schwierig werden. Der Mörder hat ihn nämlich gestohlen.»

35
Kuwait
Hamadis Ölkomplex

Die Halle wurde von starken Scheinwerfern beleuchtet, die auf eine Grube in der Größe eines Schwimmbads gerichtet waren. Drei vom Alter nachgedunkelte und an den Kanten abgestoßene Kisten standen an ihrem Rand. Ein Mann in den Sechzigern mit gegelten Haaren und hellem Anzug mit grauer Krawatte saß auf einem Betonblock daneben. Er rauchte Zigarillo und musterte die Neuankömmlinge. Als er den Kuwaiter erkannte, ging er auf ihn zu und umarmte ihn herzlich.

«Amid, wie schön, dich wiederzusehen!»

«Michel! Möge Allah seine schützende Hand über deine geliebte Heimat, den Libanon, halten», antwortete der Kuwaiter breit lächelnd.

«In letzter Zeit hat er eher Bomben geschickt. Willst du mich nicht deinem Freund vorstellen?», brummte der Mann im hellen Anzug, während er den Amerikaner misstrauisch ansah.

«John Bush, ein Freund … ein englischer Investor», gab der Kuwaiter vor und stellte seine Aktentasche auf den Boden.

Der Libanese machte ein kurzes Zeichen mit der rechten Hand, worauf zwei Männer mit Maschinenpistolen vom Typ FN P90 hinter einem Haufen Wellblech hervorkamen.

Jack Winthrop war überrascht. Solche Waffen wurden normalerweise nur von Spezialeinheiten benutzt. Damit konnte man sogar eine schusssichere Weste durchlöchern.

«Verstehen Sie das bitte nicht als Zeichen mangelnden Respekts, Mr. … äh … Bush, aber der Schneider, der Ihre Jacke angefertigt hat, vergaß wohl passende Taschen für großkalibrige Waffen einzunähen. Wenn Sie also so freundlich wären, Ihr Spielzeug meinen Männern zu übergeben, wäre ich Ihnen sehr verbunden.»

Jack Winthrop blieb ruhig. Er legte seine Waffe auf den Boden und ging drei Schritte zurück. Mit einer Begrüßung dieser Art hatte er gerechnet. Einer der Gorillas hob die Waffe auf.

«Perfekt.» Der Libanese lächelte erneut. «Nun zum Geschäftlichen: Das Gold ist in den Kisten. Kann ich das Geld sehen, lieber Amid?»

Der Kuwaiter gab ihm den weißen Sack und ging dann auf die drei Kisten zu. «Darf ich das Gold sehen?»

«Mein Wohl ist dein Wohl, werter Freund», antwortete der Libanese und holte eine Rolle mit 500-Euro-Scheinen nach der anderen aus dem Sack. Er legte die Bündel auf den Betonklotz.

Jack Winthrop beobachtete die beiden Männer beim Nachzählen ihrer jeweiligen Beute – der eine zählte Scheine, der andere Barren. Winthrop zündete sich eine Zigarette an. Wie oft hatte er solche Missionen seit seiner Entlassung aus der US-Armee und seiner Anstellung bei Aurora schon durchgeführt? Er spürte, wie sich der Schweiß über seinem Knöchel sammelte, dort, wo seine Walther P99 die Haut berührte.

Beide Männer schienen zufrieden. Der Libanese wies seine Männer an, die Kisten in den Lieferwagen zu tragen. Plötzlich hörte Jack Winthrop ein dumpfes Geräusch am anderen Ende der Halle. Er hob den Kopf und spitzte die

Ohren. Der Libanese bemerkte seinen Blick und verzog das Gesicht zu einer Grimasse.

«Eine Kleinigkeit habe ich noch vergessen», sagte er.

«Was denn?», erkundigte sich Winthrop bemüht gleichgültig und bückte sich, um seinen Schnürsenkel neu zu binden. Bei dem Aurora-Mann begannen die Alarmglocken zu läuten.

«Kommen Sie und sehen Sie selbst. Amid kann so lange auf die Kisten aufpassen», schlug der Libanese vor und zeigte in die Richtung, aus der das seltsame Geräusch kam.

«Muss nicht sein», erwiderte der amerikanische Exsoldat und richtete sich auf.

Noch bevor die Gorillas reagieren konnten, hatte Winthrop seine P99 auf den Kopf des Libanesen gerichtet.

«Hände hoch. Ich mag keine Kleinigkeiten in letzter Minute. So etwas gefällt mir ganz und gar nicht …»

Die Helfershelfer richteten nun ihrerseits die Maschinenpistolen auf ihn. Der Libanese schüttelte den Kopf.

«Meine Jungs können Sie auf der Stelle zu Hackfleisch machen. Ich brauche ihnen nur ein Zeichen zu geben, mein lieber Freund.»

«Vielleicht. Aber noch bevor Sie einmal mit der Wimper gezuckt haben, jage ich Ihnen eine Kugel zwischen die Augen, lieber Freund …», erklärte Winthrop lächelnd. Sein kuwaitischer Begleiter war, beunruhigt über den Verlauf der Ereignisse, zurückgewichen.

Der Libanese behielt die Fassung. «Keine Sorge, ich weiß, dass Amid in diesem Land gute Kontakte hat, und mir ist bewusst, dass ich ernsthafte Schwierigkeiten bekomme, wenn ihm etwas zustößt. Mit der Übergabe ist alles sauber. Ich wollte Ihnen nur noch jemanden vorstellen. Meine Männer werden jetzt als Zeichen des guten Willens ihre Waffen weglegen. Folgen Sie mir.»

Die Männer des Libanesen gehorchten. Winthrop ging hinter dem elegant gekleideten Mann her, behielt die Pistole jedoch im Anschlag. Hinter einem Haufen Schutt sah er unter einer schmutzigen grauen Plane etwas auf dem Fußboden liegen. Ein schwaches Stöhnen drang darunter hervor. Der Libanese zog die Plane weg.

Ein geknebelter und gefesselter Mann, der den gleichen Arbeitsoverall trug wie der Kerl, der ihnen die Tür zu der Halle geöffnet hatte, krümmte sich auf dem Boden. Sein linker Augapfel hing nur noch an einem blutigen Nervenstrang aus der Höhle.

«Das ist Omar, der Ingenieur, der die Goldbarren gefunden hat. Der kleine Gauner meinte einen Deal mit einem syrischen Händler schließen zu können und ihm die Strecke zu verraten, die Sie auf dem Rückweg nehmen werden. Auf der Straße zwischen Hamadi und Kuwait City wollte man Sie abfangen, umlegen und das Gold einsacken. Ich wäre dafür verantwortlich gemacht worden. Nicht gerade die feine Art, stimmt's?»

«In der Tat nicht», bestätigte Winthrop und betrachtete den Mann mit der verletzten Augenhöhle. Aus seinem anderen Auge flossen Tränen. Winthrop ließ die Waffe sinken.

Der Libanese hockte sich neben den Ingenieur und strich ihm fürsorglich über die Stirn.

«Omar wartet hier jetzt artig, bis Michel seine Gäste nach draußen begleitet hat. Dann kommt der liebe Michel sofort wieder und kümmert sich um das zweite Auge des bösen Omar.» Er wandte sich wieder an Winthrop. «Und ihr beide fahrt jetzt los. Unser Geschäft ist abgeschlossen. Es war mir ein Vergnügen.»

Drei Minuten später begleitete der Libanese die Männer zum Lieferwagen, die beiden Kisten Gold hievten sie auf die Ladefläche. Als Jack Winthrop gerade die Fahrertür schließen wollte, hörte er einen Schrei aus der Halle. Er verstand kein Arabisch, aber diese Schmerzensschreie ließen keine Zweifel zu, was dem Opfer gerade angetan wurde.

Der Libanese stand neben dem Lieferwagen und schüttelte den Kopf.

«Meine Männer versuchen gerade, den guten alten Omar etwas zu erziehen, obwohl ich sie angewiesen hatte zu warten, bis ich wieder da bin. Ach, diese Jugend hat einfach keine Geduld! Dabei besagt ein altes libanesisches Sprichwort: ‹Warten mehrt die Freude.› Adieu, liebe Freunde. Gute Fahrt.»

36
Paris
Île de la Cité
15. März 1355

Nicolas Flamel legte die Feder aus der verkrampften Hand. Flore hatte ihren Bericht soeben beendet.

«Alchemisten?» Die Stimme des Folterers wurde durch seine ins Gesicht gezogene Kapuze gedämpft.

«Ja, zehn Jahre lang hatte er mit ihnen zu tun.»

Der Kopist zögerte, bevor er abermals nach der Feder griff und die Zahl niederschrieb.

«Warum so lange?», erkundigte sich der Folterer.

«Sie arbeiten nach Jahreszeiten. Man kann das Meisterwerk nur an ganz bestimmten Tagen erschaffen, hat er mir einmal erklärt. Deshalb hatte er es eilig, nach Paris zu kommen.»

«Du lügst! Unser König hat nach ihm geschickt. Und er ist angerannt gekommen wie ein Hund, weil er in Spanien verfolgt wurde. Weißt du, was man mit Leuten macht, die sich nicht an die Regeln der Kirche halten und sich nicht zur einzig wahren Wahrheit, der Wahrheit Gottes, bekennen?»

«Nein, ich sage die Wahrheit. Die Jahreszeiten …»

Die Zange quietschte. Zwei Mal.

«Du hörst es. Sie hat Appetit auf dein Fleisch. Und ich kann sie nicht länger zurückhalten, denn du lügst.»

«Nein!»

Flamel rutschte die Feder aus den Fingern, während er den Blick auf die Kerze richtete, die vor ihm stand. Auf seiner Stirn stand der Schweiß. Doch seine Neugier war größer als die Furcht.

«Ich muss dich lebend zurückbringen, aber man hat mir nicht gesagt, dass du mit deinen hübschen Augen noch sehen können musst.»

Das Quietschen der Zange wurde lauter.

Flore kreischte auf. «Isaac ist gescheitert! Deshalb ist er nach Paris gekommen. Als der französische König nach ihm rief, hat Isaac das als Zeichen verstanden. Dass er schließlich auf dem richtigen Weg war.»

«Und warum ausgerechnet Paris?» Die Stimme des Inquisitors klang jetzt sachlicher.

«In Gérone hat man ihm gesagt, dass das Geheimnis hier zu finden sei.»

«Welches Geheimnis?»

Die junge Frau schwieg.

«Er hat das Buch also nicht gefunden?», antwortete der Folterer an ihrer Stelle.

«Woher wissen Sie das?» Flores Stimme war brüchig.

«Woher ich das weiß, braucht dich nicht zu interessieren. Und was dich angeht, Schreiber, wenn dir das Leben lieb ist, vergisst du für immer, was hier gerade geredet wird. Also, wo ist dieses Buch?», hakte er nach. «Wo?»

Flamel war aufgestanden. Sein Kopf drehte sich. Der Folterer hatte die Zange zu Boden geworfen und die Kapuze abgenommen. Sein Gesicht war von einem teuflischen Lächeln verzerrt.

Flore zuckte zusammen. «Ein Satz. Er hat einen Satz gesagt.»

«Welchen?»

Flamel lehnte sich an die Wand. Vor ihm verschwamm alles. Langsam sank er, von Krämpfen geschüttelt, zu Boden.

«Die Klinge folgt der Fackel der Perfektion.»

Der Folterer legte den Umhang ab. «Jetzt kann ich dich reinigen.»

37
Paris
Rue du Faubourg Saint-Honoré

«Sie wollen wirklich meine Meinung über Jesus hören?», erkundigte sich Marcas, während er versuchte, die knusprigen Profiteroles durchzuteilen, ohne dass das Vanilleeis vom Teller spritzte.

«Aber ja. Die Katholiken mögen euch Freimaurer doch schon seit Jahrhunderten nicht. Anscheinend wisst ihr etwas über Christus, was dem Rest der Welt vorenthalten wird», antwortete die Hausherrin, eine Frau in den Fünfzigern mit falschen Zähnen.

Schon beim Betreten der vornehmen Wohnung hatte Marcas bereut, die Einladung zu dem Abendessen bei der Comtesse überhaupt angenommen zu haben. Der Pariser Salon, in dem sich Neureiche und Pseudointellektuelle in gepflegter Konversation übten, kam ihm vor wie ein Hühnerstall. Aber angesichts des schwierigen Verhältnisses zu seiner Exfrau hatte Marcas keinen Rückzieher machen können. Obwohl er nicht verstand, warum Isabelle seine Anwesenheit so wichtig war. Hätte er sich geweigert, hätte sie vermutlich verhindert, dass er Zeit mit seinem Sohn verbrachte.

Seit drei Monaten ließ sie sich nun schon von der Gastgeberin des heutigen Abends, einer exzentrischen Adeligen, einwickeln, die ihr im Gegenzug Zutritt zu gewissen Kreisen verschaffte.

Marcas kochte vor Wut. Warum er eingeladen worden war, hatte er schließlich während des Hauptgerichts verstanden, als die Gräfin ihn fragte, warum er Freimaurer geworden sei. Ihm war der Rollbraten im Halse stecken geblieben, und er hatte Isabelle einen bitterbösen Blick zugeworfen.

Seine Zugehörigkeit zu den Freimaurern war bei den Anwesenden offensichtlich allgemein bekannt. Und die Gastgeberin wurde nicht müde, ihn über drittklassige esoterische Themen auszufragen, die er nur belächeln konnte.

Entschlossen teilte er nun eine der Profiteroles vor ihm, und das Vanilleeis spritzte auf Isabelles Teller. Er neigte den Kopf in Richtung der Gräfin.

«Ich muss Ihnen etwas sagen. Auch Pontius Pilatus war ein Freimaurer.»

«Nein!», rief die Comtesse ungläubig.

«Doch. Mit Hilfe der Juden hat der Statthalter von Judäa gemeinsam mit seinen Freimaurerbrüdern Jesus ans Kreuz genagelt. Daher spricht man über das Komplott zwischen Juden und Freimaurern … Übrigens war es kein Zufall, dass man Jesus an einem Kreuz sterben ließ.»

Alle Anwesenden verstummten und lauschten jetzt dem Kommissar, der seinen Monolog mit ernster Stimme fortsetzte.

«Das Kreuz ist ein altes freimaurerisches Symbol, das vom alten ägyptischen Volk Tau übernommen wurde.»

«Aber warum hat man ihn überhaupt getötet?», warf ein junger Schriftsteller ein, der eher durch seine Präsenz in der Boulevardpresse als für den Tiefgang seiner Werke bekannt war.

Marcas legte seine Gabel nieder. «Jesus war Freimaurer und hat uns verraten. Er hat das Geheimnis der Vervielfachung des Brotes bei der Hochzeit von Kanaan ausgeplaudert. Heute würde man es Brot-Klonen nennen.

Außerdem hat er auch verraten, wie man Wasser in Wein verwandelt. In der Folge wurden die Bäcker- und die Weinbauernzunft als Freimaurernester verdammt. Vollkommen unerträglich. Wir sind ein Bündnis mit den Juden eingegangen, und als Ergebnis haben wir einen Gott geschaffen. Das bedauern wir jetzt mittlerweile schon seit zweitausend Jahren.»

Einige der Anwesenden lachten laut auf.

«Sie versuchen meiner Frage durch Humor auszuweichen», empörte sich der Schriftsteller. «Aber war Jesus wirklich initiiert? Hat er das Kreuz überlebt?» Seine Stimme überschlug sich fast beim Reden. «Und der Vatikan? Benedikt XVI. sagt …»

Marcas fand, dass der Spaß nun langsam vorbei war. Er hatte keine Lust mehr, sich diesen Müll noch weiter anzuhören.

«Um ehrlich zu sein, werte Gräfin, Jesus ist mir scheißegal.»

«Wie bitte?», stammelte die Gastgeberin und hob eine Augenbraue.

«Damit wir uns richtig verstehen. Ich respektiere den Glauben anderer, es gibt sogar Großlogen, die einen Eid auf die Bibel schwören. Aber bitte lassen Sie den armen Jesus am Kreuz. Was Benedikt XVI. angeht, erinnere ich mich an die Zeit, als er noch Kardinal Ratzinger hieß. Er schrieb damals einen Aufsatz, in dem er behauptete, alle Freimaurer seien schwere Sünder!» Marcas erhob sich vor den perplexen Gästen. «In diesem Sinne wünsche ich Ihnen noch einen schönen Abend. Ich habe heute noch etwas vor: mit meinen Freimaurerbrüdern und einigen Stripperinnen gemeinsam den Antichrist anzurufen. Das ist allemal spannender, als die ganze Zeit dämliche Fragen zu beantworten.» Er nickte Isabelle kurz zu, die ihn böse anfunkelte, und ging in Richtung Tür.

Am Tisch wurden einige bissige Bemerkungen gemacht, doch das ließ ihn kalt. Je schneller er draußen war, desto besser. Er nahm seinen Mantel.

Die Uhr zeigte 23.30 Uhr. Es wurde höchste Zeit, dass er sich Paul de Lambres Datei widmete.

Zu Hause an seinem Schreibtisch ließ Marcas den USB-Stick in seiner Hand hin und her rollen. Er zögerte, bevor er ihn in den Computer steckte, und musste an den beleibten Bruder denken, der mit den Ermittlungen betraut war. Dessen Computerfachleute würden das Passwort, an dem der Großsekretär gescheitert war, ohne Zweifel schnell knacken. Es bedurfte nur eines guten Programms.

Marcas hatte einen seiner «deontologischen» Momente, in denen er entscheiden musste, was richtig und was falsch war. Er schwankte zwischen der Treue zur Bruderschaft und seiner Pflicht als Beamter. Er stellte sich vor, wie der beleibte Bruder das Geheimnis lüftete und in Paul de Lambres Privatsphäre eindrang. Der Gedanke erschütterte ihn. Als würde man einen Toten in fremde Hände geben. Er musste das Vertrauen und den Wunsch seines Freundes respektieren. Koste es, was es wolle.

Der Bildschirm flackerte auf, und nach wenigen Sekunden war das kleine weiße Rechteck zu sehen, in das man das Passwort eingeben sollte. Jetzt würde es schwierig werden. Wenn der Großsekretär sich daran schon die Zähne ausgebissen hatte, warum sollte es ihm anders ergehen?

Marcas dachte an La Fayette und seinen Degen und probierte mehrere Möglichkeiten aus, die damit zu tun hatten. Ohne Erfolg. Dann versuchte er es mit freimaurerischen Begriffen, die ihm im Zusammenhang mit Paul de Lambre einfielen, aber der Bildschirm zeigte immer wieder *Falsches Benutzerkennwort*.

Marcas blickte hoch. Schmachtend betrachtete er ein Plakat aus den sechziger Jahren, auf dem die Vorzüge von Pall-Mall-Zigaretten gepriesen wurden. Seit dem Tag, an dem er mit dem Rauchen aufgehört hatte, hing es über seinem Schreibtisch. Eine Art tägliche Kampfansage. Doch an diesem Abend hätte er viel für ein Päckchen gegeben.

Der Kommissar seufzte. Er hatte wieder das Bild vor Augen, wie Paul zusammengesackt und blutüberströmt in seinem Rollstuhl saß. Seine Freistellung vom Polizeidienst ließ sich ja wirklich wunderbar an.

Ihm fielen zahlreiche Dinge ein, die ihn an Paul de Lambre erinnerten. Der Tonfall von Pauls Stimme während der Tempelarbeit, ein lautes Lachen mitten beim Brudermahl oder ein gequältes Grinsen, wenn ein allzu geschwätziger Bruder sich anschickte, das Wort zu ergreifen.

Das kleine weiße Feld war noch immer auf dem Bildschirm zu sehen. Der Kommissar reckte sich. Seine übliche Vorgehensweise war, die Logik außer Acht zu lassen und nicht auf die Unfehlbarkeit der Vernunft zu vertrauen.

Als Paul ein Kennwort gesucht hatte, um diese Dateien zu schützen, hatte er ohne Zweifel an ein gemeinsames Erlebnis mit Marcas gedacht. Welches Wort verband sie? Welches Sesam-öffne-dich würde die Türen zur Vergangenheit aufstoßen?

«Lou!», rief Marcas plötzlich. Ein Frauenname, den

Paul in einem vertraulichen Moment nach einem Brudermahl erwähnt hatte. Er hatte davon gesprochen, dass ihm nie das Glück vergönnt gewesen war, ein Kind zu haben, und hatte in diesem Zusammenhang den Frauennamen wie das Symbol eines gescheiterten Traums genannt. Das Bekenntnis hatte Marcas damals berührt. Zu der Zeit war er gerade selbst frisch geschieden, seine Wohnung war leer, und er litt darunter, dass er seinen Sohn nie mehr täglich um sich haben würde.

Lou.

Er tippte die drei Buchstaben auf der Tastatur ein. Und wie durch ein Wunder verschwand das weiße Feld.

38
Kuwait City

Winthrop und sein Begleiter passierten ungehindert die Kontrolle am Nordtor des Ölkomplexes und fuhren von dort aus in Richtung Kuwait City. Nach fünf Kilometern sahen sie am Straßenrand einen brennenden Geländewagen, neben dem zwei Polizeifahrzeuge und ein Krankentransporter standen. Sie verlangsamten ihr Tempo. Am Rand der Böschung lagen vier Körper halb unter einer Plane versteckt.

Die beiden Männer sahen sich kurz an. Der Hinterhalt war offenbar von den Leuten des Libanesen vereitelt worden.

Winthrop zuckte mit den Schultern. Mitleid empfand er nicht. Bei dieser Art von Aufträgen waren die Opfer meist Schieber, die selbst kein Gewissen hatten. Zweimal nur hatte er in den vergangenen fünf Jahren im Namen von Aurora geschossen. Die Anweisung war eindeutig: Gewalt durfte nur angewendet werden, wenn sie absolut unvermeidbar war. Bei seinen ersten Aufträgen hatte er das Gefühl gehabt, die Rolle eines klassischen Leibwächters zu spielen, doch seine eigentliche Aufgabe bestand darin, das Gold und nicht so sehr die Person, die es bei sich trug, zu beschützen.

Er war eine Art Söldner des Goldes. Und er hatte es nicht eine Sekunde bereut, den Job angenommen zu haben. Sein Lohn war um das Fünffache gestiegen.

Im Durchschnitt absolvierte er zwei Einsätze im Monat. Die allerdings waren von unbestimmter Länge, sodass ihm wenig Zeit für seine Familie in Pensacola, Florida, blieb. Offiziell war er Sicherheitsberater für eine Firma in El Paso. Davon gingen zumindest seine Frau und der Fiskus aus.

Winthrop schaltete in den dritten Gang. Aufgrund der sorgfältig verstauten Kisten mit den Goldbarren war der Lieferwagen weniger spritzig als auf der Hinfahrt.

Nach einer weiteren halben Stunde hatten sie ihr Ziel schließlich erreicht – einen brandneuen fünfstöckigen Bau im maurischen Stil. Winthrop bog von der Straße und bremste vor einem Garagentor, das sich automatisch öffnete. Er steuerte den Lieferwagen hinein.

Eine Stunde nachdem die Barren abgeliefert waren, aalte sich Jack Winthrop unter einem Sonnenschirm am Pool seines Hotels. Das Haar noch feucht von seinem Sprung ins Wasser, schrieb er den Bericht in seinen Blackberry, ohne auch nur ein einziges Detail auszulassen. Aurora verlangte, dass er sich einmal täglich bei einem anonymen Empfänger meldete. Er drückte auf «Senden» und legte das Gerät mit dem abhörsicheren Satellitenempfang auf den gefliesten Boden. Dann überlegte er, was er mit dem Rest des Tages anfangen sollte. Sein Flugzeug ging erst am nächsten Tag.

Kuwait City war nicht gerade wie Tausendundeine Nacht: absolutes Alkoholverbot, kein einziger Nachtclub, von Sex ganz zu schweigen.

Er seufzte. Lediglich in den Bars der großen Hotels hatte man theoretisch die Möglichkeit, mit einer Frau anzubandeln, doch die Konkurrenz war erdrückend, auf zehn Männer kam eine Frau.

Eine große, brünette Bilderbuchschönheit in einem gelben Bikini schlenderte mit einem Handtuch über der Schulter an ihm vorbei. Die Frau ließ sich zwei Sonnenschirme weiter am Pool nieder und warf ihm von der Seite einen interessierten Blick zu. Er lächelte und malte sich aus, was der Tag noch bringen könnte. Ein wenig Entspannung hatte er wohl verdient, selbst wenn es sich um eine Professionelle handelte.

Winthrop überlegte gerade, auf wessen Zimmer sie gehen würden, als sich ein Mann mit Bürstenfrisur und einem Kreuz wie ein Möbelpacker zu der Frau gesellte. Vermutlich handelte es sich um einen der unzähligen Offiziere, die als rückwärtige Basis für das Krisengebiet Irak in Kuwait City stationiert waren. Der Mann setzte sich neben die Frau und cremte ihr den Rücken ein, was Winthrops fleischliche Gelüste noch steigerte. Er ließ den Blick über den Pool schweifen, doch es war kein weiteres weibliches Wesen zu sehen. Auch die Hotelangestellten waren ausschließlich männlich.

Winthrop seufzte erneut. Er bedauerte, dass man ihn

nicht nach Dubai geschickt hatte. Muslimisch oder nicht, dort ging man mit den menschlichen Freuden, Lastern und Schwächen wesentlich toleranter um.

Sein Blackberry meldete sich durch das vertraute Vibrieren, das ihm eine Nachricht von seinem Arbeitgeber ankündigte. Er öffnete sie.

Aurora-Zentrale an ASE
13.09 Uhr GMT
Operation Brennende Wüste
Habe Ihren Bericht erhalten. Glückwunsch zum erfolgreichen Einsatz. Menschliche Verluste bedauerlich. Bis Ende des Monats kein weiterer Auftrag vorgesehen. Der Betrag von 18600 Dollar wurde auf Ihr Konto bei der Bermuda Vernet Bank in Nassau überwiesen. Guten Rückflug.
Ende

Winthrop steckte den Blackberry zurück in die Hülle und lächelte breit. 18600 Dollar für eine kleine Spazierfahrt in die Wüste ... Aurora war großzügig, viel großzügiger als das US-Militär.

Manchmal fragte er sich, wie viele Agenten auf der Welt wohl wie er damit beschäftigt waren, den Goldmarkt zum Fließen zu bringen. Dreimal hatte man ihm bei Einsätzen, die als besonders schwierig eingestuft worden waren, jemanden als Verstärkung zur Seite gestellt. Zweimal einen Mann und einmal eine Frau. Sicherheitsspezialisten, die ebenso wenig gesprächig waren wie er.

Ein Flugzeug hinterließ eine weiße Spur am azurblauen Himmel. Winthrop schloss die Augen und überlegte, wohin ihn Aurora wohl das nächste Mal schicken würde.

Das Bild des geknebelten Arabers tauchte wieder vor seinem geistigen Auge auf. Er rümpfte die Nase, da er das Gefühl hatte, den beißenden Ölgeruch nicht loszuwerden. Wie viele Menschen hatten seit Anbeginn der Zeit schon wegen dieses Edelmetalls ihr Leben lassen müssen? Hunderttausende … Gold und Blut bildeten ein ewiges Bündnis. Sein Arbeitgeber, der Anekdoten über Gold liebte, hatte ihm von Crassus' schrecklichem Tod erzählt. Jener römische General, der für seine unmäßige Leidenschaft für das verhängnisvolle Metall bekannt war. Am Ende einer blutigen Schlacht wurde er von den feindlichen Parthern gefangen genommen. Um ihrer Verachtung Ausdruck zu verleihen, richteten sie ihn vor seinen Männern hin, indem sie ihm einen großen Becher geschmolzenes Gold in den Rachen gossen. Crassus hatte dabei wahrscheinlich genauso panisch ausgesehen wie der Araber in der Halle, als er merkte, dass sein letztes Stündchen geschlagen hatte.

Jack Winthrop war dem Zauber des Goldes nicht erlegen. Das war seine Stärke, und sein Arbeitgeber wusste das zu schätzen. Während einer seiner ersten Einsätze, damals in Peru, hatte ihm der dortige Aurora-Vertreter zu verstehen gegeben, dass er einen kleinen Barren mitgehen lassen könne. Winthrop hatte höflich abgelehnt. Was sein Glück gewesen war, da es sich um einen Test gehandelt hatte, um die Unbestechlichkeit von neuen Mitarbeitern auf die Probe zu stellen.

Die Müdigkeit überkam ihn, und er fiel in einen traumlosen Schlaf.

39
Paris
Nicolas Flamels Haus
21. März 1355

Einmal mehr wurde er von dem Albtraum heimgesucht. Seitdem er vor fast einer Woche aus dem Verlies getaumelt war, durchlebte er jede Nacht das schreckliche Geschehen erneut.

Vor allem hatte er noch Flore de Cenevières' Stimme im Ohr. Wie sie von der Ankunft des Juden in ihrem Schloss berichtete. Von dem trostlosen Leben mit einer Mutter, für die nur die Religion zählte, und einem älteren Bruder, der Flore hasste. Er war eifersüchtig und sah in ihr nur die Nachzüglerin, die man so schnell wie möglich hinter Klostermauern bringen musste.

Flore hatte verbittert geklungen, als sie von den Erniedrigungen, Ängsten, Unterstellungen und Drohungen ihrer Kindheit und Jugend erzählte. Dann war die Mutter krank geworden. Es war eine jener schleichenden, unheilbaren Krankheiten. Das Siechtum der Mutter wurde jeden Tag unerträglicher, sie wurde hohlwangig, und ihr Atem roch nach Tod. Dabei hatten sie alles versucht, von dunkel gekleideten Ärzten bis hin zu Scharlatanen mit funkelnden Augen, von Hausmitteln bis zu moderig riechenden Zaubergebräuen. Doch nichts half.

Flores Mutter fürchtete sich mächtig vor dem Tod. Eine Angst, die alles noch schlimmer machte.

Irgendwann hörte Flore, dass ein Mann, dessen Kuren und Ratschläge angeblich Wunder bewirkten, im nahegelegenen Cahors abgestiegen sei. Sein Ruf hatte sich vom

Tal aus herumgesprochen, und alle, ob arm oder reich, kannten kein anderes Thema mehr.

Und so schloss sie sich eines Morgens, nachdem ihr Bruder zur Jagd aufgebrochen war, einer Gruppe Bauern auf dem Weg zum Markt in Cahors an. Dort erkundigte sie sich bei den Händlern und erfuhr, dass der Fremde beim Apotheker wohnte.

In der Apotheke erblickte sie inmitten der getrockneten Kräuter einen großen Mann, der am Kamin lehnte und las. Bis dahin wusste sie höchstens von Priestern, die ehrfürchtig vor der Bibel knieten und erst nach mehrfachem Bekreuzigen umblätterten.

Der Mann hingegen las seelenruhig im Stehen und fühlte sich sichtlich wohl.

Flore wandte sich an den Apotheker, der sie mit ihrem Anliegen an jenen Fremden verwies, der die sanfte Hitze des Kamins genoss.

Verstörende Bilder schlichen sich in den ohnehin unruhigen Schlaf des Kopisten. Er sah jenen Isaac Benserade am Tag seiner Hinrichtung vor sich. Die Folterer hatten seine Glieder gebrochen, nicht jedoch seinen Willen. Bis zum Schluss hatte er nichts verraten. Weder was zwischen Flore und ihm gewesen war, noch wonach er in Paris gesucht hatte.

Flamel wälzte sich im Bett hin und her. In seiner regen Phantasie verschmolz der Körper der jungen Frau mit der lodernden Fackel … Flammen schlängelten sich wie Feuerzungen an Flores Körper hinauf, drangen in ihre Hautfalten ein, flochten glühende Kränze um ihre Brüste.

Zwar wusste er nicht warum, doch Flamel war sich sicher, dass diese Bilder des Verlangens und der Versuchung, die ihn heimsuchten, dem Folterer ebenfalls nicht unbekannt waren. Warum sollte er sonst …

Wieder sah er die erbärmliche Szene im Kerker vor sich. Flore hatte erneut zu sprechen begonnen. Von der Rückkehr ins Schloss in Begleitung des Mannes. Der Gesundung der Mutter, die fortan bedingungslos an Isaac glaubte, sodass sie ihm schließlich ihre Tochter anvertraute. Von der Freude des Bruders, der seine jüngere Schwester nur zu gern von dannen ziehen sah. Und dann folgte die Odyssee. Die verzweifelte Suche bis zum Tod.

Jeder Satz, den Flore sprach, lief durch Flamels Hand, seine Finger, bis in die Feder und den feinen Tintenstrich auf dem Pergament. Als würde sie mit ihrem ganzen Körper in ihn eindringen.

An dieser Stelle nahm ihn der Albtraum gefangen wie ein Schraubstock. Er spürte, wie sein Inneres sich dagegen wehrte, von einem stärkeren Willen ergriffen zu werden. Wie gelähmt versuchte er sich zu bewegen, doch seine Muskeln reagierten nicht mehr. Ihm war, als läge er selbst, Nicolas Flamel, auf dem Foltertisch. Er spürte die Lederriemen um seine Knöchel, und Angst stieg in ihm auf, eine fürchterliche Angst vor dem Folterer, der im Licht der Fackel aus der Dunkelheit trat.

Das Feuer im Kamin knisterte nur noch schwach, weshalb Flamel vermutete, dass es bald Tag würde. Er warf einen kurzen Blick auf seine Frau Pernelle, die entspannt schlief. Er konnte beruhigt aufstehen und leise in seine Werkstatt hinuntergehen.

Noch auf der Treppe, die nur schwach von einer Öllampe beleuchtet wurde, zitterte er. Zu widerwärtig war der Albtraum, der jede Nacht von ihm Besitz ergriff und ihn aufs grausamste provozierte, jedoch stets im entscheidenden Moment endete. In dem Moment, in dem der Folterer mit seinem Reinigungsritus begonnen hatte und er, Flamel, es nicht mehr ertragen konnte. Als zögerte der Albtraum selbst, sein eigenes Ende in Szene zu setzen.

Das Feuer in dem großen steinernen Kamin war kurz davor, endgültig zu erlöschen. Fröstelnd warf Flamel ein Bündel Weinranken auf die Glut. Sofort schossen die Flammen wieder in die Höhe und warfen züngelnde Schatten an die Wände.

Flamel erschauderte. Überall um sich herum spürte er das Böse. Ruckartig richtete er sich auf und prüfte das Schloss an der Tür. Die Mauern waren dick, die schweren Fensterläden verriegelt. Flamel setzte sich, doch das Herz schlug ihm nach wie vor bis zum Hals. Denn es waren nicht mehr die Menschen, die ihm Angst machten, sondern das Böse. Das Böse in Person des Folterers.

Vergeblich rief er jeden Abend, bevor er zu Bett ging, die Jungfrau Maria an und wandte sich an seinen Schutzpatron. Sobald er die Augen schloss, ergriff das Grauen wieder Besitz von ihm.

Er hatte überlegt, ob er den Pfarrer von Saint-Jacques aufsuchen solle, um ihm alles zu beichten, doch in Zeiten des Scheiterhaufens war es besser, die geheimen Empfindungen seiner Seele für sich zu behalten.

Letzte Ostern hatte Flamel einen Geistlichen aus Spanien predigen hören, wo sich Inquisition und Heiden einen erbarmungslosen Kampf lieferten. Mit glänzenden Augen und keuchendem Atem hatte der Dominikaner seine Brüder dazu angehalten, in allem Satans Werk zu sehen, das Werk des Fürsten dieser Welt. Besonders in Träumen, hatte jener Mann behauptet, kämen viele Dämonen vor. So zum Beispiel Inkuben, die durch die Köpfe von Jungfrauen und reifen Frauen gleichermaßen geisterten. Dämonische Gestalten, deren Männlichkeit sich ohne Unterlass erneuerte und unschuldige junge Mädchen genauso verdarb wie ehrbare Mütter.

Der spanische Geistliche hatte nicht mit Details gegeizt, als er in den schillerndsten Farben von der erotischen Kraft der Inkuben sprach. Hatte er nicht sogar das monströse Geschlechtsteil dieser Dämonen beschrieben? Die feurige Schlange, die sich dreiteilen konnte, um in alle Öffnungen der Frau einzudringen und sie auf immer und ewig zu besitzen? Verängstigt hatten sich die Versammelten bekreuzigt.

Doch der Dominikaner setzte seine Ausführungen mit dem Sukkubus fort, jenem weiblichen Teufel, der durch den Schlaf von Männern jeden Alters geisterte. Als Schatten der Seele und des Fleisches schickten sie Männer ins Verderben, während sie ihn gleichzeitig zwangen, sich mehrfach zu ergießen.

Ergriffen und von seinem eigenen Gewissen bedrängt, hätte sich auch Flamel fast öffentlich dazu bekannt, Opfer eines dieser Dämonen zu sein. Doch der glühende Blick des Dominikaners hatte ihn zurückgehalten.

Und was er nun jede Nacht sah, war weder ein Inkubus noch ein verführerischer Sukkubus. Es war schlimmer.

Flamel legte ein Scheit im Kamin nach. Das Läuten der Glocke von Saint-Jacques drang aus der Nacht zu ihm herein.

Der Kopist erhob sich und blickte durch ein schmales Fenster auf die Straße hinunter. Die Dunkelheit wurde nur von einigen schwachen Lichtern durchbrochen. Das ganze Viertel schien noch zu schlafen. Nur gegenüber, im Haus der Dominikaner, war es im Erdgeschoss hell.

Dieses Mal zögerte Flamel nicht. Er würde nicht bis ans Ende seiner Tage mit diesen nächtlichen Qualen leben. Der Mann, der ihm diese beschert hatte, sollte ihn auch wieder davon befreien. Noch in dieser Nacht.

40
Paris
Rue Muller

Das Icon für ein Textverarbeitungsprogramm erschien auf dem Bildschirm. Für einige Sekunden war das Logo des Programms zu sehen, dann öffnete sich eine Datei auf dem Bildschirm:

Mein lieber Bruder,
wenn du diesen Text liest, haben sich meine schlimmsten Befürchtungen bewahrheitet, und ich bin der Bedrohung, die ich ganz deutlich spüre, erlegen.

Dennoch, während ich diese Zeilen schreibe, merke ich, dass ich keine Angst vor dem Sterben habe. Vielleicht wünsche ich mir fast insgeheim den Tod. Seit meinem Unfall habe ich keine Freude mehr am Leben, bin an diesen elenden Rollstuhl gefesselt. Doch zu wissen, dass ein Unbekannter mich umbringen will, ist unerträglich … und versetzt mich in Panik. Oder sind es die Dämonen, die mich seit Jahren quälen?

Zuallererst muss ich dich bitten, mir zu glauben. Denn was ich dir jetzt erzählen werde, ist so seltsam, dass ich selbst der Sache erst keine Bedeutung zugemessen habe.

Ich werde dich in ein Familiengeheimnis einweihen.

Vor etwas mehr als zwanzig Jahren starb mein Vater in einem Nobelvorort von Lausanne. Wir hatten uns seit langem aus den Augen verloren. Genau genommen war es unsere gemeinsame Herkunft, die uns getrennt hat. Von dem Marquis de La Fayette abzustammen ist ein schweres Erbe, mit dem mein Vater nicht umgehen konnte. Als hätte der lange Schatten des Marquis ihn daran gehindert, sich zu entfalten. So hat er sich, seit ich mich für unseren Vorfahren zu interessieren begann, mehr und mehr von mir abgewandt. Später, als ich Bücher über die Zeit des Marquis de La Fayette veröffentlicht habe, musste ich seine Kritik ertragen, aber als ich Freimaurer geworden bin, hat er jeglichen Kontakt abgebrochen.

Das ist ohne Zweifel auch der Grund, warum ich so spät auf dieses Familiengeheimnis gestoßen bin. Erst lange nach dem Tod meines Vaters habe ich davon erfahren. Ich habe dann vor einigen Monaten angefangen, die Kisten und Kartons mit seinem Nachlass zu sichten.

Das Geheimnis, von dem ich dir jetzt erzähle, stand in einem kleinen Notizbuch, das in unserer Familie von einer Generation zur nächsten weitergegeben wird. Die jeweiligen Erben gingen damit unterschiedlich um: Einige haben versucht, das

Geheimnis zu lüften. Andere, wie mein Vater, haben sich mit der Rolle des Verwahrers begnügt.

Und da ich keinen Nachfahren habe, soll ein Bruder, sollst du diese Rolle übernehmen.

Der Marquis de La Fayette verschaffte Frankreich – und damit auch meiner Familie – in einer Zeit Ruhm und Ehre, als die Freimaurerei genauso viele Aristokraten wie Bürgerliche anzog. Sein Leben wurde von zahlreichen Biographen aufgeschrieben. Alles, außer einem Detail: Während er am amerikanischen Unabhängigkeitskrieg teilnahm, freundete er sich mit drei französischen Freimaurerbrüdern an. Die Zeiten waren damals unsicher und die Kämpfe gegen die Engländer erbarmungslos. Wahrscheinlich war das der Grund, warum die Brüder ihm ein Geheimnis anvertrauten, das ihn für immer verändert hat.

Doch sie haben ihm nur einen Teil offenbart. Jeder der vier erhielt einen verschlüsselten Teil des Geheimnisses. Und diese Teile werden seitdem von Generation zu Generation weitergegeben.

Marcas ließ sich tiefer in seinen Sessel sinken und balancierte den Laptop auf den Knien. Das Licht des Wandstrahlers in seinem Rücken spiegelte sich auf dem Bildschirm wie ein fernes, leuchtendes Auge.

Die folgenden beiden Fragmente wurden mir in dem Notizbuch überliefert:

Die Klinge folgt der Fackel der Perfektion und *Im Schatten von Jachin.*

Dem Buch zufolge ist jeder der vier Nachfahren

im Besitz einer Formel. Wenn die vier Formeln wiedervereinigt würden, kann man das Geheimnis lüften.

Leider ist das nicht so leicht, denn ich weiß nicht, wer die anderen Erben sind. Jedem Nachfahren ist womöglich jeweils ein Name hinterlassen worden. In dem Buch meiner Familie steht nur der Name Archambeau.

Dahinter verbirgt sich eine alte französische Familie, die heute in den USA ansässig ist und deren einzige Nachfahrin, Joan Archambeau, in New York lebt, wie ich recherchiert habe. Vor einem Monat habe ich sie ausfindig gemacht. Wir haben telefoniert, doch sie war misstrauisch und hat mir gegenüber behauptet, nichts von der Geschichte zu wissen ... Ich habe es dabei belassen.

Doch damit hat der Ärger begonnen.

Vor zwei Wochen hat mich ein Mann kontaktiert. Er schien über die ganze Sache Bescheid zu wissen, was mich wiederum misstrauisch gemacht hat. Seine Stimme klang seltsam und bestimmt. Und er sprach wie ein Bruder.

Letzte Woche wurde dann bei mir eingebrochen, alles wurde durchwühlt, und das Notizbuch ist seitdem verschwunden. Ich werde das Gefühl nicht los, dass mehr dahintersteckt und mein Leben in Gefahr ist.

Heute Abend treffe ich mich nach der Tempelarbeit mit dem Konservator, um den echten Degen meines Vorfahren auszuleihen. Ich glaube, er enthält einen der vier Schlüssel zu dem Geheimnis.

Wenn du diese Zeilen liest, dann nimm den

echten Degen bitte an dich. Ich hinterlasse dir auch Joan Archambeaus Adresse. Entweder sie ist an meiner Ermordung beteiligt, oder sie ist selber in Gefahr.

Folge dem Licht.

Dein Bruder Paul

Marcas musste schlucken. *Die Klinge folgt der Fackel der Perfektion. Im Schatten von Jachin ...* Das letzte Wort war jedem Freimaurer der Welt bekannt.

41
Paris
19. Arrondissement
Eine halbe Stunde nach Mitternacht

Die Nacht hatte Paris eingehüllt wie ein dicker, dunkler Mantel.

Der Mann stand in dem weißgestrichenen Wohnzimmer am Fenster und blies Zigarettenrauch aus, während er den Blick über die Dächer der Hauptstadt genoss. Aus dem sechsten Stock hatte er einen unverbauten Blick auf die beeindruckende Großstadtkulisse. Im Westen sah er den oberen Teil des Eiffelturms, um den der Lichtkegel eines riesigen Scheinwerfers kreiste. Wie ein Leuchtturm ragte er aus dem Meer von Schieferdächern heraus.

Seine Familie schlief bereits, und in der Wohnung war es vollkommen still. Er ließ sich auf der dunkelblauen, mit Samt bezogenen Chaiselongue nieder und blickte in den schwarzen Himmel.

Genüsslich nahm er einen Zug seiner Zigarette. Fast sah es so aus, als würde der zunehmende Mond ihn anlächeln. Alles war gut gelaufen, erstaunlich gut. So erfüllt hatte er sich lange nicht gefühlt.

Seine Angestellten hatten ihre Streikankündigung zurückgenommen, sein Sohn war mit einem exzellenten Zeugnis nach Hause gekommen, und die Lingeriegeschäfte seiner Frau brachten endlich Gewinne ein.

Und er hatte seine ersten richtigen Morde begangen.

Ein kleiner Schatten huschte zwischen den ordentlich um den großen Tisch aus Tropenholz aufgestellten Stühlen hindurch. Auf der Suche nach ein wenig Wärme sprang ihm die Katze auf den Schoß. Er drückte die Zigarette aus und fuhr mit der Hand durch ihr graues Fell. Das Schnurren des Tieres beruhigte ihn.

Ich bin der Auserwählte. Der Bruder des Blutes. Das Meisterwerk ist auf den Weg gebracht. Er sah die Gesichter seiner beiden Opfer vor sich, ihre zunächst überraschten und im nächsten Moment erschreckten Blicke, als sie verstanden, was ihnen gerade widerfuhr. Er hatte nur Verachtung für sie übrig, besonders für den Suchenden, der sich für würdig gehalten hatte, einer der Ihren zu werden.

Im Innersten wusste er, dass seine Verwandlung kein Zufall war. Er tötete nicht aus Spaß, sondern weil er auf der Suche nach dem großen Geheimnis war. Und Paul de Lambre hatte Zugang zu einem Teil davon.

Der Bruder des Blutes. Der Name war ihm eines Tages eingefallen. Logisch, passend, unerbittlich. Denn er vergoss das Blut von Unreinen und reinigte damit zugleich das Blut der Bruderschaft.

Doch da war noch ein anderer Bruder, der sich an seine Fersen geheftet hatte. Damit hatte er nicht gerechnet. Die unterirdische Verfolgungsjagd war allerdings eine Gelegenheit gewesen, seine Improvisationsfähigkeiten zu testen. Die Konfrontation mit dem Unerwarteten setzte die besten Reflexe frei.

Er zündete sich eine neue Zigarette an. Seine Milde hatte ihn selbst überrascht. Normalerweise hätte er den Mann ertrinken lassen müssen. Oder war dieses Zusammentreffen mit einem Bruder ein Zeichen des freimaurerischen Großen Baumeisters? Jedenfalls hatte sein Verfolger Mut und Entschlossenheit gezeigt. Zwei Eigenschaften, die heutzutage selten geworden waren. Womöglich brauchte er ihn noch für die Lösung. Dann würde er zu gegebener Zeit über sein Schicksal entscheiden.

Im Gegensatz zu allen anderen hatte ihn dieser Bruder nicht enttäuscht. Die allermeisten verdienten diesen Titel nicht. Genauso wenig, wie sie um den Aufbau einer besseren Gesellschaft bemüht waren. Er ballte die Hand zur Faust. Die Freimaurerei war vom Wege abgekommen. Es wurde höchste Zeit, dass sie gereinigt wurde. Er würde sich selbst darum kümmern, sobald er das Geheimnis vollständig in den Händen hielt. Stück für Stück sammelte er die Einzelteile zusammen.

Als Nächstes musste er sich um den Degen kümmern.

Er spürte Wut in sich aufsteigen. Sein Arzt hatte ihm geraten, jede Aufregung zu vermeiden. Die Medikamente, die ihm verschrieben worden waren, hatte er jedoch ungeöffnet weggeworfen.

Ohne Rücksicht auf die Katze zu nehmen, stand er unvermittelt auf und ging zum Arbeitszimmer. Das Tier sprang im letzten Moment von seinem Schoß.

Seine Schritte waren auf dem Parkettboden kaum

zu hören. Er öffnete die stets verschlossene Tür, hinter der ein riesiges Zimmer lag. Zwei Wände wurden von Bücherregalen eingenommen, die bis unter die Decke reichten. In der Mitte des Raums stand auf einer großen Staffelei das Bild, das er so sehr liebte. Eine kleine Extravaganz, die er bei einem talentierten Maler in Auftrag gegeben hatte. Darauf waren um eine große Figur alle freimaurerischen Symbole angeordnet.

Er drückte auf einen kleinen Knopf, der unter einer Kabelabdeckung aus weißem Plastik an der Wand versteckt war. Ein Klicken ertönte, und im nächsten Moment hoben sich drei Parkettbohlen leicht an. Er hatte dieses Versteck bei der Renovierung seiner Wohnung entdeckt. Der perfekte Ort, um Familiengeheimnisse zu verwahren.

Er hob die Bohlen nacheinander an und griff mit der Hand in die Dunkelheit. Der Hohlraum war nicht sehr tief, dafür aber lang. Schließlich zog er einen in schwarzen Samt gewickelten Gegenstand hervor: den Freimaurerdegen des Marquis de La Fayette, mit gerader Klinge und Perlmuttverzierungen am Griff.

Er legte ihn auf den Schreibtisch und zog die Waffe aus der Scheide. Dann nahm er einen zweiten Degen, der an der Wand hing, der genauso aussah wie der andere. Er hatte ihn von seinem Vater geerbt, der ihn wiederum von seinen Vorfahren bekommen hatte. Mit diesem Degen hatte er die beiden Brüder in der Loge ermordet.

Die beiden Waffen ähnelten sich wie ein Ei dem anderen, bis auf ein Detail. Ein entscheidendes Detail: Sein Degen war aus Gold.

Als er die Waffe aus der Scheide zog, wirbelte feiner Goldstaub auf. Er legte den Degen neben den von La Fayette, dessen Klinge im Licht glänzte.

Bewegt betrachtete er die beiden Degen. Wie lange war es her, seit sie zum letzten Mal vereint gewesen waren? Auch den fehlenden Teil würde er noch finden. Den Teil, der nur für ihn – den Bruder des Blutes – allein bestimmt war.

42

Aurora-Zentrale an alle Aurora-Mitglieder
15.13 Uhr GMT
Zwischenbericht
Kurse
Die Federal Reserve Bank weist jeglichen Verkauf von Goldvorräten während der nächsten beiden Monate zurück. Der Preis ist seit einer Woche stabil.
Warnung, Stufe 2
Im Anhang befindet sich der Bericht von Aurora New York zur mittelfristigen Entwicklung des Goldpreises für eine Unze an den vier weltweiten Börsenplätzen: New York, London, Zürich, Hongkong.
Bekanntlich ist der Preis für eine Unze auf dem Edelmetallmarkt in sechs Jahren um 135% gestiegen. Preise zum Jahresschluss (in USD):
Wert 2001: 279 Dollar
Wert 2004: 438 Dollar
Wert 2005: 516 Dollar
Wert 2007: 636 Dollar

Für 2009 rechnet die Schweizer Bankenunion mit einem Wert von 800 Dollar pro Unze. Der Quantum Fund geht von 1000 Dollar aus. Das Gold Anti-Trust Action Committee (GATA) sagt in seinem neuesten Bericht einen Preis von etwa 3000 Dollar pro Unze in drei Jahren voraus. Vor diesem Hintergrund soll in einer außerordentlichen Sitzung der Aurora-Gruppe besprochen werden, wie realistisch dieser Bericht ist. Als Experte wird unter anderem Aurora Zürich zurate gezogen. Wir teilen die Vorbehalte unserer Mitglieder gegen die Beweggründe des GATA, das unaufhörlich die Manipulation des Goldpreises anprangert. Der World Gold Council kündigte an, nach Veröffentlichung des GATA-Berichts keine offizielle Erklärung abzugeben.

Operation Brennende Wüste

Die Aktion ist erfolgreich verlaufen. Die Goldbarren wurden der Kuwait Corporate Bank übergeben.

Verschiedenes

In Mexiko wurde ein Azteken-Grab entdeckt, in dem sich unter anderem fünf Goldscheiben von je dreißig Zentimeter Durchmesser befanden. Sie wurden unbemerkt aus dem Land gebracht und erscheinen auch nicht auf der Inventarliste der Archäologen. Inzwischen sind sie an einen wohlhabenden Sammler in Chicago verkauft worden. Bitte um Autorisierung, den Fall in der «Washington Post» öffentlich zu machen.

Bei Christie's in Paris wurde die Sammlung der alchemistischen Manuskripte von Pernety versteigert. Dabei handelt es sich um bislang unbekannte Schriften jenes Gelehrten aus dem 18. Jahrhundert, der einen auf einem alchemistischen Ritual beruhenden Freimaurergrad geschaffen hat. Aurora Paris bitte weiter beobachten.

Ende

43
Paris
Quartier Saint-Jacques-de-la-Boucherie
21. März 1355

Jehan Arthus betrachtete das Kruzifix, das über dem Kamin an der Wand hing. Für ihn war die Suche zu Ende. Er hatte das Ziel, das er seit Jahren verfolgte, endlich erreicht.

Ein einfacher Satz hatte genügt, um die Tür zu öffnen. *«Wer Ohren hat, der höre!»* stand in der Offenbarung. Nie zuvor war dieser Ausspruch Christi passender gewesen. Er allein hatte, mit Gottes Hilfe, erkannt, was Flore de Cenevières' Worte bedeuteten.

Die Klinge folgt der Fackel der Perfektion. Er hatte den Schlüssel gefunden.

Wieder einmal verspürte er in dieser Nacht keine Müdigkeit, lieber opferte er den Schlaf dem Studium. Wenn ihn seine beruflichen Verpflichtungen nicht die ganze Nacht an der Seite eines Angeklagten festhielten, dem er noch vor dem Morgengrauen ein Geständnis entlocken musste, flehte er nachts zu Hause in der Finsternis Gott an, Er möge ihm Kraft und Wissen schenken.

Das Ritual war immer das gleiche. Nach dem Gebet stieg Arthus in den Keller hinab, wo das Brennholz lagerte, das die Dominikaner ihm aus einem ihrer Provinzklöster mitbrachten. Arthus wählte sein Heizmaterial stets sehr sorgfältig aus. Zuerst nahm er nach Kiefern riechende dünne Zweige, dann Birkenäste, die beim Brechen knackten. Schließlich griff er nach den Eichenscheiten und fuhr dabei mit der Hand über die unebene Rinde.

Der Kamin im Erdgeschoss des Hauses war riesig. Vor seinem gewölbeartigen Rundbogen hätte eine ganze Familie Platz gefunden. Mit dem Rücken zur Wand ließ sich der Folterer in einer Ecke an einem kleinen Tisch aus Nussbaum nieder. Von diesem Platz aus konnte er einerseits das Feuer betrachten und andererseits die Eingangstür überwachen.

Rechts von ihm befand sich ein offener Holzkasten, der den Blick auf den schimmernden Einband eines Buches freigab. Der Folterer nahm den Band vorsichtig heraus und beäugte ihn argwöhnisch wie eine giftige Schlange. Es war das Buch des Isaac Benserade. Flores letzte Hinweise waren sehr hilfreich gewesen.

Wie üblich bei wertvollen Büchern war auch dieser Band unter dem Lederumschlag mit dünnen Holzplatten versehen, die ihn vor Beschädigungen schützen sollten. Beschädigungen zum Beispiel durch allzu neugierige Menschen.

Er hatte das Buch noch nicht geöffnet, seit er es an sich genommen hatte. Der Folterer blickte in den Kamin. Bald würde es an der Zeit sein, das Buch zu vernichten, das Generationen von Menschen – Juden und Alchemisten – gesucht, gefunden und dann wieder verloren hatten. Ein einfaches Buch, doch der Legende zufolge konnte man den Abbildungen die vollständige Entstehung des Meisterwerks entnehmen.

Jehan Arthus zuckte mit den Schultern. Es war nicht das erste Mal, dass er ein Buch dieser Art fand. Seit die Kreuzzügler aus dem Orient zurückgekehrt waren, wimmelte es geradezu von solchen Werken. Überall in Europa vervielfältigte man Texte, deren geheimnisumwitterte Objekte Schwefel und Quecksilber waren. Mit symbolischen Farben wurden brüllende Drachen und von einem Pfeil getroffene Löwen koloriert. Um das Geheimnis, wie man aus Metall Gold herstellte, rankten sich viele Legenden.

In Wahrheit, sinnierte Arthus, machten die meisten dieser dämonischen Bücher lediglich ihre Autoren reich. Bedürftige Schriftsteller, die schamlos verstümmelte Zitate aus den Evangelien mit alten Hausmitteln vermischten, und Zeichner, die sich in ihrer Phantasie verloren. Am Ende dieser Kette standen naive Menschen, die ihre Nächte damit verbrachten, die alchemistischen Öfen am Brennen zu halten. Diese Ansammlungen von schamlosen Lügengeflechten, die die Menschen verwirrten und falsche Hoffnungen nährten, galt es durch eine umfassende Reinigung zu zerstören.

Offenbar hatten all diese Hirngespinste jedoch eine gemeinsame Quelle. Von der spanischen Inquisition gefolterte Ketzer hatten ein bestimmtes Werk erwähnt, das als Quelle für all diese gottlosen Abhandlungen fungierte. Das *Buch Adams*.

Der Überlieferung zufolge ging es auf den biblischen

Adam zurück. Nachdem er aus dem Paradies vertrieben worden war, schrieb er die Geheimnisse der Schöpfung nieder. Die Herstellung von Gold war dabei nur eines unter vielen.

Wie ein Heiligtum war der Text an seine Nachfahren weitergegeben worden, und so hatte das mysteriöse Buch sogar die Sintflut überstanden. Um es für immer zu erhalten, hatten Adams Kinder das Buch dann in zwei Steinsäulen eingemauert. Nach Meinung einiger Kabbalisten bildeten diese Säulen das Fundament des salomonischen Tempels.

Arthus bekreuzigte sich. Wie konnten die Menschen nur an solche Gottlosigkeiten glauben? Die Rabbiner, die man in den spanischen Kerkern verhört hatte, behaupteten jedenfalls, dass das Buch seit der Zerstörung des Tempels durch die Römer verschwunden sei.

Während der Kreuzzüge waren dann nicht nur Reliquien wiederaufgetaucht, sondern auch dubiose Schriften, die angeblich eine genaue und lückenlose Abschrift des *Buchs Adams* darstellten.

Was das Original anging, so kam ein Gerücht auf, dem zufolge es im Besitz der Templer sei, jener Ritter, die halb Mönch und halb Krieger waren und sich für den Bau ihres ersten Tempels der Ruinen des salomonischen Tempels bedient hatten.

Die Menschen waren eindeutig empfänglich für solche Geschichten, dachte der Folterer. Wie konnte man nur glauben, dass ein solches Buch die Wirren der Geschichte überstehen konnte? Dass es von Adam nach der Sintflut zu Salomon und später zu den Templern gelangt war? Nichts als Mythen und Legenden, die in den Köpfen unruhiger Geister entstanden.

Nachdem der König und der Papst den Templerorden zerschlagen und die Ritter hatten verhaften lassen, hatten rebellische Stimmen von Verfolgung gesprochen und Gerüchte in Umlauf gebracht, denen zufolge die gottverdammten, wucherischen, blasphemischen und sodomitischen Ritter die geheimen Hüter einer Wahrheit waren, die größer war als die Menschwerdung Gottes.

Das Feuer im Kamin verlor langsam an Kraft. Jehan Arthus erhob sich, um ein neues Scheit zu holen. Geduldig schürte er die Glut, deren Färbung sich durch die Luftzufuhr nach und nach von Blutrot in ein fast leuchtendes Gelb verwandelte. Die Farbe des Goldes.

Der Folterer setzte sich wieder. Der Templerorden war seit fast einem halben Jahrhundert zerschlagen, doch noch immer wirkte er in der Phantasie der Menschen nach. Selbst über die Grenzen hinweg, was sich an jenem Juden zeigte, der über die Pyrenäen gekommen war, um dann in Paris verbrannt zu werden. All das für ein Buch. Jenes Buch, das jetzt vor ihm lag und das er verbrennen musste.

Der Folterer schlug willkürlich eine Seite auf. Engel mit goldenem Gesicht und rote Buchstaben leuchteten kurz im Schein des Feuers auf. War dies das wahre *Buch Adams*? Bevor er sich an die Lektüre machte, bekreuzigte er sich und warf einen ängstlichen Blick in Richtung Tür. Man konnte nie wissen. Schließlich ging jeder davon aus, dass er weder lesen noch schreiben konnte.

44
Paris
Sitz der Großloge

«Weit kommen wir damit nicht ...»

Guy Andrivaux spielte mit einem Zirkel; die Spitze zeichnete einen imaginären Kreis in die Luft. Sein Schreibtisch war aufgeräumt, wie es sich für den Großsekretär einer Großloge gehörte. Makellose Transparenz. Im Regal einige Bücher. Der Tisch aus hellem Holz, darauf ein ständig eingeschalteter Computer sowie einige Zeitungen und eine Aktenmappe.

«Die Geschichte kommt sehr ungelegen. In zwei Wochen findet unser Konvent statt. Die Morde werden Journalisten anlocken. Hast du gesehen, was jetzt schon in den Zeitungen steht?»

Marcas warf einen Blick auf die Zeitungen auf dem Tisch. In riesigen Lettern standen dort die Schlagzeilen:

Doppelmord bei den Brüdern
Blutiger Freimaurermord
Geheimnisvoller Killer stahl La-Fayette-Degen

«Die hier finde ich besonders gut», sagte Marcas, «Freimaurer-Serienmörder auf freiem Fuß. Das wirkt. Ich kann mir gut vorstellen, wie die Leser einen Charles Manson mit rituellem *Hammer* oder einen Guy Georges im Schurz vor sich sehen. Für die Presse ist ein Mord bei den Freimaurern gefundenes Fressen.»

«Jetzt wird sicher auch die Geschichte mit der großen Verschwörung wieder aufgewärmt. Heute Morgen erst habe ich im Radio einen Kriminologen gehört, der die

These vertrat, Jack the Ripper sei Freimaurer gewesen. Wir müssen etwas tun! Und zwar schnell.»

Der Kommissar sah durch das Fenster ein Stück blauen Himmel. Plötzlich fühlte er sich müde, als läge eine schwere Last auf seinen Schultern. Doch jetzt war nicht der rechte Zeitpunkt, um schlappzumachen.

«Du hast recht. Wir müssen den Mörder so schnell wie möglich finden. Das Problem ist nur, dass wir keine Ahnung haben, was sein Motiv sein könnte. Er tötet einen Suchenden und einen Behinderten und stiehlt dann einen Degen. Du musst zugeben, es ist nicht leicht, daraus eine Logik zu entwickeln ...» Marcas schnaufte, als hätte er zu schnell gesprochen. In Wahrheit fühlte er sich unwohl, weil er einen Bruder anlog.

Doch der Großsekretär war zu sehr in die Angelegenheiten der Großloge involviert, als dass Marcas ihm hätte erzählen können, was der USB-Stick enthielt.

«Fassen wir also zusammen», begann Andrivaux, der unter den Freimaurern den Ruf eines ausgemachten Pragmatikers genoss. «Wir haben zwei Morde. Der erste war meiner Meinung nach nebensächlich. Ich glaube, er war eher Mittel zum Zweck. Der Zeitpunkt des Mordes an dem Suchenden, der in der Dunklen Kammer saß, deutet darauf hin, dass der Mörder genau wusste, was passieren würde: Der Große Experte würde kommen, um den Mann zu holen, würde ihn tot auffinden und dann seine Brüder in der Loge informieren. Alle würden schnell zur Dunklen Kammer laufen.»

«Bis auf einen: Paul de Lambre», fügte Marcas mit düsterer Stimme hinzu.

«Klar. Mit seinem Rollstuhl blieb er allein zurück. Genau wie der Mörder es gewollt hatte.»

Der Kommissar blickte erneut zu dem Stück blauen Himmels hinauf, der sich zwischen den Dächern und dem Fenstersturz zu behaupten versuchte. Allerdings schob sich gerade eine dicke, dunkle Wolke davor.

«Und als der Mörder sein Werk vollendet hat, ist er ins Museum hinuntergeschlichen und hat den Degen entwendet, bevor er dann in den unterirdischen Gängen verschwunden ist. Da hat jemand ganz kühl gerechnet und getötet, um ein zweites Mal töten zu können. Beeindruckend.»

«Hört sich an, als würdest du ihn bewundern.»

«Keineswegs», entgegnete Andrivaux, «aber es ist doch wie beim Schach: ein cleverer Zug.» Einmal mehr wurde der Großsekretär seinem Ruf gerecht: ein Verstandesmensch, der schnell und effektiv denken konnte.

Marcas nickte zustimmend. «Du bist also der Meinung, dass es Paul war, der eigentlich beseitigt werden sollte?»

«Das liegt doch auf der Hand», erklärte Andrivaux. «Wo ist die Verbindung zwischen dem Diebstahl und dem Mord an Paul? Bei La Fayette. Sein Degen wurde gestohlen und sein Nachfahre ermordet. Paul de Lambre hätte uns sicher einiges dazu erzählen können. Dabei fällt mir ein, hast du es noch immer nicht geschafft, den USB-Stick zu knacken?»

Marcas schüttelte den Kopf und seufzte. «Aber wenn deine Theorie stimmt, hat der Mörder, was er wollte: Pauls ewiges Schweigen und den Degen des Helden der amerikanischen Unabhängigkeit.»

«Ehrlich gesagt», begann Andrivaux, «könnte es sein, dass er eine böse Überraschung erleben wird.»

«Überraschung, warum?», fragte der Kommissar erstaunt.

«Wenn er auf La Fayettes Degen aus war, wird er enttäuscht sein, fürchte ich. Sehr enttäuscht sogar.» Guy Andrivaux holte ein Foto aus der Mappe, die auf dem Schreibtisch vor ihm lag. «Das ist der Degen, der im Besitz unseres Museums ist. Oder vielmehr *war*. Fällt dir nichts auf? Glaubst du wirklich, dass ein Adeliger wie der Marquis de La Fayette am anderen Ende der Welt mit einem Prunkdegen voller Perlmuttverzierungen gegen die Engländer gekämpft hat?»

«Nein, natürlich nicht», stimmte Marcas zu und ärgerte sich im Stillen über seine Dummheit. Wenn man darüber nachdachte, war es klar. Er erinnerte sich daran, wie Paul in seinem Schreiben das Wort «echt» betont hatte.

«Natürlich hat der Marquis nicht seinen rituellen Degen mit in die Schlacht genommen», fuhr Andrivaux fort. «Es muss also noch einen anderen für den Kampf gegeben haben. Es ist dennoch sehr traurig, dass wir einen perlmuttverzierten Degen verloren haben. Zum Glück hat der Mörder nicht auch noch das zweite wertvolle Vorzeigestück des Museums gestohlen, die Erklärung des Wilhelmsbadener Konvents von 1782.»

«Aber der Mörder hat getötet, weil er hinter dem Kampfdegen La Fayettes her war», wandte Marcas ein. «Und wenn er seinen Irrtum bemerkt …»

Guy Andrivaux zuckte zusammen. «Dann wird er noch einmal töten?»

«Ja. Es liegt also in unserem Interesse, den wahren Degen vor ihm zu finden. Und zwar schnell.»

Marcas' Handy vibrierte in der Innentasche seiner Jacke. Er gab Andrivaux ein kurzes Zeichen und nahm das Gespräch an, während er das Foto des Degens betrachtete.

«Ach, endlich hebst du ab!», empörte sich eine schrille Stimme. «Ich habe dir schon mehrere Nachrichten auf der Mailbox hinterlassen. Weißt du eigentlich, wie unmöglich du dich gestern Abend benommen hast? Ich habe dich nur um einen Gefallen gebeten, einen einzigen!»

«Isabelle, ich …»

«Unterbrich mich nicht. Du bist wirklich ein … ein Arschloch. Dir hat es Spaß gemacht, vor der Comtesse den Schlaumeier zu spielen. Diese Leute sind mir wichtig.»

«Wichtig? … Du hast recht, ich werde eine Entschuldigung schreiben und sie vom Großmeister unterzeichnen lassen. Reicht das?»

«Hör auf mit deiner billigen Ironie, die schon genug Schaden angerichtet hat. Diese Leute sind meine Freunde, Antoine! Begreifst du das? Meine Freunde!»

«Dann solltest du dir einen anderen Kasper als deinen Exmann suchen, um sie zu unterhalten. Ich bin dafür nicht geeignet.» Der Kommissar seufzte. Was hätte er dafür gegeben, dieses Gespräch sofort zu beenden. «Jetzt hör mal zu, Isabelle, lass uns nicht streiten.»

«Ich warne dich, versuch bloß nicht, deine jämmerlichen Scherze auch mit deinem Sohn zu treiben, wenn er heute Abend bei dir ist. Du hast bereits mein Leben versaut, jetzt musst du es nicht auch noch mit seinem tun.»

Ein kurzes Knacken. Sie hatte aufgelegt.

Andrivaux sah ihn mitleidsvoll an. «Alles klar?»

Marcas brummelte unverständliches Zeug.

«Während du deine Familienangelegenheiten geregelt hast, ist mir noch etwas zu La Fayettes Degen eingefallen. Letzten Monat war bei uns ein Gastredner zu einer geschlossenen *Zeichnung*. Es war ein exzellenter Vortrag, und jetzt rate mal, zu welchem Thema: *Der Freimaurer La Fayette.*»

«Wo finde ich diesen Mann?», fragte Marcas ungeduldig.

«Im Musée Carnavalet. Er rief mich heute Morgen an, nachdem der Diebstahl unseres Degens bekannt geworden war. Vielleicht versuchst du es noch in seinem Büro im Museum. Frag nach Hervieu. Sag, dass du den Namen von mir hast.»

Marcas sprang auf und warf sich den Mantel über. Er hatte es plötzlich eilig. *Die Klinge folgt der Fackel der Perfektion.* Dieser Satz, den Paul auf seinem USB-Stick hinterlassen hatte, ging ihm nicht aus dem Kopf.

«Danke, Bruder. Ich ruf dich an, sobald ich mit dem Mann gesprochen habe.»

«Das wird schwierig. Es ist nämlich kein Mann. Sondern eine Frau!»

45

Aurora Paris an Aurora-Zentrale
23.09 Uhr GMT
Zwischenbericht
Kurse
Der Markt war stabil. Die von der Banque de France angenommenen Preise haben die von Aurora London angenommenen Werte bestätigt. Mit einem Preisrückgang von ca. 0,2% in der kommenden Woche ist jedoch zu rechnen.
Preise der Banque de France für ein Kilo

Gold (Schlüsseldaten, die vollständige Liste der Kurse der BdF seit Januar 1999 ist im HTML-Format angehängt):
Erste Preisnotierung Januar 1999: 7950 Dollar
Erste Preisnotierung Januar 2005: 10750 Dollar
Erste Preisnotierung Januar 2007: 15400 Dollar
Preisnotierung laufende Woche: 15900 Dollar

Mitteilungen

Einer verlässlichen Quelle aus Lugano zufolge wird die HKBI, die Hongkong Bank Inc, am 27. dieses Monats 2000 Standard-Goldbarren auf den Markt bringen. Der Agent geht von einem Verkauf in wenigstens hundert Tranchen aus, entweder jeweils 20 Barren oder einzeln. Die Wahrscheinlichkeit, dass das Gold aus dem chinesischen Mutterhaus des Referenz-Aktionärs der HKBI stammt, liegt bei 78%.
Unter der Voraussetzung, dass die Reinheit jedes einzelnen Barrens geprüft und bestätigt wird, wäre es gut, wenn Aurora Hongkong den gesamten Bestand erwerben könnte.
Es ist zu beachten, dass die Red Dragon Bank, die ihren Sitz in Shanghai hat und Aktionärin der HKBI ist, in die Affäre um die Barren von Oslo vor zwei Jahren verwickelt war. Zur Erinnerung: Damals hatte ein Zehntel der in Umlauf gebrachten Barren einen Eisenkern.

Bestandsänderungen

Die Banque de France will sich nicht vor Juni nächsten Jahres von 1,5 Tonnen Goldreserven trennen. Ein Bericht folgt nächsten Monat.

Diverses

Kontaktaufnahme mit der Universität Toulouse und dem Europäischen Raumforschungszentrum wegen finanzieller Beteiligung an einem Forschungsprogramm über die Verwendung von Blattgold in Satellitenplatten. Die Entscheidung, ob die Resultate veröffentlicht werden sollen, liegt bei uns. Dem französischen Pressebüro AFP zufolge wurde ein Betrüger, der sich als Alchemist ausgab, in Fresnes festgenommen; im Internet hat er eine angeblich von Fulcanelli stammende Methode zur Goldherstellung vermarktet. Die Polizei hat in seinem Haus ein Minilabor mit Ofen und chemischen Instrumenten gefunden. Der Mann muss sich nun einer psychiatrischen Untersuchung unterziehen.

Ende

46
Paris
Quartier Saint-Jacques-de-la-Boucherie
21. März 1355

Zweimal klopfte Flamel gegen die große Holztür und spitzte die Ohren. Zuerst herrschte Stille, doch dann näherten sich Schritte, und die Tür wurde geöffnet.

Der Folterer schien nicht überrascht, ihn zu sehen. Mit einer einladenden Handbewegung bedeutete er Flamel einzutreten.

In dem Raum gab es nur einen Stuhl. Der Hausherr setzte sich auf den Rand des Kamins.

«Ihr seid früh auf, Maître Flamel! Habt Ihr etwas auf dem Herzen?»

Bei diesen Worten lief es dem Kopisten kalt den Rücken hinunter. Jetzt gab es kein Zurück mehr.

«Ich habe Albträume.»

Der Folterer blieb seltsam ruhig und unbeteiligt. Er erhob sich und blickte aus dem Fenster, wo das Licht der Dämmerung allmählich die Straße erhellte. Dann antwortete er bemüht beiläufig: «Die haben wir alle. Auch ich. Aber bislang habe ich deshalb noch nie meinem Nachbarn davon erzählt.»

«Wahrscheinlich, weil der Nachbar nicht in Eurem Traum vorkommt …»

Jehan Arthus blickte überrascht auf. «Komme ich etwa in Euren Albträumen vor, Maître Flamel? Was stört denn Eure nächtliche Ruhe?»

«Ratet.» Flamels Stimme klang plötzlich schrill. Mit einem Mal verspürte er keine Angst mehr vor dem Folterer, sondern nur noch Hass, blinden Hass.

Sein Gegenüber ließ sich mit der Antwort Zeit. «So sehr beschäftigt Euch das Schicksal dieser jungen Frau?»

«Was glaubt Ihr denn? Ich bin vollkommen verwirrt. Ich habe Angst, gesündigt zu haben.»

«Weil Ihr mir geholfen habt? Aber Ihr seid nur schreibende Feder.»

«Und Gewissen … ein Gewissen, das mich unaufhörlich daran erinnert.»

Der Folterer rückte näher an das Feuer, nahm vom Rand erkaltete Asche und ließ sie durch seine Finger rieseln. «Das Gewissen. Was wisst Ihr schon vom Gewissen? Eure einzige Aufgabe in dieser Welt besteht darin, etwas abzuschreiben.»

«Ich habe nicht nur abgeschrieben, ich habe auch gehört. Und das Klagen dieser armen Frau hallt noch immer in meinem Kopf und belastet meine Seele.»

«Was habt Ihr denn gehört?» Jehan Arthus sprach jetzt langsamer.

Plötzlich begriff der Kopist, was im Kopf des Folterers vor sich ging: Es war ihm vollkommen egal, dass seinen Nachbarn Albträume plagten. Er hörte lediglich zu, weil er Flamel verdächtigte.

«Seid Ihr sicher», fragte der Folterer, «dass Euch lediglich das Schicksal dieses armen Weibes quält? In Euren Träumen könnten Euch auch andere … konkretere Gelüste ergriffen haben.»

Der Satz hing in der Luft. Der Kopist wagte nicht zu antworten.

«Dieser Mann, der verbrannt wurde. Was glaubt Ihr, was er suchte? Und wofür er schließlich mit dem Leben bezahlen musste?»

«Wenn Ihr das Geheimnis des Goldes meint, so interessierte es vielleicht diesen Mann, mich aber nicht. Ich brauche lediglich ein wenig, um meine Bücher zu illustrieren. Die Tür zum Paradies öffnet sich nicht durch Wohlstand auf Erden.»

«Richtig, Gold verdirbt den Charakter, Maître Flamel. Deshalb muss es selten bleiben. Wenn es überall Gold gäbe, würde jeder nur für sich selbst leben und hätte mit dem Reich Gottes nichts mehr im Sinn. Um die Hoffnung der Menschen auf ein besseres Leben im Jenseits zu erhalten, machen wir Jagd auf die Goldmacher, die man auch Alchemisten nennt.»

Flamel schwieg. Er dachte an die verbotenen Bücher, die versteckt in seinem Keller lagerten. Doch der Folterer sprach weiter, wie zu sich selbst.

«Man weiß nicht, wo sie ursprünglich herkommen. Aus welcher ketzerischen Rasse sie hervorgegangen sind. Doch seit fast einem Jahrhundert tauchen sie immer wieder auf – und unter. Licht und Dunkelheit wechseln sich ab. Gerade waren sie noch in Spanien, wo sie Neulinge angeworben und angelernt haben. Dann vollbringt einer ihrer Jünger plötzlich an so manchem deutschen Fürstenhof Wunder, bevor er kurz darauf verschwindet. Aber sie alle verbreiten die gleiche Illusion: dass man Gold herstellen kann.» Von seinem Platz aus warf der Folterer einen Blick auf den Holzkasten neben dem Kamin. «Maître Flamel, Ihr seid ein renommierter Kopist und Buchmaler, ein allseits geschätzter Handwerker. Hat man Euch noch nie angeboten, ein Buch mit rätselhaften Gestalten oder in einer Euch unbekannten Sprache zu vervielfältigen? Ein Buch wie jenes dort?»

Jehan Arthus griff nach dem Kasten, holte den kolorierten Band hervor und legte ihn vor seinem nächtlichen Gast auf den Tisch.

Flamel streckte die Hand danach aus, besann sich dann jedoch eines Besseren. «Wie gesagt, mir geht es lediglich um mein Seelenheil. Und darum, zu erfahren, was aus dieser Frau geworden ist, um nicht eine Mitschuld an ihrem gewaltsamen Tod tragen zu müssen. Als ich aus meiner Ohnmacht aufgewacht bin, war sie nicht mehr da.»

Der Folterer schüttelte gereizt den Kopf. «Sie lebt. Im Moment ist sie auf dem Weg in ihre Heimat oder bereits wieder im Schoß ihrer Familie.»

«Aber warum bereitet sie mir dann Albträume?»

47
Paris
Musée Carnavalet

Marcas blieb kurz in dem kleinen Garten vor dem Museumseingang stehen. Seit seiner Scheidung war er nicht mehr hier gewesen. Er hatte schlechte Erinnerungen an diesen Ort. Schwermütig betrachtete er die schnurgerade geschnittenen Hecken und symmetrischen Blumenrabatten. Die klassische Geometrie widersprach seinem derzeitigen Zustand. Er empfand weniger Nostalgie als vielmehr Wut und Groll, wenn er an die Zeit mit Isabelle dachte. Ein weiterer Teil seiner Vergangenheit, den er seinem Sohn nicht erzählen konnte.

Zu dritt hatten sie einen Nachmittag auf dem knarrenden Parkettboden ebenjenes Museums verbracht. Eine schlechte Idee für einen verregneten Sonntag. Bereits im ersten Stock hatte ihr Sohn, der damals erst drei Jahre alt gewesen war, angefangen zu jammern. Isabelle reagierte zunehmend gereizt. Seit Monaten litt sie darunter, ihr Leben auf die Rolle der Hausfrau zu beschränken. Eine Rolle, die sie zwar selbst gewählt hatte, die damit verbundenen Belastungen hatte sie aber offenbar unterschätzt.

Ihr Beruf fehlte ihr, und Marcas' häufige Abwesenheit trug nicht gerade zum Familienfrieden bei. Jedes Mal, wenn er von einer Dienstreise zurückkam, musste er sich die immer gleichen Vorwürfe anhören, während er, müde und gestresst, nur von wohlverdienter Ruhe träumte. Schon bald stritten sie täglich, von einigen versöhnlichen Momenten abgesehen: wenn er sich einen ganzen Abend um seinen Sohn kümmerte oder vorschlug, einen gemeinsamen Ausflug zu machen. Wie an jenem Sonntag, an dem sie beschlossen, ins Musée Carnavalet zu gehen, das sich ganz in der Nähe ihrer Wohnung befand.

Doch der gutgemeinte Ausflug endete damit, dass Isabelle auf klappernden Absätzen davonrauschte und Marcas eine einsame Nacht auf dem Ausziehsofa im Arbeitszimmer verbrachte …

«Ich möchte zu Anne Hervieu.» Marcas zeigte seinen Polizeiausweis. «Ich habe einen Termin.»

Der Mann an der Kasse, ein Farbiger von den Antillen mit strahlend weißen Zähnen, bedeutete ihm zu warten. «Ich frage im Sekretariat der Konservatorin nach, ob sie Sie empfangen kann.»

«Tun Sie das», erwiderte der Kommissar, überrascht über den elaborierten Ton. Vielleicht war es die von diesem Ort ausgehende Atmosphäre, die auch einen einfachen Kassierer dazu veranlasste, sich so gehoben auszudrücken.

«Herr Kommissar», hörte er plötzlich eine zarte Stimme hinter sich, «ich bin gekommen, um Sie abzuholen. In unserem Museum verläuft man sich so schnell. Ein wahrer Irrgarten.»

Das hübsche Lächeln, das er sah, als er sich umdrehte, gefiel Marcas sofort. Die ganze Erscheinung von Anne Hervieu wirkte fragil. Von ihren wasserblauen Augen bis zu den schlanken Beinen, die so zart schienen wie Blumenstängel.

«Madame Hervieu …», setzte er an.

«Alle nennen mich Anne, angefangen bei Ihrem Freund Andrivaux. Ein sehr charmanter Mann. Er hat mir viel von Ihnen vorgeschwärmt, Antoine. Aber gehen wir doch in mein Büro.»

Im Aufzug hätte der Kommissar gern etwas Intelligentes gesagt, aber ihm fiel nichts ein. Wenn ihm ein weibliches Wesen so herzlich begegnete, war er entwaffnet. Deshalb blieb er stumm wie ein pubertierender Jugendlicher.

Erst das Geräusch der sich öffnenden Aufzugtüren holte ihn in die Wirklichkeit zurück. Er stieg aus und folgte seiner Gastgeberin in respektvollem Abstand durch einen Korridor mit glänzendem Parkettboden.

«Sind Sie immer so schweigsam, Antoine?»

«Um ehrlich zu sein, ich bin mit dem Fall beschäftigt …»

Anne Hervieu blieb vor einer schweren Flügeltür stehen und zog einen Schlüssel aus ihrer Rocktasche. Bevor sie öffnete, drehte sie sich zu Marcas um und sah ihn aus ihren wasserblauen Augen an.

«Na, dann hoffen wir mal, dass ich Ihnen helfen kann.»

Nie zuvor hatte der Kommissar ein Büro betreten, das so viel Freude an der Wissenschaft ausstrahlte. Die Holzvertäfelungen an den Wänden, die weißen Decken und der schlichte Kamin aus grauem Marmor trugen sicher ihren Teil dazu bei, dass hier eine Atmosphäre intellektueller Arbeit herrschte.

Marcas versuchte sich zusammenzureißen. Dieser Besuch im Museum verdrehte ihm offenbar den Kopf. Ein freundliches Gesicht, ein unerwartet frisches Lächeln, drei Sätze zur Begrüßung – und schon war es um ihn geschehen. Als hätte eine Intellektuelle mit dem feingeschnittenen Gesicht einer italienischen Madonna ihr ganzes Leben nur auf ihn gewartet …

«Sie interessieren sich also für La Fayette?», erkundigte sich Anne Hervieu, nachdem sie ihm einen Platz angeboten hatte. «Ich muss zugeben, dass ich mehr als überrascht war, als Guy Andrivaux mich anrief und mir erzählte, die Polizei suche einen Experten für den Marquis. Wissen Sie, er ist eine jener historischen Figuren, die jeder zitiert, aber niemand richtig kennt.»

Marcas saß in einem Belle-Époque-Stuhl mit besonders hoher und steifer Rückenlehne und hörte der Konservatorin des Museums gedankenverloren zu. Ihr beeindruckendes Erscheinungsbild schüchterte ihn auf seltsame Weise ein. Und der Stuhl, der ihn dazu zwang, die Position eines unterwürfigen Schülers einzunehmen, machte die Sache nicht besser.

«Äh, das ist eine lange Geschichte», begann er, «wahrscheinlich noch viel länger, als wir momentan vermuten.»

Das Dauerlächeln auf Anne Hervieus Gesicht schien einen Moment lang zu verschwinden. «Wenn sie zu weit zurückreicht, übersteigt sie womöglich meine Kompetenzen. Ich kenne mich lediglich im 18. Jahrhundert gut aus, genauer gesagt in der zweiten Hälfte. Sie sehen, mein Wissen ist ziemlich begrenzt.»

«Immerhin sind Sie Konservatorin eines der renommiertesten Museen der Hauptstadt!», entgegnete Marcas aufrichtig bewundernd.

«Dessen Sammlung auf die Epoche der Revolution beschränkt ist. Ich hoffe also, dass Ihre Geschichte nicht weiter zurückreicht.»

Der Kommissar blickte zweifelnd drein. «Um ehrlich zu sein, ich weiß es noch nicht … Aber erzählen Sie mir von Ihrem Interesse an La Fayette. Wie ist es entstanden?»

«Aus einem Ungerechtigkeitsgefühl heraus.» Eine leichte Röte färbte die Wangen der Konservatorin. «Ich fand immer, dass La Fayette mehr Aufmerksamkeit gebührt und er stets hinter den Ereignissen, an denen er beteiligt war, verschwand.»

Der Kommissar sah sie überrascht an. Mit dieser Antwort hatte er nicht gerechnet. «Meinen Sie seine Rolle im amerikanischen Unabhängigkeitskrieg?»

«Ja, aber auch sein Engagement während der Revolution hier in Frankreich. Jedes Mal war er ganz vorn mit dabei. Einige halten ihn für einen Opportunisten. Andere einfach für eine Marionette.»

«Wessen Marionette?»

Anne Hervieu lächelte. «Die der Royalisten, der Republikaner, der Amerikaner, der Engländer … und was weiß ich, wer noch.»

«Würden Sie so weit gehen zu sagen, dass er womöglich ein Instrument bestimmter okkulter Zirkel seiner Zeit war?», erkundigte sich der Kommissar betont gleichgültig.

«Wenn Sie an die Freimaurer denken, dann sicherlich. Die haben übrigens seine Reise in die späteren Vereinigten Staaten finanziert.»

«Warum?»

«Aus Liebe zur Freiheit der Völker. Aus Solidarität mit den Brüdern auf der anderen Seite des Atlantiks … Gründe gab es damals genug. Doch jetzt weiß ich noch immer nicht, was Sie besonders an La Fayette interessiert.»

Bevor er antwortete, erhob sich Marcas. Sein Rücken tat ihm von der Stuhllehne bereits weh. Er ging einige Schritte im Raum auf und ab. Dann begann er langsam zu sprechen.

«Ich suche seinen Degen. Nicht den rituellen, sondern den Kampfdegen. Den, mit dem der Marquis in der Neuen Welt an der Seite von George Washington gekämpft hat.»

Anne Hervieu sah ihn schmunzelnd an, als hätte er etwas Albernes gesagt. «Da sind Sie in einer besseren Position als ich», antwortete sie schelmisch.

«Warum?»

«Lustig, ich dachte, Sie seien auf dem Laufenden, was Ihre Großloge betrifft.»

Marcas setzte sich wieder und rückte mit dem Stuhl dichter an den Schreibtisch der Konservatorin. «Inwiefern?»

«Hmm … Bei meiner Recherche über die freimaurerischen Aktivitäten des Marquis habe ich herausgefunden, dass er nicht nur seinen rituellen Degen, sondern auch seinen Kampfdegen den Freimaurern vermacht hat. Unter der Bedingung, dass Letzterer eines Tages in einem Tempel ausgestellt werden sollte – anonym und ganz bescheiden.»

«Du meine Güte, demnach wäre er …»

Anne Hervieu verschränkte ihre schlanken Arme und blickte Marcas verschmitzt an. «Haben Sie in Ihrer Großloge nicht einen Tempel, in dem sogar eine ganze Reihe Degen und Schwerter an der Wand hängen?»

48

Aurora-Zentrale an alle Aurora-Mitglieder

Zwischenbericht und Ankündigung der nächsten Sitzung

06.07 Uhr GMT

Kurse

In drei Tagen wird wegen einer befürchteten Goldpreisabschwächung eine starke Zunahme von Verkaufsorders in Südostasien erwartet. Aurora Tokio empfiehlt deshalb, am 18. des Monats nach einem Preisrückgang um 0,9% zu kaufen.

Mitteilungen

Aurora São Paulo hat uns in Kopie die aktuellen Arbeiten von Professor Urgate (Staatsuniversität von Campinas) vor der Veröffentlichung in der Zeitschrift «Nature Nanotechnology» zukommen lassen. Sie wurden

in Zusammenarbeit mit dem staatlichen Labor Luz Sincroton durchgeführt.
Nach zweijähriger Arbeit ist es den Forschern gelungen, ein Bild der kleinsten metallischen Silber-Gold-Legierung herzustellen und zu speichern, das nicht größer ist als ein Atom.
Als Ergebnis lässt sich unter anderem festhalten, dass eine Verbindung von 20% Gold und 80% Silber gold- und nicht silberfarben aussieht. Die Forscher planen jetzt, das Experiment mit einer Gold-Kupfer-Legierung zu wiederholen.
Es folgt ein Zitat aus dem Online-Bulletin des Wirtschaftsberaters der französischen Botschaft in Brasilien, der an das Außenministerium geschickt wurde: «Die Ergebnisse liefern wichtige Informationen für das Verständnis von metallischen Legierungen, um die Anwendung in den Schlüsselbereichen wie der Metallurgie, des Bauingenieurwesens oder der Mikroelektronik zu verbessern.»
Alle Aurora-Mitglieder sind aufgerufen, sich über Forschungen in diesem Bereich, die in ihrem Einzugsgebiet durchgeführt werden, zu informieren.
Ankündigung der nächsten Sitzung
Wegen der außerordentlichen Sitzung zum GATA-Bericht wird die monatliche Sitzung in London bis auf weiteres verschoben.
Ende

49
Paris
Quartier Saint-Jacques-de-la-Boucherie
21. März 1355

Reglos saß Flamel auf dem einzigen Stuhl im Raum und wartete darauf, dass der Folterer endlich offen mit ihm sprach.

«Ihr seid einem Bild zum Opfer gefallen, Maître Flamel, einem Bild, das düstere Dämonen in Euch geweckt hat. Während der gesamten Vernehmung habt Ihr Euch immer wieder umgedreht, um ihren Körper zu betrachten. Es ist die Sünde der Wollust, die Euch quält. Aber nur ich, ich allein, habe die junge Frau gereinigt.»

«Flore de Cenevières …», murmelte der Kopist.

Arthus sprang auf. «Ihr solltet ihren Namen vergessen. Genauso wie alles andere, was Ihr gehört habt!»

Flamels Hände fingen an zu zittern, doch er hatte sich bereits zu weit vorgewagt. «Ihr seid es, der über mein Gedächtnis gebietet, werter Nachbar, also müsst Ihr auch mein Gewissen beruhigen. Ich will die Wahrheit wissen.»

Gegenüber dem Kamin prangte ein hölzernes Kruzifix an einer weißgetünchten Wand wie in einer Klosterzelle. Der Schatten vergrößerte oder verkleinerte sich je nachdem, wie hoch die Flammen schlugen. Der Blick des Folterers war jetzt starr auf die Figur gerichtet.

«Was wollt Ihr wissen, was ich Euch nicht bereits erzählt habe?»

«Als ich in Ohnmacht gefallen bin … Was ist danach geschehen? Ich werde diesen Raum nicht eher verlassen, bis ich die Wahrheit weiß.» Der Kopist stand auf und stellte sich vor die Tür. «Ob sie nun Gott oder dem Teufel näherstehht. Ich bin ein Sohn Jesu und …»

«Und vor ihm seid Ihr mein Komplize.» Ein hinterhältiges Lächeln zeichnete sich auf dem Gesicht des Folterers ab. «Wenn ich gesündigt habe, dann sind wir beide verdammt. Ich habe sie gereinigt, das ist alles. Ich habe den Schmutz aus ihr herausgespült.»

«Großer Gott, Ihr habt sie …»

«Ja.»

Flamel wurde stocksteif. Er musste so schnell wie möglich fort von diesem Ort. Der Hölle entkommen. Fliehen … oder den Folterer töten.

«Ihr könnt gehen, wohin Ihr wollt. Aber Ihr seid jetzt mein Komplize.»

Nicolas Flamel war zum Äußersten bereit, als er auf den Folterer zuging. «Zwingt mich nicht, Eure Sünde zu teilen.»

«Es ist zu spät, denn sie …», der Folterer brach in diabolisches Gelächter aus, «… sie war Jungfrau!»

50
Paris
Sitz der Großloge

Marcas drückte auf den Lichtschalter. Sofort wurde es hell im Tempel. Er stellte sich in die Mitte des Raumes auf das musivische Pflaster, genau dorthin, wo Paul erstochen worden war. Die Degen und Schwerter an den Wänden blitzten in dem kalten Licht. Sie sahen alle gleich aus.

Marcas ging in Richtung Tür, wo sich die beiden Säulen befanden, die symbolisch den Eingang des Tempels bildeten. Jachin befand sich auf der rechten Seite, Boas auf der linken. Zwei hebräische Namen, deren Ursprung im Laufe der Zeit in Vergessenheit geraten und deren genaue Bedeutung noch immer unbekannt war.

Die Klinge folgt der Fackel der Perfektion. Im Schatten von Jachin. Ein Text, der Generationen überdauert hatte und trotz seiner offensichtlichen Unergründbarkeit einen Sinn haben musste.

Marcas stellte sich vor die rechte Säule. *Schatten*? Er ließ den Blick über den Boden schweifen. Kein Schatten war zu sehen. Er wusste, die Beleuchtung des Raumes war so angebracht, dass es gar keinen Schatten gab. Weder auf dem Boden noch an der Wand.

Entmutigt setzte sich Marcas in eine Bankreihe. Dennoch hätte er schwören können, dass der Schlüssel zum Geheimnis in dem Schatten lag, den die Säule warf. Das Problem war nur, dass er feststellen musste, wo sich die ursprüngliche Lichtquelle befunden hatte. Schon lange wurde dieser Raum nicht mehr von Kerzen beleuchtet. Um ihn zu erhellen, hatte man sicher zahlreiche Leuchter an den Wänden befestigen müssen …

Der Kommissar eilte zurück zur Jachin-Säule. Oben an der Wand, links von der Säule, entdeckte er eine schmiedeeiserne Vorrichtung. Er stellte sich darunter und zog in Gedanken eine Linie über den Boden, durch die Säule und dann über die Bankreihen hinweg die gegenüberliegende Wand hinauf. Sie endete an einer Stelle, wo zwischen zwei Hämmern ein Degen hing.

Volltreffer.

Marcas lief hinüber und nahm die Waffe aus der Halterung. Sie wies keinerlei Besonderheiten auf, war auch nicht besonders elegant. Der Griff bestand aus glattem Metall. Marcas hielt die Waffe hoch, um sie von allen Seiten anzuschauen, doch er konnte nichts Auffälliges entdecken, bis er plötzlich auf der Klinge Buchstaben erblickte, die sich zu einer Schlange wanden.

Das Herz schlug ihm bis zum Hals. Er hielt sich die Klinge dichter vor die Augen.

Gestiftet von Bruder Filleul, Bürger von Paris, für seine Brüder in der angesehenen Loge …

Marcas las nicht weiter. Ein Geschenk. Ein banales Geschenk. Die vergessene Gabe eines Bruders an seine Loge und keineswegs der Degen von La Fayette.

Enttäuscht ließ er sich auf einen Sitz fallen. Er würde den Fall niemals lösen. Erneut sagte er sich den rätselhaften Text auf.

Die Klinge folgt der Fackel der Perfektion. Im Schatten von Jachin.

Plötzlich wurde ihm klar, dass er etwas übersehen hatte. Die Fackel. Aber was hatte es damit auf sich?

Er tastete in seiner Innentasche nach dem Handy. Wenn jemand diese Frage beantworten konnte, dann war es Bruder Andrivaux. Nervös tippte er die Nummer des Großsekretärs.

«Marcas! Ich wollte dich gerade anrufen, um mich zu erkundigen, ob du …»

«Gleich. Vorher muss ich dir kurz eine Frage stellen. *Fackel.* Hat sie im freimaurerischen Kontext für dich eine besondere Bedeutung?»

Andrivaux zögerte nicht. «Das ist eine alte Allegorie. Man findet sie in Erzählungen und selbst in der Malerei.

Es ist das Symbol für Freiheit. Sie ist übrigens oft auf freimaurerischen Abbildungen zu sehen.»

«Wer, die Freiheit oder die Fackel?»

«Die Freiheit in Form einer Fackel. Und was interessant ist: Die Fackel wird immer von einer Frau getragen.»

Im Kopf des Kommissars begann es zu arbeiten. Ohne sich bei Andrivaux zu verabschieden, beendete er das Gespräch. Er musste diese Figur finden!

Genau über dem Eingang zum Tempel befand sich die Büste der Marianne. Die Freiheitsgestalt war die Personifikation der französischen Republik. Marianne! Marcas sprang auf. In ihrem marmornen Dekolleté war eine Kette mit Winkelmaß und Zirkel zu sehen. Marianne, die Freiheit in Person, die zwei Kontinente erobert hatte, die Alte und die Neue Welt!

Unter der Büste stehend, richtete der Kommissar den Blick zunächst auf die Jachin-Säule und zog dann erneut eine imaginäre Linie, die genau an einem Waffenschrank endete.

Einer der darin untergebrachten Degen lag ein wenig erhöht, nur wenige Zentimeter. Die Klinge glänzte auch nicht so stark wie die übrigen und wirkte älter.

Marcas durchquerte den Raum und nahm die Waffe heraus. Sofort merkte er, dass sie schwerer war als die vorige. Es war ein echter Degen, fast identisch mit dem vorigen, doch die Klinge war deutlich stabiler. Am Griff entdeckte er ein winziges eingraviertes Zeichen und erkannte darin das Familienwappen der Familie La Fayette.

Hielt er tatsächlich den echten Degen des Marquis in den Händen, der ihn während der Schlachten in Amerika vor mehr als drei Jahrhunderten begleitet hatte? Einen kurzen Moment stellte Marcas sich den temperamentvollen Bruder vor, wie er an der Spitze seiner Truppe auf dem Schlachtfeld die gegnerischen Bataillone zurückdrängte und dabei den Degen unter der heißen Sonne der künftigen amerikanischen Republik durch die Luft wirbelte.

Marcas untersuchte die Waffe erneut. Es war noch etwas Ungewöhnliches zu sehen: In winzigen Lettern verlief entlang der Klinge eine lange Inschrift. Ein Text, der Jahrhunderte überdauert hatte und im Tempel zu Ehren seines Meisters vor indiskreten Blicken geschützt war.

Marcas holte tief Luft und begann laut zu lesen: *«New York ist der Brüder Refugium, dem alten Blick fehlet das Zentrum. 1886.»*

Er runzelte die Stirn. Das Datum passte nicht. 1886 lag ein Jahrhundert nach La Fayettes Heldentaten im amerikanischen Unabhängigkeitskrieg. Jemand musste diese Sätze nachträglich eingraviert haben.

Als Marcas eine Stunde später aus dem Logenhaus trat, war die Straße leer gefegt. Er beschleunigte den Schritt, um ein Taxi anzuhalten. Dabei war er so sehr von seiner Entdeckung eingenommen, dass er den Mann, der ihn von einem Café aus beobachtete, nicht bemerkte.

51
Paris
Quartier Saint-Jacques-de-la-Boucherie
21. März 1355

Das Kreischen auf der Straße weckte Pernelle Flamel unsanft. Mit der linken Hand tastete sie nach dem Arm ihres Mannes, doch der Platz neben ihr war leer. Sie sprang auf. Wieder hörte sie das Kreischen. Es klang, als würde ein verängstigtes Tier um Hilfe schreien. Sie öffnete das Fenster und blickte beunruhigt hinunter. Es war noch nicht einmal richtig hell, doch auf der Straße war bereits viel los. Im Morgendunst sah Pernelle Schatten umherhuschen.

Das Kreischen hatte inzwischen aufgehört, jetzt drang nur noch ein leises Stöhnen herauf. Pernelle drehte sich zum Bett um und strich mit der Handfläche über das Laken: Es war kalt.

Seit mehreren Nächten stand ihr Mann nachts auf, doch bis jetzt war er immer wieder ins Bett gekommen, bevor sie aufwachte.

Draußen nahm der Lärm jetzt zu. Man hörte Türen schlagen und immer lautere Stimmen auf der Straße. Ein schriller Aufschrei nahm Pernelle den Atem.

«Er ist tot!», schrie jemand. Andere wiederholten den Satz.

Pernelle lief die Treppe hinunter und eilte auf die Straße, wo sie auf ihren Nachbarn, Maître Maillard, traf.

«Was ist passiert?»

Maître Maillard, der sich einen dicken Pelz umgelegt hatte, sah sie überrascht an.

«Wie? Ihr wisst es noch nicht? Ihr seid wirklich genau wie Euer Mann …», brummte ihr Nachbar.

Pernelle hörte ihm nicht mehr zu. Unruhig blickte sie in Richtung des Geschäfts. Die Tür stand sperrangelweit offen, Nicolas war nirgends zu sehen.

Der Menschenauflauf, der sich vor dem Haus gegenüber gebildet hatte, zog Pernelle magisch an. Doch plötzlich blieb sie wie angewurzelt stehen. Wachsoldaten, gefolgt von einem Offizier der Leibwache des Königs, trafen ein und trieben die Leute auseinander.

Maître Maillard war vorsichtshalber zurückgewichen. «Wenn sich Wachsoldaten einmischen, ist das immer ein schlechtes Zeichen. Aber wenn dann auch noch ein Offizier des Königs dazukommt, ist die Lage wirklich ernst. Ach, da kommt ja Euer Gatte. Ist wohl ein Langschläfer …»

Pernelle sah ihren Mann aus dem Nichts auftauchen, wie von den Toten auferstanden.

«Und, Herr Nachbar», rief Maillard, «was gibt es Neues?»

Flamel schwieg und blickte starr geradeaus. Der Kürschner wollte gerade einen erneuten Anlauf unternehmen, als eine Gruppe schwarzgekleideter Männer um die Ecke bog. Die Gruppe murmelnder, düsterer Männer bewegte sich eilig auf das bereits von den Soldaten bewachte Haus zu.

«Die *Truppe der Justiz*», murmelte Pernelle und bekreuzigte sich. Andere Schaulustige taten es ihr gleich.

Der Anblick der schwarzgekleideten Männer löste Furcht aus. Die Mitglieder der Geheimpolizei waren in Paris berüchtigt. Sie waren Bernard de Rhenac unterstellt, dem Justizminister und nach dem König einflussreichsten Mann im Reich. So viel Macht wie seine aus Schergen und Schlägern bestehende Truppe hatte sonst niemand.

«Was ist hier eigentlich los?», rief die Frau des Kopisten und ging auf ihren Mann zu.

«Wisst Ihr es wirklich noch nicht?», fragte Maillard ungläubig. «Der Folterer wurde ermordet!»

Pernelle griff nach der Hand ihres Mannes. Sie war eiskalt.

52

Aurora Neu-Delhi an Aurora-Zentrale

Zwischenbericht

09.23 Uhr GMT

Kurse

Keine besonderen Vorkommnisse.

Veranstaltungen

Der World Gold Council (WGC) wird in drei Monaten das lang angekündigte Seminar zum Thema «Die soziale Entwicklung indischer Frauen in den nächsten fünf Jahren» abhalten.

In diesem Zusammenhang sei daran erinnert, dass 72% des weltweiten Goldbedarfs auf die Schmuckindustrie entfallen. Neuesten Zahlen des WGC zufolge ist Indien mit einem Absatz von 598 Tonnen Gold zum weltweit wichtigsten Markt für Schmuck geworden. Das entspricht einem Zuwachs von 14% gegenüber dem

Vorjahr. Damit ist der Absatz fast doppelt so hoch wie in den Vereinigten Staaten. Der Großteil des Goldes wird in Indien zu Damenschmuck verarbeitet, der in der Kultur des Landes eine wichtige Rolle spielt. Am stärksten ist der Absatz während der Heiratssaison im Herbst, wenn traditionell für die Mitgift Gold gekauft wird.

Mitteilungen

Erneut wurde einer Außenstelle der Seguridad de Banco de Lima ein deutscher Goldbarren angeboten. Es ist der zweite des gleichen Typs, der in dieser Region Südamerikas auftaucht. Der erste war in Santiago veräußert worden. Das Gütezeichen in Form eines Reichsadlers hatte der Verkäufer versucht unkenntlich zu machen. Die Videoaufzeichnungen der Bank zeigen denselben Mann, an dessen Identifizierung noch gearbeitet wird. Angesichts der Tatsache, dass Nazis und ihre Nachkommen in dieser Region Zuflucht gefunden haben, ist davon auszugehen, dass die Barren Teil des SS-Goldvorrats sind. Bitte um Autorisierung, einen Agenten mit entsprechenden Maßnahmen zu betrauen. Es sei daran erinnert, dass sich die von den Nazis beschlagnahmte Beute während des Zweiten Weltkriegs (Plünderungen von Zentralbanken der besetzten Länder und Privatpersonen sowie Goldzähne und Eheringe, die an den Kriegsschauplätzen gesammelt wurden) auf mehrere hundert Tonnen Gold belief, von denen der Großteil nie wieder auf den Weltmärkten in Umlauf gekommen ist.

Verschiedenes

Der Kurs der an der Börse notierten Gesellschaft Pharmaceutica del Pilar ist nach Veröffentlichung ihrer Ergebnisse über die Wirksamkeit ihres auf Goldsalz basierenden Medikaments zur Rheumabehandlung im «British Medical Journal» um 10 Punkte gestiegen. Gemäß Anweisung wurden 320000 Aktien verkauft. Der Gewinn, rund 2,8 Millionen Dollar, kommt unseren Investoren zugute.

Ende

53
Paris
Place de Clichy

Dicht gedrängt standen die Menschen vor dem Kinokomplex. Die Warteschlange vor den Kassen war über zwanzig Meter lang. Marcas und sein Sohn warteten geduldig, jeder in seine eigenen Gedanken versunken.

Der Kommissar konnte es noch immer nicht fassen, dass er den Degen des Marquis gefunden hatte. Gern wäre er dem weiter nachgegangen, doch der heutige Tag gehörte seinem Sohn. Isabelle wusste, dass Marcas zurzeit nicht arbeiten musste, und wenn er abgesagt hätte, hätte sie sofort ihren Freund, den Gerichtsvollzieher, angerufen. Wie beim letzten Mal …

Marcas wollte seinen Sohn ins Kino einladen, bevor

er ihn zu seiner Mutter zurückbringen würde. Aber wenn er ehrlich war, hatte er nur eins im Sinn: sich wieder dem Geheimnis des Degens zu widmen. Vor allem musste er die Amerikanerin finden, die Nachfahrin der Familie Archambeau. New York war ein entscheidender Hinweis.

Langsam kamen sie in der Schlange vorwärts. Im Kino fand ein James-Bond-Festival statt. Marcas stand zu seinem geheimen Laster: Seit seiner Kindheit war er ein absoluter Fan von 007. Bis jetzt hatte er jeden neuen Film mit kindlicher Freude genossen. Nur den letzten nicht.

«Du hättest Karten vorbestellen sollen», meckerte sein Sohn.

«Freu dich, dass ich mit dir überhaupt in diesen Schundstreifen gehe, mein Sohn. Wenn es nach mir ginge, würden wir diese Vorstellung auslassen und in die nächste gehen. Dann läuft *Liebesgrüße aus Moskau*. Das ist ein guter Film! Aber nein, der Herr will sich nochmal *Casino Royale* reinziehen.»

Seine Leidenschaft für die James-Bond-Abenteuer hatte er an seinen Sohn weitergegeben, doch seit dem neuesten Film gingen ihre Meinungen auseinander. Er musste ertragen, dass sich sein zwölfjähriger Sprössling mit seinen 1,60 Metern offen gegen ihn stellte.

«Klassischer Generationskonflikt, Papa … Übrigens warst du bis vor kurzem noch Mitglied im James-Bond-Fanclub, was für einen Polizisten ganz schön peinlich ist. Und jetzt tust du so, als sei es der letzte Dreck. Das ist doch bekloppt.»

«Nein, ich sage nur, dass dieser Aufschneider Craig nicht das Recht hat, 007 zu spielen. Das ist ein Sakrileg. Weißt du, wem der ähnlich sieht? Wladimir Putin. Nur noch hässlicher. Der hat so viel Stil wie ein Tiefkühlfisch.»

«Du übertreibst.»

«Auf jeden Fall werde ich wieder Mitglied im Fanclub, sobald die Produzenten diesen farblosen Schlachter entlassen haben.»

«Du bist fies! Connerys Smoking, Brosnans Föhnwelle, das ist total out. Craig ist einfach nur cool. Die Mädchen in meiner Klasse stehen voll auf ihn. Selbst Mama findet ihn gut.»

Marcas hob eine Augenbraue, um seinem verächtlichen Seitenblick mehr Ausdruck zu verleihen. «Es war also doch die richtige Entscheidung, mich von ihr scheiden zu lassen.»

«Papa, du nervst», erklärte sein Sohn und verdrehte die Augen.

Als sie die Kasse erreichten, kaufte Marcas zwei Karten und Popcorn und ärgerte sich über sich selbst, weil er die Stimmung versaut hatte. Eigentlich war es ja auch egal, welcher Film gezeigt wurde. Wichtig war, dass er mit seinem Sohn zusammen war und sie die gemeinsame Zeit genossen.

Doch er konnte sich nicht konzentrieren. Er streckte sich. Seit der unterirdischen Verfolgungsjagd tat ihm die Schulter weh. Immer wieder musste er an La Fayettes Degen und den rätselhaften Satz auf der Klinge denken: *New York ist der Brüder Refugium, dem alten Blick fehlet das Zentrum. 1886.*

New York … Er musste die Amerikanerin erreichen. Das war die einzige Möglichkeit, dem Geheimnis auf die Spur zu kommen.

Sie setzten sich in eine der hinteren Reihen. Nach zehn

Minuten begann der Film. Und gleich in der ersten Szene war James Bond im durchlöcherten T-Shirt zu sehen, wie er einen Gegner erlegte.

Marcas gähnte, ein schlechtes Zeichen für den Anfang eines Films. Seufzend sah er sich um. Fast alle Plätze waren besetzt. Wahrscheinlich alles Unwissende oder Eltern wie er, die dazu gezwungen waren, sich derlei Einfältigkeiten auf der Leinwand anzuschauen, weil ihre Sprösslinge den Film sehen wollten. Er wurde eindeutig älter. Und je mehr ergriffene Gesichter er um sich herum sah, die von dem Geschehen vollkommen eingenommen waren, desto einsamer fühlte er sich.

Noch einmal streifte sein Blick durch die Reihen. Er hatte das unangenehme Gefühl, beobachtet zu werden. *Seit dem Ausflug in die Unterwelt bist du paranoid geworden*, dachte Marcas und ließ sich wieder in den Sitz sinken. Doch die Bilder auf der Leinwand erreichten ihn nicht mehr.

Unzählige Fragen schwirrten ihm durch den Kopf, ohne dass er sie sortieren konnte. Das Geheimnis um La Fayettes Nachfahren schien weder Anfang noch Ende zu haben. Marcas konnte mit den bisherigen Indizien jedenfalls nicht viel anfangen. Dafür war er zu rational veranlagt. Nein, um dieses Geheimnis zu entwirren, brauchte man einen frischen Geist. Eine Spur jugendlichen Leichtsinn und keinen über vierzigjährigen missmutigen Junggesellen, der frustriert vor einem Film für Halbwüchsige saß.

Nach einer weiteren halben Stunde beugte sich sein Sohn zu ihm herüber und flüsterte: «Ich muss mal kurz aufs Klo. Erzählst du mir, wie es in den nächsten Minuten weitergeht?»

Marcas brummte zustimmend und richtete sich in seinem Sitz auf. Er sah seinem Sohn nach, wie dieser die Stufen hinunterging und die Tür zum WC aufstieß, die mit einem kleinen grünen Licht gekennzeichnet war. Seit Pauls Tod war Marcas misstrauisch geworden.

Auf dem Bildschirm stürmte James gerade in ein Botschaftsgebäude und schlug wild auf die finsteren Wachposten ein, als Marcas plötzlich hinter sich eine bekannte Stimme hörte. Nie würde er den Klang vergessen können. Beim letzten Mal wäre er beinahe ertrunken.

«Mein lieber Bruder, es ist gar nicht gut für deinen Sohn, wenn er so gewalttätige Filme anschaut.»

Marcas versuchte sich umzudrehen, doch der Lauf einer Pistole, der jetzt aus der schmalen Lücke zwischen den Sitzen hervorragte, stach tief in seine rechte Seite.

«Dabei zeigst du sonst echte Vatergefühle. Sehr rührend, wirklich. Ich habe nämlich auch ein Kind, musst du wissen.»

«Gehen wir raus. Mein Sohn hat mit der ganzen Sache nichts zu tun. Er kommt jeden Moment wieder.»

«Nur nicht panisch werden, lieber Bruder. Ich bin mir sicher, dass wir uns verstehen werden.»

«Ich will nur, dass mein Sohn –»

«Du willst dein eigen Fleisch und Blut schützen.» Der Mörder schnitt ihm das Wort ab. «Das ist normal. Ich an deiner Stelle würde ganz genauso reagieren. Aber du solltest auch deutlich machen, dass du zur Zusammenarbeit bereit bist.»

«Mein Gott, was willst du von mir?»

«Ein Freimaurer, der im Namen Gottes flucht? Du lässt dich gehen, Bruder …»

Der Kommissar blickte in Richtung Toilettentür. Sein

Sohn war noch nicht zu sehen. «Verschwende deine Zeit nicht mit ironischen Bemerkungen, sondern sag mir lieber, was du willst.»

Der Druck in seiner Seite ließ etwas nach.

«Was ich will? Ein Zeichen aus der Vergangenheit. Eine Botschaft aus dem Jenseits. Eine noch ausstehende Antwort …»

«Aber was –»

«Hör auf, mir den Naivling vorzuspielen!» Marcas hörte das charakteristische Klicken beim Entsichern einer Waffe. «Du weißt genau, was ich will. Den Degen des Marquis de La Fayette. Ich will wissen, was auf dem Degen steht.»

«Den hast du doch aus dem Museum gestohlen.»

«Schlechte Antwort. Du fängst besser nochmal von vorne an, sonst wird dein Sohn gleich ein Loch in seiner unschuldigen Stirn haben.»

Die Stimme des Mörders war jetzt ganz nah an seinem Ohr. Marcas konnte den warmen Atem spüren. «Gehen wir raus, dann erzähle ich dir alles.»

In diesem Moment wurde die Toilettentür geöffnet, und die Umrisse seines Sohnes waren in dem grün schimmernden Rahmen zu erkennen. Wie hypnotisiert starrte der Junge auf die Leinwand.

Erneut setzte der Mörder mit heuchlerischer Stimme an: «Ah, der Sohnemann hat sein kleines Geschäft beendet. Die Sache ist so: Wenn du dich umdrehst, bist du tot. Wenn du ihm sagst, er soll abhauen, ist er tot. Wenn du nicht in den nächsten Sekunden meine Frage beantwortest, seid ihr beide tot.»

Langsam stieg Marcas' Sohn die Stufen hinauf.

«Noch fünf Sekunden. Ich werde ihm zuerst in die

Leiste schießen. Das tut angeblich sehr weh. Ich war mal bei einer Zeichnung zum Thema ‹Tödliche Verletzungen›. Auf diese Entfernung könnte es allerdings gut sein, dass ich nicht so genau zielen kann und ihn an der Brust erwische …»

Der Kommissar ballte die Fäuste. Sein Sohn war keine fünf Meter mehr von ihrer Sitzreihe entfernt. Marcas flüsterte mit abgehackter Stimme: *«New York ist der Brüder Refugium, dem alten Blick fehlet das Zentrum.»*

«Bist du sicher?»

«Ja, zum Teufel!»

Sein Sohn war jetzt nur noch sechs Plätze von ihm entfernt. Im nächsten Moment ließ er sich schon in den Sitz fallen. Er griff nach dem Arm seines Vaters.

Marcas rührte sich nicht, die kleinste falsche Bewegung konnte tödlich enden. Er hasste diesen Mann, der mit ihm spielte.

Plötzlich vernahm er hinter sich das Rascheln eines Mantels. Schnelle Schritte entfernten sich. Zu gern hätte er sich umgedreht, um das Gesicht des Mörders zu sehen, doch die Anwesenheit seines Sohnes hielt ihn davon ab.

Eine Tüte Popcorn tauchte jetzt in seinem Blickfeld auf.

«Bist du auch nicht eingeschlafen, Papa?»

54
Paris
Quartier Saint-Jacques-de-la-Boucherie
21. März 1355

Während ihr Mann mit Maître Maillard draußen zurückblieb, war Pernelle Flamel ins Haus geflüchtet.

Ein königlicher Schreiber traf gerade ein und ließ sich mit Feder und Pergament am Fenster nieder. Er nahm erste Zeugenaussagen auf.

Eine Magd hatte den Leichnam am frühen Morgen gefunden. Ihr Kreischen hatte das Viertel alarmiert. Die herbeigeeilten Anwohner sahen den übel zugerichteten leblosen Körper des Folterers.

Die Nachricht breitete sich wie ein Lauffeuer in der Straße aus. Frauen bekreuzigten sich, und Männer murmelten vor sich hin, während sie mit Schrecken auf die Fassade des Hauses blickten, an dem nun für immer der Makel des Verbrechens hängen würde.

«Teufel oder nicht», sinnierte Maître Maillard zu Flamel gewandt, «ich bin davon überzeugt, dass der Mord etwas mit der Hinrichtung neulich zu tun hat.»

Doch Flamel war zu sehr damit beschäftigt, den Schreiber dabei zu beobachten, wie er die Aussage der Magd aufnahm. Er sah in ihm seinen Doppelgänger, der ihn ins Verderben stürzen konnte. Die Geschichte wiederholte sich. Er erschauderte vor Angst.

«Friert Ihr? Oder macht Euch dieses schmutzige Schauspiel zu schaffen?», erkundigte sich Maillard. «Dabei habt Ihr noch nicht einmal den Leichnam gesehen, oder? Wenn Ihr ihn Euch angeschaut hättet wie ich, dann würdet Ihr …»

Er kam nicht dazu, zu Ende zu sprechen. Ein königlicher Offizier war gerade vor die Tür getreten und richtete das Wort an die Umstehenden. Flamel erkannte in ihm Guy de Pareilles, den Mann, dem die königliche Garde unterstand.

«Bürger dieses Viertels, ich würde Euch gern einige Fragen stellen. Wer ist der nächste Nachbar des Opfers?»

«Ich», murmelte Flamel.

«Dann kommt her und tretet ein. Ich hoffe, Ihr seid nicht allzu empfindlich.»

Flamel musste schlucken, als er an den Wachen vorbei das Haus betrat. Drinnen wimmelte es von Menschen. Bernard de Rhenacs schwarzgekleidete Männer durchsuchten die Stube.

Jetzt näherte sich der Sekretär und schrieb sorgfältig jedes Wort nieder.

«Name?»

«Nicolas Flamel, Kopist und Buchmaler.»

«Kanntet Ihr den Toten? Könntet Ihr ihn identifizieren?»

Flamel fuhr zusammen, durfte aber nicht zögern. Schnell antwortete er: «Ich habe ihn erst vor wenigen Tagen kennengelernt. Außerdem hatte er meistens die Kapuze seines Umhangs aufgesetzt. Aber er war eine auffällige Erscheinung …»

«… die man nicht vergisst?»

Flamel fühlte sich plötzlich genauso unbehaglich wie in der Folterkammer.

Guy de Pareilles deutete auf die Magd, die dem Schreiber mit schneller, schriller Stimme Bericht erstattet hatte. «Die Alte hier ist nämlich fast blind. Und das seit Jahren. Die kann kaum noch die Kapuze ihres Herrn identifizieren.» Er erhob sich und bedeutete Flamel, ihm die Treppe hinauf ins Schlafzimmer zu folgen.

«Außerdem gibt es von dem Toten nicht mehr viel zu erkennen.»

55
Paris
9. Arrondissement

Die kleine Kneipe in der abschüssigen Gasse war fast leer. Vor drei Monaten hatte Roger, der Eigentümer, die Hälfte seiner Ersparnisse lockergemacht, um die altmodische Inneneinrichtung aus Zink und Resopalplatten durch Holzfurnier und lilafarbene Velourstapete zu ersetzen. Der Raum sollte ein Lounge-Feeling erhalten und eine «junge und dynamische Kundenschicht» ansprechen, wie es ihm der Vertreter geraten hatte, der alle zwei Monate kam, um Bestellungen aufzunehmen.

Nun stand Roger mit seinem roten Gesicht hinter der Theke und passte überhaupt nicht in den modernen Rahmen. Die Stammgäste, die sich bereits morgens um acht Uhr ein Gläschen Rotwein genehmigten und abends dann auf härtere Getränke umstiegen, starrten auf den Flachbildschirm, wo abwechselnd Videoclips mit Rapmusik und tanzende Blondinen in Lackshorts flimmerten.

Marcas saß im hinteren Teil der Kneipe und rührte langsam in einem heißen Kaffee. Er mochte diesen vergessenen Ort an der Grenze zu Pigalle mit seinen Säufern. Sie verliehen diesem Teil von Paris noch Authentizität. Jedes Mal, wenn er kam, wurde er mit einem respektvollen «Ah, der Herr Kommissar Marcas» empfangen, und selbst die beiden korsischen Zuhälter, die sich jetzt auf den Verkauf von Porno-DVDs verlegt hatten, begrüßten ihn per Handschlag.

Marcas trank einen Schluck. Die Begegnung mit dem Mörder im Kino hatte ihn aus dem Gleichgewicht gebracht. In der letzten Nacht konnte er kein Auge zumachen. Nach dem Film hatte er seinen Sohn zu Isabelle zurückgebracht, ohne sich dem Jungen gegenüber etwas anmerken zu lassen.

Seiner Exfrau hatte der Kommissar ebenfalls keine Angst einjagen wollen und deshalb nur gesagt, er habe anonyme Drohungen erhalten und daher einen Beamten aus seinem ehemaligen Team gebeten, seine Familie unauffällig zu bewachen. Doch sie hatte die Situation sofort durchschaut: Entweder sie akzeptierte den Polizeischutz, oder sie fuhr mit ihrem Sprössling auf Zwangsurlaub, bis die Luft wieder rein war. Isabelle hatte sich rasch für die zweite Lösung entschieden, denn die Schulferien standen vor der Tür, und sie konnte es sich erlauben, für mindestens drei Wochen zu verreisen.

Das war der Vorteil, wenn die Exfrau über ein beträchtliches Erbe verfügte, überlegte Marcas seufzend und trank seinen Kaffee aus. Wenigstens dieses eine Mal war es nützlich.

Er schob die leere Tasse in die Mitte des Tisches und legte die Hände übereinander. Wie konnte er diesen Mistkerl nur ausfindig machen?

Für eine Weile hatte er geglaubt, ihn identifizieren zu können, indem er alle Freimaurer überprüfte, die den Neunten Grad innehatten. Doch Andrivaux hatte die Akte nicht gefunden, in der die Daten aller Hochgrade gesammelt waren. Daraufhin war eine Nachricht an eine Reihe von Würdenträgern geschickt worden. Aber wenn Marcas auf diese Weise überhaupt etwas erführe, würde es Wochen dauern.

Die einzige Hoffnung, die ihm blieb, war Joan Archambeau. Die Amerikanerin. Er musste unbedingt mit der Frau Kontakt aufnehmen.

Marcas verzog das Gesicht. Pauls Worte über sie klangen nicht gerade vielversprechend. Ein Grund mehr, sich gründlich vorzubereiten und sich zunächst über die Dame zu informieren.

Marcas stand auf, legte ein Zwei-Euro-Stück auf die Untertasse, nickte dem Wirt zu und verließ das Lokal. Draußen empfing ihn ein sanfter Wind, und er spürte einige Regentropfen. Um keine Zeit zu verlieren, eilte er in Richtung Avenue Trudaine und hielt ein Taxi an.

Sobald Marcas vor seinem Computer saß, tippte er ihren Namen in eine Suchmaschine ein.

Ihm wurden zwölf Treffer für Joan Archambeau angezeigt. Offenbar war sie eine auf Umweltrecht spezialisierte Anwältin und arbeitete für eine Kanzlei, die für ihre Sammelklagen gegen Chemiekonzerne bekannt war. Sie schien nicht gerade eine Staranwältin zu sein. Ein Artikel in der «New York Times» deutete allerdings darauf hin, dass sie zweifelsohne brillant, wenn auch öffentlichkeitsscheu war. Eine gute Schattenadvokatin. Vielleicht bereitete sie die Fälle für mehr im Rampenlicht stehende Anwälte vor.

Zu dem Artikel gehörte auch ein Foto. Joan Archambeau hatte braune, halblange Haare und sah aus wie Juliette Binoche mit ernsthaftem Gesichtsausdruck. Ihre schwarzen Augen, die in die Kamera blickten, hatten etwas Spöttisches. Die Mundwinkel waren leicht ironisch verzogen.

Marcas zögerte einige Sekunden, bevor er mit der Mail an sie begann. Er beschrieb die Umstände des Mordes an Paul und erwähnte auch das von dessen Vorfahren übermittelte Geheimnis.

Es war 12:30 Uhr, als er schließlich auf «Senden» klickte. Durch die Zeitverschiebung war es in New York erst 5:30 Uhr morgens, sodass einige Stunden vergehen würden, bevor sie die Nachricht las.

In dem Moment, als die Bestätigung kam, dass die Mail abgeschickt worden war, klingelte sein Handy.

«Ja?»

«Spreche ich mit meinem werten Bruder Marcas?»

Marcas erkannte die Stimme des beleibten Bruders. «Bruder schon, wenn auch nicht unbedingt aus der gleichen Familie …»

«Sehr witzig. Wie versprochen wollte ich dich über die Ermittlungen auf dem Laufenden halten. Aber bevor ich anfange: Bist du weitergekommen?»

«Nein», antwortete Marcas und versuchte, möglichst gleichgültig zu klingen. Ihm war ganz und gar nicht daran gelegen, dass ihm ein Kollege auf Schritt und Tritt folgte. Auch das zweite Zusammentreffen mit dem Mörder erwähnte er mit keinem Wort.

«Hat deine Großloge alle Akten durchgesehen?», fragte der beleibte Bruder.

«Ja, aber ohne Erfolg. In ganz Frankreich gibt es offensichtlich keine systematische Registrierung der Hochgrade.»

«Das habe ich mir gedacht. Bei euch herrscht wirklich Chaos», brummte die Stimme am anderen Ende der Leitung.

«Tja, schade, dass der Mörder nicht auf die Idee gekommen ist, ein paar Brüder in euren Edeltempeln zu ermorden. Sollte man ihm vielleicht vorschlagen. Das wäre gute Werbung für euch. Euch ist die öffentliche Aufmerksamkeit ohnehin wichtiger als uns.»

Kurz herrschte Stille. Marcas überlegte, ob der beleibte Bruder in seinem Büro wohl gerade schwitzte. Immer wenn Marcas ihn sah, perlten dem Kollegen große Schweißtropfen von der Stirn, egal, wie warm es war. Ein Seufzen war durch das Telefon zu hören.

«Nun denn … Aber wir haben vielleicht Neuigkeiten über deinen Freimaurermörder. Interessiert dich das?»

«Selbstverständlich», antwortete Marcas argwöhnisch. Er wusste, sein Kollege verteilte niemals Geschenke. Er verlangte stets eine kleine – oft auch eine große – Gegenleistung.

Der beleibte Bruder klang spöttisch. «Die Obduktion der Opfer hat etwas sehr Seltsames ergeben. Das Labor konnte das Ergebnis zunächst nicht glauben und hat die Tests zweimal wiederholt.»

«Und?»

«An den Rändern der Wunden, wo der Degen eingedrungen ist, hat man bei beiden Opfern eine ungewöhnliche Substanz gefunden.»

«Was?»

«Gold, mein Lieber. Gold von bestechender Reinheit.»

«Du machst Witze …»

«Keineswegs. Wenn du mehr wissen willst, dann treffen wir uns in einer halben Stunde am Palais Royal.»

«In Ordnung. Bring die Ergebnisse mit.»

«Aber sicher, in doppelter Ausführung. Gold, Marcas. Echtes Gold!»

56
Paris
Quartier Saint-Jacques-de-la-Boucherie
21. März 1355

Der Leichnam lag ausgestreckt auf dem Steinfußboden des Schlafzimmers. Das Gesicht war mit einem grauen Wolltuch abgedeckt.

«Wir warten auf den königlichen Leibarzt Robert Harcourt», erklärte Guy de Pareilles. «Er wird die Entscheidung treffen, aber ich denke, man wird ihn aufschneiden.»

Flamel stockte. Überrascht blieb er zwei Schritte von dem Toten entfernt stehen. «Ich dachte, es wäre eine Sünde, den Körper eines Christen aufzuschneiden?»

«Wenn wir die Ersten sind, dann ja. Aber wenn wir es nach jemand anderem tun …»

Mit einem Ruck zog Pareilles das Tuch vom Kopf des Folterers. Das Gesicht war eine einzige blutüberströmte Wunde. Flamel betrachtete es und suchte nach den charakteristischen Gesichtszügen.

«Augen werdet Ihr nicht finden.» Der Befehlshaber der königlichen Garde beobachtete ihn. «Entweder hat man sie entfernt, oder sie sind geschmolzen.» Mit dem Finger zeigte er auf zwei eitrige Krater in der Mitte des Gesichts, von denen ein widerlicher Gestank ausging.

«Möge seine Seele bei Gott sein», stammelte Flamel. «Und was hat es mit dieser flockigen Flüssigkeit auf sich, die aus seinen Augenhöhlen fließt?»

«Es ist jedenfalls kein Blut. Ich habe auf dem Schlachtfeld genügend Tote gesehen, um das zu erkennen. Aber eins wäre mir wichtig zu wissen: Ist das tatsächlich der Folterer?»

Flamel musterte den Leichnam noch einmal. «Ich kann es nicht mit Sicherheit sagen.»

Der Befehlshaber der königlichen Garde lächelte gequält. Er wollte gerade eine weitere Frage stellen, als sich die Tür öffnete und ein großer, schwarzgekleideter Mann eintrat – der Leibarzt.

«Meine Herren, ich sehe, Ihr seid in guter Gesellschaft.» Der ironische Unterton des Mediziners ließ die Männer sofort von dem Toten zurückweichen.

«Herr Doktor, wir versuchen gerade, den Toten zu identifizieren», erwiderte Pareilles. «Seht Euch nur den Zustand seines Gesichtes an.»

Robert Harcourt warf einen gleichgültigen Blick auf den Leichnam. «Und habt Ihr auch auf den Zustand seiner Fingernägel geachtet?»

«Nein, warum …?»

«Tut es einfach.» Guy de Pareilles beugte sich über den Leichnam und griff nach dessen Hand. «Und? Was fällt Euch auf?», wollte der Mediziner wissen, während er eine Ledermappe hervorholte, die recht ungewöhnlich geformte Instrumente enthielt.

«Ein schwarzer Rand unter jedem Nagel.» Flamels Stimme wurde immer dünner.

«Was glaubt Ihr? Ist es Dreck? Vergewissert Euch!»

Der Befehlshaber der königlichen Garde war kurz

davor, die Fassung zu verlieren. Er war es nicht gewohnt, Befehle zu erhalten. Doch mit einem Mann, der jederzeit unangekündigt das Schlafzimmer des Königs betreten durfte, diskutierte man nicht.

«Aber wie?»

«Mit den Zähnen!»

Flamel, der sich vorsichtshalber in eine Ecke des Zimmers zurückgezogen hatte, fragte sich, ob er womöglich träumte.

«Fertig?»

«Ja», antwortete Pareilles zögernd.

«Und, worauf wartet Ihr? Los, kauen.»

«Ich kann es nicht beschreiben …»

«Schmeckt es sauer?»

«Schon, ja.»

«Zermalmt es mit den Backenzähnen.»

«Das ist ekelhaft.»

«Tut, was ich Euch sage. Lässt es sich beißen?»

«Ja.»

«Gut, dann könnt Ihr es jetzt runterschlucken.»

Guy de Pareilles wollte widersprechen. «Warum …?»

«Weil es kein Dreck ist und es Euch nicht schaden wird.» Harcourt betrachtete den Leichnam, bevor er weitersprach. «Einige Werke der Antike empfehlen es übrigens. Aber –»

«Was empfehlen sie?», schnitt ihm der Befehlshaber der königlichen Garde verärgert das Wort ab.

«Menschliches Blut zu sich zu nehmen.»

Pareilles begann fluchend zu spucken. «Seid Ihr verrückt?»

«Keineswegs, Ihr habt mich gefragt, ob es sich um den Folterer handelt.»

«Und?»

«Na ja, ich habe festgestellt, dass er schmutzige Fingernägel hat. Angesichts seines … seines Berufes, lag es auf der Hand. Man brauchte nur noch zu testen, ob es sich um menschliches Blut handelte, Überreste seiner Arbeit.»

«Ihr habt mich Blut von Opfern des …?», empörte sich der königliche Offizier.

Der Arzt zuckte mit den Schultern. «Wir brauchten Klarheit. Und die bekommt man nur mit Hilfe des Geschmacks. Eine andere Möglichkeit gibt es nicht. Aber beruhigt Euch, Ihr habt die Prüfung bravourös bestanden. Es handelt sich in der Tat um den Leichnam des Folterers.»

Von seinem Platz in der hintersten Ecke des Zimmers aus beobachtete Nicolas Flamel, was sich vor seinen Augen abspielte.

«Maître Flamel», Guy de Pareilles hatte zu seiner gewohnten Autorität zurückgefunden, «mein Schreiber ist damit beschäftigt, Zeugen zu verhören, deshalb werdet Ihr seine Aufgabe im Namen des Königs übernehmen. Man wird Euch Feder und Pergament bringen.»

«Ich … aber was soll ich tun?»

Doch Guy de Pareilles hörte ihm schon nicht mehr zu. Er hatte sich bereits wieder dem Mediziner zugewandt. «Herr Doktor, ich sehe, Ihr habt alle Werkzeuge dabei, die Ihr für Eure Kunst benötigt?»

«Ja.»

Der Befehlshaber der königlichen Garde stellte sich vor Jehan Arthus' Leichnam und betrachtete ihn einen Moment.

«Schneidet ihn auf!»

57
Paris
Palais Royal

Der Regen prasselte auf die Straße, als hätten sich alle Wolken am Himmel versammelt, um genau über dieser Stelle in Paris abzuregnen. Die Autos rollten langsam, und die Fußgänger rannten, um sich vor den Wassermassen in Sicherheit zu bringen. Nur eine Gruppe Japaner, die alle den gleichen Plastikponcho trugen, standen vor dem Schaufenster einer Parfümerie, als mache ihnen das Wetter nichts aus.

Marcas ärgerte sich, dass er keinen Schirm dabeihatte. Er bezahlte den Taxifahrer und eilte zu dem stattlichen Gebäudekomplex des Palais Royal. Die wenigen Meter bis zum Café genügten, und er war triefend nass.

Unter den Arkaden des Palais drängten sich nicht nur Touristen, die die Auslagen der Edelboutiquen bestaunten, sondern auch normale Passanten, die das Ende des Platzregens abwarteten.

Der Kommissar erkannte den beleibten Bruder bereits von weitem. Er hatte sich in einen beigegrauen Regenmantel gezwängt, mit dem er in der ersten Hälfte des 20. Jahrhunderts bei der französischen Gestapo Furore gemacht hätte. Mit schnellen Schritten ging Marcas auf ihn zu. Die kalte Nässe kroch ihm bereits durch die Kleidung. Als der beleibte Bruder ihm die Hand entgegenstreckte, schlug Marcas ein, auch wenn es ihm insgeheim widerstrebte. Nicht zuletzt, weil sein Kollege es nicht lassen konnte, ihn jedes Mal wieder mit dem typischen Freimaurerzeichen zu begrüßen, dem rhythmischen Daumendrücken, obwohl sie sich seit Jahren kannten. Eine alte Gewohnheit, die Hodecourt offenbar nicht ablegen konnte.

«Gold! Echtes Gold!» Hodecourt, mit Zigarre in der Hand, schaute ihn beeindruckt an.

«Bist du dir sicher, dass die Spezialisten sich nicht getäuscht haben?»

Hodecourt griff nach Marcas' Unterarm, um ihn zu führen. Marcas erstarrte innerlich, er hasste Vertraulichkeiten wie diese, besonders von Leuten, denen er nicht über den Weg traute.

«Ich habe es ja schon gesagt. Sie haben die Tests vorsichtshalber wiederholt. Man hat die Toten extra nochmal aus dem Leichenschauhaus geholt, um sie erneut zu untersuchen. Das Gold ist puderförmig und auch nur in winzigen Mengen vorhanden, aber doch genug, um es nachzuweisen.»

«Das ist in der Tat überraschend, aber mit den Morden hat das doch nichts zu tun, oder? Das ist sicher Zufall.»

«Hör zu, wir sind gleich mit einem Experten verabredet, der einen Goldhandel im Palais Royal betreibt. Er kennt sich aus. Ich habe ihm die Ergebnisse der Analyse zuschicken lassen und ihn um seine Meinung gebeten.»

Marcas nickte. Informationen einzuholen konnte nicht schaden. «Und was sagen die Spezialisten aus dem Labor zu dem Gold an den Leichen?»

«Ihrer Meinung nach gibt es zwei Möglichkeiten.» Der beleibte Bruder, den der schnelle Schritt des Kollegen ermüdete, schnappte nach Luft, bevor er fortfuhr. «Entweder war der Degen des Mörders vorher in Kontakt mit Goldpuder gekommen, das sich dann im Moment des Eindringens der Klinge auf der Haut abgesetzt hat.

Oder unser Mann hat die Substanz nach dem Herausziehen der Waffe auf die Wunden aufgetragen. Aber diese zweite These ist nicht sehr plausibel.»

«Und was soll uns jetzt der Experte sagen, den wir gleich aufsuchen werden?», fragte Marcas irritiert.

«Du hast mir nicht zugehört. Das Gold ist der Analyse zufolge von äußerst seltener Reinheit. Nicht zu vergleichen mit dem handelsüblichen Gold. Wenn unser Mörder die Substanz manipuliert hat, könnte uns das wertvolle Hinweise auf seine Herkunft liefern … Ah, da sind wir schon.»

Sie blieben in einem etwas zurückgesetzten Teil der Arkaden direkt neben einem geschlossenen Notausgang stehen. Eine Ecke, in die sich nicht viele Kunden verirrten.

Das Geschäft machte keinen besonders vielversprechenden Eindruck. Die Türangeln waren rostig, das Schaufenster maß nicht einmal zwei Meter, das Holz des Rahmens war schwarz angelaufen und morsch, das Schild, auf dem *An- und Verkauf von Gold* stand, wirkte alt und schäbig. Auch die blickdichten Vorhänge machten keinen einladenden Eindruck.

«Er scheint aber nicht gerade in Gold zu schwimmen, dein Experte», scherzte Marcas.

«Urteile niemals nach dem Äußeren, werter Bruder …»

Die geschlossene Tür hatte keine Klinke. Rechts, auf Augenhöhe, befand sich eine kleine Gegensprechanlage, auf der in goldfarbenen Buchstaben lediglich der Name «Canseliet» stand. Darüber war eine winzige Kamera eingebaut.

Der beleibte Bruder klingelte. Unmittelbar darauf

war ein Klicken zu hören. Die Tür öffnete sich und gab den Blick auf einen weitläufigen Raum mit weißen Wänden frei, der viel größer war, als man von außen vermutet hätte.

Eine bildhübsche Eurasierin nahm sie in Empfang. Ihr rabenschwarzes Haar war im Nacken zu einem kunstvollen Knoten zusammengebunden. Die perlmuttweiße Haut bildete einen schönen Kontrast zu der hochgeschlossenen blutroten Tunika, die ihre schmale Taille umspielte.

«Guten Tag. Ich nehme Ihnen Ihre Mäntel ab, bevor ich Sie in Monsieur Canseliets Büro bringe», erklärte sie mit leichtem Akzent.

Die beiden Männer nickten nur. Die junge Frau hängte die beiden Mäntel auf einen Ständer, der wie die Kopie einer Plastik von Giacometti aussah. Dann deutete sie auf eine schmale Treppe in einer Ecke des Raumes.

«Wenn Sie mir bitte folgen wollen.»

Sie stiegen zwei Etagen hinauf und standen schließlich vor einer riesigen gepanzerten Tür, über der zwei Kameras in die Wand eingelassen waren. Die Tür öffnete sich wie von Geisterhand, und die beiden Männer traten nach der Empfangsdame ein. Marcas traute seinen Augen kaum.

Gold. Überall Gold. Der große Raum war mindestens 40 Quadratmeter groß. Die Wände waren mit einem dunklen Goldlack gestrichen, das Gold an der Decke glänzte ein wenig heller. Möbel aus tiefschwarzem Ebenholz bildeten einen starken Kontrast dazu, wie auch der Boden aus schwarzem, mit Goldadern durchzogenem Marmor.

Marcas dachte an seinen Sohn, den Bond-Fan, dem

er unbedingt erzählen musste, dass er beim geheimen Nachfolger von *Goldfinger* zu Besuch gewesen war.

Neben einem Schreibtisch aus schwarzem Chinalack stand ein drei Meter hohes Gemälde auf zwei dunklen Metallblöcken. Die ganze Leinwand war mit einer körnigen goldenen Schicht bedeckt. Marcas erkannte, dass es sich dabei um einen Yves Klein handelte, der offenbar zu derselben Serie gehörte wie die Bilder, von denen er im Jahr zuvor einige Originale im Centre Pompidou gesehen hatte.

Mit schnellen Schritten kam ein Mann auf sie zu. Er war groß, schlank und blond, die fünfzig hatte er bereits überschritten.

«Ich bin Edmond Canseliet. Herzlich willkommen in meinem bescheidenen Domizil.» Und zu der jungen Frau gewandt sagte er: «Bringen Sie uns bitte ein paar Erfrischungen.»

Kurz musterte der Mann Marcas mit seinen stahlblauen Augen. Dann deutete er auf ein Sofa aus schwarzem Samt zu seiner Linken. Davor standen zwei Sessel, die mit demselben Stoff bezogen und um einen kleinen Tisch herum gruppiert waren, der aus massivem Gold zu sein schien.

«Setzen Sie sich. Ich gebe zu, dass die Ergebnisse aus Ihrem Polizeilabor mich hellhörig gemacht haben. Die Reinheitsanalyse ist bemerkenswert. Ich habe Kunden, die für eine Probe davon ein Vermögen ausgeben würden.»

Marcas ließ sich in einem der Sessel nieder, da er vermeiden wollte, sich das Sofa mit seinem massigen Kollegen teilen zu müssen. Dann wandte er sich an den Goldhändler.

«Was wollen Sie damit sagen?»

Die Eurasierin stellte ein großes Tablett mit Gläsern und einer Flasche Champagner auf den Tisch. Auf ein Zeichen ihres Chefs entkorkte sie die Flasche und schenkte ein.

«Bevor ich Ihnen antworte, würde ich gern Ihre Kenntnisse über Gold einschätzen. Was wissen Sie über dieses Edelmetall, Monsieur Marcas?»

«Wenig, eigentlich nur, dass sich die Menschheit seit Tausenden von Jahren gegenseitig umbringt, um so viel wie möglich davon zu besitzen, und dass es der treueste Begleiter von Frauen auf der ganzen Welt ist.»

Canseliet lächelte ein wenig gequält. «Da haben Sie nicht unrecht … Aber geschieht hier auf Erden nicht alles aus Eitelkeit? Ich habe jedenfalls einen anderen Zugang zu diesem wertvollen Metall. Sehen Sie, Gold ist für mich das Edelste, was es auf Erden gibt. Ein Metall, das weder Wasser noch Luft verändern können, das unzerstörbar ist, ein Sonnensymbol in allen Zivilisationen, die die Welt beherrscht haben. Ein Goldatom besteht aus genau 79 Protonen. Man muss es sich einmal vor Augen führen: Mit einem einzigen Proton mehr wäre es Quecksilber und mit einem Proton weniger Platin. Ich schlage übrigens vor, auf die Zahl 79, die uns heute zusammenführt, anzustoßen», verkündete er und hob sein Glas.

Die drei Männer nahmen einen Schluck, bevor Edmond Canseliet fortfuhr: «Das handelsübliche Gold ist von wechselnder Qualität und wird an seinem Reinheitsgrad gemessen, der Karatzahl. Der Goldgehalt wird in einer 24er-Teilung angegeben. Es gibt vier Varianten: 24 Karat ist das reinste Gold, das aber leider zu weich ist, um in dieser Form verkauft zu werden. Deshalb mischt man es mit anderen Metallen wie Kupfer und Silber und erhält so die drei anderen Legierungen von, in sinkendem Wert, 18, 14 und 9 Karat.»

Hodecourt zog seinen Ehering vom Finger und hielt ihn dem Experten hin. «Können Sie mir die Karatzahl sagen, wenn Sie ihn nur anfassen?»

Der Goldhändler griff nach dem Ring, legte ihn auf die Handfläche, um das Gewicht abzuwägen, und hielt ihn anschließend ins Licht, bevor er laut und deutlich verkündete: «So leid es mir tut, mein Lieber, aber es handelt sich um die niedrigste Karatzahl: 9 Karat.» Mit bedauernder Miene gab er den Ring zurück.

«Wie können Sie das ohne Analyse sagen? Ist es die Farbe?», erkundigte sich Marcas beeindruckt.

Canseliet lächelte. «Nein. Wenn Sie den Ring Ihres Freundes genau ansehen, finden Sie darin einen kleinen Stempel. In diesem Fall in Form eines Kleeblatts, das bedeutet 9 Karat. Für 14 steht eine Jakobsmuschel und für 18 Karat ein Adlerkopf.»

«Können wir jetzt auf unser Gold zurückkommen?», brummte der beleibte Bruder verärgert.

«Das ist allerdings seltsam. Die Analyseergebnisse deuten auf Gold hin, das reiner ist als 24 Karat, was eigentlich nicht möglich ist.»

«Haben Sie je zuvor davon gehört, dass Gold dieser Kategorie in Umlauf ist?»

Der Mann sah seine Gäste eindringlich an. «Ja. Darüber gibt es sogar Abhandlungen. Es handelt sich dabei um das sogenannte Gold des tausendsten Morgens.»

Marcas und sein Kollege stellten ihre Gläser fast gleichzeitig ab. «Was soll das heißen?»

Edmond Canseliet wandte fast verschämt den Blick

ab. «Das Gold des tausendsten Morgens ist das sagenumwobene Gold der Alchemisten.»

58
Paris
Nicolas Flamels Haus
21. März 1355

Sobald sie vom Mord am Folterer erfahren hatte, war Pernelle Flamel eilig in ihr Haus geflüchtet. Das Ohr gegen die Tür gepresst, lauschte sie dem Treiben auf der Straße. Ihr Mann Nicolas war ihr nicht gefolgt. Wahrscheinlich wurde er vernommen. Aber was sie noch viel mehr beunruhigte, war sein leeres Bett am Morgen.

Sie ging zum Kamin, in dem nur noch ein dünner Schimmer Glut zu sehen war. Rasch warf sie ein Bündel trockener Zweige darauf und betätigte den Blasebalg. Die mechanischen Bewegungen beruhigten sie. Statt der undefinierbaren Angst, die ihr noch einen Moment zuvor die Kehle zugeschnürt hatte, gingen ihr jetzt alle möglichen Gedanken durch den Kopf. Noch war alles eher unbestimmt, doch nach und nach verstärkte sich ihre Vermutung.

Fast unmerklich wandte sie den Blick nach rechts, wo sich neben dem Kamin die Tür zum Keller befand. Sonst war die Tür immer fest verschlossen, doch nun stand sie einen Spalt offen.

Pernelle ging nie dort hinunter. Die Stiege war eng, die Mauern feucht und mit Salpeter bedeckt. Nur ein einziges Mal hatte sie ihren Mann nach unten begleitet, um den Weinvorrat zu begutachten, der in Fässern aufgereiht auf dem Boden lagerte. Bei der Gelegenheit war ihr auch der in den Stein eingelassene Schrank aufgefallen, in dem Nicolas seine Bücher aufbewahrte. Seither hatte sie nicht mehr gewagt, dorthin zurückzukehren.

Wenn Pernelle ehrlich war, hasste sie dieses unterirdische Gewölbe. Und es war ihr unbegreiflich, wie ihr Mann sich dort gerne aufhielt. All die vergeudete Zeit, die er dort unten lesend im Licht einer schwachen Lampe verbrachte. Wo doch hinter den Mauern Dämonen lauerten! Das behaupteten jedenfalls die anderen Frauen im Viertel, um sich die seltsamen Geräusche zu erklären, die aus der Erde heraufdrangen. Angeblich waren die Keller dieses Quartiers durch verwinkelte Galerien, Geheimgänge und versteckte Türen miteinander verbunden und bildeten ein unheimliches Labyrinth, wie geschaffen für Dämonen.

Immer wieder hatten sich wagemutige Menschen in dieses unterirdische Labyrinth gewagt. Liebende auf der Suche nach einem ungestörten Ort, Ketzer, die eine Zuflucht brauchten, gierige Goldsucher. Von denen, die wieder herauskamen, hörte man die abenteuerlichsten Geschichten. Es gab Menschen, die behaupteten, alte Steinbrüche aus der Römerzeit gefunden zu haben, andere sprachen von riesigen unterirdischen Seen, aber an irgendeinem Punkt hatten sie sich dort alle gefürchtet wie nie zuvor in ihrem Leben.

Pernelle Flamel bekreuzigte sich. Der Lärm auf der Straße war mittlerweile abgeklungen. Noch immer blickte sie wie gebannt auf die Kellertür. Die Tür zur Versuchung.

Das Feuer im Kamin knisterte. Pernelle griff nach einem Scheit und warf es auf die Zweige. Ein Funkenregen erleuchtete den Fliesenboden, blaue Flammen schossen in die Höhe. Der ganze Raum war von Licht durchflutet. Erneut riskierte sie einen Blick auf die Kellertür.

Pernelle griff nach einer Öllampe, stieß die Tür ganz auf und stieg die erste Stufe hinab. Die Stille war bleiern, und die Dunkelheit umfasste sie wie dicke Tinte. Noch immer zögerte sie. Doch die Möglichkeit, die Wahrheit zu erfahren, würde sich ihr so schnell nicht wieder bieten.

Pernelle stieg die nächste Stufe hinab.

59
Paris
Palais Royal

«Erzählen Sie mir nicht, dass Sie an solche Ammenmärchen glauben», stieß Marcas erstaunt hervor. «Die Alchemie war eine Illusion, eine Träumerei, die von der Chemie und dem Fortschritt vertrieben wurde. Kein einziger Alchemist war je wirklich erfolgreich.»

Edmond Canseliet sah ihn herablassend an. «Seien Sie sich da nicht so sicher. Meines Wissens beziehen sogar viele Freimaurerlogen die alchemistische Symbolik mit ein. Über die Gewinnung von Gold hinaus stellt sie eine Allegorie für die Suche nach der eigenen Perfektion dar. Sie müssten eigentlich wissen, dass der Stein der Weisen, der dazu dient, alchemistisches Gold herzustellen, ebenfalls die Kunst beschreibt, sich selbst zu verwandeln. Die spagyrischen Philosophen des Mittelalters wussten viel mehr über die menschliche Natur, als man gemeinhin annimmt.»

Marcas hielt seinem Blick stand. «Tut mir leid, aber ich fühle mich eher der Aufklärung verpflichtet. Für mich ist das Mittelalter eine Zeit der Verdunkelung. Kommen wir lieber auf die Auswertung der Analysen zurück.»

Wortlos hatte Edmond Canseliet sich aus seinem Sessel erhoben. Er begab sich in den hinteren Teil des großen Raums, wo ein großer schwarzer Lackschrank im Ming-Stil stand. Er öffnete ihn und holte vorsichtig ein dünnes Buch mit abgegriffenem Einband daraus hervor, das mit unzähligen kleinen Nieten versehen war. In der Mitte war eine große Sonne im mittelalterlichen Stil eingearbeitet. Mit dem Buch in der Hand kehrte er zurück und setzte sich wieder.

«Dies ist ein Fragment des *Buchs Adams*, eine absolute Rarität. Das vollständige Werk gehörte einem gewissen Nicolas Flamel. Es ist verschollen. Von diesem Fragment gab es auch nur zwei Exemplare. Das andere ist in den Wirren des Zweiten Weltkriegs verloren gegangen. Ich habe dieses hier von meinem Großvater bekommen, der denselben Vornamen wie ich trug. Er war der letzte Alchemist, den die moderne Welt kannte. Seine Zeitgenossen hielten ihn für einen Spinner, doch er ließ sich nicht davon abbringen, seine Suche nach dem erhabenen Gold fortzusetzen.»

«Ich habe von seinen Arbeiten gehört, während eines Vortrags in der Loge über die Symbolik von Metallen», schaltete sich der beleibte Bruder ein, der von dem Buch ganz fasziniert zu sein schien.

«Dieses Buch beschreibt mit Hilfe vielschichtiger Allegorien den Weg zur Herstellung des göttlichen Goldes, das von unvergleichbarer Reinheit ist und in der Natur nicht vorkommt. Eine perfekte alchemistische Anleitung, die niemand, außer meinem Großvater vielleicht, bislang entschlüsseln konnte.»

«Ich nehme an, er hat Ihnen neben seinem Faible für Gold auch sein Vermögen vererbt», spottete Marcas.

Canseliet lächelte erneut. Die verbalen Angriffe des Kommissars schienen von ihm abzuprallen. «Er ist in Armut gestorben und heute ziemlich in Vergessenheit geraten. Was mich angeht, so kann ich durch den Handel mit Edelmetallen auf dem Weltmarkt ein durchaus angenehmes Leben führen. Dass ich aber die Leidenschaft von ihm geerbt habe, ist gut möglich …»

«Er hat also niemals Gold gefunden?», fragte der beleibte Bruder.

«Das habe ich nicht gesagt», schnitt ihm Edmond Canseliet das Wort ab. «Er war arm, ja, aber vor seinem Tod hat er seinem Sohn anvertraut, dass eines Tages ein Mann zu ihm gekommen war und ihm den Beweis erbracht hat, dass die alchemistischen Forschungen nicht vergeblich waren. Der Unbekannte hat meinem Großvater ein kleines Stück Gold gegeben. Dieses Gold hat mein Großvater seinem Sohn vererbt. Und sonst nichts. Später habe ich es bekommen. Es liegt vor Ihnen.»

Marcas und der beleibte Bruder sahen ihn ungläubig an.

Canseliet amüsierte sich über ihre erstaunten Gesichter, während er den Zeigefinger auf eine Niete am Rand des sagenhaften Buches legte, links von der Sonne. Als er leicht darauf drückte, sprang ein kleines Stück Gold daraus hervor, das er den beiden Polizisten unter die Nase hielt.

«Vor ungefähr zehn Jahren, als mein Vater das Ende seiner Tage nahen sah, vermachte er mir dieses Buch zusammen mit dem Gold seines Vaters. Aus Neugier habe ich es mit modernen Methoden analysieren lassen. Die Reinheit ist bestechend. Als ich vorhin von der Einheit Karat sprach, meinte ich eine Unterteilung in Tausendstel. 24 Karat, das teuerste Gold, entspricht mindestens 900 tausendstel Gold, und man geht davon aus, dass das reinste natürliche Gold 99,998 % entspricht.»

«Und das vererbte Goldstück?»

«1000 tausendstel Gold, so etwas ist noch nie da gewesen. Der poetischen Allegorie der Metallphilosophen zufolge ist es das Gold des tausendsten Morgens. Wissenschaftlicher ausgedrückt, handelt es sich um ein Gold-Isotop, das normalerweise sehr instabil ist. Noch nie bin ich sonst irgendwo auf ein Gold mit diesem Reinheitsgrad gestoßen. Verstehen Sie jetzt meine Überraschung, als man mir die Ergebnisse Ihrer Analysen mitgeteilt hat?»

«Das ist ja unglaublich», rief Hodecourt und starrte auf das kleine Goldstück.

«Ist es indiskret zu fragen, wo Sie das analysierte Gold gefunden haben?», fragte Canseliet nachdenklich.

Marcas und der beleibte Bruder sahen sich kurz an. Sie zögerten. Ihr Gastgeber lächelte milde.

«Ich bin stumm wie ein Grab, aber verstehen Sie eigentlich, was Ihre Analyse bedeutet und welche Folgen das für die Menschheit haben kann?»

Marcas runzelte die Stirn. «Im Moment ist die Sache noch streng vertraulich. Und ich verstehe auch nicht, warum es Folgen für die Menschheit haben sollte. Bestenfalls wird der Besitzer dieses Goldes unvorstellbar reich und löst Bill Gates auf dem Milliardärs-Thron ab.

Ein weiterer Name auf der Liste der größten Kapitalisten der Welt. Und die Luxusindustrie würde einen zusätzlichen Kunden gewinnen.»

Edmond Canseliet richtete sich in seinem Sitz auf. Als er mit ernster Miene antwortete, wirkte er nicht mehr ganz so gelassen wie zuvor. «Sie verstehen nicht, worum es geht. Alles, was Sie in diesem Zimmer sehen, wird keinerlei Wert mehr haben. Diese Vergoldungen werden so minderwertig sein wie Plastik oder Bierdosen. Wertvoll ist nur, was selten ist, das ist die Grunddevise unserer kapitalistischen Welt. Zurzeit produzieren die Goldminen jedes Jahr weltweit 2500 Tonnen, das ist ausreichend für den Bedarf der Schmuckwirtschaft und der Industrie und sorgt für nicht allzu große Preisschwankungen. Wenn das Geheimnis der Alchemisten enthüllt wird, beginnt eine neue Ära, die alles auf den Kopf stellen wird.»

«Ich kann Ihnen nicht ganz folgen», unterbrach ihn Marcas.

«Die Weltwirtschaft hängt unter anderem von den Goldreserven der großen Industrieländer ab, die damit Garanten für die Stabilität der internationalen Devisen darstellen. Auch wenn die Währungen nicht mehr direkt am Goldkurs hängen, sind die Wechselwirkungen stark. Gold ist eine Art Versicherung gegen alle Risiken im Falle einer ernsthaften Krise oder eines Weltkriegs.»

Der beleibte Bruder erstarrte wie ein Jagdhund angesichts eines unbekannten Geruchs. «Wollen Sie damit sagen, dass dieses Gleichgewicht automatisch und unmittelbar zerstört würde, sobald es deutlich mehr Gold gäbe?»

«Genau. Der Kurs würde fallen und eine erdrutschartige Wertminderung der Goldvorräte und damit der

Währungen nach sich ziehen. So etwas ist in der Vergangenheit schon passiert. Weltweites Chaos ist die Folge. Der Traum der Alchemisten würde unweigerlich in eine wirtschaftliche Katastrophe führen.»

«Man könnte das Gold doch durch ein anderes Edelmetall ersetzen», schlug Marcas vor.

«Das könnte nur Platin leisten, der Preis bewegt sich bei 27 600 Euro pro Kilo, das sind 11 000 Euro mehr als bei Gold. Aber es würde zu lange dauern, bis Staatsreserven aufgebaut sind, zumal die Preisspekulationen für Platin sofort in die Höhe schnellen würden, sodass keine Zeit bliebe, die Tresore zu füllen. Außerdem würden Europa, die Vereinigten Staaten und Asien sich ein zügelloses Wettrennen liefern, um sich ausreichende Vorräte zu sichern. Mit allen damit verbundenen Risiken. Deshalb stelle ich meine Frage noch einmal: Wo haben Sie das Gold gefunden?»

«Bei zwei toten Männern», antwortete der beleibte Bruder.

Dieses Mal war es Marcas, der seinem Kollegen einen bitterbösen Blick zuwarf.

Edmond Canseliet erhob sich und starrte auf Kleins geheimnisvolles Gemälde. Seine Stimme klang plötzlich hohl:

«Glauben Sie mir, Ihre Toten werden unseren Planeten noch in die Hölle stürzen.»

60
Paris
Quartier Saint-Jacques-de-la-Boucherie
21. März 1355

Einen Moment betrachtete der Leibarzt des Königs das entstellte Gesicht mit den blutigen Augenhöhlen.

«Da war ein Amateur am Werk! Wer dieses Gesicht zerstört hat, kennt sich in der Anatomie nicht sehr gut aus. Monsieur de Pareilles, alle Verdächtigen, die Medizin studiert haben, könnt Ihr schon einmal von Eurer Liste streichen.»

«Es sei denn, der Mörder hat seine Spuren bewusst verwischt», entgegnete der Befehlshaber der königlichen Garde.

«Das ist unmöglich. Seht Euch den Rand des Fleisches an. Das Auge wurde mit dem Messer herausgeschnitten», wetterte Harcourt. «Selbst der blutigste Anfänger kann ein Auge herausholen, ohne das umliegende Fleisch zu verletzen. Und seht Euch nur an, wie der Sehnerv durchtrennt wurde, da war ein wahrer Schlachter am Werk.»

«Ich schließe daraus, dass der Mörder über sein Opfer hergefallen ist», sagte Pareilles, «aber … glaubt Ihr, dass der Folterer zu dem Zeitpunkt noch gelebt hat?»

Der Mediziner griff nach den Handgelenken des Leichnams und untersuchte sie aufmerksam. «Seht Ihr diese Kratzer und Druckstellen?»

Der Befehlshaber der königlichen Garde nickte schweigend.

«Das ist der Beweis, dass der Folterer sich gewehrt hat. Es gab einen Kampf.»

«Das ist das Werk eines Wahnsinnigen», befand Guy de Pareilles.

Der Leibarzt reagierte nicht sofort. Sorgfältig trennte er die beiden Substanzen, die sich auf dem Gesicht verteilt hatten, und fing sie mit zwei Gefäßen auf.

«Habt Ihr einen Sohn, Pareilles?»

«Ja. Er ist sechs Jahre alt. Ein waches Kerlchen, ich bin sehr stolz auf ihn», antwortete Pareilles.

«Was würdet Ihr tun, wenn dieses Kind ermordet würde?»

Flamel drehte sich um und sah, wie Guy de Pareilles erblasste.

«In Gottes Namen, ich würde nicht eher Ruhe geben, bis ich mich an dem Schwein gerächt hätte, das mir mein eigen Fleisch und Blut genommen hätte!»

«Würdet Ihr ihn töten?»

«Schlimmer noch, ich würde …»

Harcourt warf dem Befehlshaber der königlichen Garde einen gelangweilten Blick zu. «Und Ihr seid nicht wahnsinnig, oder?»

Augenblicklich wurde Pareilles still und senkte den Blick.

Der Mediziner sprach weiter: «Falls Euch etwas Unfassbares zustoßen würde, wärt Ihr vom Racheteufel besessen, würdet keine Moralvorstellungen und kein Erbarmen mehr kennen. Ihr würdet zu einer blutrünstigen Bestie werden.» Der Mediziner deutete auf den Leichnam. «Wie jener, der diese Gräueltat begangen hat.»

Flamel nahm die Feder vom Pergament. Das Gespräch hatte eine private Wendung genommen, und sicher wollte keiner der beiden Männer, dass diese Worte notiert wurden. Er wartete lieber ab.

Im Erdgeschoss herrschte nach wie vor Tumult. Bernard de Rhenacs Männer waren inzwischen dabei, das Haus zu durchsuchen. Nachdem sie die Möbel auseinandergenommen hatten, hörte man sie jetzt die Wände abklopfen, was auch dem Mediziner nicht entging.

«Offenbar sind auch Eure Freunde, die Truppe des Justizministers, auf der Suche nach der Wahrheit und tun dies auf sehr originelle Art und Weise: erst die Möbel und dann die Wände.»

Guy de Pareilles antwortete nicht. Wie für alle königlichen Offiziere war die Anwesenheit der Geheimpolizei eines Ministers während einer Ermittlung für ihn nur schwer zu ertragen.

Der Mediziner griff nach zwei hölzernen Näpfen. In jeden gab er eine großzügige Probe der Substanzen aus den Augenhöhlen. Er arbeitete konzentriert und genau.

«Ich bin ja nur ein Arzt und muss zugeben, dass ich nicht verstehe, was diese Leute dort unten suchen. Warum stellen sie das ganze Haus auf den Kopf?»

«Der Minister, Bernard de Rhenac, ermittelt eigenständig, Monsieur Harcourt. Und weder Ihr noch ich haben uns dort einzumischen oder etwas dazu zu sagen.»

«Schon, aber man könnte wirklich meinen, diese Leute glauben, hier wäre der Teufel am Werk gewesen … Sie durchwühlen alles, als hinge ihr Seelenheil davon ab.»

«Sagt so etwas nicht im Haus eines Toten», schnitt ihm Pareilles das Wort ab und bekreuzigte sich, «und Ihr, Schreiber, löscht bitte den letzten Satz, falls Ihr ihn notiert habt.»

Flamel holte sofort eine kleine Klinge hervor, mit der er das Pergament abkratzte.

Behutsam streute der Mediziner ein grobkörniges

Puder über den Inhalt der beiden Holznäpfe. Aus dem einen stieg sofort ein beißender Geruch auf, während sich in dem anderen eine graue, fast glänzende Oberfläche bildete.

Fasziniert hielt Flamel inne. Guy de Pareilles warf Harcourt einen fragenden Blick zu.

«Quecksilber und Schwefel, das war es, was man dem Folterer in die Augen geträufelt hat.»

«Quecksilber und Schwefel?», wiederholte der Befehlshaber der königlichen Garde ungläubig.

Der Mediziner erhob sich.

«Hier war ein Alchemist am Werk.»

61
Saint-Ouen
Rue Dante

Die Straße roch moderig. Der Gehsteig und die Mauern der schäbigen kleinen Häuser ... alles stank penetrant nach Fäulnis. Als würde der Verwesungsgeruch hier seit Jahrzehnten in den Steinen hängen. Nicht die Neben- und auch nicht die Querstraße, nein, lediglich dieses kurze, einhundert Meter lange Stück zwischen der Avenue Michelet und dem Rathausviertel. Selbst die trockene Kälte der Nacht konnte den widerwärtigen Geruch nicht vertreiben.

Wie unangenehm, dachte der Mann und zog den Dolch aus der Scheide. Er hätte sich eine schönere Umgebung gewünscht, doch nur hier konnte er seine Aufgabe unbemerkt von den Anwohnern erledigen.

In der Einfahrt der stillgelegten Werkstatt, über der das Wort «Motul» auf einem alten Emailleschild stand, wartete er auf sein Opfer. Sollten sich seine Nachforschungen als richtig erweisen, würde der Mann nicht mehr lange auf sich warten lassen. «Schlechte Journalisten sind pünktlich», murmelte er und sah einer grauen Katze nach, die Jagd auf eine Ratte machte.

Ich bin der Bruder des Blutes. Der auserwählte Rächer. Er wurde immer erregter und spürte, wie das Blut verstärkt in seinen Kopf strömte. Er sah bereits den Blick des Journalisten vor sich, wenn er ihm den Dolch ins Herz stoßen würde.

Der Doppelmord in der Loge hatte alles ins Rollen gebracht. Seitdem wusste er, dass er seine Mission unaufhaltsam zu Ende bringen musste. Töten war für ihn lebenserhaltend. Nichts reichte an dieses Gefühl heran. Außer der Suche nach dem Großen Geheimnis. Oder war es vielleicht die Suche nach diesem ultimativen Geheimnis, die ihn so blutrünstig werden ließ?

Und jetzt würde er erneut einen Mord begehen. Den letzten vor seiner Abreise. Einen Mord, den er aus purem Vergnügen beging, der aber dennoch nützlich war. Nicht für seine Suche, aber für die ganze Gesellschaft, die er von einem Schmarotzer befreien würde.

Er sah auf die Uhr. In weniger als vier Minuten würde sein Opfer an dieser Stelle vorbeikommen. Die Zeitungsredaktion hatte der Mann bereits verlassen und würde wie jeden Tag zur Métro-Linie 13 in Richtung Mairie de Saint-Ouen gehen.

Zehn Jahre hatte er ihn nicht mehr gesehen. Dieses Schwein! Damals hatte sich der Journalist in einem Artikel über ihn lustig gemacht. Thema waren junge Firmenchefs gewesen, die Bootcamps für verdienstvolle Angestellte organisierten, was in den neunziger Jahren Mode gewesen war. Er hatte sich von dem Schreiberling in die Falle locken lassen. Ein Foto von ihm in Kampfanzug und Barett inmitten seiner «Truppe» wurde veröffentlicht und er falsch zitiert. Nach Erscheinen des Berichts stempelte man ihn als kleinen Diktator ab. Seine Angestellten, seine Freunde aus der Arbeitgebervereinigung, selbst seine Frau hatten über ihn gespottet. Er war daraufhin in eine tiefe Depression gefallen und hatte sechs Monate lang regelmäßig einen Therapeuten aufgesucht.

Zu dieser Zeit empfand er zum ersten Mal einen glühenden Hass und eine nicht zu unterdrückende Lust, jemanden eigenhändig zu töten. Sein Psychiater erklärte ihm, dieses Verlangen sei ganz normal – im Gegensatz zur tatsächlichen Umsetzung.

Doch von nun an würde er sich der Umsetzung in die Tat widmen. Mit seiner Mission hatte dieser Mord eigentlich nichts zu tun. Er war nur ein nettes Zusatzvergnügen, ein kleiner Racheakt als Leckerbissen.

Er hörte näher kommende Schritte auf dem Pflaster der leeren Straße und senkte den spitzen Dolch mit der geschärften Klinge. Das Blut pulsierte in seinen Adern wie ein Metronom, so stark, dass es fast schmerzte.

Der Journalist erschien jetzt in seinem Blickfeld. Ungefähr fünfzig Jahre war er alt, doch sein Haar war noch dicht, und er wirkte selbstzufrieden.

Der Mörder sprang vor, verstellte ihm den Weg und sah ihn mit brennendem Blick an. Verblüfft schrie der Journalist auf, doch ihm blieb nicht einmal die Zeit, den Mund wieder zu schließen, so schnell hatte er den Dolch im Bauch.

Kurz bevor die Klinge in das Fleisch eindrang, schloss der Mörder die Augen, um den Augenblick, in dem das Metall die Haut durchschnitt und sich in die Eingeweide bohrte, zu genießen.

Der Journalist sackte langsam auf die Knie. Sein schmerzverzerrtes Gesicht rief ein angenehm warmes Prickeln im Körper seines Mörders hervor. Mit weit aufgerissenen Augen krallte der Journalist sich an dessen Bein fest, als wäre es ein Rettungsring.

«Wer … sind Sie? Ich …»

Der Mörder ließ ihn zappeln. «Erkennst du mich nicht?», flüsterte er. «Du warst immer Teil meines Lebens. Sag mir, wie viele leichtgläubige Idioten wie mich du noch hinters Licht geführt hast?»

Der Journalist spürte, wie seine Gliedmaßen schwächer wurden, je näher er dem Tod kam. Eine vage Eingebung ließ ihn den Kerl, der ihm gerade den Bauch aufgeschlitzt hatte, wiedererkennen. *Absurd*, war das Wort, das ihm in den Sinn kam, als er sich an den Mann im Rambo-Outfit von damals erinnerte. *Absurd*. Er wollte ihm die Wahrheit sagen: Sein Chef hatte seinen Artikel damals gegengelesen und die Zitate eingefügt, um den Bericht reißerischer zu machen. Worte und Sätze schwirrten ihm durch den Kopf, doch er konnte sie nicht mehr artikulieren. Der beißende Geruch des Gehsteigs schien immer näher zu kommen. Dumpf landete er mit dem Gesicht im Dreck.

Der Mann betrachtete das Opfer zu seinen Füßen. Er kostete die Ekstase bis zum Ende aus. Dieses Mal hatte er den kurzen Moment, in dem das Fleisch den Schwung der Klinge abbremste, förmlich gespürt, genauso wie die Kraft, die ihn die Waffe in den Körper rammen ließ. Ein brisanter Vergleich kam ihm in den Sinn: Die Freimaurer legten ihre rituellen Waffen ab, wenn sie den Tempel betraten, um alle Unreinheiten der profanen Welt hinter sich zu lassen. Er hingegen legte seine Waffe in den Körpern seiner Opfer ab, um sein Racheritual zu begehen.

Zufrieden zog er den Dolch aus der Leiche heraus, wischte die Klinge ab und blickte sich um. Niemand war zu sehen. Er, der Große Baumeister, war ganz allein. *Ich bin der Bruder des Blutes.*

Er musste lachen, als er an sein nächstes Ziel dachte: New York.

62
Paris
Nicolas Flamels Haus
21. März 1355

Die Treppe wand sich um eine steinerne Achse. Spiralförmig führte sie in eine immer undurchdringlichere Finsternis hinab, die das schwache Licht der Öllampe nicht zu erhellen vermochte. Je tiefer sich Pernelle Flamel hinunterbegab, desto schwerer lastete die Dunkelheit auf ihren Schultern. Die Treppe schien kein Ende zu nehmen.

Einen Moment lang spielte sie mit dem Gedanken umzukehren, doch die teuflische Neugier war stärker. Letztendlich tat sie ja etwas Frommes, indem sie das Geheimnis ihres Mannes aufdeckte und damit zur Rettung seiner Seele beitrug.

Schließlich spürte sie ebenen Boden unter den Füßen. Sie hielt die Öllampe hoch und tastete sich zögernd voran, um einen groben Überblick zu gewinnen.

Plötzlich stieß sie gegen etwas Rundes: ein an der Wand gelagertes Weinfass. Langsam bewegte sie sich an den bauchigen Gefäßen entlang und zählte sie ab. Pernelle wusste, dass bis zu der Ecke des Raumes, wo ihr Mann seine Bücher aufbewahrte, elf Fässer standen.

Sie seufzte. Warum begnügte sich Nicolas nicht mit dem, was Gott für ihn vorgesehen hatte: eine befriedigende Arbeit und ein liebendes Weib? Warum musste er sich für jene Werke begeistern, die er lediglich abschreiben, nicht aber verstehen sollte?

Plötzlich flackerte das Licht der Öllampe auf und drohte zu erlöschen, als wäre ein Windstoß durch die Dunkelheit gefegt. Vor Angst hätte Pernelle fast die Lampe fallen lassen.

Während sich die Flamme langsam wieder erholte, schlug ihr das Herz bis zum Hals. Vor sich sah sie jetzt, was sie gesucht hatte: den in die Wand eingelassenen Schrank aus schwarz angelaufenem Holz. Die Schranktür stand ein wenig offen. Wahrscheinlich war ihr Gatte durch den Lärm auf der Straße von seiner Lektüre aufgeschreckt und hinausgeeilt.

Ein Geräusch ließ sie zusammenfahren. Sie drehte sich um und versuchte, in der schweren, feuchten Dunkelheit des Gewölbes etwas zu erkennen. Sie lauschte in die Stille. Doch alles, was sie hörte, war ein gleichmäßiges Tropfen. Als sie die Lampe wieder vor sich hielt, entdeckte sie rechts vom Schrank eine erloschene Fackel. Vorsichtig goss Pernelle ein wenig Öl auf das körnige Harz. Dann hielt sie ihre Lampe daran, und sofort schoss eine goldene Flamme in die Höhe, die das ganze Gewölbe erleuchtete.

Jetzt gab es kein Zurück mehr. Sie trat vor und legte die Hand auf den Knauf. Bevor sie daran zog, begann sie das Vaterunser zu beten. Als sie bei *Sein Wille geschehe* angelangt war, riss sie die Tür mit Schwung auf.

Ein aufgeschlagenes Buch fiel heraus. Pernelle bückte sich, um es aufzuheben. Der Einband war feucht. Sie hielt die Lampe daran, um besser sehen zu können. Und begann zu schreien, als sie verstand.

Ihre Hand war voller Blut.

63

Aurora Paris an Aurora-Zentrale
Warnung, Stufe 3
Mehrfach verschlüsselte Nachricht
21.46 Uhr GMT
Im Anhang befindet sich das Ergebnis der Analyse einer heute in Paris sichergestellten Probe.
Bitte umgehend eine Besprechung anberaumen, damit entsprechende Maßnahmen beschlossen werden können.
Ende

Aurora-Zentrale an Aurora Paris
Dringend
22.58 Uhr GMT
Analyse erhalten. Ist auszuschließen, dass

dem Labor ein Fehler unterlaufen ist? Herkunft der Probe?
Ende

Aurora Paris an Aurora-Zentrale
Dringend
22.59 Uhr GMT
Die Analyse ist sicherheitshalber zweimal durchgeführt worden. Ich wiederhole meine Bitte zu einer außerplanmäßigen Besprechung. Außerdem beantrage ich in diesem Zusammenhang ab sofort die Überwachung einer Zielperson.
Ende

Aurora-Zentrale an Aurora Paris
Dringend
23.10 Uhr GMT
Besprechung für morgen 18.00 Uhr GMT anberaumt. Um eine ASE-Überwachung zu beauftragen, muss formal der Rat zustimmen, aber bis dahin übernehme ich die Verantwortung, einen Agenten einzusetzen … Antwort folgt umgehend.
Ende

64
Paris
Rue Muller

Marcas legte auf. Sein ehemaliger Mitarbeiter, der mit der Bewachung seiner Familie beauftragt war, hatte ihn beruhigen können. Der Junge war wie immer aus der Schule nach Hause zurückgekehrt, ohne dass ihn jemand verfolgt hätte. Seine Exfrau hatte ihm zudem bestätigt, dass sie mit dem Jungen in zwei Tagen nach Saint-Martin reisen würde.

Zufrieden mixte Marcas sich einen Rumcocktail und setzte sich damit vor den Computer.

Er verfluchte den alten Rechner, der zehn Minuten brauchte, um hochzufahren und eine Verbindung zum Internet herzustellen. Er musste an Edmond Canseliet denken. Wie konnte es sein, dass der Mörder alchemistisches Gold besaß? Und gab es eine Verbindung zu Pauls Geheimnis?

Ungeduldig klopfte er mit den Fingern auf den Tisch und hoffte auf eine Antwort von der Amerikanerin. Tatsächlich hatte er eine neue Mail erhalten.

Guten Tag,

Ihre Nachricht überrascht und trifft mich zugleich. Hiermit spreche ich Ihnen mein Beileid aus. Über eine Verbindung meiner Familie zu Ihrem Freund ist mir allerdings nur wenig bekannt. Von daher werden Sie sicher verstehen, dass ich Vorsicht walten lasse. Bitte rufen Sie mich unter der unten stehenden Nummer an. Ich bin zweisprachig, da meine Mutter Französin ist.

Sofort wählte Marcas die Nummer. Es klingelte dreimal, bevor sich eine weibliche Stimme meldete.

«Monsieur Marcas?»

Erstaunt erhob er sich von seinem Stuhl. «Ja. Aber woher wissen Sie, dass …»

«Ihre Vorwahl war auf meinem Display zu sehen. Ich bekomme nicht viele Anrufe aus Frankreich. Also, wie kann ausgerechnet ich Ihnen helfen? Kommen Sie bitte gleich auf den Punkt, ich habe nicht viel Zeit.»

Ihr Ton war forsch und entschlossen. Marcas setzte sich auf den Rand des Schreibtisches. Er hatte nichts zu verlieren, und sie war seine einzige Hoffnung.

«Dann fange ich gleich mit dem Wichtigsten an: Ich will den Mörder finden. Nach den Informationen, die mir mein Freund anvertraut hat, besitzen Sie einen Teil einer geheimen Botschaft, deretwegen er sterben musste. Ich brauche deshalb alle Informationen, die Sie haben.»

«Ich werde ebenfalls direkt sein, Monsieur Marcas. Woher weiß ich, dass Sie nicht selbst dieser Mörder sind? Schon die Tatsache, dass Sie meine E-Mail-Adresse haben, macht Sie in meinen Augen verdächtig.»

Der Kommissar überlegte, bevor er antwortete. Ihr Misstrauen war nachvollziehbar. «Ich bin Polizeikommissar», erklärte er. «Sie können gerne das Innenministerium oder mein Kommissariat anrufen, um sich das bestätigen zu lassen.»

«Bei allem Respekt für die Polizei sehe ich nicht, was ich mit den Ermittlungen der französischen Polizei zu tun haben soll. Wie Sie wissen, lebe ich in New York.»

«Vielleicht interessiert es Sie zu hören, dass ich Freimaurer bin. Ich gehöre der gleichen Loge an wie ehemals Paul de Lambre. Er war mein Freund. Sie können im

Logenhaus anrufen, wo man Ihnen bestätigen wird, dass ich derjenige bin, der ihn gefunden hat. Der Mörder hat noch einen weiteren Bruder umgebracht, und Sie sind die Einzige, die mir helfen kann, um die Ermittlungen voranzutreiben.»

«Und wie?»

«Ein Teil der Botschaft, die mir vorliegt, weist auf einen bestimmten Ort in New York hin. Der Mörder weiß ebenfalls, dass es eine mehrteilige Geheimbotschaft gibt, hat aber offensichtlich auch nicht alle Teile. Zumindest noch nicht. Verstehen Sie jetzt, warum ich Sie treffen muss?»

«Wann gedenken Sie hier zu sein?»

«Ich kann morgen in den Flieger steigen, wenn es sein muss. Treffen Sie sich mit mir für eine Stunde, länger wird es nicht dauern.»

Die Stimme der Frau klang unterkühlt. «Zuerst muss ich einige Informationen über Sie einholen. Ich rufe Sie nachher wieder an, bleiben Sie in der Nähe Ihres Telefons.»

Bevor er antworten konnte, war die Leitung bereits unterbrochen. Fluchend legte Marcas auf. Ihr unverhohlen herablassender Ton störte ihn sehr.

Er versuchte sich die Zeit des Wartens mit der Lektüre eines Buches über Alchemie zu vertreiben. Nach einer Stunde klingelte das Telefon. Joan Archambeaus Stimme schallte mit einem metallischen Echo durch den Hörer.

«Gut. Wir können uns übermorgen hier in New York treffen. Passt Ihnen das?»

«Ja. Wo genau?»

«Kommen Sie um zehn Uhr morgens in mein Büro an der Madison Avenue. Kennen Sie New York?»

«Ich war schon zweimal da. Schöne Stadt.»

«Kann man wohl sagen … Aber ich bin wirklich nicht sicher, ob ich Ihnen in dem Maße behilflich sein kann, wie Sie es sich vorstellen. Und ich gebe offen zu, dass Freimaurergeschichten und esoterische Geheimnisse nicht ganz meine Sache sind.»

Marcas hatte sich erhoben und betrachtete seinen Druck der Menschenrechte. «Freimaurertum ist nicht mit Esoterik gleichzusetzen. Freimaurer verfolgen viel weltlichere Ziele.»

«Das weiß ich», antwortete Joan, «mein Vater war bei der US Air Force und ebenfalls Freimaurer. Er war Meister vom Stuhl in der Loge *Brothers of Freedom*.»

Der Kommissar lächelte, das erklärte einiges. «Ich bin mir sicher, er ist ein beeindruckender Mann.»

«Er ist tot. Wir können uns darüber weiterunterhalten, wenn Sie hier sind. Ich …» Sie klang, als wollte sie das Gespräch beenden, doch Marcas beschloss, sich diesmal nicht abfertigen zu lassen. Er unterbrach sie.

«Ich muss jetzt leider los und meine Ermittlungen vorantreiben. Sobald ich meine genaue Ankunftszeit weiß, werde ich Ihnen eine Nachricht zukommen lassen. Vielen Dank für Ihr Verständnis. Schönen Tag noch.»

Marcas stellte sich vor, wie die arrogante Frau jetzt zornig vor dem Telefon saß. Die kleine Genugtuung tat ihm gut.

Er setzte sich wieder vor den Computer, zog seine Kreditkarte aus der Brieftasche und öffnete eine Webseite, auf der man Flüge buchen konnte. Er entschied sich für einen Flug am nächsten Tag um 12 Uhr mittags mit Air France. Dann rief er eine auf derselben Seite angegebene Nummer an und reservierte gleich zwei Nächte in einem

Hotel am Gramercy Park, wo er schon einmal mit Isabelle gewesen war: das Chelsea Hotel, beliebt bei Literaten und gefallenen Rockstars. Seine Exfrau hatte ihm den Aufenthalt damals zum Geburtstag geschenkt. Marcas dachte daran, wie sie beide mit großen Augen durch die beeindruckende Stadt gestreift waren.

Kurz darauf erhielt er seine Reservierungsbestätigung.

65
Florida
Pensacola

Drei Tage hintereinander hatte es wie aus Eimern geregnet. Bis in die Keller der Häuser, die immerhin Wirbelstürmen standhalten sollten, war das Wasser gedrungen. Angesichts dessen sehnte sich Jack Winthrop fast nach Kuwait und der drückenden Hitze dort zurück.

Er faltete seine Hemden und legte sie sorgfältig in den Koffer. Dann prüfte er seine beiden Blackberrys, mit denen er verschlüsselte Mails in der ganzen Welt empfangen und senden konnte. An den Schläfen spürte er einen leichten Kopfschmerz, der wahrscheinlich auf die Zeitumstellung zurückzuführen war. Von seiner Frau und seinen beiden Töchtern hatte er nicht viel gehabt.

Der neue Aurora-Auftrag hatte ihn am frühen Morgen erreicht, als er gerade vom Fenster seiner Villa am Strand den prasselnden Regen beobachtet hatte. Dieses Mal tat es ihm leid, so schnell wieder abreisen zu müssen. Die beiden Kleinen fehlten ihm sehr, und seine Frau wurde bei jeder Rückkehr distanzierter. Vielleicht war er inzwischen zu alt für dieses Leben. Und dann war da noch dieses Bild, das ihn nicht mehr losließ: die Angst im Gesicht des gefolterten Mannes in dem kuwaitischen Hangar. Gewissensbisse plagten ihn. Das war neu und ebenfalls kein gutes Zeichen. Sie schadeten seiner Leistungsfähigkeit.

Er suchte nach den Flugscheinen, die ein Bote vorbeigebracht hatte. Ziel war dieses Mal Paris. Es gab Schlimmeres. Sie hätten ihn auch in irgendeine trostlose Ecke Usbekistans schicken können.

Er küsste seine beiden Töchter, die noch friedlich in ihrem Zimmer voller Disney-Poster schliefen, auf die Stirn. Er wusste, dass seine Frau ihn gehört hatte, auch wenn sie so tat, als schliefe sie ebenfalls.

Regen peitschte ihm ins Gesicht, als er zu dem vor der Haustür wartenden Taxi rannte. Nach seiner Rückkehr würde er reinen Tisch machen, das schwor er sich. Er hatte genug von diesem verrückten Leben.

Als er am Flughafen ankam, erfuhr er, dass sein Flug nach Miami genau wie alle anderen wegen des schlechten Wetters ausfiel. Erst für den Abend war eine Besserung vorhergesagt. Er war umgeben von Passagieren, hauptsächlich Geschäftsleuten, die genervt und griesgrämig mit ihren Laptops auf den Knien am Flughafen festsaßen.

In dem Augenblick traf Jack Winthrop eine Entscheidung: Diese Mission für Aurora würde seine letzte sein.

66
Paris
Quartier Saint-Jacques-de-la-Boucherie
21. März 1355

«Ich glaube nicht, dass es nötig ist, ihn aufzuschneiden», verkündete der Leibarzt des Königs. «Man muss kein Fachmann sein, um zu erkennen, woran er gestorben ist.»

Gebannt starrte Pareilles auf den Inhalt der Näpfe. Die chemische Reaktion war abgeschlossen, und man konnte deutlich die besondere Konsistenz von Quecksilber und die charakteristische Farbe von Schwefel erkennen.

Flamel, der zwischendurch näher an die Leiche herangetreten war, hatte seinen Platz wieder eingenommen und wartete schweigend und nahezu reglos die Fortsetzung des Gesprächs ab.

«Wenn es sich tatsächlich um Schwefel und Quecksilber handelt …» Pareilles stockte, als hoffte er noch immer, es mit einem einfachen Mord zu tun zu haben.

«Das ist sicher. Genauso sicher ist, dass es ein Racheakt war», unterbrach ihn der Mediziner.

Drückende Stille senkte sich über den Raum. So jedenfalls empfand es Flamel, zumal Rhenacs Truppe ihre lärmende Hausdurchsuchung offenbar beendet hatte.

Als jemand mit strenger Stimme einen Befehl von unten heraufrief, richtete sich Guy de Pareilles sofort auf, prüfte den Sitz seiner Uniform und eilte aus dem Raum. Harcourt und Flamel blieben allein zurück. Beide waren in ihre Gedanken versunken.

Der Mediziner musterte den Toten immer wieder, als würden seine Schlussfolgerungen nicht zu seinen neuesten Erkenntnissen passen. Flamel starrte unterdessen auf den Bogen Pergament vor sich, ohne zu lesen, was er geschrieben hatte. Auch ihn beschäftigte ein Gedanke oder vielmehr eine Befürchtung, die jetzt immer realer wurde.

Kurz darauf öffnete sich die Tür zum Schlafgemach wieder, und der Befehlshaber der königlichen Garde kehrte mit ernstem Gesicht zurück. Seine Stimme war zwar nach wie vor ruhig, klang aber so tief, dass es unheimlich war.

«Maître Flamel, Ihr fertigt keine Reinschrift an. Gebt mir das Pergament. Wir … Ich gehe davon aus, dass es keine weitere Kopie von unserem … diesem …»

«Man nennt es Autopsie. Ein neuer Begriff, er kommt aus dem Griechischen …»

Guy de Pareilles scharfer Blick ließ Harcourt kurz innehalten, doch dann sprach er weiter. Als Leibarzt des Königs würde er sich schließlich nicht von einem Soldaten den Mund verbieten lassen. «Seht mich nicht so wütend an. Ich habe Euren unglückseligen Folterer doch noch nicht einmal aufgeschnitten. Nur der Teufel weiß, was ich in seinem Körper gefunden hätte …»

«Ihr seid Zeuge in einem ernst zu nehmenden Mordfall. Die Dominikanerbrüder werden uns bald mitteilen, ob man dahinter Ketzerei oder Hexerei befürchten muss oder gar beides. Ich für meinen Teil vermute ein Komplott gegen den Staat. Vielleicht sogar gegen den König höchstpersönlich.»

Harcourt sah Pareilles an, als hätte er plötzlich einen anderen Menschen vor sich. Für den Mediziner hatte die Ermordung des Folterers eindeutig mit der vom König angeordneten und kürzlich vollstreckten Hinrichtung auf dem Scheiterhaufen zu tun, und der Befehlshaber der königlichen Garde sah dies inzwischen offenbar ebenso.

«Dann denken wir wohl an dieselbe Person?»

Pareilles antwortete nicht, sondern trat ans Fenster und rief seine Leute auf der Straße zusammen. Ein Soldat nach dem anderen meldete sich zum Appell und stellte sich mit der Waffe in Habtachtstellung.

«Eine Person, die vor kurzem am Ufer der Seine verbrannt wurde.»

Ein Befehl wurde gegeben, und sogleich stürzte eine Gruppe Soldaten los und formierte sich am Anfang der Straße. Das Metall ihrer Lanzen glitzerte in der aufgehenden Sonne.

«Ein Mann, den der König selbst nach Frankreich hat kommen lassen. In diesen unsicheren Zeiten, in denen die Engländer vor den Toren von Paris stehen, die Prinzen des Königreichs dauernd die Revolte üben und die Staatskassen erschreckend leer sind …»

Ein weiterer Trupp, der mit Bogen bewaffnet war, sperrte jetzt die Straße in Höhe der Kirche ab. Wie vor einer Schlacht holten die Männer ihre Waffen hervor und brachten sie in Position.

«… Wen könnte man also besser gebrauchen als einen Alchemisten, um die Schatzkammern mit Gold zu füllen? Leider entpuppte sich jener unglückselige Jude als dreister Scharlatan …»

Pareilles brüllte einen letzten Befehl, worauf die verbleibenden Soldaten mit gezückter Waffe vor dem Eingang des Hauses Stellung bezogen.

«… dessen sich unser König, nachdem er gemerkt hat, welchem Irrglauben er aufgesessen war, glücklicherweise auf dem Scheiterhaufen entledigen konnte …»

Der Befehlshaber der königlichen Garde warf einen Blick auf Flamel, der das Pergament in eine Ledermappe legte. Er wollte gerade antworten, als ihm der Mediziner zuvorkam: «Aber erst ist der Hochstapler noch auf Befehl Seiner Majestät …», Robert Harcourt deutete auf den Toten vor sich, «… dem Folterer anvertraut worden. Aber was hat er ihm gesagt? Welches Geheimnis hat er ihm verraten?»

«Werter Doktor», unterbrach ihn Pareilles brüsk, «Ihr redet zu viel. Viel zu viel.»

67

Aurora-Zentrale an Aurora Paris
14.50 Uhr GMT
Warnung
Ein ASE-Agent ist beauftragt worden. Er ist auf dem Weg nach Paris.
Ende

Aurora Paris an Aurora-Zentrale
15.08 Uhr GMT
Dringend
Bezugnehmend auf unsere Telefonkonferenz: Die Zielperson, ein Kommissar namens Antoine Marcas, der inoffiziell ermittelt, hat heute Flug AF 010 nach New York genommen. Mein Informant geht davon aus, dass die Reise mit seinen Ermittlungen zu tun hat. Planmäßige Ankunft am Flughafen JFK

ist 18:10 Uhr Ortszeit. Bitte die Buchung des ASE-Agenten nach Paris stornieren und ihn so schnell wie möglich nach New York schicken, damit wir die Spur der Zielperson nicht verlieren.

Ende

Aurora-Zentrale an Aurora Paris

16.12 Uhr GMT

ASE-Einsatz

Verstanden. Unser in Florida stationierter ASE-Agent wird acht Stunden vor der zu überwachenden Person in New York sein. Er hat mit seinem lokalen Partner Kontakt aufgenommen, um eine diskrete Beschattung zu gewährleisten. Bitte ein aktuelles Foto des Mannes schicken. In Kürze wird eine außerordentliche Sitzung des Aurora-Rats einberufen, um dem Einsatz eines Agenten formal zuzustimmen.

Ende

68
New York

Das gelbe Taxi wechselte von einer der vielen Spuren auf die nächste, um sich zügig einen Weg über die Brooklyn Bridge zu bahnen. Durch die langen Stahlkabel hindurch konnte Marcas die in der New Yorker Nacht hellerleuchteten Wolkenkratzer sehen. Wie schon bei seinen früheren Besuchen hatte er den Eindruck, als hinge die ganze Stadt an einem einzigen riesigen Stromkreis.

Der Flug war ohne Zwischenfälle verlaufen. Angesichts der langen Schlange vor der Passkontrolle beim Abflug am Flughafen Roissy in Paris hatte er sich auf seine Sonderrechte berufen und sich der Grenzpolizei als Kollege zu erkennen gegeben. Ohne sich anstellen zu müssen, war er durch den Eingang geschleust worden, der ansonsten Flugpersonal und VIPs vorbehalten war.

Leicht verärgert bemerkte Marcas, dass der Weg zu seinem Hotel an der 23rd Street über die Manhattan Bridge kürzer gewesen wäre. Der Taxifahrer hielt ihn offensichtlich für einen ahnungslosen Touristen, den man mit einer Fahrt über die legendäre Brooklyn Bridge glücklich machen konnte.

Das Taxi fuhr in hohem Tempo Slalom, während der Fahrer in einer Sprache fluchte, die Marcas nicht einordnen konnte. Vielleicht war er Pakistani oder Inder.

Auf der überfüllten Expressspur nach Manhattan musste er dann, wie die anderen Fahrzeuge auch, sein Tempo deutlich verlangsamen.

An einer Ampel bremste das Taxi. Marcas bemerkte, dass der Fahrer den Blinker gesetzt hatte und im Begriff war, nach links in Richtung Rathaus abzubiegen, anstatt weiter gen Norden zu fahren. Genug war genug. Er hatte keine Lust, für mehr als hundert Dollar drei Runden durch die Stadt zu drehen. Er klopfte gegen die Scheibe und gab dem Fahrer zu verstehen, welchen Weg er nehmen sollte. Dieser änderte schulterzuckend die Richtung. Marcas war sich zwar nicht ganz sicher, aber er glaubte, ein «Scheißkerl» gehört zu haben.

Eine halbe Stunde später lag Marcas bereits ausgestreckt auf dem frisch gemachten Bett in seinem Hotel. Der Deckenventilator arbeitete auf höchster Stufe, und er hatte nichts anderes zu tun, als auf seine Verabredung am nächsten Vormittag zu warten.

Ihm wurde die Absurdität der Situation bewusst. Er hatte einen Ozean überquert, nur um eine Stunde mit einer ihm unbekannten Frau zu verbringen und ein jahrhundertealtes Geheimnis heraufzubeschwören. Alchemie, Gold, rituelle Morde, was für ein Quatsch!

Hi, Mademoiselle Archambeau, ich komme aus Paris und bin auf der Suche nach einem verdammten Psychopathen, der wahrscheinlich Freimaurer ist, Indiana Jones spielt und seine Brüder abmurkst. Ihr werter Herr Papa hat Ihnen nicht zufällig einen kleinen Umschlag mit dem Geheimnis des Grals hinterlassen?

Marcas nahm eine kleine Flasche Gin aus der Minibar und goss den Inhalt in ein Glas. Dann ließ er die durchsichtige Flüssigkeit direkt in seine Kehle rinnen. Vielleicht sollte er hinausgehen, über den Broadway bis zum Times Square spazieren und sich anschließend ein gutes Steak gönnen, doch er war zu erschöpft.

Lustlos drückte er auf die Fernbedienung des Fernsehers. Eine ganze Reihe Verkaufskanäle, einer nerviger als der nächste, flimmerten über den Bildschirm. Insgeheim hoffte Marcas, den Kanal zu finden, auf dem religiöse Prediger gezeigt wurden, seine absolute Lieblingssendung im amerikanischen Fernsehen und ein wahrer Glücksmoment für einen Atheisten wie ihn. Er wusste sofort, dass er den richtigen Sender erwischt hatte, als er auf dem Bildschirm schließlich eine güldene Studiodekoration sah, in der vier Leute um ein Kaminfeuer saßen, über dem ein kitschiges Jesusbild hing: Unter dem weißen Hemd Jesu zeichneten sich ein kräftiger Oberkörper und die Schultern eines Schwimmers ab. Auf seiner Brust prangte ein rotes Herz.

Im Studio streichelte nun eine Blondine in den Fünfzigern mit wilder Haarmähne und mit Botox aufgeblasenen Lippen einen weißen Pudel auf ihrem Schoß. Sie lauschte einem Rotschopf mit Seitenscheitel, der einen glänzend grauen Anzug und einen grellen gelben Schlips trug. Außer ihnen saßen in der Runde noch ein Schwarzer sowie ein Lateinamerikaner mit Anzug und Krawatte in leuchtenden Farben. Beide nickten begeistert mit dem Kopf. Marcas stellte den Fernseher lauter. Der rothaarige Prediger sprach mit stockender Stimme von der baldigen Ankunft Jesu und davon, dass man Tempel bauen müsse, die seiner würdig seien, um ihn willkommen zu heißen. Die Zuschauer wurden aufgerufen, Geld für die Ankunft des Messias zu spenden und so den Antichrist in die Flucht zu schlagen. Eine Telefonnummer lief im Endlosband über den unteren Bildschirmrand. Die Blondine unterbrach den Prediger und erkundigte sich, ob man auch mit Kreditkarte zahlen könne.

Marcas war fasziniert, wie lächerlich diese Sendungen stets waren. Aber sie hatten unglaublichen Erfolg.

Einige Minuten sah er sich den Spaß noch an, bevor er weiterschaltete und schließlich bei der Aufzeichnung einer Strandparty in Miami landete, in der Dutzende Blondinen hingebungsvoll tanzten und ihre makellosen Plastikbrüste zur Schau stellten. Insgesamt ein schwerverdaulicher Fernsehcocktail mit einem hemmungslosen Mix aus Religion und Sex.

Ohne es zu merken, schlief er ein.

Warmes Wasser floss aus dem Hahn, Dampf breitete sich im ganzen Badezimmer aus. Der Spiegel war so beschlagen, dass sich der Mann darin nicht sehen konnte. Er tauchte in das heiße Bad ein und stieß einen zufriedenen Seufzer aus. Dinah Washingtons raue Stimme drang aus dem in die Wand eingelassenen Lautsprecher. Das Waldorf Astoria sorgte gut für seine Kunden, alles war perfekt, bis ins kleinste Detail.

Marcas zu folgen war ein Kinderspiel gewesen. Er wusste alles über ihn, seine Pläne waren ihm bestens bekannt. Wie zum Beispiel das Treffen am folgenden Tag. Er fuhr sich mit der Hand durch das feuchte Haar. Das heiße Wasser tat ihm gut.

Jemand klopfte an die Tür. Sein Rendezvous war pünktlich, so wie es nur echte Profis waren. Er erhob sich aus der Wanne und zog sich einen Bademantel über. Dann ging er durch den Raum, der mit dickem Teppich ausgelegt war, und öffnete die Tür.

Eine große blonde Frau in den Dreißigern begrüßte ihn mit einem strahlenden Lächeln und betrat zielstrebig sein Zimmer. Mitten im Raum blieb sie stehen. Er schloss die Tür, nahm vom Nachttisch neben dem Bett seine Brieftasche und reichte der Frau fünf Einhundert-Dollar-Noten, die diese diskret in ihrer Tasche verschwinden ließ. Dann knöpfte sie wie selbstverständlich ihr Kleid auf, bis sie nur noch in schwarzer Reizwäsche vor ihm stand.

Der Mann legte seinen Bademantel ab. Er musterte die Frau, während sie durch das Zimmer ging und die Muskeln ihres wohlproportionierten Körpers spielen ließ. Er genoss den Augenblick. Eine Stunde Verwöhnprogramm lag vor ihm.

Unvermittelt packte sie ihn plötzlich am Hals und

zog ihn blitzartig zu Boden. Jetzt befand er sich unter ihr. Noch bevor er reagieren konnte, klemmte sie seinen Kopf zwischen ihren Beinen fest. In diesem Moment wusste der Mann, dass er zwei Tage zuvor auf der Internetseite des New Yorker Privatclubs *Body War* die richtige Wahl getroffen hatte. Erstklassige Mädchen, meist Models für Fitnesskleidung, besserten mit dieser amerikanischen Spezialität ihr Gehalt auf.

Es gelang ihm, sich zu befreien, doch schon hielt die Blonde seine Arme auf dem Rücken fest. Sie war wesentlich stärker als ihre Vorgängerinnen. Je deutlicher er ihre Dominanz spürte, desto erregter wurde er. Sein Penis wurde immer steifer, während er versuchte, die Oberhand zu gewinnen. Nach einer halben Stunde des sportlichen Kampfes beschloss er, in die fleischlichere Phase überzugehen.

In dem Moment, in dem er sich in den feuchten Schoß der Blonden schob, sah er unvermittelt die Gesichter der Männer vor sich, die er ermordet hatte. Der Orgasmus überkam ihn.

69
Paris
Quartier Saint-Jacques-de-la-Boucherie
21. März 1355

In der Rue Saint-Jacques-de-la-Boucherie traten die ersten Geschäftsleute vor die Tür, um die Läden zu öffnen und ihre Waren auszubreiten. Die Nachricht vom Mord am Folterer hatte sich im Morgengrauen wie ein Lauffeuer verbreitet. Viele Händler blickten mürrisch drein. Ihnen missfiel zutiefst, dass alle Passanten und Kunden in der belebten Straße von bewaffneten Soldaten kontrolliert wurden. Einige Mutige näherten sich dem Haus des Folterers, doch die Bogenschützen hielten sich streng an ihre Anweisungen: Niemand durfte sich dem Tatort nähern. Bald machten Gerüchte im Viertel die Runde. Man vermutete einen politischen Mord, die Gefahr einer Rebellion, eines Bürgerkriegs … Doch man vermied tunlichst, sich über die Anwesenheit der *Truppe der Justiz* zu äußern. Niemand wollte mit einem Mord zu tun haben, der sofort Bernard de Rhenacs Geheimpolizei auf den Plan gerufen hatte. Niemand, außer Maître Maillard.

Der Kürschner konnte die bedrohliche Stimmung, die in seiner Straße herrschte, nicht nachvollziehen. Im Gegenteil, er war fast ein wenig verärgert, dass man ihn, als ehrbaren Händler und Bürger von Paris, noch nicht um Hilfe gebeten hatte. Und was ihn noch wütender machte, war, dass sein Nachbar Flamel, ein einfacher Schreiberling, sich seit Stunden im Zentrum des Geschehens aufhielt, während er, Maître Maillard, sich darauf beschränken musste, ziellos auf und ab zu gehen, wiewohl er die besten Erklärungen für diesen abscheulichen Mord hatte.

Natürlich hätte er der Justiz gern geholfen und seine Erkenntnisse mitgeteilt, allerdings nicht auf die Gefahr hin, sich einem Verhör unterziehen zu müssen – schon gar nicht von den Dominikanerbrüdern.

Als er erneut auf die Straße sah, bemerkte er, wie seine Nachbarin versuchte, möglichst unauffällig aus ihrem Haus zu huschen.

«Madame Flamel, Ihr geht aus?» Mit zwei großen

Schritten stand Maître Maillard bei ihr. «Euer Gatte wird ja schon seit Stunden in diesem verfluchten Haus festgehalten. Das ganze Viertel sorgt sich um ihn. Und ich ganz besonders. Ein so guter Nachbar. Aber auch ein so zerstreuter Mann …»

Angesichts dieses Wortschwalls war Pernelle Flamel sprachlos. Schlagartig hatte die Realität sie eingeholt.

Maillard nutzte die Situation, um endlich die Frage loszuwerden, die ihn schon die ganze Zeit beschäftigte: «Ich verstehe überhaupt nicht, warum sie ihn nicht gehen lassen. Er kannte den Folterer doch gar nicht.»

«Entschuldigt mich, Maître Maillard, aber ich bin in Eile.» Entschlossen zog die Frau des Kopisten den Umhang enger um ihren Leib und schickte sich an, weiterzugehen.

«Die Soldaten kontrollieren genau, wer kommt und wer geht.»

«Ich bin auf dem Weg zur Kirche. Ich glaube nicht, dass sie einer Christin verbieten werden, in ein Gotteshaus zu gehen.»

Der forsche Ton seiner Nachbarin überraschte den Kürschner. Mit ihrer verschlossenen Miene und den vor der Brust verschränkten Armen erkannte er sie kaum wieder.

«Ihr habt sicher recht. In diesen schwierigen Zeiten muss man …»

«Ich wünsche Euch einen schönen Tag, Maître Maillard.»

Dem Kürschner blieb das Wort im Halse stecken. Bevor er noch reagieren konnte, hatte seine Nachbarin bereits die Straße überquert und war in der Kirche verschwunden.

70

Aurora-Zentrale an Aurora Paris
19:07 Uhr GMT
Ankündigung
Die Beschattung der Zielperson wurde heute aufgenommen. Der ASE-Agent wird den Bericht in Kürze vorlegen. Eine Zusammenfassung der Meldungen der einzelnen Missionen wird täglich an den gesamten Verteiler geschickt.
Ende

Aurora-Zentrale an alle Aurora-Mitglieder
20:12 Uhr GMT
Ankündigung
Bestätigung einer geschlossenen Sitzung des Aurora-Rats morgen in Bern. Thema: Autorisierung einer Überwachung als Folge der Informationen von Aurora Paris. Ort und Zeit werden verschlüsselt im Anhang mitgeteilt.
Ende

71
New York

Es war erst kurz vor zehn Uhr morgens, aber in der Stadt herrschte bereits eine drückende Schwüle. Von den Klimaanlagen tropfte den Passanten Kondenswasser auf den Kopf und verströmte einen beißenden, durchdringenden Geruch.

Marcas hatte beschlossen, die Fifth Avenue von seinem Hotel aus zu Fuß hinaufzugehen. Ein Taxi hätte ohnehin nur im Stau gestanden.

Als er an einer großen Fotogalerie vorbeikam, stutzte er. Die Bilder, die dort ausgestellt waren, kannte er. Es waren hell ausgeleuchtete Gesichter und Körper von Frauen vor einem dunklen Hintergrund. Erfreut über den Zufall, blieb Marcas stehen. Er hatte die aus Mexiko stammende und in Paris lebende Künstlerin, Unkay, erst einen Monat zuvor auf einem Venezianischen Abend kennengelernt. Die unter den Rahmen angebrachten Preise verrieten, dass sie offenbar gerade einen kometenhaften Aufstieg erlebte.

Einen Moment lang starrte Marcas fasziniert auf das große Porträt der rassigen Fotografin mit braunem Haar und vollen Lippen, das neben ihren Werken im Fenster der Galerie hing. Seufzend ging er schließlich weiter.

Bald stand er vor dem riesigen Gebäude, das dennoch zwischen zwei noch höheren Wolkenkratzern wie eingequetscht aussah. Als er sich dem Eingang näherte, öffnete ihm ein Pförtner in Livree die schwere, mit goldenen Kugeln verzierte Metalltür. Sie führte in eine gläserne Schleuse – den Sicherheitsbereich. Ein über zwei Meter großer Schwarzer mit Barett und Lederjacke lächelte ihn an und fuhr dann mit einem Metalldetektor seinen Körper von oben bis unten ab. Ein anderer Mitarbeiter der privaten Sicherheitsfirma kontrollierte unterdessen Marcas' Papiere und notierte sich den Namen der Kanzlei, bei der er einen Termin hatte, sowie den Grund seines Besuches.

Marcas tat, was man von ihm verlangte. Seit dem 11. September konnte man in den USA keinen Fuß mehr in ein öffentliches oder privates Gebäude setzen, ohne drastische Kontrollen über sich ergehen zu lassen. Die Schleuse führte in eine riesige runde Eingangshalle mit weißen Engelsstatuen aus Marmor im Art-déco-Stil.

Geschäftsleute in dunklen Anzügen und Frauen in konservativen Kostümen, einige von ihnen mit klobigen Turnschuhen an den Füßen, liefen in alle Richtungen. Marcas ging zu einem langen Schalter, hinter dem fünf Frauen saßen, eine hübscher als die nächste. Auf einer goldfarbenen Tafel über ihnen waren die Logos der einzelnen Unternehmen und die Namen der Anwaltskanzleien mit dem entsprechenden Stockwerk aufgelistet. Da er keine Lust hatte, selbst herauszufinden, wo sich Joan Archambeaus Büro befand, legte er sein freundlichstes Lächeln auf und wandte sich an eine der Empfangsdamen.

Die junge Frau schaute in ihrem Computer nach, reichte ihm dann einen kleinen Zettel und zeigte mit graziler Geste auf den sechsten Fahrstuhl am Ende der Halle, der zu den Büros ab der vierzigsten Etage fuhr.

In nur zehn Sekunden war Marcas im sechsundfünfzigsten Stock, wo sich die Räume von Walter, Omahony, Alimi and Partners befanden.

Die Fahrstuhltür hatte sich kaum geöffnet, als ein Bote in die Kabine stürmte und Marcas dabei fast umrannte. Auf dem Gang vor dem Fahrstuhl sah Marcas einen hemdsärmeligen glatzköpfigen Mann mit loser Krawatte und rotem Gesicht stehen, der dem Jungen üble Beschimpfungen hinterherrief.

«Mach, dass du wegkommst, du Vollidiot!» Anschließend machte der Glatzkopf auf dem Absatz kehrt und schlug mit Wucht seine Bürotür zu.

Marcas wandte sich abermals an einen Empfangstresen, der jedoch deutlich unauffälliger war als der in der Eingangshalle im Erdgeschoss. Dahinter saß eine Rezeptionistin mit Headset. Gerade wollte er sie ansprechen, als ihm jemand eine Hand auf die Schulter legte.

«Ich hätte nicht gedacht, dass Sie die lange Reise wirklich auf sich nehmen, nur um mir einen Besuch abzustatten.»

Marcas drehte sich um und erblickte eine schöne Frau mit kastanienbraunem Haar, die wesentlich attraktiver war als ihr Foto im Internet. Sie streckte ihm die Hand entgegen.

«Joan Archambeau.»

«Ich werde Sie nicht lange aufhalten, Mademoiselle Archambeau», erwiderte Marcas höflich.

«Bestens. Kommen Sie in mein Büro, dort können wir uns unterhalten. Falls wir das Pech haben, meinem Chef über den Weg zu laufen – einem großen Glatzkopf, der ständig auf hundertachtzig ist –, machen Sie sich nichts daraus.»

«Ich glaube, ich habe ihn bereits in Aktion erlebt», antwortete Marcas amüsiert.

Sie umrundeten einen riesigen Haufen Kartons und traten dann in einen Raum von bescheidener Größe, der vollgestopft war mit Büchern und Aktenordnern. Joan Archambeau bedeutete ihm, sich zu setzen, und Marcas ließ sich auf einem Metallstuhl nieder.

«Was Sie auf dem Gang gesehen haben, sind alles Akten, die uns die gegnerische Partei einer Sammelklage gegen den Hersteller eines gefährlichen Medikaments geschickt hat. Mein Job für die nächsten drei Monate besteht darin, diesen Berg nach und nach abzutragen, um etwas Auffälliges darin zu entdecken. Sie können sich daher sicher vorstellen, dass ich nicht viel Zeit habe. Kommen wir also zu Ihrem Anliegen.»

Marcas zog einen kleinen Umschlag aus der Jackentasche und legte ihn vor sich auf den Schreibtisch.

«Das ist der Teil einer Geheimbotschaft, der in der Familie La Fayette an die jeweiligen Nachfahren weitergegeben wird. Sie, als Erbin der Archambeaus, sind im Besitz eines weiteren Teils. Wie ich schon am Telefon gesagt habe: Wenn wir sie zusammenbringen, finde ich vielleicht heraus, warum man meinen Freund umgebracht hat.»

Sie nahm den Umschlag, zog den Zettel heraus und las. Ihr Gesicht verfinsterte sich. Dann ließ sie das Blatt auf den Tisch fallen und sah ihn genervt an. «So leid es mir tut, aber ich verstehe gar nichts. Ihr Freund hatte mich vor seinem Tod angerufen, und ich habe ihm bereits alles gesagt, was ich weiß.» Sie musterte den Kommissar und holte ihrerseits eine violette Karte hervor, auf der lediglich zwei Zeilen standen, die Marcas aufmerksam las: *Der strahlende Schotte. 33. 1886. Cenevières*.

Marcas ließ die Karte durch die Finger gleiten. Auf den ersten Blick sah es so aus, als würden die Worte auf den schottischen Ritus anspielen. Die Zahl bezog sich wahrscheinlich auf den 33. Grad der Freimaurer. Was die 1886 betraf, war es dieselbe Jahreszahl wie auf La Fayettes Degen. Und *Cenevières* war sicher einer der vier Familiennamen.

«Während ich die Unterlagen meines Vaters durchgegangen bin, stieß ich auf ein Schriftstück mit diesen Worten.»

«Hat Ihr Vater Ihnen das in irgendeiner Form erklärt?»

«Er hatte es nur ein einziges Mal erwähnt. An dem Tag, an dem er sein Testament gemacht hat. Damals sagte er, dass ich jedem, der mit mir darüber reden will, misstrauen soll.»

Der Kommissar hatte plötzlich genug von ihrer abweisenden Art. «Hören Sie mal gut zu, ich habe keine Zeit für Ratespielchen. Wegen dieser Geschichte mussten bereits zwei Menschen sterben. Sie sagen mir jetzt, was Sie wissen.»

Joan schien sich plötzlich unbehaglich zu fühlen und wandte den Blick ab. «Es tut mir leid, aber es gibt nichts, was ich Ihnen noch erzählen könnte. Ich habe Ihnen schon am Telefon gesagt, dass Ihre Reise umsonst sein wird», sagte sie kühl und erhob sich.

Marcas schnaubte wütend, blieb aber sitzen. «Kann ich mir Ihren Teil der Botschaft wenigstens abschreiben?»

«Nur zu», antwortete sie schnippisch, «aber beeilen Sie sich, ich habe viel zu tun.»

Der Kommissar fügte sich wortlos. Das Gespräch war damit offensichtlich beendet. Nachdem er die beiden Zeilen auf einen Zettel gekritzelt hatte, stand er auf.

«Zurück zum Ausgangspunkt», murmelte er, während er in Richtung Tür ging.

«Guten Rückflug, Monsieur Marcas.» Joan Archambeau verabschiedete ihn kühl, aber höflich.

Er wollte noch antworten, doch sie hatte bereits die Tür hinter sich geschlossen. Ohne noch länger zu zögern, stieg er in den Fahrstuhl.

Joan Archambeau betrat das Nachbarbüro, das von heruntergelassenen Jalousien verdunkelt wurde. Auf einem schwarzen Ledersofa saß ein Mann und blickte dem Rauch seiner Zigarette nach.

«Bravo, Joan. Du warst perfekt. Kälter als ein Eisberg. Schade nur, dass ich euch nicht sehen konnte.» In einer Hand hielt er einen kleinen Ohrstöpsel.

«Und jetzt?»

«Nichts.» Mit schmerzverzerrtem Gesicht drehte er Kopf und Schultern. «Ich bin aus dem Training. Die Kleine im Hotel hat mich total geschafft.»

Er stand auf und stellte sich mit verschränkten Armen ans Fenster. Joan Archambeau gesellte sich zu ihm.

«Er ist auf der richtigen Spur.»

«Umso besser.»

«Das verstehe ich nicht, dann hätte ich ihm ja auch noch den dritten Teil geben können. Deinen Teil.»

«Nein, dann wäre er misstrauisch geworden. Außerdem bin ich sicher, dass er mir bei unserer kleinen Unterredung neulich nicht alles gesagt hat. Also soll er sich die Puzzleteile selbst zusammensuchen. Und du wirst ihm dabei helfen.»

Als sie nicht antwortete, drehte er sich zu ihr um. «Wir machen weiter wie geplant. Denn sind wir nicht …», er legte seine Hand unter ihr Kinn, «… schon seit Jahrhunderten Verbündete?»

72
Paris
Quartier Saint-Jacques-de-la-Boucherie
21. März 1355

Auf der Treppe waren jetzt gleichmäßige, schwere Schritte zu hören. Von einer Sekunde zur anderen wich das Lächeln auf dem Gesicht des Mediziners einer sorgenvollen Miene. Nervös sah er den Befehlshaber der königlichen Garde an, als suche er Unterstützung. Doch Guy de Pareilles war selbst aschfahl geworden, er richtete den Blick auf die Tür und lauschte.

Polternd stieß jemand die Tür auf. Ein großer älterer Mann mit strengem Blick trat ein. Er hatte einen Bart und trug höfische Kleidung. Flamel erkannte ihn sofort: Bernard de Rhenac, der königliche Justizminister. Es hieß, er sei einer der mächtigsten Männer Frankreichs und der böse Geist von König Jean II.

Guy de Pareilles nahm Haltung an und verbeugte sich ehrerbietig. Robert Harcourt neigte ebenfalls den Kopf. Er kannte den Minister, und er war ihm nicht geheuer. Warum sich der König mit einem so grausamen Menschen abgab, war ihm ein Rätsel. Ein einziges Mal hatte er Rhenac als Patienten behandeln müssen. Damals hatte der Minister sich wegen einer Verdauungsstörung vor Schmerzen gekrümmt und ihn als Arzt angefleht wie ein Kind.

Jetzt dagegen musterte er die drei Männer hochmütig. «Ich werde es kurz machen: Wo ist das Buch?»

«Welches Buch?», fragte der Mediziner, unbeeindruckt von der Selbstgefälligkeit des Aristokraten. «Hier gibt es nur einen Toten.»

Der Justizminister sah Harcourt kurz an, dann blickte er aus dem Fenster. «Was ist mit der Straße?»

«Sie wird an beiden Enden bewacht, genau wie der Eingang zum Haus», antwortete Pareilles.

«Gut. Geht hinunter und sagt Euren Leuten, dass sie abziehen können. Feublas und seine Männer werden das hier übernehmen.»

«Aber … ich vertrete die Gerichtsbarkeit des Königs …», stammelte Pareilles.

«Genug! Noch ein Wort, und ich werde Euch in den hintersten Winkel Frankreichs versetzen lassen.»

Pareilles verzog das Gesicht und verließ zähneknirschend den Raum, als wäre er in aller Öffentlichkeit gedemütigt worden.

Rhenac wandte sich nun an Harcourt: «Ihr habt den Folterer aufgeschnitten … Was habt Ihr gefunden?»

Der königliche Leibarzt räusperte sich. «Ich habe nur das Gesicht untersucht, das reichte, um die Todesursache herauszufinden. Man hat dem Folterer beide Augen herausgeschnitten. An der Stelle …»

«… habt Ihr Quecksilber und Schwefel gefunden, das wusste ich bereits – und zwar deutlich vor Euch.»

Harcourt blieb der Satz im Halse stecken. Der Justizminister ließ niemanden ausreden. «Ihr braucht nichts mehr zu sagen, Doktor. Setzt Euch einfach nieder wie Maître Flamel, unser Schreiber.»

Der Kopist schob zitternd seinen Stuhl zurück und stand auf, während sich Rhenac über seinen weißen Bartkranz strich und einen zunehmend skeptischen Gesichtsausdruck annahm.

«Warum so aufgeregt, Maître Flamel? Kümmert es Euch, dass ich Euren Namen kenne?»

Flamel versuchte, ruhig zu klingen. «Verzeiht bitte, ich war lediglich überrascht. Einen Moment lang habe ich geglaubt, dass ...»

«Dass wir die ganze Wahrheit kennen?», unterbrach ihn der Minister. «Aber natürlich kennen wir sie.»

Der Kopist spürte, wie seine Knie weich wurden. Bernard de Rhenac sprach mit schneidender Stimme weiter.

«Wir wissen alles, weil ... wir hinter alldem stehen.»

73
Schweiz
Kanton Bern

Der Betonpfeiler stach in den strahlend blauen Schweizer Himmel. Der holländische Architekt hatte die Villa als Hommage an Frank Lloyd Wright entworfen und dem Haus daher so viele rechte Winkel wie möglich gegeben – von der riesigen Platte, die das Gebäude in Hanglage abstützte, ganz zu schweigen. Der Eigentümer, ein leidenschaftlicher Cineast, sah in der Villa einen Nachbau des Hauses, das durch Hitchcocks *Der unsichtbare Dritte* berühmt geworden war.

Die Sonnenstrahlen fielen durch die großen Fenster des Salons, erwärmten jedoch nur etwa ein Drittel des Raums. Eine Raffinesse des Architekten, um die Bewohner vom Licht profitieren zu lassen, ohne dass sie von der Hitze beeinträchtigt wurden. In diesem Jahr waren die Temperaturen bereits am Ende des Frühlings ungewöhnlich hoch.

Edmond Canseliet aß das letzte Stück Seezunge und legte die Gräten ordentlich an den Rand des rechteckigen Tellers. Nur selten war er im Haus des Aurora-Gründers zu Besuch, aber jedes Mal, wenn er kam, war das vom Koch des Hauses zubereitete Essen ein Genuss.

Um den großen Tisch saßen sieben Männer in dunklen Anzügen und zwei Frauen in klassischen Kostümen. Wie Canseliet beendeten sie gerade ihre Mahlzeit. Sie alle waren Mitglieder bei Aurora und auf Einladung des Gründers der Gruppe gekommen.

Der Hausherr trank langsam ein Glas Vollmilch. Niemand hatte ihn je Alkohol trinken oder rauchen sehen. Canseliet, der selbst ein großer Zigarrenliebhaber war, wunderte sich darüber schon lange nicht mehr. Er beobachtete seinen Gastgeber aus den Augenwinkeln. Der Mann war ungefähr sechzig, vielleicht ein wenig älter. Die geschwungenen Augenbrauen verliehen seinem Blick etwas Strenges oder – je nach Gesichtsausdruck – sogar etwas Boshaftes. Doch es war die Augenfarbe, die jedem sofort auffiel, der Andrea Consurgens zum ersten Mal sah: grün wie zwei geschliffene Jadesteine.

Andrea Consurgens, Schweizer Aktienhändler mit hervorragendem Ruf, hatte Aurora vor mehreren Jahrzehnten gegründet. Er und seine Vertrauensleute sammelten und verteilten alle wichtigen Informationen zum Thema Gold an die gesamte Gruppe. Canseliet hatte seinen Beitritt nicht eine Sekunde bereut. Dank des Informationsaustauschs unter den einzelnen handverlesenen Mitgliedern hatte er seine persönlichen Goldbestände seitdem verfünffacht.

Soviel Canseliet wusste, hatte das Aurora-Netzwerk nicht mehr als zwanzig Mitglieder, die in der ganzen

Welt verteilt waren. Sie alle waren getrieben von der Faszination für das Edelmetall. Nach einer siebenjährigen Probezeit hatte Edmond Canseliet erfahren, dass Aurora den Markt nicht nur beobachtete, sondern bisweilen auch gezielt eingriff, um unerwünschte Schwankungen zu vermeiden und die Preise zu stützen. Diese Aktivitäten bewegten sich am Rande der Legalität und erinnerten an ein Kartell, weshalb die Mitglieder sich hüteten, auch nur andeutungsweise darüber zu sprechen. In der Welt des Goldes gab es tatsächlich nur wenige, die von Aurora wussten, und selbst im inneren Zirkel des mächtigen World Gold Council glaubte man trotz zahlreicher Gerüchte nicht wirklich an die Existenz dieser einflussreichen Gruppe.

Wenn es darum ging, die Preise zu «korrigieren», griff Aurora auf das beträchtliche persönliche Kapital seiner Mitglieder zurück. Und da es immer wieder nötig war, die Mitglieder der Gruppe vor zwielichtigen Personen zu schützen, hatten sie ein kleines Team professioneller Sicherheitsleute aufgebaut. Bei Bedarf wurden die Mitarbeiter der Abteilung für Sicherheit und Einsatz (ASE) durch die Welt geschickt, um bei heiklen Transaktionen zur Verfügung zu stehen. Doch jedem dieser Einsätze musste die Mehrheit der Mitglieder zustimmen, um eine Instrumentalisierung des exekutiven Arms der Organisation zu vermeiden. Dieses Verfahren hatte Andrea Consurgens selbst eingeführt.

Der Gastgeber ergriff jetzt das Wort.

«Meine sehr verehrten Damen und Herren, Sie alle haben den Bericht über die Laboranalyse unseres werten Freundes aus Paris erhalten. Ich persönlich glaube zwar nicht an seine Hypothese, dass es sich um alchemistisches

Gold handeln soll … Aber wenn ich mich in einen Alchemisten verwandeln könnte, wäre ich der glücklichste Mensch der Welt.»

Verhaltenes Gelächter war zu hören, nur der Mann aus Paris blieb still. Andrea Consurgens fuhr fort: «Nichtsdestotrotz sollten wir auf Nummer sicher gehen, weshalb ich bereits einen Agenten angewiesen habe, die Sache zu überprüfen. Im Moment befindet er sich in New York. Angesichts der Brisanz der Analyseergebnisse beantrage ich hiermit formal die Durchführung einer ASE-Operation, auch wenn wir uns dabei womöglich ein wenig abseits von … ähm … Recht und Gesetz bewegen. Unsere Freunde, die heute nicht anwesend sind, haben mir ihre Entscheidung bereits schriftlich mitgeteilt. Ich habe sieben Stimmen dafür und fünf dagegen.»

«Darf ich noch etwas dazu sagen?», fragte ein kleiner Mann mit kahlem Schädel.

«Sicher, die Meinung aus Zürich ist uns immer wichtig.»

«Theoretisch ist es wissenschaftlich denkbar, mit alchemistischen Methoden Blei in Gold zu verwandeln. Man muss lediglich eine bestimmte Anzahl an Protonen und Neutronen entfernen, und schon hat man das gewünschte Resultat. Das Problem liegt jedoch darin, dass momentan keine Technologie bekannt ist, die dieses Verfahren ohne einen unverhältnismäßig hohen Energieaufwand ermöglicht, das heißt ohne das monatelange Betreiben eines ultramodernen Teilchenbeschleunigers.»

Canseliet nickte zustimmend. Er hatte die gesamte Literatur zu diesem Thema gelesen.

«Hört doch mit diesem alchemistischen Quatsch

auf», rief sein älterer Tischnachbar dazwischen, der eindeutig gegen die Mobilisierung eines Agenten war. «Mir ist unbegreiflich, wie man wegen so eines Hokuspokus eine Eilsitzung einberufen kann. Alchemie und Wissenschaft haben nichts miteinander zu tun. Wenn ich …»

«Ich habe meine Ausführungen noch nicht beendet», schnitt ihm der Kahlköpfige das Wort ab. «Niemand weiß, ob die Alchemisten nicht doch eine Methode gefunden haben, zu der die Wissenschaft eines Tages Beweise liefern wird. Außerdem sind die Analysen in einem Labor gemacht worden, das von der französischen Polizei beauftragt wurde. Deren Seriosität wird wohl keiner anzweifeln wollen. Ich bin ein sehr rational denkender Mensch, aber ich erkenne an, dass in diesem Fall Erklärungsmuster fehlen, um das Geheimnis der Analyseergebnisse zu lösen.»

Die übrigen Gäste sahen sich verlegen an.

Andrea Consurgens pochte mit einem kleinen goldenen Löffel gegen sein Glas. «Ich möchte nicht verhehlen, dass mich diese Sache sehr beschäftigt. Zurzeit stehen uns die kompetentesten Leute zur Verfügung. Nutzen wir sie. Meine Damen und Herren, ich schlage vor, wir stimmen mit Handzeichen ab. Wer ist gegen die Entsendung eines ASE-Agenten?»

Nach kurzem Zögern hoben fünf Gäste am Tisch den Arm. Canseliet überschlug im Kopf, dass sich mit den Stimmen, die Consurgens schon vorher eingesammelt hatte, Gleichstand ergab: zehn dagegen und zehn dafür. Alles würde vom Aurora-Gründer selbst abhängen, der das einundzwanzigste Mitglied war.

Consurgens erhob sich, stützte sich mit den Händen

auf dem Tisch ab und sah die acht Teilnehmer des Treffens nacheinander mit einem bohrenden Blick an.

«Ich selbst stimme dafür. Das macht insgesamt elf Stimmen. Die Entscheidung für einen ASE-Einsatz ist damit gefallen. Ich werde Sie über die Entwicklungen auf dem Laufenden halten.»

«Und wie wird die Mission heißen?», erkundigte sich Edmond Canseliet.

«*Chimäre*, Hirngespinst. Die Alchemie ist von rationalen Menschen stets als Einbildung abgetan worden … Operation Chimäre scheint mir daher angemessen.»

74
New York

Die Läufergruppe, die an ihm vorbeilief, nahm Marcas kaum wahr. Er saß mit einem Hot Dog im Central Park auf einer Bank neben einer alten, strickenden Dame, die ihn bisweilen misstrauisch beäugte.

Marcas grübelte noch immer über das Gespräch mit Joan Archambeau nach. Wie hatte es derart misslingen können? Sie verbarg ihm etwas, da war er sich sicher. Aber er hatte keine Ahnung, was es war. Obwohl er noch nicht einmal vierundzwanzig Stunden in New York war, hatte er bereits genug von der Stadt.

Er biss in seinen Hot Dog, aus dem prompt der Senf herausquoll, und wischte sich mit einer Ecke der Papierserviette den Mund ab. Dann nahm er einen Schluck von der neonorangefarbenen Limonade, die er ebenfalls am Kiosk gekauft hatte.

Als er mit Essen fertig war, faltete Marcas den Zettel auseinander, auf dem er die in der Familie Archambeau weitergegebene Geheimbotschaft notiert hatte.

Der strahlende Schotte. 33. 1886. Cenevières.

Anschließend nahm er das Papier mit den Worten hervor, die auf La Fayettes Degen eingraviert waren.

New York ist der Brüder Refugium, dem alten Blick fehlet das Zentrum. 1886.

Die Sätze ergaben keinen Sinn. Marcas seufzte. Gerade als er sich fragte, ob er nicht auf der Stelle einen Rückflug nach Paris buchen sollte, klingelte sein Handy.

«Monsieur Marcas? Joan hier.»

«Ja?», antwortete er trocken.

«Ich … Mir ist da etwas eingefallen, das Ihnen vielleicht helfen könnte. Mein Vater war Freimaurer, wie ich Ihnen ja bereits gesagt habe. Einmal hat er mir von seiner Loge erzählt, und ich meine mich daran zu erinnern, dass er erwähnt hat, *Der strahlende Schotte* sei eine der ältesten Logen der Stadt.»

Marcas' Herz schlug schneller. Er sprang auf, ohne darauf zu achten, dass dabei die schmutzige Serviette zu Boden fiel. Die alte Dame neben ihm schüttelte missbilligend den Kopf.

Noch während er telefonierte, durchquerte Marcas den Park Richtung Straße.

«Danke! Ich danke Ihnen wirklich vielmals. Ich werde sofort versuchen, ein Logenregister aufzutreiben. Wissen Sie zufällig, wo sich hier der Sitz der Großloge befindet?»

«Ja, in der 23rd Street. Die Adresse ist ziemlich bekannt, weil sich dort auch ein Konferenzzentrum und ein Institut für medizinische Forschung befinden.»

Was für ein Zufall, dachte Marcas. Schließlich lag sein Hotel in derselben Straße.

Etwas zurückhaltender fragte Joan Archambeau jetzt: «Dürfte ich Sie vielleicht dorthin begleiten?»

Der Kommissar zögerte. «Ich werde versuchen, als Freimaurer dort einen Termin zu bekommen. Wenn Sie dabei sind, wird das schwieriger.»

«Hören Sie, die Beziehung zu meinem Vater war nie besonders gut. Jetzt ist er seit fünf Jahren tot, und ich würde gern ... wenigstens jetzt ... Verstehen Sie? Ich will wissen, wer er war.»

Mit dem Handy am Ohr hielt Marcas nach einem Taxi Ausschau.

Joan Archambeau setzte erneut an. «Ich könnte am Eingang auf Sie warten. Es sei denn, Sie wollen mich auf keinen Fall wiedersehen ...»

Er merkte, dass sie nicht lockerlassen würde. Und schließlich hatte sie auch ein Recht darauf, zu erfahren, was hinter den rätselhaften Botschaften steckte, die nicht zuletzt ihre eigene Familie betrafen. Mehr als er selbst eigentlich.

«Na gut. Ich rufe Sie wieder an, sobald ich weiß, wann ich dort sein werde. Vorausgesetzt, dass ich einen Termin bekomme.»

«Danke.»

Er beendete das Gespräch und schüttelte verwirrt den Kopf. Noch vertraute er ihr nicht ganz. Andererseits war ihr Sinneswandel ein Zeichen dafür, dass sie keine Hintergedanken hegte, sonst hätte sie ihn schon während des Gesprächs gebeten, ihn begleiten zu dürfen.

Der Mann zog sich den Mantel über, während Joan Archambeau den Telefonhörer auflegte.

«Perfekt. Es war eine gute Entscheidung, ihn in Paris am Leben zu lassen.»

«Was? Langsam machst du mir Angst! Wir hatten nicht verabredet, dass du die armen Typen umbringst. Lass deine Gefühle nicht die Oberhand über deinen Verstand gewinnen.»

Er sah sie herablassend an und gab ihr eine schallende Ohrfeige.

«Sprich nie wieder in diesem Ton mit mir! Du weißt genau, was du mir schuldig bist. Hüte dich also davor, je wieder so eine Bemerkung zu machen. Habe ich mich klar genug ausgedrückt? Ich bin der Bruder des Blutes.»

«Ja …», stammelte sie. Damit hatte sie nicht gerechnet.

«Gut. Wenn er dich anruft, triffst du dich mit ihm vor dem Tempel. Ich habe derweil ein paar Dinge zu erledigen.»

Ohne ihre Antwort abzuwarten, schlug er die Bürotür hinter sich zu.

Das Gebäude der Großloge von New York in der 23rd Street war beeindruckend. In den Vereinigten Staaten gaben sich die Freimaurer offen und selbstbewusst, und jede größere Stadt besaß auffällige Tempel mit strahlend bunter Leuchtreklame. Nicht zu vergleichen mit den europäischen Logen, wo sorgsam Diskretion gepflegt wurde.

Marcas war angesichts der Opulenz, die ihn beim Hineingehen empfing, überwältigt. In der Eingangshalle hingen Fotos diverser Tempel, von denen einer prächtiger als der nächste war. Offenbar waren die amerikanischen Freimaurer zudem deutlich wohlhabender als ihre französischen Brüder …

Marcas hatte Guy Andrivaux angerufen, damit dieser bei seinem Amtskollegen der amerikanischen Großloge ein gutes Wort für ihn einlegte. Zwei Stunden später hatte ihn ein gewisser Samuel Colt angerufen, Sekretär und Bibliothekar bei der New Yorker Großloge, und ihm angeboten vorbeizukommen. Ihm sei die Loge *Der strahlende Schotte* zwar nicht bekannt, er würde dem Kommissar aber gern alle Archive zur Verfügung stellen.

Daraufhin hatte Marcas Joan Archambeau einen Termin am nächsten Tag mitgeteilt, damit er sie während seiner heutigen Recherchen nicht im Schlepptau haben würde.

Als er kurz darauf am Empfang der Großloge seinen Namen nannte, war bereits alles für ihn vorbereitet. Die beeindruckende Bibliothek wurde gerade renoviert, weshalb man ihm anbot, sich zur Durchsicht der Register in einem kleinen Büro niederzulassen. Dort hing über einer kleinen Kommode ein Foto des Meisters vom Stuhl George Washington.

Samuel S. Colt, der Bibliothekar, ein Mann in den Vierzigern und mit buschigem Schnurrbart, hatte Marcas die Logenregister auf den Eichentisch gelegt und sich dann diskret entfernt.

Die Deckel der zehn dicken, in schwarzes Leder gebundenen Bände waren mit einem Auge im vergoldeten Dreieck verziert. Auf jedem Band prangte eine Jahreszahl. Marcas hatte um die Bände zwischen 1870 und

1886 gebeten. Das Inhaltsverzeichnis listete die Namen der Logen auf, die in dem jeweiligen Jahr gegründet worden waren, sowie wichtige Ereignisse anderer Logen im ganzen Land.

Mehr als eine Stunde verbrachte Marcas damit, alle Bände durchzusehen. Angesichts der winzigen Schrift, die noch dazu auf dem vergilbten Papier teilweise verblasst war, brannten seine Augen. Doch nirgends tauchte die Loge auf, die er suchte.

Verärgert schlug er mit der Faust auf den Tisch. Die Loge musste es doch geben! Er stand auf, um sich an dem Wasserspender auf dem Flur zu bedienen.

Irgendetwas stimmte hier nicht. Warum hatten die vier Begründer den Namen einer unbekannten New Yorker Loge erwähnt? Oder wollten sie absichtlich die Spuren verwischen?

«Findest du, was du gesucht hast?» Samuel Colt trat aus seinem Büro und kam freundlich lächelnd auf ihn zu.

«Nein, es handelt sich anscheinend nicht um eine offizielle Loge. Sie ist hier zumindest nicht verzeichnet.»

«Vielleicht findet sie in späteren Bänden Erwähnung?» Der Mann nahm seine kleine Brille ab und reinigte sie mit einem Ledertuch, das er aus der Tasche zog.

«Ich bin mir sicher, dass sie nicht nach 1886 gegründet worden sein kann.»

«Wie war nochmal der Name der Loge?»

«*Der strahlende Schotte.* Der Name wurde in einem französischen Register erwähnt, daher meine Neugier», log Marcas.

«Vielleicht heißt die Loge eigentlich anders, und *Der strahlende Schotte* ist nur so eine Art Beiname? Das war damals in New York ziemlich üblich. Weißt du noch etwas über die Loge?»

«Die Zahl 33. Ich nehme an, sie bezieht sich auf den 33. Grad. Außerdem habe ich die Jahreszahl 1886 gefunden, vielleicht das Gründungsjahr?»

Der Sekretär ging in das kleine Büro, in dem die Bände lagen, beschied Marcas, ihm zu folgen, und nahm ein Stück Papier zur Hand. Darauf schrieb er in Großbuchstaben DER STRAHLENDE SCHOTTE 33.

«Nein, bei uns hat jede Loge außer ihrem Namen noch eine Zahl. Man kann also in den Registern auch nach Nummern suchen. Ich zum Beispiel bin Mitglied bei *Söhne der Union* 301 in New Jersey, wo ich wohne. Wir könnten also jeden Band noch einmal durchgehen und nach allen Logen mit dieser Zahl suchen.»

Der Kommissar seufzte. Seine Augen schmerzten. Dennoch öffnete er einen zweiten Registerband und vertiefte sich wie Samuel Colt in die Seiten.

Nach einer Stunde hatten die beiden Männer neun Logennamen zusammengetragen:

Polarstern 33.
St. Johann 33.
Die Söhne des Lichts 33.
Das goldene Kleeblatt 33.
Der siebenarmige Kerzenleuchter 33.
Ivanhoe 33.
Sterne über Luxor 33.
Die Kinder Washingtons 33.
Der Dudelsack der Freiheit 33.

Marcas reckte sich auf seinem Stuhl. Sein Blickfeld war inzwischen leicht verschwommen, und ein Kopfschmerz kündigte sich an. Auch Samuel Colt massierte seinen Nacken.

Der Kommissar nahm die Liste und zeigte auf den letzten Namen. «*Der Dudelsack der Freiheit*, würde das nicht passen? Das steht doch für die Schotten.»

Samuel Colt schien nicht überzeugt. «Zu simpel, und das Gründungsjahr ist falsch. Die Loge wurde erst 1890 gegründet, also vier Jahre später.» Doch dann runzelte er plötzlich die Stirn. «Zum Teufel nochmal! Das springt einem doch sofort ins Auge. Die hier ist es!», rief er und deutete auf den sechsten Namen.

Ivanhoe 33.

«Warum?», fragte Marcas.

«Der Ritter in goldener Rüstung, *Ivanhoe*, geschrieben von Freimaurerbruder Walter Scott, dem schottischen Dichter. Hier in den Vereinigten Staaten gibt es viele Logen, die den Namen *Ivanhoe* tragen, der ein rechtschaffener und tapferer Held war. Aber in New York gibt es nur eine mit der Zahl 33.»

Er nahm den Band des entsprechenden Jahrgangs und überflog ein Dutzend Seiten, bevor er mit dem Finger auf einen Eintrag für den Monat November zeigte.

Ivanhoe. Dahinter stand eine New Yorker Adresse.

«Mal sehen. Dem Register zufolge war die Loge in einem großen, gut besuchten Tempel ansässig. Die Loge befand sich in Harlem, ist aber zu einer Zeit gegründet worden, als in dem Viertel hauptsächlich weißes Bürgertum lebte.»

«Harlem, ein weißes Viertel? Das ist mir ja ganz neu.»

Der Sekretär säuberte erneut seine Brille. «Aber sicher, Harlem war einmal sehr elegant und bei den Weißen im 19. Jahrhundert äußerst beliebt. Unzähligen Einwanderern – Deutschen, Iren und Juden – hat der Stadtteil Asyl geboten. Erst viel später, Anfang des 20. Jahrhunderts, haben die Schwarzen aus dem Süden in diesem Stadtteil Zuflucht gesucht. Es ist also nichts Ungewöhnliches, dass dort in den Jahren 1870 bis 1900 freimaurerische Tempel ansässig waren.»

«Glaubst du, dass die Loge noch existiert? Dann würde ich ihr für meine Forschungen nämlich gern mal einen Besuch abstatten.»

«Moment, das kann ich dir sofort sagen.»

Simon Colt drehte sich zu einem Computer um und tippte den Namen der Loge ein. Er runzelte die Stirn.

«Sie ist seit 1904 nicht mehr aktiv, wahrscheinlich seit die Weißen das Viertel verlassen haben. Für eine Weile wurde der Tempel von den Brüdern von *Prince Hall* übernommen, dann hat man das Gebäude verkauft.»

«Prince Hall?», hakte Marcas nach.

«Prince Hall war der erste schwarze Freimaurer in den Vereinigten Staaten. Er wurde 1775 initiiert. Ein Methodisten-Pastor, der die *L'African Grand Lodge* gegründet hat, um auch Schwarzen Zugang zum Freimaurertum zu gewähren, da sie zu den weißen Logen lange keinen Zutritt hatten. Er war dort Großmeister, und seine von Harlem ausgehende Bewegung ist inzwischen in Amerika und der ganzen Welt ein wichtiger freimaurerischer Zweig. Übrigens, Louis Armstrong und Count Basie wurden bei *Prince Hall* initiiert, und Bruder Duke Ellington war aktives Mitglied in einer der *Prince-Hall*-Logen.»

Marcas musste grinsen. «Ich wusste zwar, dass Mozart Freimaurer war, aber dass die großen Begründer des Jazz ebenfalls dazugehörten … Allerdings hilft es mir nicht bei der Frage, was aus dem Tempel geworden ist. Ich werde mir die Adresse aufschreiben und mich dorthin auf den Weg machen.»

Schnell notierte sich der Kommissar die Daten.

«Ich gebe dir noch die Telefonnummer eines Bruders, der zu *Prince Hall* gehört und wie du bei der Polizei ist. Sag ihm Bescheid, wenn du dich auf den Weg nach Harlem machst. Das Viertel ist nicht ungefährlich.»

Colt schrieb einen Namen auf einen Zettel, den der Kommissar ebenfalls in seine Tasche steckte.

«Vielen Dank für deine Hilfe. Wenn du mal nach Frankreich kommst, fühl dich herzlich eingeladen, Bruder. Eine letzte Frage: Hat dein Name etwas mit den berühmten Westernpistolen zu tun?»

Der Bibliothekar machte eine Bewegung mit dem Zeigefinger, als würde er mit einem Revolver zielen. «Ja, der Gründer der Waffenfirma Colt war mein Ururgroßvater. Man hat mir sogar seinen Vornamen gegeben, aber ich teile seine Leidenschaft für Feuerwaffen nicht.»

Als er Marcas die Hand schüttelte, fügte er noch hinzu: «Aber eine Sache habe ich mit meinem Vorfahren doch gemein. Auch er war Freimaurer …»

75
Schweiz
Kanton Bern

Nach dem Mittagessen hielten sich die Mitglieder der Aurora-Gruppe nicht mehr lange im Anwesen von Andrea Consurgens auf, da sie ihre Flugzeuge nicht verpassen wollten. Nur Edmond Canseliet blieb noch. Die beiden Männer tranken Kaffee auf der Terrasse.

«Der Antrag ist gerade so durchgegangen», sagte der Pariser Goldhändler missmutig. «Ich habe schon befürchtet, dass unser Freund aus London siegen würde.»

«Seien Sie doch nicht naiv, Edmond. Haben Sie wirklich geglaubt, die Abstimmung hätte danebengehen können?»

«Warum nicht?»

«Ich habe das im Vorfeld geklärt. Um die Wahrheit zu sagen: Es hat mich ein paar Goldbarren gekostet. Hat Sie Zürichs plötzliche Leidenschaft für Teilchenbeschleuniger etwa nicht überrascht?»

Edmond Canseliet sah sein Gegenüber ungläubig an. «Ich dachte, korrupte Praktiken wären unter Auroras Würde …»

Andrea Consurgens blinzelte nicht. In seinen grünen Augen spiegelte sich das Sonnenlicht. «Beruhigen Sie sich, mein Lieber. Es handelt sich lediglich um einen winzigen Regelverstoß. Aber die Probe aus Ihrem … sagen wir, Familienbesitz finde ich höchst interessant. Ehrlich gesagt, erinnert sie mich an etwas.»

«Woran denn?» Edmond Canseliet blickte auf die Uhr. Bis er zum Flughafen musste, war noch Zeit.

«An eine Zeit, als die Alchemisten trotz Bedrohung und Kirchenbann als große Wissenschaftler galten, deren Kunst niemand in Zweifel zog.»

«Aber viele gingen ins Exil oder landeten im Gefängnis.»

«Oder auf dem Scheiterhaufen.» Andrea Consurgens stellte seine Tasse ab. «Sie haben nicht zufällig schon mal von einem gewissen Isaac Benserade gehört?»

Canseliet sah sein Gegenüber fragend an. «Nein, noch nie. Ein Jude, dem Namen nach zu urteilen?»

«Ja. 1355 wurde der Alchemist in Paris hingerichtet.»

«Genau in dem Jahr, in dem Flamel zu seiner Pilgerreise aufgebrochen ist. Wahrscheinlich ein Zufall.»

«Ja, wahrscheinlich ist es Zufall», antwortete Consurgens und lächelte, «aber ich halte Sie mit meinen Gedankenspielereien auf. Sie wollten mich etwas fragen, glaube ich?»

«Wissen Sie, wer mit der Überwachung beauftragt wurde?»

«Natürlich. Ein ehemaliger amerikanischer Offizier namens Winthrop, genau der richtige Mann dafür. Diskret und professionell. Seinen letzten Bericht habe ich kurz vor dem Mittagessen erhalten. Er ist diesem Marcas auf den Fersen. Der Mann hat zuerst eine Anwältin getroffen und dann in der Bibliothek der freimaurerischen Großloge von New York Bücher gewälzt.»

Canseliet verzog das Gesicht. Ihm persönlich wäre ein europäischer Agent lieber gewesen. Er mochte die Amerikaner mit ihrer arroganten Art nicht. Und ehemalige Soldaten noch weniger.

«Ich lege meine Hand für ihn ins Feuer.» Consurgens schien seine Gedanken zu erraten. «Vergessen Sie Ihre Vorbehalte, mein Lieber.» Seine grünen Augen funkelten, als er sich erhob und Canseliet in die Diele geleitete. Höflich verabschiedete dieser sich von seinem Gastgeber und stieg in den Lexus, der vor der Haustür wartete.

Nachdem er dem Aurora-Gründer kurz zugenickt hatte, lehnte er sich in dem schwarzen Ledersitz zurück und wies den Fahrer an abzufahren. Das abschließende Gespräch hatte einen bitteren Beigeschmack bei Canseliet hinterlassen. Zum ersten Mal hatte Consurgens einen Verstoß gegen die Regeln zugegeben, die er selbst aufgestellt hatte. Das missfiel Canseliet. Aurora beruhte auf Vertrauen.

Der schwere Wagen fuhr eine schmale Straße mit engen Kurven hinunter. Erst am Fuß des Berges wurde dem Pariser Goldhändler klar, was ihn ärgerte. Wenn der Schweizer betrog und die Tragweite seines Handelns anschließend herunterspielte, konnte man davon ausgehen, dass es nicht seine erste Lüge war.

76
Paris
Quartier Saint-Jacques-de-la-Boucherie
In der Kirche
21. März 1355

Pernelle Flamel hatte die Kirche durch den Seiteneingang betreten. Eine kleine, unauffällige Tür, die treue Gläubige für den täglichen Gang zur Messe benutzten. Das große Portal mit seinen prächtigen Skulpturen wurde nur an den hohen Feiertagen geöffnet, wenn sich das ganze Viertel in der Kirche versammelte, um die Geburt oder die Auferstehung des Erlösers zu feiern.

Drinnen schielte Pernelle als Erstes unauffällig in Richtung der Sitzbänke, um sicherzugehen, dass dort niemand ins Gebet versunken saß. Das war um diese Zeit auch nicht sehr wahrscheinlich, doch sie durfte auf keinen Fall erkannt werden. Nur zu gut wusste sie, dass von nun an nichts mehr so sein würde wie zuvor.

Langsam schlich sie zum Weihwasserbecken, tauchte ihre rechte Hand ins eiskalte Wasser und bekreuzigte sich schnell. Die Worte für ein Gebet brachte Pernelle nicht hervor. Was hätte sie auch zu Gott sagen können? Seit dem Mord am Folterer hatte sie ihren Glauben verloren. Sie verstand nicht, was mit ihrem ruhigen, geregelten Leben geschehen war. Genauso unsicher war sie sich über den wahren Charakter ihres Mannes. Tagsüber ein geachteter Kopist und Buchmaler, nachts ein unersättlicher Leser sündiger Texte. Doch sie liebte ihn und wollte alles in ihrer Macht Stehende tun, um ihn zu retten.

Sie wusste nicht einmal mehr, wie sie aus dem Keller wieder ans Tageslicht gekommen war. Schwach erinnerte sie sich nur noch daran, wie sie plötzlich mit blutbefleckten Händen oben stand. Und was das Buch anging …

Wütend zog sie ihren Mantel enger um sich. Sie wusste, was sie zu tun hatte.

Glockenläuten ließ Pernelle plötzlich zusammenzucken. Sie presste sich an die Mauer und blickte zu der Tür im Gewölbe links vom Chor. Von dort betraten die Priester das Kirchenschiff zur Messe oder Beichte. Da sie wusste, dass sich hinter dieser Tür eine Steintreppe verbarg, auf der man jeden Schritt hörte, spitzte sie die Ohren. Nichts. Blieben noch die Kapellen im Seitenschiff. Größtenteils waren sie privat und im Besitz von reichen Bürgern, die dort ihrem Schutzpatron huldigten. Manche ließen sich hier sogar unter einer unauffälligen Steinplatte begraben.

Auch Pernelle Flamel träumte seit Jahren von einer ewigen Ruhestätte in der Kirche. Irgendwann hatte sie im hinteren Teil des Gotteshauses tatsächlich eine alte

Kapelle aufgetan, deren Boden zwar beschädigt war, wo sie aber, wenn Gott es so wollte, neben ihrem Gatten in ewigem Frieden würde ruhen können.

Im flackernden Licht der Kerzen tastete sie sich vor, als sie auf einmal aus einer der Kapellen zu ihrer Rechten Stimmen hörte. Sie konnte die Umrisse zweier kniender Personen erkennen, die leise miteinander sprachen. Pernelle Flamel drückte sich erneut gegen die Mauer und überlegte, was sie tun sollte. Wenn sie zu ihrer Kapelle am Ende der Kirche gelangen wollte, musste sie an den beiden Gläubigen vorbei.

Doch sie entschied sich zu warten, bis die Gläubigen ihre Gebete beendet hatten und die Kirche verließen. Die beiden Unbekannten schienen jedoch gar nicht zu beten, im Gegenteil, sie waren vielmehr in ein lebhaftes Gespräch vertieft.

Pernelle wagte sich ein Stück weiter vor und erkannte die Heiligenfigur in der Kapelle: Der heilige Antonius war der Legende nach der Schutzpatron der Diebe und Gauner. Sie wusste nun, wer dort hockte: die beiden Brüder Bartoléï aus Italien, die zu Wucherzinsen Geld verliehen und mit Gold handelten.

«Ich habe es dir schon gesagt», flüsterte eine Stimme. «Die Engländer werden kommen.»

«Und ich habe dir schon gesagt: Das ist doch nur Gerede der Bauern. Sobald die einen bewaffneten Trupp sehen, rennen die in die Stadt und schreien: Die Engländer kommen!»

«Der Vogt von Neaufles behauptet, dass an den Gerüchten etwas dran ist. Er hat gesehen, wie sich die Truppen versammelt haben. Und er hat sein Vermögen abgeholt.»

«Ach, der brauchte sicher Geld für irgendeine Dame», versuchte der andere zu beschwichtigen.

«Nein, er hat alles mitgenommen, was er besaß, und dann die Stadt verlassen, als wäre der Teufel hinter ihm her. Und ich bin der Meinung, wir sollten das Gleiche tun.»

Es wurde still. Einer der beiden Brüder schien Zeit zum Abwägen der Informationen zu brauchen.

Pernelle hatte ihnen ruhig zugehört. Das Gerücht von einem bevorstehenden Angriff der Engländer kursierte bereits seit Wochen. All das kümmerte sie im Moment allerdings wenig, schließlich hatte sie, im Unterschied zu den Brüdern Bartoléï, keine Schätze in Sicherheit zu bringen. Sie wollte einfach nur ihren Mann so schnell wie möglich aus den Schwierigkeiten befreien, in die er sich gebracht hatte.

Sie musste zur Kapelle gelangen. Vielleicht konnte sie direkt vor dem Altar durch den Chor laufen? Zwar war dieser Teil der Kirche leicht einzusehen, doch außer den beiden Brüdern schien niemand in der Kirche zu sein. Doch als sie einen Schritt nach rechts tat, stolperte sie über die Kante einer Steinfliese und stieß gegen einen Kerzenleuchter, der laut scheppernd zu Boden fiel.

Die beiden Brüder, die sich allein geglaubt hatten, kamen fluchend und wild gestikulierend aus dem Kirchenschiff gejagt. Auch aus der Sakristei waren jetzt Schritte zu hören. Der Gemeindepfarrer hastete die Steintreppe herunter.

Pernelle Flamel selbst war einfach blind losgelaufen und stand nun mitten in der Kirche. Panisch blickte sie sich um, als ihr eine Silberschatulle auf dem Altar vor ihr ins Auge fiel. Ohne nachzudenken, knöpfte sie ihren

Mantel auf, zog das blutbefleckte Buch hervor und stürzte auf die Schatulle zu. Entschlossen öffnete sie das Kästchen, das bekanntermaßen die Bibel enthielt, und vollzog den Tausch: das gottlose Werk ihres Mannes gegen die Heilige Schrift. Die Bibel ließ sie unter ihrem Mantel verschwinden und rannte aus der Kirche, als hinge ihr Leben davon ab.

Der Pfarrer ließ den Blick durch die Kirche wandern. Er konnte weder ein Geräusch noch irgendeinen Schatten erkennen. Lediglich ein Kerzenleuchter lag auf dem Boden. Offenbar hatte der Seiteneingang mal wieder offen gestanden, und Hunde waren hereingekommen. Das war schon öfter vorgekommen. Er musste es in einer der nächsten Predigten erwähnen.

Der Pfarrer kniete kurz vor dem Altar nieder, betrachtete die silberne, von zwei hohen Kerzen erhellte Schatulle und verbeugte sich vor der Heiligen Schrift.

77
New York
Harlem

Als Marcas aus dem Taxi stieg, spürte er ein leichtes Unbehagen. Die Dämmerung hatte New York gerade erst erfasst, doch auf dieser Seite Manhattans schien die Dunkelheit förmlich in den verwitterten Gemäuern zu hängen. In der Ferne sah man die goldenen Lichter der Wolkenkratzer. Hier in Harlem dagegen haftete allem das Stigma der Armut und Baufälligkeit an. Die wenigen Menschen, die man überhaupt sah – ausnahmslos Schwarze –, schlichen wie Gespenster durch die leere Straße.

Marcas' eigene Erinnerung an Harlem hatte nichts mit dieser trostlosen Gegend gemein. Allerdings war er auch erst ein einziges Mal hier gewesen. Damals, in den Achtzigern, hatte er sich im sagenumwobenen Apollo Theater in der 125th Street James Brown angehört. Er sah das fröhliche Treiben um dieses Zentrum schwarzer Kultur noch lebhaft vor sich. Heute jedoch befand er sich allein in einer feindseligen Umgebung.

Im schummrigen Licht einer Straßenlaterne versuchte Marcas sich auf dem Stadtplan zu orientieren. Der Tempel oder das, was davon übrig war, lag offenbar nur drei Häuserblocks entfernt. Doch was auf der Karte nur wenige Zentimeter ausmachte, bedeutete in Wirklichkeit einen Fußmarsch von mehr als einem Kilometer. Marcas ärgerte sich, dass er schon hier aus dem Taxi gestiegen war. Ursprünglich hatte er noch etwas Luft schnappen wollen.

Seufzend zog er den Reißverschluss seiner schwarzen Segeltuchjacke hoch und machte sich mit großen Schritten auf den Weg. Er wollte den Tempel noch heute finden.

Als er zwanzig Meter vor sich eine Gruppe von ungefähr zehn Schwarzen auf dem Bordstein sitzen sah, wechselte er vorsichtshalber die Straßenseite. Kurz darauf kam er an einem riesigen zehnstöckigen Gebäude mit zum Teil eingefallener Fassade vorbei. Nur aus einem einzigen Fenster strahlte Licht. Er fragte sich, wie in diesem Elendsviertel überhaupt noch Elektrizität ankam. Auch die Straße war jetzt vollkommen dunkel, die Straßenlaternen funktionierten hier nicht mehr.

Marcas verlangsamte den Schritt und versuchte, die Nummern der Straßen auf den verrosteten Schildern zu erkennen. Keine davon fand er auf seiner Karte wieder. Er hatte seinen Orientierungssinn überschätzt.

Nach weiteren fünfzig Metern gelangte er an eine Kreuzung, die überraschenderweise beleuchtet war. Aus einer Sackgasse zu seiner Linken hörte er Gelächter und Musik. Vorsichtig näherte er sich und sah bestürzt, wie drei Schwarze in ärmellosen T-Shirts und Baseballkappen nach einem Obdachlosen traten, der sich mit Mühe an den rostigen Mülltonnen entlangschleppte. Das Flehen des Mannes heizte die Brutalität der Jugendlichen nur noch mehr an. Der Älteste von ihnen war ungefähr sechzehn und hatte einen großen Ghettoblaster auf den Boden gestellt, aus dem lauter Rap hämmerte, abgemischt mit Beethovens Siebenter Symphonie. Im Rhythmus der Musik traten die Jugendlichen gnadenlos auf ihr Opfer ein.

Marcas fühlte sich hilflos. Eigentlich war es seine Pflicht einzugreifen, selbst wenn er riskierte, ebenfalls angegriffen zu werden. Doch zum Abwägen blieb ihm keine Zeit mehr, da einer der Schläger ihn bereits entdeckt hatte. Auch die beiden anderen hörten auf, nach ihrem Opfer zu treten, und beäugten Marcas misstrauisch.

Er spürte, wie ihm das Adrenalin durch die Adern schoss, als die drei auf ihn zukamen. In einem Impuls drehte er sich um und sprintete die Straße entlang.

Die Jugendlichen waren ungefähr dreißig Meter hinter ihm. Marcas rannte in eine enge Gasse, in der sich alte Haushaltsgeräte stapelten – ausrangierte Kühlschränke, Herde und Waschmaschinen. Fast wäre er über einen

Blechhaufen gestolpert, der wie ein altes Moped aussah, stolperte in letzter Sekunde nach rechts und landete in einer Nische in der Häuserwand. Dort stand ein verrosteter Tankkessel voller Müll, in den er sich hineinzwängte. Das Herz schlug ihm bis zum Hals. Er versuchte, tief durchzuatmen, doch sein Blut pulsierte zu stark. Insgeheim fluchte er darüber, das Training im Sportclub der Polizei aufgegeben zu haben.

Die Kette der Herzen aber bleibt. Um sich zu beruhigen, sagte sich Marcas leise die Worte der traditionellen *Kettenbildung* auf, die jeder Freimaurer auswendig konnte.

Kurz darauf hörte er, weniger als zwei Meter von seinem Versteck entfernt, seine Verfolger über den Asphalt laufen. Die Geräusche wurden langsam leiser. Erleichtert wartete Marcas, bis nichts mehr zu hören war.

Lautlos kletterte er aus dem Tank, richtete sich auf und blickte sich um. Er hatte Glück gehabt.

Doch als er die nächste Ecke erreicht hatte, herrschte wieder vollkommene Dunkelheit.

Marcas begann zu rennen.

78

Paris
Quartier Saint-Jacques-de-la-Boucherie
21. März 1355

«Wir haben den Folterer dazu gebracht, dass er das Buch für uns besorgt», wiederholte Bernard de Rhenac.

«Warum er?», wagte Flamel zu fragen.

Der Justizminister blickte abwesend auf den Toten.

«Auf Fanatiker kann man sich verlassen. Er hat Bücher gehasst. Man musste ihn nur auf die richtige Fährte setzen.»

«Aber woher wisst Ihr, dass er es auch wirklich hat?»

«Weil wir ihm gefolgt sind.» Bernard de Rhenac sah Flamel eindringlich an. «Wie Ihr auch.»

Der Kopist ließ sich ernüchtert auf den Stuhl fallen. Der Justizminister hatte offenbar in allen königlichen Angelegenheiten die Hände im Spiel.

Niemand außer Bernard de Rhenac selbst wusste, wie sehr man intrigieren und heucheln musste, um Justizminister zu werden. Die gesamte Justiz und Geheimpolizei des Königreichs unter sich zu haben stattete ihn mit so viel Macht aus, dass alle vor ihm zitterten. Auf dem Weg nach oben hatte Bernard de Rhenac gelernt, seine Mimik anzupassen wie ein Schauspieler. Und jedes Mal lief ihm ein warmer Schauer über den Rücken.

Harcourt, der Arzt, schwieg noch immer. Er saß auf einem Stuhl und betrachtete den Leichnam, dem er sich ungehörig dicht genähert hatte. Von Zeit zu Zeit hob er den Kopf und warf den Anwesenden einen selbstgefälligen Blick zu. Meist schaute er jedoch einfach nach unten und spielte nervös mit den Fingern. Er würde seine Verbindungen, beim König angefangen, neu überdenken müssen.

Gleichgültig beobachtete der Justizminister das Verhalten des Mediziners. Der Mann spielte für ihn – auch wenn es sich um den Leibarzt des Königs handelte – keine entscheidende Rolle mehr. Er war nur noch eine Spielfigur in einer Schachpartie, deren Bedeutung der Arzt selbst niemals begreifen würde. Was ihn beschäftigte, war daher vollkommen egal.

Interessanter war dieser Flamel, der zusammengekauert auf dem Stuhl saß. Bernard de Rhenac strich sich über den Bart. Er stellte sich vor, was sich im Kopf des Schreibers abspielte. Der Mann schien verwirrt und überrumpelt, als wäre er in dieser immer verworrener werdenden Angelegenheit auf frischer Tat ertappt worden. Wie ein Tier, das in seinem Bau überrascht worden war und jetzt nicht weiß, wohin es fliehen soll.

«Ich glaube, wir müssen unter vier Augen reden», verkündete Bernard de Rhenac. Dieser Flamel konnte ihm nützlich sein. Dann wandte er sich Richtung Tür und rief: «Feublas!»

Ein hagerer Mann mit rotem Gesicht, der an der Tür Wache gestanden hatte, näherte sich mit großen Schritten.

«Lasst die Leiche des Folterers unauffällig von zwei Leuten ins Dominikanerkloster bringen. Er soll in einem der Kellerräume aufgebahrt werden. Dort ist es kühl. Das hilft. Unten habe ich einen Teppich gesehen. Darin rollt Ihr den Toten ein und tragt ihn dann mit einigen Möbelstücken aus dem Haus. Wenn man Euch auf der Straße anspricht, sagt Ihr, es handele sich um wichtige Beweisstücke für die Ermittlungen.» Rhenac gab Feublas ein Zeichen, der daraufhin einige Schritte in den Raum machte.

«*Non nobis domine sed nomine tuo*», rief der Justizminister. «Nicht für uns, mein Herr, sondern in Deinem Namen.»

Im nächsten Moment hatte sein Untergebener die Hand am Gürtel und tat einen Schritt auf den königlichen Leibarzt zu. Kurz blitzte sein Dolch auf.

Noch ehe Harcourt reagieren konnte, war sein Bauch

bereits aufgeschlitzt, und die Eingeweide quollen heraus. Der Arzt krümmte sich in seiner eigenen Blutlache.

Rhenac wartete, bis der Mediziner nicht mehr zuckte, bevor er sich an Flamel wandte, der ihn entsetzt ansah.

«*Non nobis domine sed nomine tuo*», wiederholte der Justizminister. «Ich habe diesen Spruch der Templer immer gemocht. Damit kann man alles rechtfertigen … Ihr habt selbst gesehen, werter Schreiber, wie der Arme plötzlich durchgedreht ist und sich den Bauch aufgeschlitzt hat, oder? Ich werde unserem König mitteilen, dass er sich einen neuen Leibarzt suchen muss.» Abermals strich er sich über den Bart. «Und wenn Ihr mir jetzt von dem Buch erzählen würdet, werter Flamel …»

79
New York
Harlem

Unvermittelt gelangte Marcas aus der Finsternis auf eine belebtere Straße mit Leuchtreklame über den Geschäften. Hier herrschte menschliche Betriebsamkeit. Er suchte nach einem Straßenschild und erkannte schließlich erleichtert, dass er genau in der Straße gelandet war, die er gesucht hatte.

Wenig später stand er vor einem imposanten Gebäude im viktorianischen Stil, das überhaupt nicht in die ärmliche Umgebung passte. Die steinernen Skulpturen am Eingangsportal zeugten von der verblichenen Eleganz einer längst vergangenen Epoche. Doch die ehemals prachtvolle Fassade war voller Graffiti, das Portal und die

Fenster zugemauert. Ein Geisterhaus. Marcas stieß einen Seufzer aus.

Über dem ehemaligen Eingang entdeckte er unter einer braunen Farbschicht plötzlich ein vertrautes Symbol: Winkelmaß und Zirkel, die miteinander verwoben waren. Er lächelte und sah sich weiter um. An einer Ecke des Gebäudes stieß er auf ein kleines, rotbeleuchtetes Schaufenster. Marcas sah genauer hin. Es handelte sich um ein Geschäft für Hexerei und Voodookult.

Als er den Laden betrat, ertönte drinnen eine Schelle. Schwerer Moschusgeruch hing im Raum. Die Wände zierten Poster von gehörnten Gottheiten, von Frauen mit stark geschminkten Gesichtern in provozierendem Aufzug, von bärtigen Heiligen mit spöttischem Lächeln sowie von Malcolm X im Gewand eines Voodoopriesters. Auf einem Plakat wurde für eine Tarot-Beratung geworben, die nur fünf Dollar kostete. Ein Regal mit ausgestopften Tierköpfen komplettierte die Kulisse.

«Der Herr wünschen?» Im rückwärtigen Teil des Ladens bewegte sich plötzlich ein grellvioletter Vorhang.

Eine Mulattin mit feinen Gesichtszügen in einer langen weißen Tunika erschien und betrachtete ihn misstrauisch. Offenbar betraten nicht viele Weiße ihr Geschäft, schon gar nicht so spät am Abend.

Der Kommissar lächelte sie an und hielt ihr einen Zwanzig-Dollar-Schein hin.

«Ich würde gern etwas über meine Vergangenheit erfahren.»

«Das ist eigentlich nicht üblich. Ich weiß nicht, ob das möglich ist», erwiderte sie und sah ihn kühl an.

Er holte einen anderen Schein hervor, dieses Mal fünfzig Dollar. «Ich bin auch nicht von der Polizei, wenn dich das beruhigt.»

«Mit deinem Akzent hätte mich das auch gewundert.»

Das Gesicht der Frau hellte sich etwas auf. Auffällig schnell steckte sie den Schein ein und deutete mit dem Finger auf einen Stuhl, der an einem kleinen runden Tisch stand. Marcas setzte sich und gab sich entspannt.

Die junge Frau nahm ihm gegenüber Platz und holte abgegriffene Tarotkarten hervor. Mit herablassender Miene begann sie zu sprechen: «Ich höre dich im Angesicht des Mondes –»

«Ich würde gern wissen, ob man in das Gebäude hineinkommt, in dem sich auch dieses hübsche Esoterik-Geschäft hier befindet», unterbrach Marcas sie. «Ich bin Freimaurer und forsche über alte New Yorker Logen.»

Die Frau sah ihn noch unfreundlicher an. «Freimaurer … Ihr seid doch alle Juden und stinkreich. Warum sollte ich euch helfen? Ihr habt mein Volk jahrhundertelang unterdrückt.»

Marcas hatte keine Lust, sich auf eine Diskussion einzulassen. Er zog einen weiteren Schein hervor und legte ihn neben die Karten.

«Ich bin für den Kampf der schwarzen Bevölkerung. Er ist berechtigt. Aber ich brauche wirklich Ihre Hilfe.»

Der Schein verschwand genauso schnell wie der erste. Die junge Frau seufzte.

«Also gut … Es gibt einen Keller. Von dort gelangt man durch eine Tür direkt in das Hauptgebäude. Ein großes schwarzes Kreuz ist daraufgemalt. Ich gehe nicht gern dort runter, zu viele negative Schwingungen. Die Freimaurer waren Frevler …»

«Hat man Ihnen nie gesagt, dass das Aberglaube ist?», fragte Marcas und erhob sich langsam.

Plötzlich wurde der violette Vorhang, mit dem der hintere Teil des Ladens abgetrennt war, mit einem Ruck zur Seite gezogen. Ein mindestens zwei Meter großer Farbiger – ein Schrank von einem Mann mit kahlem Schädel – kam auf Marcas zu. Der Kommissar zuckte zusammen, als die Stimme des Schwarzen den ganzen Raum erfüllte.

«Und hat man dir nie gesagt, dass Harlem für kleine weiße Menschen tabu ist? Besonders wenn sie auch noch Ausländer sind! Ohne meine Genehmigung gehst du nirgendwohin, klar?» Der Mann verschränkte seine Hände und ließ die Finger unheilvoll knacken.

Unterdessen hatte die junge Frau einen Revolver hervorgeholt und richtete den silberglitzernden Lauf nun auf Marcas.

80
Paris
Quartier Saint-Jacques-de-la-Boucherie
21. März 1355

Bernard de Rhenac sah Flamel wohlwollend an. Nichtsdestotrotz wusste der Kopist, dass sein Schicksal von seinen Antworten abhängen würde. Wenn der Justizminister den Leibarzt des Königs wie einen dahergelaufenen Verbrecher umlegen ließ, würde er mit einem unbedeutenden Schreiber sicher nicht anders verfahren.

Pareilles Leute hatten sich mittlerweile verzogen. Nur die *Truppe* des Justizministers war noch anwesend, und das bedeutete, dass ihm niemand helfen würde. Als Bernard de Rhenac nun erneut das Wort ergriff, gefror dem Schreiber fast das Blut in den Adern:

«Mein lieber Flamel, in meinem Alter hat man keine Zeit mehr für überflüssiges Geplänkel. Ich werde also direkt zur Sache kommen, und das Gleiche erwarte ich von Euch. Kann ich auf Eure Intelligenz setzen?»

«Ja … ja», stotterte der Kopist.

«Gut. Wie Ihr wisst, hütete Flore de Cenevières ein Geheimnis. Sie wusste, wo sich Isaac Benserades Buch befindet, das für das Königreich von großem Nutzen wäre. Da das arme Mädchen aber leider nicht hören wollte, haben wir sie in die Obhut Eures verstorbenen Nachbarn gegeben. Es besteht kein Zweifel, dass es ihm gelungen ist, dem jungen Fräulein die Zunge zu lösen, und offensichtlich hat er das Buch an sich genommen. Seht Ihr das auch so?»

«Ich weiß nicht, was ich dazu sagen soll.»

«Flamel, ich warne Euch, mir ist nicht nach Scherzen zumute», knurrte der Minister. «Der Folterer hätte mir von dem Buch erzählen sollen. Stattdessen finde ich hier seine Leiche, aber nicht das Buch. Und das Mädchen genießt inzwischen den Schutz des Grafen von Toulouse, ihrem Lehnsherr. So ehrbar die Skrupel unseres Königs auch waren, eine Adelige nicht töten zu lassen, so sollte die Barmherzigkeit doch ihre Grenzen haben. Die Kassen des Königreichs sind leer, und Gold … Gold ist der einzige Garant für die Stabilität der königlichen Finanzen. Wir brauchen Gold, versteht Ihr!»

Mit Erleichterung nahm Flamel die Nachricht auf,

dass Flore de Cenevières am Leben war. Der Justizminister fasste ihn an den Händen. Seine knotigen Finger wirkten wie Krallen, und Flamel war überrascht, wie viel Kraft der alte Mann besaß.

«Flamel, Ihr seid der Einzige, der bei dem … Gespräch mit dem Folterer dabei gewesen ist. Also, was hat sie gesagt? Wo ist das Buch? Überlegt Eure Worte gut, sonst wird Feublas an Ort und Stelle dafür sorgen, dass Ihr dem Leibarzt Gesellschaft leisten könnt.»

Rhenacs Gehilfe stellte sich hinter den Kopisten und hielt ihm einen Dolch an die Kehle. Flamel wusste, es gab nur einen Ausweg: Er musste die Wahrheit sagen, sonst würde nach seinem Tod auch noch seine Frau bestraft werden. Er ließ sich auf die Knie fallen.

«Das Buch liegt bei mir. In … in einem Geheimversteck. Im Keller, in der Ecke hinter den Fässern … gegenüber von …»

Bernard de Rhenac lächelte und entblößte dabei die wenigen Zähne, die er noch im Mund hatte.

«Sieh an, der kleine Schreiber gibt sich auch noch mit anderen Dingen als mit der Feder ab. Auf jeden Fall gratuliere ich zu der Idee mit dem Quecksilber und dem Schwefel in den Augen. Aber was sollte das?»

«Ich … ich wollte ihm wehtun. Seit ich mit ansehen musste, wie er Flore de Cenevières gefoltert hat, war ich wie besessen. Er hat sie geschändet. Das konnte ich ihm nicht verzeihen.»

«Und?», hakte der Justizminister nach.

«Ich habe ihm mit meinem Federmesser die Augen herausgeschnitten. Anschließend habe ich seine Truhe durchwühlt, wo ich Quecksilber und Schwefel fand … Er … er hat es zum Foltern seiner Opfer benutzt. Ich wollte es ihm heimzahlen. Er sollte genauso leiden wie sie!»

Bernard de Rhenac sah Flamel lange an, erst nachdenklich, dann spöttisch triumphierend.

«Der Wolf im Schafspelz … Aber Ihr werdet noch genug Zeit haben, über Euer Schicksal nachzudenken, wenn Ihr das Rad des Henkers zu spüren bekommt. Vorher gehen wir allerdings das Buch holen.»

Feublas riss den Kopisten am Kragen hoch und stieß ihn in Richtung Tür.

Streng bewacht stieg Flamel die Stufen hinunter. Er hatte das Gefühl, als wiederhole sich die Geschichte. Jetzt würde er hingerichtet werden, wie einige Tage zuvor Isaac Benserade.

Flamel bekreuzigte sich und sprach ein Vaterunser. Er würde sich seinem Schicksal stellen. Schließlich hatte er den Folterer mit eigenen Händen umgebracht und das verbotene Buch gestohlen …

81
New York
Harlem

Marcas stand mit dem Rücken zur Wand. Zwischen der jungen Farbigen mit dem Revolver und dem stämmigen Glatzkopf gab es keine Chance zu entkommen. Der schwarze Riese baute sich jetzt direkt vor ihm auf und streckte ihm die Hand entgegen.

«Wir begrüßen uns hier anständig», brummte er, «oder willst du einem Schwarzen nicht die Hand geben?»

Die Frau hielt die Waffe noch immer auf Marcas' Kopf gerichtet und lächelte spöttisch.

Marcas hatte keine Wahl. Der Schwarze stand so dicht vor ihm, dass er sogar die Körperwärme des Mannes spürte. Also streckte er seine Hand ebenfalls aus und wartete darauf, dass sie zerquetscht würde. Zu seiner großen Überraschung drückte der Schwarze ihm beim Händedruck mehrmals auf den Zeigefingerknöchel. Die rituelle Begrüßung der Freimaurer.

Der schwarze Riese brach in schallendes Gelächter aus: «Willkommen in Harlem, Bruder. Ich bin Captain Ray Robinson, aber meine Freunde nennen mich ‹Sugar› nach dem großen Boxer, der Großbeamter in meiner Loge war.»

«Das darf doch nicht wahr sein», murmelte Marcas, der noch immer unter Schock stand. «Ich bin Antoine Marcas.»

Der Schwarze breitete die Arme aus und umarmte Marcas nach Freimaurerritus. Dann drückte er ihn wieder auf den Stuhl.

«Du hast Mut, mit deinem Bleichgesicht allein in dieser Ecke herumzuspazieren …» Robinson lachte schallend, während er sich rittlings auf den zweiten Stuhl setzte. «Genug gescherzt, Sam Colt hat mich angerufen. Er war beunruhigt. Er hat dir ja meine Nummer gegeben, aber du hast dich nicht gemeldet.»

«Ich war neugierig auf den Tempel und …»

«Und konntest es gar nicht erwarten, dich ins schwarze Harlem zu stürzen!»

Marcas lächelte zerknirscht. Langsam gewann er die Fassung wieder.

Mittlerweile hatte die junge Frau die Waffe niedergelegt, die Ladentür abgeschlossen und die metallene Jalousie hinuntergelassen. Sie setzte sich neben Marcas, streckte ihm ebenfalls die Hand entgegen und stellte sich mit feierlicher Stimme vor.

«Annie Besant, falsche Voodoo-Priesterin, aber echte Meisterin vom Stuhl der Loge *Die Drei Schwestern*. Wir praktizieren den alten und rektifizierten schottischen Ritus. Vor allem aber bin ich Soziologin mit einem Abschluss der Universität Washington. Zurzeit arbeite ich an meiner Doktorarbeit über Aberglauben in Harlem. Willkommen, Bruder!»

Marcas konnte es noch immer nicht ganz fassen. Ein Bruder, der aussah wie ein Gangster, aber Bulle war, und eine Schwester im Outfit einer afrikanischen Hexe. Das würden ihm seine Brüder in Paris kaum glauben, wenn er von seinem New-York-Abenteuer berichtete.

«Danke für diesen originellen Empfang», sagte er.

«Hier ist übrigens dein Geld zurück. Aber jetzt würde ich gern wissen, warum du dich für dieses Gebäude interessierst.»

«Ich suche den Tempel einer Loge, die hier gegen Ende des 19. Jahrhunderts aktiv gewesen ist. Es ist sehr wichtig für mich.»

Die beiden Farbigen sahen sich stirnrunzelnd an. Dann ergriff der kahlköpfige Polizist das Wort.

«Versteh mich nicht falsch, Bruder, aber es ist eher ungewöhnlich, dass ein Weißer, noch dazu ein Franzose, abends in dieser Ecke als freimaurerischer Tourist unterwegs ist. Kannst du etwas mehr darüber erzählen, was dich hierher führt, damit wir dir vertrauen können?»

Der Kommissar merkte, dass er mehr preisgeben

musste. Die Tatsache, dass er Freimaurer war, genügte nicht.

«In meiner Loge sind zwei Menschen ermordet worden. Der Mörder wollte hinter ein Geheimnis kommen, und der Schlüssel zu diesem Geheimnis befindet sich vielleicht in diesem Gebäude.»

Robinson sah ihn einige Sekunden lang an, dann nickte er langsam. «Komm mit», sagte er und erhob sich. «Annie, machst du uns bitte auf?»

Marcas folgte ihm hinter den lilafarbenen Vorhang bis zu einer Eisentür ohne Schloss, die im nächsten Moment mit einem Klicken aufsprang. Sie gingen in einen kleinen, von grünen Lampen erhellten Gang, bis sie an eine weitere Tür gelangten, die sich ebenfalls automatisch öffnete, als sie sich näherten.

«Wir sind in einem der ältesten Freimaurertempel in Harlem, der einen großen Teil des Gebäudes einnimmt. Mit finanzieller Hilfe französischer Freimaurer wurde er 1860 von einer Gruppe europäischer Einwanderer erbaut. Er war einer der ersten, zu dem auch farbige Brüder Zutritt hatten, was zu der Zeit nicht gerade üblich war.»

«Das kann ich mir denken …»

«Auch in Freimaurerlogen gab es Rassentrennung. Anfang des 20. Jahrhunderts haben die *Prince-Hall*-Brüder den Tempel übernommen, sind aber in den dreißiger Jahren in passendere Räumlichkeiten umgezogen. Später haben wir das Gebäude von einem Bruder zurückkaufen lassen, damit es erhalten bleibt. Alle Eingänge wurden zugemauert. Von außen wirkt das Gebäude deshalb völlig verlassen, doch wir nutzen es als Lagerraum und – wie du gleich sehen wirst – auch noch als etwas anderes.»

Ray Robinson führte ihn in eine prunkvolle Halle, die

von einem gigantischen Kristalllüster erleuchtet wurde. An den Wänden erkannte Marcas traditionelle freimaurerische Symbole.

Schließlich kamen sie zu einer monumentalen zweiflügeligen Tür, die von zwei hohen Säulen eingerahmt war. In die eine war ein J eingraviert, in die andere ein B.

Der amerikanische Polizist drückte die Flügeltüren langsam auf. Marcas stockte der Atem.

Vor sich sah er einen perfekten Nachbau des La-Fayette-Tempels in Paris: Die Degen und Schwerter hingen in der gleichen Anordnung an den Wänden, auch das Sternenzelt und die hölzernen Sitzreihen sowie das musivische Pflaster waren bis ins kleinste Detail identisch. Dem Kommissar wurde schwindelig. Wie war so etwas möglich?

Ray Robinson ließ sich amüsiert auf einem der Sitze nieder.

«Du befindest dich in dem Tempel, den du gesucht hast. Erstaunlich, nicht wahr? Bei jeder Sonnenwende halten wir hier eine Tempelarbeit zum Gedenken ab.»

«Das ist unglaublich», stammelte Marcas und stellte sich in die Mitte des Tempels, um den gesamten Raum im Blick zu haben.

«Alles befindet sich noch im Originalzustand», erklärte Robinson. «Als sich die Rassendiskriminierung Anfang des 20. Jahrhunderts verschärfte, hat der letzte Meister vom Stuhl der Loge *Ivanhoe* den Tempel an die *Prince-Hall*-Freimaurer übergeben. Damals war die Freimaurerei für die Farbigen ein Symbol der Emanzipation. Die ersten schwarzen Brüder waren sehr darauf bedacht, das Originaldekor des Tempels zu erhalten, wie du sehen kannst.»

«Aber warum haben sie ihre Logen nicht zusammengeführt?»

Der schwarze Polizist zuckte die Achseln. «Gemischte Logen wären zu der Zeit nicht möglich gewesen. Unsere Brüder von *Prince Hall* haben aber ohne Zweifel von der Unterstützung einiger weißer Brüder profitiert. Doch aufbauen mussten sie alles allein.»

«Bei uns hat es am Anfang auch nicht viele farbige Brüder gegeben», berichtete der Kommissar, «aber später hat sich das geändert.»

Intuitiv trat er hinter die Sitzreihen und suchte die Kopie des La-Fayette-Degens. Wenn er auf der richtigen Spur war, musste die Waffe sich an derselben Stelle befinden wie im Pariser Tempel – und ebenfalls dieselbe Inschrift auf der Klinge haben. Unter den wachsamen Augen von Bruder Robinson zog er schließlich einen Degen aus der Halterung und hielt ihn ins Licht.

Doch auf der Klinge war keine Inschrift zu sehen. Enttäuscht nahm Marcas eine Waffe nach der anderen von der Wand und untersuchte sie.

«Bist du von deiner Loge geschickt worden, um zu überprüfen, ob der Tempel sauber ist?», scherzte Robinson spöttisch.

«Sind die Degen seit der Übertragung des Tempels ausgetauscht worden?»

«Nein, ich glaube nicht. Das sind Zierwaffen, die nicht sehr viel wert sind.»

Der Kommissar setzte sich auf einen der Holzsitze in der ersten Reihe und rief sich die Zeilen auf dem La-Fayette-Degen in Erinnerung:

New York ist der Brüder Refugium, dem alten Blick fehlet das Zentrum. 1886.

Während der erste Satz ziemlich eindeutig auf einen für Freimaurer bedeutenden Ort in New York hinwies, war der zweite rätselhafter …

Verdammt! Marcas sprang auf und stellte sich vor das Podest des Meisters vom Stuhl. Direkt über dem prunkvollen Thron prangte das goldene Dreieck mit dem allsehenden Auge, dem Symbol für freimaurerische Weisheit. Das schmale Auge sah jeden an, der den Raum betrat … *Der alte Blick!*

Er stieg auf den Samtbezug des Throns und drückte auf die Emaille-Pupille in der Mitte des Auges. Es öffnete sich und gab den Blick auf ein Loch in der Mauer frei. Eine kleine kupferfarbene Kiste stand darin.

Triumphierend zog Marcas sie heraus und hielt sie ins Licht. Auf dem Deckel war ein flammendes Schwert eingraviert.

Staunend trat Robinson näher und beobachtete, wie Marcas seine Entdeckung vorsichtig abstellte. Gemeinsam versuchten sie das Schloss zu öffnen. Die verrosteten Scharniere knirschten, dann gaben sie den Inhalt frei.

In der Kiste lag auf dunkelblauem Samt eine mit einem roten Band zusammengebundene Papierrolle. Daneben befand sich eine ungefähr zwei Zentimeter große Kugel. Sie war aus Gold. Marcas nahm sie in die Hand und machte eine überraschende Entdeckung. Die Kugel war weich und ließ sich nach Belieben verformen.

Alchemistisches Gold.

Marcas legte die Kugel neben die Kiste und knotete vorsichtig das rote Band um die Schriftrolle auf. Ein Plan kam zum Vorschein, über dem drei Sätze standen:

Die Sonne erleuchtet den Jünger, doch man betrachtet sie niemals von vorn.

Perfektion, der Stein zersprengt die Finsternis.

Vom kubischen Stein zu seinen Füßen wird das Licht kommen.

82

ASE an Aurora-Zentrale

GMT: verschlüsselt

Operation Chimäre

Die Zielperson ist aus einem Laden in Harlem nicht wieder herausgekommen. Warte auf Anweisungen.

Ende

Aurora-Zentrale an ASE

GMT: verschlüsselt

Geduld! Weiter beobachten.

Ende

83

Paris
Quartier Saint-Jacques-de-la-Boucherie
21. März 1355

Als Flamel in Begleitung der Wächter den Fuß vor die Tür setzte, war aus allen Richtungen hektisches Lärmen zu hören. Zahlreiche Menschen waren unterwegs und schienen alle in die gleiche Richtung zu strömen. Die

Händler schlossen hastig ihre Läden. Überall um sich herum sah Flamel die Furcht in den Gesichtern.

«Was geht hier vor sich, Feublas?», schimpfte der Justizminister. «Himmelherrgott, Eure Leute sollten doch die Straße abriegeln!»

Der Soldat stürzte sich auf den nächstbesten Passanten, packte ihn am Kragen und horchte den verängstigten Mann aus. Kurze Zeit später kehrte er mit besorgter Miene zurück.

«Eine Gruppe Engländer ist überraschend in Paris eingedrungen. Auf der anderen Seite der Seine brandschatzen sie bereits. Wir müssen fort von hier!»

«Nein! Ich muss das Buch holen», schnitt ihm der Justizminister das Wort ab. «Schnell, ich muss ins Haus des Schreibers dort drüben. Bahnt uns einen Weg durch den Pöbel.»

Feublas gab seinen schwarzgekleideten Männern ein Zeichen. Schritt für Schritt näherten sie sich Flamels Laden. Plötzlich schallte ein lauter Ruf durch die Menge.

«Engländer!»

Am Ende der Straße erblickte Flamel tatsächlich die charakteristischen runden Helme des Feindes. Jetzt gab es kein Halten mehr. Rhenacs Leute wurden von den aufgebrachten Parisern einfach überrannt. Zwar versuchten die Soldaten noch einen menschlichen Ring um Flamel und Rhenac zu ziehen, aber ihre Körper wurden einfach zur Seite gefegt.

Der Kopist nutzte das allgemeine Durcheinander, um einem der Soldaten einen schmerzhaften Hieb in die Seite zu versetzen. Als dieser das Gleichgewicht verlor, entwich Flamel schnell durch die entstandene Lücke und tauchte in der Menge unter. Er sah gerade noch, wie der Minister hinter ihm wütend die Faust in die Luft riss. Doch es war zu spät: Flamel wurde mit dem Strom der Menschenmassen auf die andere Straßenseite gespült.

Er erreichte seine Werkstatt genau in dem Moment, als seine Frau die große Holztür von innen davorschieben wollte. Im letzten Augenblick schlüpfte Flamel hinein. Er sah, dass sie vor Angst zitterte.

«Fürchte dich nicht. Ich hole nur noch etwas Wichtiges aus dem Keller, dann werden wir von hier verschwinden, damit uns weder die Engländer noch die Truppe des Justizministers finden.»

«Wenn es sich um dein vermaledeites Buch handelt …», Pernelle wurde rot vor Wut, «… das habe ich bereits fortgeschafft!»

Benommen wich Flamel zurück. «Was hast du damit gemacht?»

«Du machst dir mehr Sorgen um deine verdammten Bücher als um deine Frau?»

«Du bist verrückt!», rief Flamel.

Im nächsten Moment hämmerte es gegen die Tür. Erschrocken sahen sie sich an. Da durchbohrte ein Degen das Holz, und es brach sofort auseinander.

Pernelle Flamel warf sich schluchzend in die Arme ihres Mannes, der in Richtung Treppe deutete.

«Über die Dächer!»

84
New York
Harlem

Das Café war zum Bersten voll. Um sich von der Aufregung zu erholen, hatte Robinson Marcas in eine der Harlemer Kultbars eingeladen. Als sie das Lokal betraten, verstummten die Gespräche kurzzeitig, wurden jedoch sofort wiederaufgenommen, als Robinson in einem für Marcas unverständlichen Slang einen Scherz in die Menge rief.

«Was hast du gesagt?», wollte Marcas wissen.

«Dass sie schlechte Augen haben und du eigentlich schwarz bist.»

Der Kommissar fragte nicht weiter nach. Harlemer Humor war zurzeit nicht seine größte Sorge.

Sobald sie saßen, rollte Marcas vorsichtig die Karte auseinander, die er im Tempel gefunden hatte.

«Weißt du, was das ist?»

Ray Robinson beugte sich darüber und nickte. «Ja, so eine habe ich in der Schule auch gemalt.»

«Wie bitte?»

«Na ja, so eine Karte. Das sind die Umrisse von New York. Dort ist der Hudson, da Manhattan. Jeder, der hier zur Schule geht, muss so eine Karte zeichnen. Das ist das Erste, was man in Erdkunde macht.»

Der Kommissar sah ihn erstaunt an. «Willst du damit sagen, dass ich den Atlantik überquert und mein Leben in Harlem für eine Kinderzeichnung riskiert habe?»

Robinson, der so viel Begriffsstutzigkeit kaum fassen konnte, schüttelte den Kopf. «Aber nein, du siehst doch, dass dieses Papier alt ist. Die Ränder sind von der Feuchtigkeit angefressen. Und die Tinte ist stellenweise ganz verblichen.»

Marcas war ratlos. «Ich verstehe gar nichts. Du hast doch gerade gesagt, dass …»

«Ich habe nur gesagt, dass jeder, der in New York zur Schule gegangen ist, diese Karte wiedererkennen würde. Ich kann dir sogar sagen, welche Stelle mit dem Kreuz markiert ist.»

«Welches Kreuz?»

«Na, du solltest wirklich mal zum Arzt gehen. Entweder bist du blind oder debil. Guck doch mal.» Robinson zeigte mit dem Finger auf eine bestimmte Stelle. «Das sind die Docks in Brooklyn.»

Jetzt erkannte auch Marcas eindeutig ein Kreuz auf der Karte. «Ich muss Joan anrufen.»

«Schöner Vorname. Ich würde die Dame gerne kennenlernen.»

«Das war mein Plan. Wir holen sie ab.»

Der Bruder des Blutes startete den Wagen und setzte den Blinker, als sich das Auto des farbigen Polizisten in den Verkehr einfädelte. Joan Archambeau hatte ihn angerufen, und er war gerade noch rechtzeitig vorgefahren, als sie bereits aus dem Gebäude trat. Kurz hatte sie sich umgeschaut und ihm beinahe unmerklich zugenickt. Doch der Schwarze wartete bereits in seinem zivilen Polizeifahrzeug auf sie.

Die gute Joan! Wie ein braver kleiner Soldat hatte sie Bericht erstattet. Joan Archambeau verwandelte sich in den Judas vom Dienst.

Der Bruder des Blutes lächelte. Alles lief wie geplant. Aber er war ja schließlich auch der Auserwählte.

Dennoch hatte er das Schlimmste befürchtet, als das Voodoo-Geschäft die Läden heruntergelassen hatte. Als er dann aber das Freimaurersymbol auf dem Portal des Gebäudes entdeckte, war seine Besorgnis verschwunden. Marcas hatte offensichtlich den richtigen Riecher gehabt und gefunden, wonach er selber mit Joan Archambeaus Hilfe schon seit langem suchte. Der Kommissar nahm ihnen Arbeit ab.

Der Bruder des Blutes folgte dem Auto mit dreißig Metern Abstand und versuchte dabei, nicht ins Sichtfeld des Fahrers zu geraten. Die Verfolgung machte ihm Spaß.

Er betrachtete Joan Archambeaus dunkle Silhouette im Wagen vor sich. Der Wurm saß im Apfel.

85

ASE an Aurora-Zentrale

GMT: verschlüsselt

Operation Chimäre

Die Zielperson hat Harlem mit einer nicht identifizierten afroamerikanischen Person verlassen. Am Washington Square ist eine junge Frau zu ihnen ins Auto gestiegen. Die drei scheinen von einem Wagen verfolgt zu werden.

Ende

86
New York
Brooklyn

Zu dieser vorgerückten Stunde hätte das Viertel um die Docks eigentlich wie ausgestorben sein müssen, doch es herrschte reger Lkw-Verkehr. Robinson fragte in der Zentrale nach und erfuhr, dass gerade drei Frachter in den Docks entladen wurden. Deshalb war auch ein Teil des Freihafens noch offen, und das sogar mit dem Einverständnis der Gewerkschaften, die dafür eine Verdreifachung des Lohns für die Überstunden durchgesetzt hatten.

Ray Robinson rief sich die Karte ins Gedächtnis. Das Kreuz hatte sich in der Nähe einer schmalen Landzunge befunden, die heutzutage den Kormoranen vorbehalten war. Sie mussten nur weiter geradeaus fahren und dann links abbiegen.

Schließlich gelangten sie zu einem Gelände mit zwei nachgedunkelten Backsteingebäuden, die wahrscheinlich Ende des 19. Jahrhunderts entstanden und seitdem jeglichen Renovierungsmaßnahmen entgangen waren. Der schwarze Lincoln parkte auf dem Gehsteig vor dem Eingang des einen Gebäudes.

Marcas stieg als Erster aus, Joan Archambeau und Ray Robinson folgten. Die junge Frau wirkte angespannt, was der Kommissar darauf zurückführte, dass sie sich als Anwältin, die ansonsten in den schicken Teilen der Metropole zu Hause war, in dieser Gegend unwohl fühlte.

Robinson zog einen Dietrich hervor und öffnete kurz darauf mit einem lauten Knarren die Tür.

Ein feuchter, schimmeliger Geruch stieg ihnen in die

Nase, als sie die weitgehend im Dunkeln liegende Halle betraten. Überall auf dem Boden waren alte Lieferscheine verstreut; an den Wänden hingen vergilbte Plakate.

«Erstaunlich», stellte Robinson fest. «Normalerweise sind solche Gebäude voll von Hausbesetzern und Junkies, da haben die Eigentümer wohl Glück gehabt. Abgesehen von dem Gestank hier ist eigentlich alles in einem recht guten Zustand. Wonach suchen wir genau?»

«Ich weiß es nicht.»

«Himmelherrgott, was soll denn dann diese Schnitzeljagd?», wetterte Joan Archambeau plötzlich. «Ein jahrhundertealtes Geheimnis, das sich von Paris nach New York erstreckt? Mit dem werten Bruder La Fayette als Stargast …»

Marcas sah sie überrascht an. Robinson starrte verlegen auf einen staubigen Kalender aus den Goldenen Zwanzigern.

«Stimmt doch», setzte die Anwältin erneut an und drehte sich zu Marcas. «Sie sind aus heiterem Himmel mit dieser abwegigen Geschichte bei mir aufgetaucht. Sie müssen mir jetzt mal einiges erklären.»

«Nun», zögerte Marcas. «Ich suche einen Mörder. Einen Killer, der ausschließlich Freimaurer umzubringen scheint.»

«Ein Irrer», bestätigte Ray Robinson.

«Ja, das habe ich am Anfang auch geglaubt. Aber Paul de Lambre, einer der Toten, fühlte sich bedroht, und zwar nicht, weil er Freimaurer war, sondern weil er den Schlüssel zu einem Geheimnis besaß oder vielmehr zu einem Teil davon.»

«Genau wie mein Vater», fügte Joan Archambeau sofort hinzu.

Marcas merkte, dass ihr Ton freundlicher war, seit er angefangen hatte zu reden. Er lächelte sie an, bevor er fortfuhr.

«Beide besaßen eine Botschaft, die nach dem gleichen Muster gestrickt war: ein oder mehrere rätselhafte Sätze, dazu ein Familienname. Bislang haben wir zwei Namen: La Fayette, der Vorfahre meines Logenbruders Lambre, und Archambeau. Joan heißt heute noch so.»

Robinson sah die Anwältin ungläubig an.

Marcas fuhr fort: «Es ist auch noch ein anderer Name aufgetaucht, Cenevières. Aber bislang habe ich keine Ahnung, auf wen oder was er sich bezieht.»

«Er war Teil der Botschaft, die mein Vater mir vermacht hat», ergänzte Joan Archambeau.

«Aha.» Robinson nickte, er befand sich jetzt wieder auf vertrautem Terrain.

«Was ich noch weiß, ist», fügte Marcas hinzu, «dass es sich insgesamt um vier Namen handelt. Sie alle waren Brüder, die am amerikanischen Unabhängigkeitskrieg teilgenommen haben. Ich suche ihre Nachfahren. Wie schon gesagt, ist jede der Botschaften verschlüsselt: ein oder zwei Sätze, die jeweils auf ein Versteck hinweisen, wo ein bestimmter Gegenstand zu suchen ist.»

Joan Archambeau hörte aufmerksam zu. «Wie zum Beispiel der Tempel in Harlem, wo Sie die Kiste mit der Karte gefunden haben?»

«Ja, jeder Gegenstand führt zu einem neuen Ort. In Paris war es zum Beispiel ein Degen, in den eine Botschaft eingraviert war, die mich nach Harlem geführt hat.»

Joan Archambeau ging einige Schritte auf Marcas zu. «Und Sie haben jeweils nur einen Gegenstand gefunden? Einen einzigen?»

Der Kommissar zögerte. Die Wahrheit konnte heftige Reaktionen auslösen, trotzdem entschied er sich, der Anwältin alles zu sagen.

«Nun, in dem Versteck im *Prince-Hall*-Tempel war noch etwas anderes.»

Joan Archambeau fragte nicht weiter, sah ihn aber eindringlich an. Plötzlich wurde sie blass.

«Zeig es ihr», riet Ray Robinson, «sie hat ein Anrecht, es zu erfahren.»

Marcas schob vorsichtig seine rechte Hand in die Jackentasche und zog den Fund heraus.

«Aber das ist …», stammelte sie.

«Gold», bestätigte Marcas.

Behutsam griff Robinson nach der Goldkugel, die sich sogleich in seinen Fingern verformte.

«Aber das ist ja pures Gold!», rief Joan Archambeau.

Der Kommissar lächelte, bevor er antwortete. «Das Gold der Alchemisten.»

Der Bruder des Blutes saß in seinem Auto und stellte den Ton lauter. Es war wirklich phänomenal, was die Technik möglich machte. Er befand sich mehr als hundert Meter entfernt, und doch hörte er alles, was in dem Gebäude gesprochen wurde, als wäre er dabei.

In den Docks um ihn herum war es inzwischen still geworden. Er öffnete eine neue Zigarettenschachtel und nahm eine Zigarette heraus. Damit untergrub er zwar seine Disziplin, aber er hatte sich eine Belohnung verdient.

Beim ersten Zug dachte er an Joan Archambeaus Körper. Sie hatte das Mikrophon direkt zwischen ihren Brüsten platzieren müssen …

Er nahm einen weiteren Zug und entspannte sich langsam. Doch er war nicht bis hierher gekommen, um sich erotischen Träumereien hinzugeben. An der Anwältin faszinierte ihn vielmehr ihr schauspielerisches Talent. Marcas war ihr prompt auf den Leim gegangen. Die Stunde der Wahrheit hatte geschlagen.

87
Paris
Nicolas Flamels Haus
21. März 1355

Flamel und seine Frau befanden sich noch auf der Treppe nach oben, als die Eingangstür lautstark eingetreten wurde. Hastig eilten sie durch das Schlafzimmer auf den Dachboden, wo eine Luke auf das Dach hinausführte. Sie schlugen die Tür hinter sich zu und verbarrikadierten sie mit einer Truhe.

Während sie nacheinander durch die Luke auf die Schieferplatten kletterten, mit denen das Dach gedeckt war, warf Flamel einen sorgenvollen Blick zurück. Er hörte, wie schwere Tritte gegen die Tür donnerten, doch die Truhe vor der Tür war schwer und hielt stand.

Pernelle und er liefen so schnell sie konnten über die Dächer und mussten dabei zahlreichen Schornsteinen ausweichen. Auch von hier oben war die bewegte Menge auf der Straße noch gut zu hören. Nach ungefähr hundert Metern verebbte der Lärm, und sie lehnten sich mit dem Rücken gegen eine Mauer, um zu verschnaufen. Flamel legte den Arm um seine Frau.

«Ich muss dir etwas sagen … Ich habe etwas Schreckliches getan, etwas Unaussprechliches …», stammelte er.

Pernelle wischte sich mit dem bestickten Saum ihres Ärmels die Tränen ab und lächelte ihn zum ersten Mal seit langem wieder an. «Ich weiß. Aber es wird alles wieder gut, beruhige dich.»

«Es tut mir so leid, mein Herz. Verzeih mir … Du bist doch alles, was ich habe … Dieses Buch bedeutet mir nichts im Vergleich zu deiner Liebe. Ich habe ihnen gesagt, wo das Buch ist. Sie haben es sicher bereits gefunden. Gott hat es –»

«Wir müssen hier schleunigst verschwinden.» Pernelle unterbrach ihn und richtete sich auf. «Dort vorn ist eine Leiter, die auf eine Gasse hinunterführt. Und danach … Glaubst du, dein Freund, der Baron de Tuz, gewährt uns Unterschlupf?»

Überrascht sah Flamel sie an. «Das ist eine gute Idee, das wird er sicher tun – vorausgesetzt, wir schaffen es bis zu seinem Schloss, ohne dass Rhenacs Männer uns finden.»

Die beiden stiegen in die Gasse hinab, in der es nach verbranntem Holz und faulendem Unrat stank. An der Ecke zur Rue de la Neuvaine blieb Pernelle stehen. Die Straße war menschenleer.

«Warte! Ich habe dir nicht alles gesagt. Ich wollte das Buch nämlich an einem sicheren Ort verstecken, damit es dich nicht vernichtet. Aber du kannst es wiederholen. Denn Gott will, dass du dieses Buch besitzt.»

88

ASE an Aurora-Zentrale
GMT: verschlüsselt
Operation Chimäre
Die Zielperson und die beiden Begleiter haben eine Lagerhalle in der Coffey Street betreten. Ich bestätige, dass eine nicht identifizierte Person sie verfolgt und nicht weit von der Lagerhalle entfernt geparkt hat. Warte auf Anweisungen.
Ende

Aurora-Zentrale an ASE
GMT: verschlüsselt
Operation Chimäre
Beobachten Sie weiter. Greifen Sie nicht ein.
Ende

89
New York
Brooklyn

Ray Robinson und Joan Archambeau durchsuchten die Lagerhalle auf der Suche nach einem Hinweis. Nur Marcas blieb unschlüssig stehen. Ihn störte etwas: das Alter der Karte. Sie war eindeutig älter als die Halle, in der sie sich befanden. Wenn es also einen Geheimgang oder ein Versteck gab, mussten sie sich in einem älteren

Teil des Gebäudekomplexes befinden. Und da alles aus Backstein gebaut war …

Robinson holte eine große Taschenlampe aus dem Auto. «Wir müssen Boden und Wände absuchen.»

Doch ein erster Suchdurchgang ergab nichts. Der Lichtkegel brachte nur Teppichreste an den Stellen zum Vorschein, wo sich die Büros befunden hatten, sowie blanken, porösen Stein, wo die Waren gelagert waren.

«Das ist wie die berühmte Suche nach der Stecknadel im Heuhaufen!», erklärte Robinson.

«Hat jemand einen Kompass?», erkundigte sich Joan Archambeau zaghaft. Der farbige Polizist reichte ihr seinen Schlüsselbund mit einem ungewöhnlichen Anhänger. Eine magnetische Nadel kreiste wie wild auf einem runden Ziffernblatt. Dann richtete sich die Nadel gen Norden.

«*Die Sonne erleuchtet den Jünger, doch man betrachtet sie niemals von vorn*, so lautet doch der erste Satz, oder?», fragte Joan Archambeau nach.

«Richtig», antwortete Marcas.

«Also müssen wir im *Osten* suchen, wo die Sonne aufgeht.»

Sie wandten sich gen Osten. Dort versperrte jedoch ein Stapel alter Möbel den Blick auf die Wand. Ray Robinson eilte darauf zu, und kurze Zeit später waren Stühle und Tische in einer Staubwolke verschwunden. Eine schrille Tapete kam zum Vorschein. Joan Archambeau, die von dem Aktionismus mitgerissen wurde, riss ein Stück davon von der Wand ab. Hinter dem bröckelnden Putz kam graues Gestein zum Vorschein.

Marcas sprang auf. Hatten sie das Originalbauwerk gefunden?

«He, seht doch mal!», rief Robinson.

Im hellen Licht der Taschenlampe war an der abgebröckelten Stelle ein von römischen Zahlen umgebener Kreis zu sehen. In der Mitte prangte eine runde Sonne mit goldenen Strahlen.

Marcas sprang auf. Sie hatten das Originalbauwerk gefunden.

«Das ist es!», rief die Anwältin und fing schallend an zu lachen. Wie ein Kind.

«Das stimmt», bestätigte Marcas und strich mit der Hand über die Sonne, die seltsam aufgeblasen wirkte. Ein Knopf?, ging es ihm durch den Kopf. Er drückte darauf.

«Achtung!», brüllte Joan Archambeau.

Marcas spürte, wie ihm der Boden unter den Füßen weggezogen wurde und er in die Tiefe fiel. Im letzten Moment packte Robinson ihn blitzschnell an der Jacke und hielt ihn fest. Als Marcas nach unten blickte, sah er auf dem Boden der Grube eine Reihe Metallspitzen.

«Hey, Franzose, du solltest die Anleitung besser lesen. *Man betrachtet die Sonne niemals von vorn*», erinnerte ihn der Farbige, während er ihn mit Joans Hilfe nach oben zog. Schwer atmend landete Marcas auf den Dielen.

«Danke … Unsere alten Brüder machen es uns wirklich nicht leicht.»

«Findest du? Schau mal nach links.»

Robinson deutete mit dem Finger auf eine Tür, die sich nicht weit neben der Sonne befand. Sie stand nun offen.

«Die Falltür hat ein Gegengewicht ausgelöst», vermutete Marcas, «was wiederum die Tür geöffnet hat. *Man betrachtet die Sonne niemals von vorn.* Von der Seite hingegen schon.»

Robinson ging mit der Taschenlampe in der Hand als Erster hindurch. Die anderen folgten. Eine steinerne Wendeltreppe führte in die Tiefe. Kaum hatten sie die dritte Stufe erreicht, als sich die Tür mit einem Knall hinter ihnen schloss.

«Wie reizend», rief Marcas, doch seine Begleiter hörten ihm nicht zu. Sie eilten bereits die Stufen hinunter.

Der Abstieg schien endlos, als hätte sich die Treppe tief in die Erde hineingebohrt. Die Stille wurde nur von ihrem keuchenden Atem unterbrochen.

«Inzwischen befinden wir uns mindestens dreißig Meter unter der Erde», schätzte Ray Robinson nach einer Weile. «Das erinnert mich daran, wie wir mal einen Typen aus dem Empire State Building holen mussten, der oben vor den Fahrstühlen einen hysterischen Anfall bekommen hatte …»

«Ich glaube, wir sind da», meldete die Anwältin kurz darauf.

Die Treppe mündete in einen langen, engen Gang, an dessen Ende das dürftige Licht der Taschenlampe eine Tür erahnen ließ.

Robinson bot sich an, die Lage zu prüfen. «Ihr wartet hier. Wenn ich sie öffnen kann, rufe ich, und ihr kommt nach.»

Der Kommissar nickte, er brachte keinen Ton heraus. Seine Lungen brannten wie Feuer. Joan Archambeau spielte derweil nervös an den Knöpfen ihrer Bluse. Langsam verschwand der Lichtstrahl in der Dunkelheit.

«Glauben Sie, dass Funkwellen bis hier herunterreichen?», wollte sie plötzlich wissen.

«So tief wahrscheinlich nicht», antwortete Marcas, «aber warum interessiert Sie das?»

Ihrer zittrigen Stimme war eine gewisse Angst anzuhören.

«Alles klar, sie ist offen, ihr könnt kommen!», brüllte Ray Robinson und leuchtete ihnen entgegen.

Noch ehe der Kommissar antworten konnte, hatte sich Joan Archambeau auf den Weg gemacht.

Robinson stand mitten in der Tür. Er schirmte das Licht der Lampe mit der Hand ab. «Ihr werdet es nicht glauben.»

Marcas, der noch immer außer Atem war, blieb stehen. Die Anwältin ging dagegen zielstrebig weiter, sie schien unwiderstehlich angezogen von der tiefen Schwärze, die sich hinter Robinson auftat.

«Ray, um Himmels willen, leuchte ihr! Sonst fällt sie womöglich noch», rief Marcas.

Gerade als der farbige Polizist den Lichtkegel in die Dunkelheit richtete, schrie Joan Archambeau auf.

90

Pontoise
Schloss des Barons de Tuz
24. März 1355

Nachdem Flamel und seine Frau auf das Schloss des Barons de Tuz geflohen waren, schliefen sie einen Tag und eine Nacht ohne Unterbrechung. Erst am zweiten Abend fanden sie sich am Tisch des Barons ein, weil der Hunger sie überkam.

Heimlich hatten sie Paris verlassen. Flamel versuchte, wieder zur Ruhe zu kommen. Und zur Vernunft. Seitdem sie Isaac Benserades Buch aus dem Versteck in der Kirche geholt hatten, mochte er das Buch nicht öffnen. Jetzt lag es in den privaten Gemächern des Barons, dem Flamel alles erzählt hatte. Dort war das Werk vor jeder Versuchung geschützt.

Der Baron de Tuz war gerade aus der Hauptstadt zurückgekehrt und hatte ein Lächeln auf den Lippen.

«Werter Freund, ich habe eine wunderbare Nachricht für Euch. Bernard de Rhenac ist … tot.»

«Das glaube ich nicht», rief Flamel skeptisch.

«Aber ja doch! Er ist zwei Schritte von Eurem Laden entfernt von der Menge totgetrampelt worden. Der Großteil seiner Leute scheint ebenfalls ums Leben gekommen zu sein. Manchmal haben Volksunruhen eben auch ihr Gutes …»

«Können wir dann jetzt wieder nach Hause?», fragte Pernelle.

Der Baron schüttelte den Kopf. «Davon würde ich Euch abraten. Guy de Pareilles hat seine Ermittlungen noch nicht eingestellt und sucht nach Euch. Im Moment weiß er nicht, ob Ihr noch unter den Lebenden seid oder nach dem Angriff der Engländer in einem Massengrab auf dem Friedhof der Unschuldigen liegt. Bleibt besser hier, bis man Euch vergessen hat.»

«Aber wir haben nichts! Wovon sollen wir leben?», fragte Pernelle Flamel verbittert.

«Ich werde Euch helfen. Gott hat mich mit Vermögen ausgestattet, daher kann ich Freunden in Not unter die Arme greifen. Ihr selbst könntet vielleicht sogar in den Laden zurückkehren, Madame Pernelle. Ihr könntet die trauernde Witwe spielen, bis es auch für Euren Gatten sicher ist, sich wieder zu zeigen. Anfangs würde ich Euch noch unauffällig von meinen Leuten bewachen lassen. Nach einer Weile wird sich alles beruhigen.»

Flamel bemerkte ein seltsames Leuchten im Blick ihres Gönners, der sich nun vor den Kamin stellte und am Feuer wärmte. Der Kopist gesellte sich zu ihm, während Pernelle sich in ihr Gemach zurückzog.

Als sie beide allein waren, sagte der Baron leise: «Ich habe aus Neugier in Eurem Buch geblättert. Leider kenne ich mich auf dem Gebiet nicht gut genug aus, um die Bedeutung zu erfassen. Aber ich habe verstanden, dass es um Gold geht und um … Unsterblichkeit. Das hat mich am meisten beeindruckt. Wenn Gott Euch dieses Manuskript anvertraut hat, habt Ihr in meinen Augen eindeutig die Verantwortung: Ihr müsst das Geheimnis lüften.»

Flamel überlegte lange, bevor er antwortete.

«Nein. Wegen dieses Buchs sind bereits zu viele Menschen gestorben. Und was nützt mir Unsterblichkeit? Das ist eine teuflische Vorstellung.»

Jean-Baptiste de Tuz packte ihn an den Schultern. «Ihr müsst Euch von Eurem unseligen Aberglauben befreien! Angst ist der größte Feind des Menschen. Und denkt an all das Gute, was Ihr tun könntet!»

Damit schien er bei Flamel einen Nerv getroffen zu haben. Dieser bat um Bedenkzeit und schickte sich an, die Treppen hinaufzusteigen.

Der Baron sah ihm nachdenklich hinterher. Er wollte nicht in Flamels Haut stecken. Seltsame Gedanken waren ihm durch den Kopf gegangen, als er das Buch durchblätterte. Noch nie hatte er derart seltsame Illustrationen gesehen: rätselhafte Fabelwesen, Schlangen mit Flügeln, Männer und Frauen umschlungen in Becken voller Blut. Die Zeichnungen regten die Phantasie des Lesers an.

Doch sie dienten nur der Tarnung, um die unerhörte Geheimbotschaft, die dieses Buch enthielt, vor allen Normalsterblichen zu verbergen. Eine Geheimbotschaft, die seit Urzeiten nur darauf wartete, wieder ans Tageslicht zu gelangen.

Nach einer Stunde kamen Flamel und seine Frau mit ernster Miene wieder herunter. Sie setzten sich zum Baron an den Kamin. Der Kopist ergriff die Hände seiner Gattin, bevor er sich an den Baron wandte.

«Ich habe einen Entschluss gefasst: Möge Gott mich leiten. Pernelle kehrt nach Paris zurück, während ich auf dem Jakobsweg Buße tue. Innerhalb weniger Tage habe ich schwere Sünden begangen: Aus Feigheit bin ich zum Komplizen bei der Folter einer unschuldigen Frau geworden, ich hatte schmutzige Gedanken, ich habe auf widerwärtigste Art einen Menschen getötet, ich habe aus Habsucht gestohlen und vor Gott gelogen. Ich muss wieder zu meinem Glauben finden.»

«Aber was ist mit dem Buch, werter Freund?», murmelte Tuz.

«Auf dem Weg werde ich Flore de Cenevières an ihrem Zufluchtsort aufsuchen und ihr das Buch zurückgeben. Nur sie ist würdig, Isaac Benserades Schatz zu verwahren.»

Seine Frau drückte ihm die Hand und umarmte ihn liebevoll.

«In zwei Tagen reise ich ab.»

91
New York
Brooklyn

Fünf Meter unter ihnen, am Fuße einer Treppe, bewegte sich etwas wie ein schwarzes, unruhiges Gewässer. Es waren unzählige Ratten, die sich zu Tausenden dicht aneinanderdrängten und nicht einen Quadratzentimeter Boden freigaben. Schrilles Quieken durchbohrte die Luft.

Kaum waren auch Robinson und Marcas eingetreten, da schloss sich die Tür hinter ihnen mit einem leisen Klacken. Joan Archambeau trommelte mit den Fäusten gegen die Tür, doch nichts geschah, der Ausgang war versperrt. Sie saßen fest.

Als hätten sie ein Signal erhalten, richteten die Ratten im selben Moment ihre feuchten Schnauzen nach oben. Wie eine unsichtbare Welle schien sich unter den Tieren ein geheimer Befehl zu verbreiten. Tausende rötliche Pupillenpaare richteten sich plötzlich auf die Eindringlinge. Es waren gierige, hungrige Blicke.

Die ersten Ratten waren bereits dabei, die Stufen zu erklimmen. Dicht an dicht bewegten sie sich immer weiter vor.

Marcas wandte sich Ray Robinson zu, der seine Dienstwaffe gezogen hatte. Sie mussten einen Ausgang finden. Selbst mit einem zusätzlichen Magazin Munition würden sie durch Schüsse nur wenig Zeit gewinnen.

Am anderen Ende der unterirdischen Halle zeichnete sich im Halbdunkel eine schmale Öffnung ab, die ins Ungewisse führte. Robinson bewegte sich vorsichtig vorwärts und beäugte ängstlich die unzähligen kleinen Nager.

«Die Leute, die diesen Raum gebaut haben, hätten keine besseren Wächter finden können. Man kann unmöglich dort hinunter. New Yorker Ratten sind angriffslustig. Die haben einen gefressen, noch bevor man den kleinen Finger heben kann. Aber irgendwie muss man doch von hier weiterkommen, verdammt! Wie lautet nochmal die Botschaft?»

Marcas sprach den zweiten Satz laut aus: *«Perfektion, der Stein zersprengt die Finsternis.»*

Joan Archambeau nahm Robinson die Taschenlampe aus der Hand und leuchtete sorgfältig die Wände ab. Ganz oben in der Felsendecke konnte man bullaugenförmige Aushöhlungen erkennen, die jedoch nirgendwohin zu führen schienen. Dann leuchtete sie über den Boden, wobei zwischen den Ratten lediglich eine Reihe kleiner rechteckiger Öffnungen am Fuß der Wände sichtbar wurde.

«Leuchte mal hierhin. Da ist was, ich fühle was!», rief Robinson plötzlich, als er auf der Suche nach einem Ausweg den Stein um die Tür herum abtastete.

Das Gesicht des farbigen Polizisten wirkte im Licht der Taschenlampe merkwürdig blass. Wie ein lebendiger Toter, dachte Marcas.

«Sieh mal einer an.» Mit der Hand fuhr Robinson über mehrere Symbole, die auf einem Vorsprung links von der Tür zu sehen waren.

«Das ist es, wir haben sie! Das ist wie in der Lagerhalle», rief Joan Archambeau erleichtert.

«Ein Grund mehr, dieses Mal misstrauisch zu sein», erwiderte Marcas, während er sich vorbeugte, um die Zeichen genauer zu betrachten.

Ein gleichseitiges Dreieck mit einem mandelförmigen Auge in der Mitte, ein rauer Stein auf einem Tisch und ein Kubus auf einem spitzen Sockel. Der Stein war unbehauen, das Symbol der Freimaurer schlechthin: Man musste rohen Stein bearbeiten, damit man der eigenen Unwissenheit entkam. Überzeugt von seiner Interpretation, lächelte Marcas.

Doch als Robinson auf den hervorstehenden Stein drücken wollte, hielt Marcas ihn zurück. «Nein, nicht.»

Robinson zog erstaunt die Hand zurück. «Warum nicht? *Der Stein zersprengt die Finsternis* ... Das ist der *unbehauene Stein*, der bearbeitet werden muss. Das ist doch offensichtlich.»

«Zu offensichtlich. Nach der ersten Falle sollten wir nicht mehr so naiv sein. Ich glaube, das Wort ‹Perfektion› bezieht sich auf die Form des Steins. Er ist eben nicht unbehauen, sondern ...»

«... kubisch!», rief Ray Robinson. «Genau. Der unbehauene Stein wird zum behauenen, *kubischen* Stein.»

Joan Archambeau beobachtete mit Sorge die heraufströmenden Ratten, die sie jetzt fast erreicht hatten.

«Schnell. Wir müssen hier weg.»

Als ihnen bereits die ersten Tiere, von einem widerwärtigen Kanalisationsgeruch begleitet, um die Füße strichen, schoss Robinson mehrfach in die Menge der Nager. Blut spritzte auf, als einige der Tiere platzten. Sofort stürzten sich die anderen auf die Fleischfetzen.

Marcas drückte auf den Kubus.

Plötzlich strömte grelles Licht durch die Bullaugen in der Decke, so hell, dass es den ganzen Raum ausleuchtete und die Ratten verstörte, die ihr Leben größtenteils in der unterirdischen Finsternis verbracht hatten. Aufgeregt rannten die Tiere auf der verzweifelten Suche nach einem Zufluchtsort durcheinander. Sie flohen über die Stufen zurück in die Löcher am Fuß der Wände.

Je mehr Ratten verschwanden, desto mehr wurde vom Boden sichtbar. Schließlich kamen zwei Gleise zum Vorschein, die in die schmale Öffnung führte. Alles war mit den Exkrementen der Ratten bedeckt. Ein widerlicher Geruch stieg von dort unten empor.

Unsicher betrat Joan Archambeau die Stufen als Erste, die beiden Männer folgten ihr zwischen den verreckten Rattenkörpern hindurch.

Am Boden angekommen, leuchtete die Anwältin in den dunklen Gang. Auf den Schienen standen mehrere Draisinen aus längst vergangenen Tagen, bei denen man ein Kupfergestänge abwechselnd hoch- und runterdrücken musste, um die Wagen zu bewegen. Daneben lagen alte Kabelrollen und verrostete Werkzeuge.

«Genial. Unsere Brüder haben wirklich ganze Arbeit geleistet. Ich hoffe nur, dass das Licht aus den Bullaugen nicht mit einer Zeitschaltuhr versehen ist …», rief Marcas.

«Ich glaube nicht, dass uns etwas anderes übrigbleibt», sagte Robinson und deutete auf die Gleise mit den Draisinen, «zumal die Ratten bald wiederkommen dürften. Wenn sie sich zwischen Licht und frischem Menschenfleisch entscheiden müssen, werden sie nicht allzu lange zögern.»

Joan Archambeau blickte sich angewidert um. Nervös fingerte sie am Kragen ihrer Bluse. «Gibt es wirklich keinen anderen Ausgang?»

«Zurück können wir nicht», bestätigte der Kommissar, «also müssen wir den Weg in den Schacht wagen, schnell.»

Ray Robinson war bereits auf die erste Draisine geklettert und prüfte den Mechanismus. «Das Fahrwerk scheint in einem guten Zustand zu sein. Trotz des Staubs kann dieser Karren uns alle drei transportieren.»

Marcas und Joan Archambeau stiegen ebenfalls auf. Die beiden Männer setzten sich jeweils auf eine Seite des Wagens und zogen und drückten abwechselnd. Fast unmerklich setzte sich das Gefährt quietschend in Bewegung. Der Schacht, der sich am anderen Ende des Raumes nun deutlich sichtbar auftat, war schwarz wie die Nacht.

Sie pumpten schneller und nahmen Fahrt auf. Bald sausten sie durch den Schacht wie eine U-Bahn.

«Von wann stammt dieses Ding eurer Meinung nach?», fragte Marcas, der jedes Mal, wenn er an dem Gestänge zog, die Luft anhielt.

«Ende 19. Jahrhundert», schätzte Joan Archambeau in sachlichem Tonfall. «Die Werkzeuge in der Lagerhalle, die Technik der Draisine, alles passt in die Zeit. Damals begann in New York die Industrialisierung. Man baute die ersten hohen Gebäude … das Schienennetz der Eisenbahn vergrößerte sich … eine außerordentliche Zeit. Der Anfang des Goldenen Zeitalters.»

Der Kommissar sah sie von der Seite an. Seit sie sich auf den Weg unter die Erde gemacht hatten, überraschte sie ihn immer wieder. Gerade noch am Rande einer Nervenkrise, zeigte sie sich im nächsten Augenblick schon wieder unbeschwert und heiter. Sie schwankte zwischen den Extremen, und jetzt hielt sie auch noch einen Vortrag über Stadtgeschichte …

«Kennen Sie sich in der Industriegeschichte aus?», fragte er neugierig. «Ist das Teil des Jurastudiums?»

Sie lächelte und schien sich ein wenig zu entspannen. «Nein, aber mein Vater hat sich sehr für Geschichte interessiert, besonders für die Vergangenheit New Yorks. Er hat mich in alle möglichen Vorträge über die Gründung unserer Stadt mitgeschleppt. Die ersten Tunnel unter der Stadt und unter dem Hudson stammen beispielweise ebenfalls aus dem 19. Jahrhundert. Sie wurden gebaut, um auf das rasante Handelswachstum zu reagieren.»

Ihre Stimme wurde jetzt vom lauten Rattern des Wagens auf den Schienen übertönt. Von Zeit zu Zeit flitzte eine Gruppe Ratten in einen dunklen Winkel des Schachts.

«Können wir eine kurze Pause machen, Ray?» Marcas schwitzte aus allen Poren. «Ich muss ein wenig verschnaufen.» Er bekam schwer Luft und war erschöpft, wobei sich jetzt auch noch der Jetlag bemerkbar machte.

«Ach, diese Franzmänner, erst den großen Macker spielen und dann schlappmachen. Das ist wie im Irak: Wir machen die Drecksarbeit, und ihr gebt große Erklärungen ab», lästerte der New Yorker Polizist.

Marcas warf ihm einen bösen Blick zu. Dann richtete er sich auf, um sich zu strecken und sein Kreuz zu entlasten.

Sie ließen das Gestänge ausschwingen. Doch durch das Gefälle rollte der Wagen ohnehin von selbst weiter. Robinson zog seinen Taschenkompass aus der Tasche. Das Gerät zeigte an, dass die Schienen nach Südwesten führten.

«Wahrscheinlich befinden wir uns unter der Upper Bay, und über unseren Köpfen sind Tausende Tonnen Wasser. Wenn mein Kompass noch richtig funktioniert, sind wir auf direktem Wege nach New Jersey.»

92
Nicolas Flamels Tagebuch

29. März

Seit vier Tagen bin ich nun unterwegs. Habe meine Frau, meinen Laden und alles, was zu mir gehört, zurückgelassen. Zum ersten Mal in meinem Leben verlasse ich Paris. Die Zeiten sind hart, die Straßen unsicher und die Wege des Schicksals unergründlich.

Nicht zuletzt deshalb habe ich mich glücklich geschätzt, in meiner Stadt ein gutes Leben führen zu können, weit entfernt von den Gefahren und Versuchungen der großen Welt. Jeden Tag habe ich Gott dafür gedankt, dass ich unter Seiner Obhut die Sonne auf- und untergehen sehen durfte. Nicht einen Tag habe ich vergessen, in der Kirche eine Kerze aufzustellen, um Gott für Seine Güte zu danken.

Dennoch hat mir dieses bescheidene Glück, dieses einfache Leben, nicht gereicht. Ein Durst, dessen Ursache ich nicht kenne, hat mich gequält. Ich konnte ihn auch nach Jahren nicht löschen. Im Gegenteil. Ich brauchte nur einen Pilger aus dem Heiligen Land zurückkehren zu sehen. Und mochte sein Gesicht noch so sehr von der Sonne gegerbt und seine Knochen noch so brüchig sein, ich empfand sofort Neid.

Und siehe da, heute bin ich einer von ihnen. Ich trage einen langen Umhang, der vom Schmutz des Weges am Saum bereits schwarz geworden ist, und halte einen gebogenen Stock in der Hand, an dem die weiße Muschel des heiligen Jakob baumelt.

30. März

Nachdem ich die Loire überquert habe, bin ich nun vor den Toren Chinons angekommen. Eine Gruppe Bauern, denen ich auf ihrem Heimweg aus dem Wald begegnet bin, haben mir erzählt, hier würden Banden das Land beherrschen. Im Auftrag der Engländer plündern sie abgelegene Höfe und überfallen Reisende.

Derlei Gerüchte höre ich nicht zum ersten Mal, doch bis jetzt bin ich weder diesen Wegelagerern noch anderen Schurken begegnet. Was sollten sie mir auch wegnehmen? Ich lebe von dem, was andere mir geben, erbettele mir vor den Kirchen Brot. Ich bin nur ein unbedeutender Suchender und lege mein Schicksal in Gottes Hand, auf dass Er mich in einen guten Hafen führt.

Lediglich ein wertvolles Stück trage ich bei mir: das Buch, das ich dem Folterer abgenommen habe. Die Wegelagerer können jedoch nicht lesen, und so stehen die Chancen gut, dass es mir nicht gestohlen wird. Zumal ich vor meiner Abreise vorsichtshalber jede einzelne Seite herausgetrennt und sorgfältig gefaltet in das Futter meines Umhangs geschoben habe. Das Buch darf mir auf keinen Fall abhandenkommen, denn es gehört mir nicht. Ich bewahre es nur auf, um es dem rechtmäßigen Eigentümer zurückzugeben. Möge Gott mir bei der Suche beistehen.

93
New York

Ray Robinson versuchte mit aller Macht, die Draisine zu beschleunigen, und riss wie wild an dem Gestänge. Marcas versuchte es ihm gleichzutun, obwohl seine Lunge nach wie vor wie Feuer brannte.

Je länger er darüber nachdachte, desto mehr kamen ihm seine unterirdischen Abenteuer in Paris und New

York wie Prüfungen oder Initiationsriten vor. Manchmal fragte er sich sogar, ob der Mörder, dieser verfluchte Bruder, ihn nicht gar von einem Höllenkreis in den nächsten schickte …

«Achtung!»

Ein Aufprall brachte den Wagen zum Schwanken, doch die Draisine blieb stehen.

«Keine Sorge, wir haben nur das Ende der Gleise erreicht», verkündete Ray Robinson. «Keiner verletzt?»

Mit der Taschenlampe in der Hand stieg er von der Draisine und berührte mit einer Hand die Wand. Sie befanden sich in einem engen Tunnel, der nicht gemauert war wie der vorige.

«Dies ist offensichtlich ein älterer Teil. Für die Draisine ist hier nicht genug Platz. Deshalb hören auch die Schienen auf.»

«Wir müssen also zu Fuß weiter», schlussfolgerte Marcas, stieg ebenfalls ab und ging los. Die beiden anderen folgten ihm.

Mit der Zeit wurde der Gang breiter. Die drei marschierten im Gänsemarsch. Wenn sie den Lichtkegel der Taschenlampe über die Wände wandern ließen, sahen sie die Abdrücke der Werkzeuge, mit denen der Fels bearbeitet und geglättet worden war. Manchmal glitzerte ein Quarzsplitter auf, und man hörte Wasser auf den Boden tropfen. Als sich die Wände zu beiden Seiten öffneten, blieb der Kommissar instinktiv stehen und hielt die Taschenlampe hoch.

Fast traf ihn der Schlag: Sie befanden sich in einer riesigen Höhle, mehrere Dutzend Meter hoch. Die Decke mit ihren Versteinerungen sah aus wie der Himmel. Überall glitzerte es wie kleine, weit entfernte Sterne.

Ray Robinson stand mit klopfendem Herzen neben ihm. Als Sohn Harlems, der sein ganzes Leben zwischen Asphalt und Wolkenkratzern verbracht hatte, blieb ihm angesichts dieses überwältigenden Anblicks die Luft weg.

«Das gibt es nicht!»

«Du hast noch nicht alles gesehen», rief der Kommissar und leuchtete mit seiner Lampe nach vorn.

In der Mitte des Gewölbes erhoben sich riesige, massive Säulen, so hoch wie ein Gebäude, die mit einer Fülle von Reliefs und Gravuren verziert waren. Oben liefen sie spitz zu, und die Enden funkelten golden in dem künstlichen Licht.

«Zwei Säulen …», murmelte Robinson. «Antoine, erinnert dich das nicht an etwas?»

Marcas betrachtete die prächtige Ausstattung. Er dachte dasselbe wie sein Kollege, so unglaublich es schien. Langsam ging er auf die beiden Säulen zu.

«Du hast recht, es ist einfach unfassbar …»

Fasziniert begutachtete Marcas die beiden Säulen mit den unzähligen Symbolen und Figuren, die ihm seltsam vertraut waren. Wie zu sich selbst zitierte er einen Spruch aus dem Alten Testament, aus dem Buch der Könige, den er vor Jahren auswendig gelernt hatte:

«Und er richtete die Säulen auf vor der Halle des Tempels. Und die er zur rechten Hand setzte, hieß er Jachin, und die er zur linken Hand setzte, hieß er Boas …»

Ray Robinson starrte ebenfalls gebannt auf die gewaltigen Pfeiler und konnte den Blick nicht abwenden. «Jachin und Boas, die beiden Säulen, die in jedem Freimaurertempel stehen», fügte er hinzu und trat näher an die rechte Säule heran, um sie zu berühren.

94
Nicolas Flamels Tagebuch

2. April

Seit vier langen Tagen regnet es. Ich habe in einer Grotte in einem Kreidefelsen Unterschlupf gefunden. Die Höhle ist leer, wurde früher aber wahrscheinlich zur Lagerung und Reifung von Wein genutzt. An den Hängen sieht man Weinpflanzen, aber die Rebstöcke sind nicht geschnitten, und die Ranken wachsen in alle Richtungen. Im ganzen Land riecht es nach Angst und Elend.

Des Nachts höre ich manchmal Geräusche im Tal, doch ich weiß nicht, ob es sich um jene Banden von Plünderern handelt, von denen man mir erzählt hat, oder ob es vielleicht gar Wolfsrudel sind.

Aus Angst, entdeckt zu werden, mache ich kein Feuer. Ich lebe wie ein Einsiedler, schlafe auf altem Stroh und esse altes Brot. Wie ein Bauer, der kein Getreide zum Mahlen und kein Schwein zum Töten mehr hat. Denn meine Vorräte gehen zur Neige. Glücklicherweise gibt es in der Grotte eine Quelle, von der ich trinken kann. Dort bete ich auch zu Gott, dass Er mich nicht verlässt und mir den Mut und die Kraft gibt, meine Mission erfolgreich zu erfüllen.

4. April

Die Zeit vergeht, und ein Tag gleicht dem anderen. Der Regen hört einfach nicht auf. Meine Vorräte sind aufgebraucht.

Ich gehe in den Wald und lebe von dem, was ich dort finde. Seit ich unterwegs bin, habe ich oft Kinder im Unterholz gesehen, die Beeren und Kräuter sammeln, um daraus eine einfache Mahlzeit zuzubereiten. Allein aus Neugier habe ich sie beobachtet. Ich hatte ja keine Ahnung, dass ich mich bald schon genauso ernähren müsste.

Die erzwungene Untätigkeit und die Einsamkeit haben mich dazu gebracht, erneut das Buch zu lesen. Ich habe meinen Umhang aufgetrennt, die einzelnen Seiten auseinandergefaltet und sie in die richtige Reihenfolge gebracht. Ich denke viel über die Texte und Abbildungen nach. Die Hauptphasen des Meisterwerks kann ich mittlerweile auseinanderhalten, denke ich. Diese Freude wird jedoch sogleich durch eine andere Gewissheit getrübt: Die Umwandlung in Gold kann nur erfolgen, wenn man einen besonderen Stein, auch Projektionspulver genannt, besitzt. Dieses gilt es mit einem gewöhnlichen Metall zu mischen, um reines Gold zu erhalten. Aber über diese mysteriöse Substanz verrät das Buch leider nichts.

Doch inzwischen weiß ich, dass meine Seele niemals in Frieden ruhen wird, wenn ich diesem Geheimnis nicht auf die Spur komme.

95
New York

Wie Zeugen einer uralten Vergangenheit, die lange im Dunkeln lag, erhoben sich die beiden Säulen.

Marcas stand mit verschränkten Armen davor und war einerseits von der Entdeckung überwältigt, andererseits aber auch unsicher, wie es jetzt weitergehen sollte. «Wir sind ein gutes Stück weiter gekommen. Zwei Freimaurer-Säulen, die unterhalb der Stadt New York gebaut worden sind und deren Inschriften so zahlreich sind, dass man Tage bräuchte, um sie zu entziffern. Jachin und

Boas: die eine Symbol der Stärke, die andere ein Zeichen für Stabilität. Aber ich sehe beim besten Willen keinen Zusammenhang zum alchemistischen Gold.»

«Und wenn es noch eine andere Deutung gibt?» Joan Archambeau sah ihn mit blitzenden Augen an. «Haben Sie noch nie von Noah gehört?»

Ray Robinson, der in seiner Jugend in der protestantischen Kirche aktiv gewesen war, fing an zu lachen. Diese scheinbar unpassende Frage löste seine Anspannung ein wenig.

«Aber natürlich. Der Zorn Gottes, die Sintflut, die über die Erde kam. Noahs Arche mit den Tieren, die gerettet wurden ... Die Geschichte kennt doch jeder. Warum? Haben wir die verschollene Arche gefunden? Oder –»

«Was meinen Sie genau?», unterbrach ihn Marcas, den das plötzliche Interesse der jungen Anwältin an Religion wunderte.

«Das, was Ray gesagt hat, ist eine alte, aus der Bibel hervorgegangene Überlieferung. In Form von Legenden findet man diese Geschichte jedoch in vielen Kulturen des Mittleren Orients. Es heißt, dass Adam, als er das Paradies verlassen hat, nicht mit leeren Händen gegangen ist.»

«Erzählen Sie mir jetzt nicht, dass er einen Sack Äpfel mitgenommen hat.» Robinson lachte schallend.

«Ray, es reicht, lass sie ausreden!»

Joan Archambeau fuhr fort: «Ich sage nur, dass Adam der Legende nach gewisse Geheimnisse aus dem Paradies kannte, die er an seine Nachfahren weitergegeben hat. Genauer gesagt an Kain.»

«Der, den Gott verflucht hat?»

«Genau. Einige glaubten sogar, dies sei der wahre

Grund für Gottes Zorn auf ihn gewesen. Aus Angst, der Himmel könnte sie mit weiteren Flüchen bestrafen, haben die Nachfahren Kains irgendwann beschlossen, diese Geheimnisse für die Ewigkeit festzuhalten. Indem sie sie auf zwei Säulen schrieben. Und das war eine weise Entscheidung, denn kurz darauf wurde die Erde von der Sintflut heimgesucht.»

Ray Robinson musterte die beiden Säulen kurz, bevor sein Blick auf Joan Archambeau verharrte. Zwar war er noch immer nicht sicher, was er von ihr halten sollte, doch er ersparte sich inzwischen die ironischen Kommentare. «Und was ist aus diesen Säulen geworden?»

«Angeblich haben sie Gottes Zorn überstanden. Doch nach der Sintflut wusste niemand mehr, wo sie standen.»

Je länger die junge Anwältin erzählte, desto interessierter hörte Marcas zu. Sie musste diese wachsende Aufmerksamkeit spüren, denn während sie hastig mit ihrer Geschichte fortfuhr, fingerte sie nervös an den Perlmuttknöpfen ihrer Bluse herum. «Die Legende hält sich übrigens so hartnäckig, dass die Menschen seit biblischen Zeiten nach den beiden Säulen suchen. Angefangen bei Noahs Söhnen.»

«Das erfinden Sie jetzt aber!», widersprach Ray Robinson.

«Ganz und gar nicht. So steht es schon in *Jüdische Altertümer* von Flavius Josephus, das vor fast zweitausend Jahren geschrieben wurde.»

Robinson schien überrascht. «Und woher wissen Sie das alles so genau?»

Die Anwältin machte eine wegwerfende Handbewegung. «Das hat mir ein Freund erzählt.»

«War er zufällig Freimaurer?», mischte sich Marcas

unvermittelt ein. «Ich dachte, all diese Geschichten interessierten Sie nicht?»

Joan Archambeau drehte sich zu ihm um. «Wie kommen Sie darauf?»

«Reine Unterstellung, Joan. Aber während unseres ersten Treffens waren Sie viel weniger redselig. Und nun tischen Sie uns aus heiterem Himmel diese Geschichte auf. Schon seltsam, oder?»

Robinson, der jetzt eine der Säulen genauer betrachtete, stieß plötzlich einen Schrei aus. «Ha! Das kann doch nicht wahr sein …»

«Was?»

Der farbige Polizist winkte sie zu sich heran. «Wisst ihr, wo wir hier sind?»

«Na ja, angesichts der Strecke, die wir zurückgelegt haben», mutmaßte Joan Archambeau, «sind wir entweder wieder in Manhattan, oder wir haben die Bucht unterquert und sind schon in New Jersey.»

Robinson brach erneut in schallendes Gelächter aus. «Falsch, meine Liebe, in New Jersey sind wir bei weitem nicht, sondern mitten in der Bucht!»

«Das glaube ich nicht», erwiderte Joan Archambeau.

Marcas antwortete nicht. Stattdessen leuchtete er mit der Taschenlampe auf die linke Säule, auf der eine mehr als zwei Meter große Frauenfigur aus Bronze eingearbeitet war. Sie war atemberaubend detailreich dargestellt, sodass sie nicht schwer zu erkennen war.

«Nein …», stammelte Marcas.

«Doch», antwortete Robinson. «Wir befinden uns genau unter Liberty Island.»

«Unter …»

«Unter der Freiheitsstatue!»

96
Nicolas Flamels Tagebuch

7. Mai

Fast einen Monat habe ich gebraucht, um die Grafschaften Berry und Limousin zu durchqueren. Überall herrschte nur Krieg und Elend. Gestern habe ich mein Spiegelbild im Wasser einer Quelle gesehen und mich zunächst nicht wiedererkannt. Mein Gesicht verschwindet fast völlig unter dem Bart, ich habe Ringe unter den Augen, und meine zerrissene Kleidung schlackert mir nur noch am Leib. Lange habe ich nicht mehr genug gegessen, um meinen Hunger zu stillen.

Seit einer Woche nun schon bin ich keiner Menschenseele mehr begegnet. Ich wandere jetzt auch tagsüber, komme aber nur langsam voran. Das ganze Land ist verwüstet, die Dörfer sind verlassen. Ich habe keine Ahnung, wo die Bewohner sind. Wahrscheinlich haben sie sich in den Wäldern verkrochen. Die Klöster, die sonst Pilger aufnehmen und ihnen etwas zu essen und ein Lager für die Nacht bieten, sind verschlossen oder nur noch Ruinen.

Vor kurzem habe ich mir das Jagen beigebracht. Aus einem biegsamen Kastanienzweig gelang es mir, einen Bogen zu bauen und eine Sehne dazwischenzuspannen. Die Idee ist mir gekommen, als ich ein paar Raben verscheucht habe, die sich an dem Kadaver eines toten Schafes zu schaffen machten. Den Darm hatten sie noch nicht angerührt. Also habe ich ihn herausgeholt, getrocknet und anschließend geflochten, um eine Bogensehne daraus zu fertigen. Als Pfeile dienen mir angespitzte Eschenholzzweige, die ich im Feuer härte. Und da niemand mehr jagt, mangelt es nicht an Wild. Inzwischen ist es mir sogar gelungen, zwei Kaninchen zu töten.

9. Mai

Ich habe die Kalksteinplateaus erreicht. Ein niedriger Eichenwald wechselt mit Heidelandschaft ab, in der nur Wacholder wächst. Die Wasserknappheit macht mir sehr zu schaffen. Kühles Nass ist nur in den Tälern zu finden, und die sind rar zwischen den Hochebenen.

Seit drei Tagen humpele ich, da mein linkes Bein schmerzt. Dabei weiß ich nicht einmal, ob ich mir eine Verletzung zugezogen habe, die mit dem bloßen Auge nicht zu sehen ist, oder ob mich meine körperlichen Kräfte langsam verlassen. Ich bin so erschöpft, dass ich mir zum Schlafen keinen Unterschlupf mehr suche, sondern mich einfach unter einen Baum lege und sofort in tiefen Schlaf falle.

Um nicht den Überblick zu verlieren, welcher Tag gerade ist, ritze ich jeden Morgen eine Kerbe in meinen Pilgerstock. Ich habe so lange mit niemandem mehr geredet, dass es mich mittlerweile ängstigt, anderen Menschen zu begegnen.

11. Mai

Mein Vorrat an Tinte ist aufgebraucht. Also sammele ich jetzt Holzkohle, die ich in Tierfett auflöse und dann mit Speichel mische. Auf keinen Fall darf ich aufhören zu schreiben. Nur dadurch bin ich noch ein Mensch.

Mein Bein quält mich immer mehr, und ich spüre, dass ich ohne Behandlung und Ruhe nicht mehr weit komme. Seit zwei Tagen wandere ich an der Kante einer Felswand entlang, die senkrecht in ein Tal abfällt. Bislang habe ich jedoch noch keine Möglichkeit gefunden, um hinunterzugelangen. Möge der Herr mir zur Hilfe kommen, da die Sonne mich ausdörrt und ich unbedingt Wasser brauche.

12. Mai

Gott hat mein Flehen erhört! Heute Morgen, als ich noch nicht lange unterwegs war, stieß ich auf einen Maultierpfad, der ins Tal hinabführte. Trotz meines schmerzenden Beins habe ich den Herrn bei jedem Schritt laut angerufen und Ihm gedankt.

Erst als ein lautes, gleichmäßiges Rauschen zu vernehmen war, das ich nicht einordnen konnte, bin ich verstummt. Ich habe den Weg verlassen, um im Schutz von Buchsbaumbüschen, die hier sehr zahlreich sind, weiterzugehen. Was ich dann sah, ließ mein Herz vor Freude schneller schlagen.

Ein breiter Fluss floss an bebauten Feldern vorbei. Als ich aus dem Dickicht hervorkroch, erblickte ich zudem ein großes, robustes Mühlrad, das mit den Schaufeln schnell durchs Wasser pflügte.

14. Mai

Einen ganzen Tag lang habe ich im Stall geschlafen. Der Müller, ein guter Christ, hat mir Decken gegeben. Die Jakobsmuschel ist in dieser Gegend ein wahres Sesam-öffne-dich. Ohne es zu wissen, war ich in die Nähe des Heiligtums von Rocamadour gekommen. Eine heilige Stätte in großer Pracht, in der die Muttergottes verehrt wird. Der Müller hat mir erzählt, ein Großteil der Pilger mache dort halt. Die Mönche würden die Wallfahrer stets herzlich empfangen. Offenbar befindet sich das Kloster nur wenige Meilen von der Mühle entfernt.

Diese Nachricht ließ mir leichter ums Herz werden. Mein Lebensmut und mein Glaube an die Zukunft sind zurückgekehrt.

Morgen werde ich weiterziehen.

97
New York
Unter der Freiheitsstatue

In dem riesigen Gewölbe war es absolut still, als wären sie völlig von der Außenwelt abgeschnitten. Marcas hatte sich auf den Boden gesetzt und betrachtete nachdenklich die Felswände.

«Das bedeutet, über uns sind Tausende Tonnen Fels und Eisen … Ich verstehe nicht, warum sie diesen Ort unter die Freiheitsstatue gebaut haben?»

Joan Archambeau ließ sich neben ihm nieder. «Mein Vater hat mir mal erzählt, dass die Freimaurer bei der Planung und Errichtung der Freiheitsstatue eine wichtige Rolle gespielt haben –»

«Ich weiß nur, dass sie von einem französischen Architekten namens Bartholdi entworfen wurde», unterbrach sie Marcas.

«Richard Hunt, der amerikanische Architekt des Sockels, war Freimaurer», ergänzte Ray Robinson stolz.

Marcas rollte abermals das Papier auseinander, auf dem die Geheimbotschaft stand. Der dritte Satz lautete: *Vom kubischen Stein zu seinen Füßen wird das Licht kommen.*

«Was bedeutet das nun wieder?», fragte er sich laut.

Die junge Anwältin war näher gerückt. Sie hielt sich den Kopf.

«Geht's?», fragte Marcas besorgt.

«Ja, geht schon.» Sie sah auf einmal seltsam blass aus.

Ray Robinson hockte noch immer vor der Säule mit der Freiheitsstatue. Plötzlich schwenkte er die Taschenlampe und rief: «Seht mal hier, direkt unter den Füßen der Figur …»

Der Kommissar stand auf und trat näher.

Auf einem Kubus war plastisch herausgearbeitet eine kleine Kiste zu sehen, die von einem Heiligenschein umgeben war.

«Der *cornerstone*, der Eckstein. Darauf hätte ich auch eher kommen können», sagte Ray Robinson.

«Wovon redest du?», fragte Marcas verwirrt.

Robinson erhob sich und holte tief Luft. «Während der Grundsteinlegung für den Sockel der Statue hat vor Ort eine spezielle freimaurerische Zeremonie stattgefunden. Ein Würdenträger ließ dabei eine Kiste im Fundament des Monuments ein, die der Tradition nach rituelle Objekte enthielt. So eine *cornerstone*-Zeremonie ist inzwischen bei fast allen öffentlichen Gebäuden üblich. Stellt euch vor, sogar von George Washington gibt es ein Bild, auf dem er gerade einen Eckstein niederlegt.»

«Wenn du bitte auf den Punkt kommen könntest!»

«Anlässlich der Hundertjahrfeier der Statue 1986 haben die Freimaurer zur Erinnerung an die Ecksteinlegung eine weitere Zeremonie abgehalten», erklärte Robinson. «Es war sehr ergreifend, und auch die Brüder von *Prince Hall* waren dabei», fügte er hinzu.

Marcas runzelte die Stirn. «Verdammt! 1886 … das Datum auf dem La-Fayette-Degen und in der Botschaft der Familie Archambeau! Weißt du, was genau sich in dieser Kiste befand?»

«Keine Ahnung, aber es ist auf jeden Fall der Mühe wert, sie zu suchen. Sieh mal hier, auf der Säule ist neben dem Kubus eine kleine Skizze zu sehen, die darauf hindeutet, dass sich der *cornerstone* nicht weit von diesem Gewölbe befindet.»

«Und in welcher Richtung?», erkundigte sich Marcas.

«Im Westen.» Robinson befragte erneut seinen Kompass und blickte dann wortlos zu dem dunklen Tunnel, aus dem sie gekommen waren. Die anderen beiden folgten seinem Blick.

«Heißt das, wir müssen zurück in den Tunnel?», fragte Joan Archambeau.

«Ihnen entgeht aber auch nichts», erwiderte Robinson ironisch und sah die Anwältin an, die das Gesicht verzog. «Vielleicht haben wir ja Glück, und der Eckstein befindet sich ganz am Anfang, nicht weit von hier entfernt.»

Joan Archambeau war beleidigt, dass man sie für feige hielt. Sie sah die beiden Männer böse an und stampfte dann energisch voraus.

Dieses Mal richtete Robinson den Lichtkegel der Taschenlampe nicht ständig auf Wände und Boden, sondern, sooft es ging, auf die Decke des Tunnels. Aber sie brauchten nicht lange zu suchen. Eine Öffnung, die aussah, als würde sie auf einen Speicher führen, tat sich über ihnen auf. Versteckt hinter einem Felsvorsprung befand sich eine Leiter.

Joan Archambeau griff beherzt nach der Taschenlampe. Gefolgt von den beiden Männern, kletterte sie eine Sprosse nach der anderen hinauf, bis zu einer finsteren Öffnung in der gewölbten Decke. Von dort führte eine Betonröhre von ungefähr einem Meter Durchmesser schräg nach oben. Die Anwältin war mit Robinsons Taschenlampe bereits weit hineingekrochen, während die beiden Männer mit Mühe hinterherkletterten und nur mit Verrenkungen die Ausbuchtung erreichten, vor der Joan Archambeau wartete.

Tatsächlich entdeckten sie in dieser Nische eine Kiste, auf der mehrere Kupferschilder befestigt waren.

«Der Eckstein», rief die Anwältin.

Sie nahmen die Kiste, kletterten die Leiter schnell wieder hinab und gingen in das Gewölbe zurück.

Vorsichtig öffnete Ray Robinson die Kiste vor den Säulen, die Taschenlampe zwischen Kopf und Schulter geklemmt. Seine Verwirrung war groß: Erstaunlicherweise enthielt die Kiste nichts außer einem hölzernen Hammer. Mit so einem Hammer leitete der Meister vom Stuhl üblicherweise die Tempelarbeit.

Marcas befühlte das Werkzeug – und spürte Unebenheiten auf dem quaderförmigen Griff. Er nahm den rituellen Hammer aus der Kiste und hielt ihn in den Lichtkegel. Auf jeder Seite war ein Name eingraviert:

La Fayette

Archambeau

Cenevières

«Einer fehlt.» Der farbige Polizist rückte mit der Taschenlampe näher. Auf der vierten Seite des Griffs sah man eine sehr detailliert gearbeitete Flamme.

«Glaubst du, dass dies die Fackel der Freiheitsstatue sein soll?», fragte Robinson.

«Sieht so aus.»

Grinsend wandte sich der farbige Polizist Joan Archambeau zu, doch im nächsten Moment gefror sein Gesicht zu einer Maske.

Die Anwältin hatte eine Kleinkaliberpistole gezogen. Und hielt sie direkt auf die beiden Männer gerichtet.

98
Nicolas Flamels Tagebuch

15. Mai

Ich habe den Tag im Kloster verbracht, wo die Pilger scharenweise eintreffen, besonders seit die Nachricht die Runde macht, man könne die Pyrenäen nicht mehr überqueren. Angeblich steht das Königreich Aragon in Flammen. Als würde das Unglück, das Frankreich derzeit heimsucht, sich nun auch auf Gebiete jenseits der Grenzen ausweiten.

Viele Pilger sind niedergeschlagen, weil sie ihr Ziel nun nicht mehr erreichen können. Sie sehen darin einen bösen Fingerzeig des Schicksals.

Ich gebe zu, dass ich ebenfalls gehadert habe, denn auch für mich ist die Enttäuschung groß. Doch nach und nach hat eine neue Idee in meinem Kopf Form angenommen. Um ehrlich zu sein, hat mich das Zusammentreffen zweier Ereignisse überzeugt: Kurz nachdem ich einsehen musste, dass ich nicht zum heiligen Jakob gelangen würde, hat mir ein Mönch erzählt, dass die Burg der Cenevières nur ein bis zwei Tagesmärsche entfernt liegt. Daraus habe ich geschlossen, dass Gott mich geleitet hat. Er allein kannte den wahren Sinn meiner Pilgerreise.

Nachdem ich das Heiligtum besucht habe, bin ich ins Refektorium gegangen, wo ich zum ersten Mal seit Monaten meinen Hunger und Durst vollends stillen konnte. Im großen Speisesaal der Pilger war viel los: Diejenigen, die noch immer davon ausgingen, Santiago de Compostela eines Tages zu erreichen, trafen auf diejenigen, die wegen des Krieges hatten umkehren müssen. Der Lärm war so ohrenbetäubend, dass ich ihn kaum ertragen konnte. So war ich froh, als der Abt den Saal betrat und es still wurde, weil er zu sprechen begann.

Ohne Umschweife bestätigte er, dass die Grenze zwischen

Frankreich und Aragon geschlossen war. Ein Raunen ging durch die Menge, verstummte jedoch sofort, als er mit seinem Stab auf den Boden klopfte. Er war ganz offensichtlich ein autoritärer Mann, der es gewohnt war, mit großen Menschenansammlungen umzugehen. Er war sich bewusst, dass nun Rocamadour die letzte bedeutende heilige Stätte auf der Pilgerreise darstellte. Für das Kloster eine Gabe des Himmels.

Der Abt stimmte daher Lobgesänge auf sein Kloster an, das seit Jahrhunderten die sterbliche Hülle des Zachäus beherberge, des jüdischen Zöllners von Jericho, bei dem Christus so überraschend eingekehrt war.

Viele Pilgerer kannten die Überlieferung zwar nicht einmal, doch stießen sie Freudenschreie aus. Alle wollten plötzlich an dem Grab des Mannes beten, den Jesus mit seiner Freundschaft beehrt und mit eigenen Händen gesegnet hatte. Wieder wurde es unerträglich laut.

Eilig öffneten die Mönche die Türen des Refektoriums, und sofort strömten die Leute in Richtung Kirche. Zusammen mit einigen Pilgern, die ebenfalls schlecht zu Fuß waren, war ich einer der Letzten im Saal und sah, wie ein zynisches Lächeln über das Gesicht des Abts huschte.

Wenn Gott mich am Leben lässt und mir das Geheimnis des Steins verrät, dann, so schwöre ich, stelle ich Gold her, um Menschen vom Elend zu befreien und ihnen ein unbeschwertes Leben zu ermöglichen. Ich werde es sicher nicht nutzen, um für mich selbst und die Meinen Reichtümer anzuhäufen.

Und ich will verflucht sein, wenn ich mein Wort breche.

99
New York
Unter der Freiheitsstatue

«Ich fürchte, ich muss euch über eine kleine Programmänderung informieren.»

Joan Archambeau zielte jetzt mit der Pistole auf Marcas. Der Kommissar ließ den Hammer fallen.

«Hinsetzen. Und die Hände auf den Kopf legen!»

Ray Robinson ging auf Joan zu, als hätte er sie nicht gehört. Nicht einmal die Hände hatte er gehoben.

«Hey, Nigger, wenn du es wagst, auch nur einen Schritt weiter zu gehen, schicke ich dich zu deinen Vorfahren in die Savanne.» Mit zusammengepressten Lippen zielte die Anwältin auf den schwarzen Polizisten. «Hast du das kapiert, oder ist das zu hoch für dich?»

«Haben wir jetzt jegliche Manieren über Bord geworfen?», erwiderte Robinson und machte einen weiteren Schritt nach vorn. «Mögen wir Schwarze etwa nicht?»

Langsam hob er die Hand an den Reißverschluss seiner Jacke.

«Keine Bewegung. Und zwing mich nicht, dir das zweimal zu sagen», rief die junge Frau.

«Was hast du vor? Willst du auf mich schießen? Ich habe es täglich mit den übelsten Typen zu tun. Soll ich dir die Narben der Messerstiche zeigen?», fragte Ray Robinson.

Die Anwältin wich nicht zurück. «Zwing mich nicht, du Schwachkopf! Und hör auf, deine Macho-Nummer abzuziehen. Wenn du noch näher kommst, endest du wie die Ratten, die du vorhin in die Luft gesprengt hast. Ich schieß dich zu Brei!»

Robinson öffnete seine Jacke und begann sein weißes Hemd aufzuknöpfen. Marcas hatte sich unterdessen aus der Schusslinie begeben und wollte sich langsam von rechts an Joan Archambeau heranschleichen. Sie mussten versuchten, sie zu umzingeln.

Doch die Anwältin merkte, was Marcas vorhatte, und drehte sich zu ihm um: «Und du, Franzose, spiel hier nicht den Helden. Ich warne dich. Ich habe keine Skrupel.»

«Dir wird nicht genug Zeit bleiben», erwiderte Marcas. «Wenn du auf einen von uns schießt, wird der andere dich überwältigen, bevor du auf ihn zielen kannst. Wirf die Pistole weg und lass uns reden.»

«Vergiss es, Bruderherz», höhnte der schwarze Polizist. «Die kleine Schlampe hat nicht das Format, in der Liga der Großen mitzuspielen.» Während er sprach, streckte er seinen mächtigen Oberkörper vor. «Du musst mit ihr reden wie mit einer kleinen Schlampe.»

Mit eisigem Blick legte Joan Archambeau den Finger an den Abzug, während Ray Robinson schwerfällig einen weiteren Schritt auf sie zu machte. Mit Verachtung in der Stimme wetterte er: «Hör mir gut zu, du dämliche Manhattan-Tussi. Dir wird es schlecht ergehen, wenn du nicht sofort deine Waffe fallen lässt.»

Robinson holte gerade zum Schlag aus, als sich krachend ein Schuss löste. Der langanhaltende, tiefe Schlag hallte von den Wänden wider. Ungläubig riss der farbige Polizist die Augen auf. Dann ließ er die Taschenlampe fallen und brach schwankend zusammen.

Marcas blickte sich erschrocken um. Der Schuss war nicht aus der Richtung der Anwältin gekommen. Plötzlich wurde er vom Strahl einer Taschenlampe geblendet.

Hinter einer der Säulen trat ein schwarzer Schatten aus dem Halbdunkel hervor.

Die Gestalt kam näher, und Marcas erkannte mit Entsetzen, dass es die vertraute Gestalt des maskierten Mörders war. Anscheinend war er ihm nicht nur nach New York, sondern mit einer der Draisinen sogar in das Gewölbe gefolgt.

«Unser farbiger Bruder hat lediglich bekommen, was er verdient hat.» Die Stimme schallte durch den Raum. «So spricht man schließlich nicht mit einer Dame.»

«Du bist krank, vollkommen krank!», stieß der Kommissar hervor.

«Marcas, lieber Marcas, es ist lange her … zu lange.»

«Sprich nicht mit mir, als wäre ich dein Bruder.»

«Aber ich bin dein Bruder. Sogar dein Blutsbruder, in gewisser Hinsicht.»

Joan Archambeau hatte unterdessen ihre Waffe sinken lassen. Fassungslos starrte sie auf Robinson, der sich stöhnend am Boden wand.

Als Marcas seinem Kollegen zu Hilfe eilen wollte, schoss ihm der Mörder direkt vor die Füße.

«Du hockst dich besser hin. Wer weiß, ob ich beim nächsten Mal auch so gut zielen kann.»

Marcas blieb stehen, während Ray Robinson sich den Bauch hielt und sich vor Schmerzen krümmte. Blut floss von seinem Bauch. Mühsam versuchte er, seine Dienstwaffe zu fassen zu bekommen, eine Glock 19, mit der alle Polizisten New Yorks ausgestattet waren. Doch die Anwältin, die ihn nicht aus den Augen ließ, trat ihm mit dem Absatz aufs Handgelenk. Robinson schrie gequält auf und wurde ohnmächtig. Die Pistole rutschte aus dem Halfter.

Joan Archambeau hob die Taschenlampe auf und starrte gebannt auf den leblosen Körper. Wie in Trance, dachte Marcas, bevor er sich zornig wieder dem Mörder zuwandte.

«Wie geht es jetzt weiter? Muss ich nochmal Quizfragen beantworten?»

Der Bruder lachte höhnisch unter seiner Maske. «Ich muss dich enttäuschen, denn ich glaube, ganz so einfach wird es dieses Mal nicht sein. Bei unserer letzten Begegnung habe ich auf deine intellektuellen Fähigkeiten gesetzt, jetzt wirst du deine Muskeln spielen lassen müssen.»

«Was soll das heißen?»

«Ich fürchte, dass wir auf dem Rückweg nur ganz wenige sein werden. Du kennst das Sprichwort: *Denn viele sind berufen, aber wenige sind auserwählt.*»

Die Schmerzen ließen Ray Robinson wieder zu Bewusstsein kommen. Er stöhnte und versuchte sich aufzurichten, sank jedoch sofort wieder zurück. Blut spuckend, brachte er nur ein Murmeln hervor: «Ihr … geht … nirgendwohin. Meine Kollegen sind … alarmiert», stieß er gequält hervor.

«Guter Versuch, werter Bruder, aber ich bin niemandem begegnet. Und ich bezweifle, dass ein kleiner Polizist aus Harlem wegen so einer persönlichen Angelegenheit seine Vorgesetzten alarmiert. Vor allem, wenn er sich außerhalb seines Reviers auf nächtliche Wanderungen begibt.»

Marcas sah zu Robinson, dessen Hose inzwischen bis zur Hälfte mit Blut durchtränkt war. Bauchverletzungen waren die schlimmsten, das wusste der Kommissar. Niemand konnte sagen, ob Ray Robinson stundenlang leiden oder innerhalb weniger Minuten sterben würde. Der Mörder kam jetzt von den Säulen auf ihn zu.

«Warum …?», wollte Marcas wissen.

«Warum?», wiederholte die Stimme. «Wegen des Goldes natürlich, des alchemistischen Goldes. Wegen der Macht, sich alles auf der Welt kaufen zu können, denn alles ist käuflich. Joan habe ich kennengelernt, als ihr Vater gestorben ist, und dann haben wir uns verbündet … Ihr ist es zu verdanken, dass ich Lambre auf die Spur kommen konnte.»

Die junge Anwältin blickte nervös auf die Uhr. «Wir müssen weiter. Uns bleibt nicht viel Zeit.»

Bedächtig schüttelte der Mörder den Kopf. «Ich habe, was ich brauche. Und …», er nickte in Marcas' Richtung, «ich bin es ihm schuldig. Er hat mich bis hierher geführt, er hat die Suche für mich übernommen. Er ist mein Bruder. Ihm bin ich die Wahrheit schuldig.»

Der Kommissar reagierte nicht. Er schwieg.

«Vor vielen Jahrhunderten hat ein Mann das Geheimnis der Goldherstellung entdeckt. Er ist berühmt, auch wenn man irgendwann nur noch glaubte, er sei eine Legende. Seinen Namen kennt jeder Freimaurer, der sich für Alchemie interessiert.»

«Flamel», murmelte der Kommissar, «Nicolas Flamel.»

«Richtig. Ein einfacher Schreiber, der Manuskripte abschrieb. Ein unbedeutender Mann, der aber eines Tages ein wichtiges Buch in die Finger bekommen hat.»

«Das *Buch Adams*», ergänzte die Anwältin.

«Ein recht seltsames Werk, das angeblich nur die Abschrift eines noch älteren Textes ist. Eines Textes, der in Stein gemeißelt ist, um vor dem Zorn Gottes sicher zu sein.»

Marcas sah zuerst zu Joan Archambeau, dann zu den beiden Säulen, die sich in die Dunkelheit des Gewölbes erstreckten. «Ich fasse es nicht. Das hier sollen die beiden Säulen sein, die die Sintflut überstanden haben?»

«Das Buch ist seit Flamels Zeiten verschwunden. Überliefert sind nur einige vereinzelte Fragmente, die aber allein keinen Sinn ergeben.»

«Das ist alles, was du mir zu sagen hast?»

«Nun, diesem Flamel ist es mit Hilfe des Buches tatsächlich gelungen, gewöhnliches Metall in Gold umzuwandeln. Gold von unvergleichlicher Reinheit.»

«Wie das Gold, das man bei den beiden Toten in Paris gefunden hat?» Marcas ließ eine Hand in die Tasche gleiten und tastete nach der Goldkugel aus dem Harlemer Tempel.

«Genau. Die Scheide des Degens meiner Familie enthielt alchemistisches Goldpuder, das sich offensichtlich auf der Klinge abgesetzt hat. Wie ich sehe, hast du gut ermittelt. Dieses Gold ist der Beweis dafür, dass Flamel die Umwandlung gelungen ist. Die Legende entspricht der Wahrheit.»

Ein ohrenbetäubendes Gebrüll erfüllte plötzlich das Gewölbe. Marcas drehte sich um. Mit schmerzverzerrtem Gesicht kroch Robinson vorwärts und kratzte dabei mit den Fingernägeln über den Boden. Er hinterließ eine rote Spur. Als er erneut zu brüllen begann, stürzte Marcas auf ihn zu, wich dann aber erschrocken zurück.

Ratten wälzten sich in dem frischen Blut.

100

ASE an Aurora-Zentrale
GMT: verschlüsselt
Operation Chimäre
Habe seit mehr als einer Stunde keinen Kontakt mehr zur Zielperson, nachdem sie mit den beiden anderen Personen in einem verlassenen Haus in Brooklyn verschwunden ist. Eine halbe Stunde später hat der unbekannte Verfolger das Gebäude betreten.
Ende

101
Nicolas Flamels Tagebuch

17. Mai

In kleinen Etappen bin ich nach Cahors gewandert. Ich weiß auch nicht genau, warum ich mir so viel Zeit gelassen habe. Aber der Himmel ist lieblich, und die Vegetation weist noch das zarte Grün des Frühlings auf.

Am späten Nachmittag erreichte ich die Stadt, wo nicht so viel Trubel herrschte wie in Rocamadour. Im Gegenteil, der von einer dicken Stadtmauer umgebene Ort wirkte verschlafen. Als ich durch die höher gelegenen Viertel wanderte, sah ich, dass viele Häuser verlassen waren. Zahlreiche Türen waren mit schwarzen Kreuzen markiert.

Ein Priester, der vom Bischofssitz heraufkam, bemerkte meine Überraschung und erklärte mir, dass dort die Opfer der letzten Pestepidemie gewohnt hätten. Sofort bekreuzigte ich mich. Er lachte über meine Furcht und beruhigte mich mit den Worten: «Epidemien sind wie Stürme. Sie fegen alles hinweg, ziehen dann aber weiter. Bis sie wiederkommen!»

Ich fragte ihn nach der Familie Cenevières. Er schien nicht im Geringsten überrascht und zeigte mir den Weg. Offenbar war die Nachricht, dass Flore in Paris von der Inquisition verfolgt und gefoltert worden war, nicht bis hierher gedrungen. Umso besser. Ich darf hoffen, sie zu finden.

18. Mai

Ich will nur kurz schreiben, dass ich mein Ziel erreicht habe. Die Burg sieht ganz anders aus als die prächtigen Festungen, die ich bislang kannte. Bei dem Anwesen der Cenevières handelt es sich vielmehr um einen «Schlupfwinkel», wie die Leute in der Gegend das Bauwerk nennen. Ein Adlerhorst zwischen Fels und Fluss. Dort lebt sie. Dessen bin ich mir inzwischen sicher. Die Dorfbewohner haben es mir verraten, nachdem ich behauptet hatte – Gott verzeihe mir meine Lüge –, ich wolle in der Burg um Almosen bitten. Alle haben mich vor dem Sohn gewarnt, der ein Rohling sei. Als ich mich enttäuscht zeigte, haben sie hinzugefügt, dass das Fräulein aber gut und großzügig sei und ich mich an sie wenden solle. Sie habe ein großes Herz für alle, die in Not seien. Ich bin zur Burg geeilt.

Eine Magd öffnete mir und erklärte gleich, der Herr des Hauses sei nicht da. Das beruhigte mich. Ich antwortete, dass ich ohnehin gehofft hätte, das Fräulein anzutreffen. Als ich das Misstrauen in ihrem Blick sah, fügte ich hinzu, ich würde ihr lediglich eine Botschaft überbringen. Daraufhin reichte ich der Magd eine der Seiten aus dem Buch, die ich aus meinem Umhang gezogen hatte.

Ich brauchte nicht lange zu warten, schon waren Schritte auf dem Steinboden zu hören. Die Tür öffnete sich wieder, und

Flore de Cenevières stand vor mir. Die linke Hand ruhte schützend auf ihrem leicht gerundeten Bauch.

19. Mai

Noch nie habe ich einer Frau gebeichtet. Schon gar nicht einer werdenden Mutter. Ich habe nichts ausgelassen. Auch nicht das Verbrechen, dessen ich mich schuldig gemacht habe. Als ich ihr davon erzählte, glänzten ihre Augen. Ich mochte mir gar nicht vorstellen, wie sie sich dabei fühlen musste: Ich hatte ihren Folterer und gleichzeitig den Vater des ungeborenen Kindes getötet. Diese schreckliche Wahrheit belastete mich so sehr, dass ich, den Tränen nahe, nur stammeln konnte. Sie bedeutete mir fortzufahren, und ich erzählte alles, was ich zu erzählen hatte. Dann legte ich die Seiten des Buches einzeln auf den schweren Eichentisch.

Meine Mission war erfüllt.

Ich wartete auf ein Wort von ihr und erhielt es in Form einer Geste. Sie erhob sich und zeichnete mit dem Finger ein Kreuz auf meine Stirn.

Ich kniete vor ihr nieder. Schließlich brachen meine Gefühle, die ich so lange zurückgehalten hatte, aus mir heraus. Sie reichte mir die Hand, als Zeichen, dass sie mir verziehen hatte, und ich drückte sie unter Tränen.

20. Mai

Die Sonne steht noch nicht am Himmel, doch für mich ist es Zeit, nun aufzubrechen. Zum letzten Mal schreibe ich in dieses Tagebuch. Von nun an wartet eine andere Aufgabe auf mich, der ich mich widmen muss. Meine Seele hat ihren Frieden gefunden. Und im Innersten meines Herzens brennt von nun an eine Flamme für Isaac Benserade. Seit dem heutigen Tag bin ich sein Nachfolger.

Flore werde ich nicht wiedersehen. Sie hat getan, was sie tun musste. Sie hat getan, worum Isaac sie gebeten hatte. Sie hat das Erbe weitergegeben. An denjenigen, den sie dafür als würdig erachtete.

Das Buch hat sie verbrannt, die Abbildungen jedoch behalten. Später zeigt sie sie vielleicht ihrem Kind.

Ich trat aus der Burg heraus. Es war kalt. Ich wickelte mich fest in meinen Umhang. Beim Gehen fehlte mir das leise Rascheln der Buchseiten im Futter, an das ich mich so sehr gewöhnt hatte.

Jetzt muss ich mich an ein neues Geräusch gewöhnen. Bei jeder Bewegung klingt es, als würde ich einen kleinen Sandsack schütteln.

102
New York
Unter der Freiheitsstatue

Die Ratten waren vor den Schritten geflüchtet. Doch Marcas lauschte noch auf das leiseste Geräusch aus dem Tunnel.

«Menschliches Fleisch, was für ein Festessen muss das für eine Kanalratte sein!», feixte der Maskierte. «Das ist wie der Stein der Weisen für einen Alchemisten.»

«Sind wir hier bald fertig? Deine Komplizin scheint langsam ungeduldig zu werden», erwiderte der Kommissar.

Joan Archambeau warf Marcas einen bitterbösen Blick zu, doch es gelang ihr nicht, ihre Angst zu verbergen. Sie wirkte zunehmend nervös und sah nun den Mörder fragend an, worauf dieser schweigend nickte, bevor er antwortete.

«Weise wie er war, wollte Flamel sein Geheimnis nicht verraten. Ihm war bewusst, was für ein Chaos er damit angerichtet hätte. Die Zeiten waren schwierig und die Methoden der Mächtigen rauer als heutzutage. Also teilte er die Botschaft in vier Teile, entsprechend den vier Elementen, und gab sie an vier Personen seines Vertrauens weiter. Zu jedem Teil gehörte eine Skizze, die symbolisch die einzelnen Phasen der alchemistischen Goldherstellung darstellte. Doch die Kunst konnte nur gelingen, wenn man die vier Skizzen in der richtigen Reihenfolge zusammenführte. Die Empfänger sollten für die Weitergabe ihres Teils von einer Generation zur nächsten sorgen. Sie alle kannten zudem den Namen eines weiteren Verwahrers der Botschaft.»

Verwirrt wandte Marcas ein: «Aber das Datum auf La Fayettes Degen lag lange nach seinem Tod, wie kann das sein?»

Der Mörder lachte spöttisch. «Bist du wirklich so dämlich? Natürlich hat erst einer seiner Nachfahren den Degen gravieren lassen. Über Jahrhunderte hinweg wurde das Geheimnis bestens gehütet, doch unter der Regentschaft von Louis XVI. sind sich die vier Nachfahren schließlich begegnet. Weißt du wo?»

«Mir ist nicht nach Ratespielchen zumute.»

«In einer Freimaurerloge. Zu der Zeit wimmelte es nur so von Logen, die sich mit Alchemie beschäftigten. Cagliostro ließ Sterbende mit Trinkgold wieder gesunden, und der Graf von Saint-Germain stellte Diamanten von unglaublicher Reinheit her. Friedrich von Preußen und Katharina die Große von Russland begeisterten sich ebenfalls für die okkulte Chemie, in der Hoffnung, ihre Staatsfinanzen damit sanieren zu können.»

«Und was haben die vier Nachfahren gemacht, als sie sich trafen?»

«Kannst du dir das nicht denken? Gold natürlich! Gold!»

«Wie habgierig», höhnte Marcas. «Denen ging es also, genau wie dir, nur darum, sich zu bereichern. Flamel hat sich sicher in seinem Grab umgedreht.»

«Du irrst! Wie bereits erwähnt, waren die vier Nachkommen Freimaurer. Sie glaubten an den Erfolg des ersten großen Unabhängigkeitskampfes, der in der westlichen Welt stattfand. Als der Freimaurer-Bruder Benjamin Franklin auf Anweisung George Washingtons in Frankreich eintraf, um finanzielle und militärische Unterstützung zu bekommen, haben die vier beschlossen, den Pakt des Schweigens zu brechen und die amerikanischen Freiheitskämpfer mit alchemistischem Gold zu unterstützen. Der Zeitpunkt war heikel, denn die Zahlungen Louis' XVI. für die amerikanische Unabhängigkeitsbewegung hatten die Finanzen des französischen Königreichs in eine Krise gestürzt, und den amerikanischen Aufständischen war es noch immer nicht gelungen, die Engländer zu besiegen.»

Joan Archambeau hatte sich mit ihrer Taschenlampe vor eine der Säulen gehockt und wühlte in einem Rucksack, den der Mörder mitgebracht haben musste. Kurz darauf zog sie einen Scheinwerfer hervor und schloss ihn an eine kleine Batterie an. Der Kommissar hörte weiter zu, ließ sie jedoch nicht aus den Augen.

«Doch die Erben des Geheimnisses haben es geschafft, so viel Gold zu liefern, dass einerseits die Kriegsbemühungen der amerikanischen Unabhängigkeitsbewegung unterstützt wurden, die Schatzmeister des Königreichs aber andererseits nichts davon mitbekamen. Das alchemistische Gold wurde mit Kupfer und Eisen verschmolzen, wodurch es hart wurde und unauffällig transportiert werden konnte.»

«Die amerikanische Unabhängigkeitsbewegung wurde mit alchemistischem Gold finanziert? … Was haben diese Nachkommen anschließend mit dem Geheimnis gemacht?»

«Nichts, zumindest in den nächsten Jahrzehnten nicht. Ein Kämmerer Louis' XVI. hatte zwar Wind von der Sache bekommen und während der Französischen Revolution den Jakobinern davon erzählt, um seinen Kopf zu retten. Doch die Revolutionäre, durch und durch Rationalisten, schickten ihn ins Asyl von Charenton, wo er schließlich starb. Nach diesem unerwarteten Leck im System wurden alle Mitwisser wieder besonders vorsichtig.»

«Und dann?»

«Im Kaiserreich, als die politische Situation günstiger geworden war, haben sich die Nachfahren erneut getroffen, um zu entscheiden, was mit dem Geheimnis des Goldes geschehen sollte. Damals wurde die Idee geboren, Projekte zum Wohl der Menschheit zu finanzieren. Da man das Gold weder Königen noch Regierungen anvertrauen wollte, die es zur Durchsetzung ihrer politischen Ziele benutzt hätten, wurde beschlossen, Krankenhäuser und Schulen mit dem Gold zu finanzieren und – ganz diskret über Unterorganisationen – sogar Freimaurertempel. Die Brüder haben sich eigentlich nur ein Beispiel an Flamel genommen, der seinerzeit zu einem der größten Gönner von Paris geworden war.»

Marcas schoss ein Gedanke durch den Kopf. Hatte Robinson nicht erzählt, dass der Tempel in Harlem mit Geldern aus Europa erbaut worden sei? Er musste Zeit gewinnen.

«Das einzige Problem war», fuhr der Mörder fort, «sicherzustellen, dass das Geheimnis nicht bekannt wurde. Sie hielten es wie Flamel. Allerdings wurden keine Skizzen mehr verwendet, sondern verschlüsselte Botschaften, die auf der Welt verteilt waren, aber alle hierher führten.»

«Warum hierher?»

Der Mörder sah zu Joan Archambeau hinüber. Marcas folgte seinem Blick. Sie hatte den Scheinwerfer eingeschaltet und vor einer der Säulen aufgebaut. Das Gewölbe war nun hell erleuchtet.

«Sieh dich um. Bevor man die Skizzen zerstört hat, die das Rezept der Goldherstellung verrieten, wurden sie auf diesen Säulen verewigt. Als Anspielung auf ihre Vorgänger, die Säulen aus der Zeit Noahs!»

Die Anwältin holte eine Kamera hervor und machte sich mit Akribie daran, jedes einzelne Detail der Inschriften zu filmen.

«Aber wo ist die Verbindung zu dir?», erkundigte sich Marcas.

«Ich stamme von den Cenevières ab, einer der vier Familien, die das Geheimnis bewahren sollten. Genau wie Joan und der verstorbene Bruder Paul.»

Der Kommissar runzelte die Stirn. «Und wer ist die vierte Familie?»

Der Mörder ging zu der kleinen Kiste und hob den Hammer auf. «Willst du wissen, was das Zeichen bedeutet, das auf der vierten Seite zu sehen ist?»

«Die Flamme?»

Der Mörder drehte den Hammer zwischen den Fingern. «Ich muss dich enttäuschen, Bruder. Es gibt keine vierte Familie. Es hat nie eine vierte Familie gegeben. Naivlinge wie du sollten lediglich auf eine falsche Fährte geschickt werden.»

Marcas war erschüttert. Doch eine letzte Frage brannte ihm noch auf der Zunge. «Aber was sollten dann diese sadistischen Morde in Paris?»

Die Augen des Mörders weiteten sich im Halbdunkel. «Vor einigen Monaten ist mir meine Bestimmung offenbar geworden. Plötzlich habe ich gewusst, dass ich das Meisterwerk vollenden und gleichzeitig die Freimaurerei säubern muss. Ich muss mich reinigen, um des Goldes würdig zu sein. Also muss ich den Pöbel, würdelose Brüder und menschlichen Abschaum, beseitigen und das Blut der Bruderschaft wieder so rein machen, wie es früher einmal war. Ich habe schließlich den neunten Grad inne. Den Rachegrad. Ich bin der Bruder des Blutes.»

«Dann kannst du mir auch noch dein Gesicht zeigen», schlug der Kommissar vor.

«Diese Genugtuung werde ich dir nicht gönnen. Der Tod hat kein Gesicht. Schweig jetzt und hör mir zu! Am Ende des letzten Tunnels, kurz vor der Stelle, wo man die Draisine verlassen muss, befindet sich ein Fallgatter. Für einen Menschen sind die schmiedeeisernen Stäbe zu eng. Für Ratten hingegen …»

Als die Anwältin einen Schritt zurücktrat, um den oberen Abschnitt der Säulen aufzunehmen, sah Marcas zu Robinson, der nur noch flach atmete.

«Ich beneide dich darum», fuhr der Mörder fort, «dass

du an diesem wunderschönen Ort über deinen Tod nachdenken darfst. Du wirst neue Erkenntnisse gewinnen. Das verspreche ich dir.»

Der Kommissar glaubte, in seinem Tonfall ein Jubilieren zu hören.

Joan Archambeau hatte zu Ende gefilmt und ging mit der Kamera in der Hand zum Mörder. Er sah sie neugierig an.

«Hast du alles aufgenommen, Darling?»

Sie nahm den Chip heraus und überreichte ihn ihrem Komplizen. «Ja. Danke für die Gelegenheit. Dafür werde ich dich ewig lieben …» Ihr blieb keine Zeit, die Waffe zu bemerken oder den Schuss zu hören.

Die Kugel durchbohrte ihre Stirn, und sie sank in sich zusammen.

103

ASE an Aurora-Zentrale
GMT: verschlüsselt
Operation Chimäre
Der Unbekannte ist allein wieder aufgetaucht und in sein Auto gestiegen. Warte auf Anweisungen. Im Anhang: Foto des Unbekannten.
Ende

Aurora-Zentrale an ASE
GMT: verschlüsselt
Operation Chimäre

Priorität wechseln. Verfolgung des Unbekannten übernehmen.
Ende

104
Paris
25. April 1382

Gegen Mittag ging Flamel durch das Stadttor. Seine Werkstatt ließ er in der Obhut seiner Frau, die sich während seiner Pilgerreise gut in die neue Rolle eingefunden hatte. Sie hatte gelernt, mit den Lehrlingen umzugehen und erfolgreich mit Kunden zu verhandeln. Warum hätte Flamel nach seiner Rückkehr daran etwas ändern sollen? Bereitwillig überließ er Pernelle die Regentschaft über Haus und Geschäft.

Dafür gab es allerdings noch andere Gründe. Selbst wenn der Mord am Folterer anscheinend in Vergessenheit geraten war, verhielt Flamel sich lieber diskret. Zudem verlangte die Alchemie, die nun zu seiner Lebensaufgabe geworden war, Geduld und Einsamkeit. Vor allem Geduld war gefragt, denn er fand bald heraus, dass das Projektionspulver, das Flore de Cenevières ihm übergegeben hatte, nicht seine Wirkung entfaltete, wenn nicht alle Phasen des alchemistischen Prozesses sorgfältig – und damit erfolgreich – durchgeführt wurden.

Es war nun schon Jahre her, seit er Flore auf ihrem Schloss besucht und ihr das Buch übergeben hatte. Damals war er sehr erstaunt gewesen, dass sie im Besitz des Projektionspulvers war. Isaac hatte es ihr anvertraut.

Und da der Folterer lediglich an dem Buch interessiert war, hatte sie es geschafft, das geheimnisvolle Pulver unter der Folter nicht zu erwähnen.

Obwohl Flamel also das Pulver besaß, waren viele Jahre vergeblicher Versuche, enttäuschter Hoffnungen und Phasen der Verzweiflung vergangen. Ganz zu schweigen von der schrecklichen Angst, die Vergangenheit könne ihn einholen. Sobald Flamel Hufgeklapper oder eine Menschenansammlung auf der Straße hörte und jedes Mal, wenn Maillard, der Kürschner, mit einer wichtigen Neuigkeit in den Laden platzte, schlug dem Kopisten das Herz bis zum Hals – zumal die alchemistischen Apparate im Hinterzimmer des Ladens untergebracht waren. Flamel hatte sich eigentlich zum Arbeiten in den Keller zurückziehen wollen, doch die bloße Erwähnung dieses Vorhabens hatte seine Frau in helle Aufregung versetzt. Woraufhin er die Idee aufgab. Nach und nach hatte er sich dann eine komplette Ausstattung für ein Laboratorium zugelegt. Um keinen Verdacht zu erregen, behauptete er, für seine Arbeit als Buchmaler selbst Farben herstellen zu wollen. Da jedoch nicht genug Platz war, um die Apparate zu benutzen, konnte Flamel lange nicht mit der Arbeit beginnen, sosehr er es sich auch wünschte. Kupellen, Schmelzofen und Metalle lagerten zunächst ungenutzt im Hinterzimmer.

Die Lösung dieses Problems ergab sich vor wenigen Monaten, als Pernelle unerwartet von einer ihrer Tanten ein kleines Gut erbte. Es entpuppte sich als ein Grundstück am Stadtrand. Das Land war in Parzellen aufgeteilt, auf denen zur großen Freude seiner Frau Wein angebaut war.

Eigenen Wein zu produzieren war für die Bürger von

Paris ein ausgesuchter Luxus, da die Mönche mit ihren Ländereien an den sonnigen Hügeln am Ufer der Seine quasi das Weinmonopol der Hauptstadt innehatten.

Entsprechend entzückt war Pernelle, als sie zusätzlich zu dem Wein auch noch einen alten, in den Fels gehauenen Gewölbekeller entdeckte, in dem sich Zuber, eine Presse und Fässer aus altem Eichenholz befanden. Ihr Mann war allerdings noch begeisterter. Von nun an sah man ihn fast jeden Tag früh sein Geschäft verlassen, um sich eifrig der harten Arbeit im Weinberg zu widmen.

Maillard, der ihn einmal dorthin begleitet hatte, war tief beeindruckt zurückgekehrt. Den ganzen Nachmittag hatte er seinem Nachbarn geholfen, die Rebstöcke auszudünnen und verwundene und knotige Ranken abzuschneiden. Er hatte etwas gelernt, wovon er in der Rue Saint-Jacques-de-la-Boucherie noch lange mit blumigen Worten sprach. Und das war genau in Flamels Sinn.

Nur eine Sache hatte der Kürschner bedauert, die er jedoch unerwähnt ließ, um den Effekt seiner Geschichte nicht zu schmälern: Sein Nachbar hatte ihm nämlich nicht den Keller zeigen wollen.

Zu Fuß brauchte man bis zum Weingut mehr als eine Stunde. Es lag auf den sanft zur Seine abfallenden Hängen, die die Bauern Marsfeld nannten. Ein Mönch, der als Eremit in einem der alten Steinbrüche lebte, wusste zu erzählen, dass hier zur Römerzeit rituelle Kämpfe zu Ehren des Kriegsgottes Mars ausgetragen worden waren. Daher kam der Name. Doch Flamel interessierte sich nicht für Mythologie, er schätzte vielmehr die Abgeschiedenheit des Ortes.

Bevor er sich an diesem Mittag in das Gewölbe begab, blickte er sich unauffällig um. Über dem Weinberg erstreckte sich ein blassblauer Himmel. Ein Schwarm Raben zog jenseits des Flusses wie ein böses Omen über einigen Hütten am Horizont auf, von wo eine schmale Rauchwolke aufstieg.

Flamel bekreuzigte sich rasch. Zwar war er nicht abergläubisch, aber heute hatte für ihn alles, was er sah, eine Bedeutung. Und es beunruhigte ihn sehr, die Raben genau in dem Moment zu erblicken, als er an der Tür zu seinem Keller stand. Unruhig tastete er in der Tasche nach dem Säckchen, bis es zwischen seinen Fingern knirschte. Dann holte er tief Luft und drehte den Schlüssel im Schloss um.

Er hatte das Pulver, das Flore ihm gegeben hatte, genau abgewogen: Es würde gerade noch für einen Versuch ausreichen. Einen einzigen.

Wenn die Umwandlung gelänge, wäre er alle Sorgen los, denn – und darin waren sich alle Verfasser einig, deren Schriften er konsultiert hatte – das Pulver würde sich neu bilden, sobald der Prozess erfolgreich abgelaufen war. Man brauchte lediglich die braune Schutzhaut abzuziehen, die das reine Gold umgab, und schon hatte man wieder ausreichend Pulver, um weiteres Gold herzustellen. Doch dazu musste alles gelingen.

Flamel öffnete die Tür und betrat das Gewölbe. In der Mitte des Raumes loderte ein Feuer, dessen Flammen unruhige Schatten auf die alten Steinmauern warfen.

Ein letztes Mal bekreuzigte er sich. Nun würde er es endlich erfahren.

105
New York
Unter der Freiheitsstatue

Nachdem der Mörder durch den Tunnel verschwunden war, untersuchte Marcas sofort Ray Robinsons Wunde. Das Loch, das die Kugel in seinen Körper gerissen hatte, wurde zur linken Seite des Bauches hin größer. Das Atmen fiel Robinson sichtlich schwer, aber er war bei Bewusstsein. Er machte sich keine Illusionen über seinen Zustand.

«Wenn das blöde Geschoss ein Organ erwischt hat, bin ich erledigt, Antoine. Unglaublich, all diesen miesen Gaunern auf den Straßen New Yorks bin ich entkommen, und jetzt lasse ich mich von einem Bruder umlegen … Scheiße, tut das weh.»

«Bleib ruhig, du wirst es schaffen», versuchte Marcas ihn zu beruhigen und drückte seine Jacke als behelfsmäßige Kompresse auf den Bauch des Kollegen. «Ich werde uns hier rausholen. Vertrau mir.»

Er ließ Robinson einen Moment allein liegen und ging zum Eingang des Tunnels. In der Ferne hörte er das Rattern der Draisine auf den Schienen. Hinterherzulaufen war zwecklos, denn zweifellos hatte der Mörder das Fallgatter hinuntergelassen. Marcas kehrte in die Mitte des Gewölbes zurück und versuchte methodisch vorzugehen. Jeden Winkel suchte er nach einer Tür oder einem versteckten Ausgang ab, ohne Erfolg.

Appelliere an deine Vernunft, ermahnte er sich, *lass dich nicht entmutigen*.

Als er an der toten Joan Archambeau vorbeiging, deren Gesicht mit Blut und Hirnmasse verschmiert war, bemerkte er eine Zigarettenschachtel, die ihr aus der Tasche gerutscht war. Marcas beugte sich hinab und griff nach dem Päckchen. Die alte Gier erfasste ihn. Während er sich eine Zigarette ansteckte, fragte er sich sogar, ob die Unmenschlichkeit des Mörders auch von ihm Besitz ergriffen hatte. Weder schämte er sich, noch hatte er ein schlechtes Gewissen, als hätten die letzten Stunden jedes menschliche Gefühl in ihm ausgelöscht.

Rauchend sah er zu Ray Robinson hinüber, der vor Schmerzen stöhnte. Wenn nicht bald etwas geschah, würden die Ratten noch mehr menschliches Futter bekommen.

Der Kommissar blickte nach oben. Das Felsgestein mit den glitzernden Quarzsplittern erinnerte an das Sternenzelt des Himmels. Er musste sich ziemlich genau dreißig Meter unterhalb der Freiheitsstatue befinden. Doch weit und breit war kein Ausgang.

Marcas betrachtete die Schwaden des Zigarettenrauchs um sich herum. Der Geruch des Tabaks hing in der Luft wie ein leichter Nebel.

Plötzlich fiel ihm auf, dass der Rauch nicht zur Decke aufstieg, sondern nach rechts in Richtung der Säulen driftete. Aufmerksam sah er ihm nach und beobachtete, dass der Rauch sich wie eine Schlingpflanze um die linke Säule wand. Auf der Höhe, wo die Freiheitsstatue abgebildet war, verschwanden die Rauchschwaden. Marcas trat die Zigarette aus und lief zur Säule. Überrascht jauchzte er auf.

Der Rauch wurde in ein Gitter von ungefähr einem Meter Durchmesser gezogen, das sich in der Säule befand. Am oberen Ende entdeckte er einen Schacht, der bis in die Felsendecke hinaufführte.

Jetzt verstand er auch, warum es hier nicht moderig und feucht roch. Die Erbauer hatten daran gedacht, ein verstecktes Belüftungssystem einzubauen! Dazu musste zwangsläufig ein Rohr bis an die Oberfläche der Insel reichen, auf der die Freiheitsstatue stand.

Er eilte zu Robinson, dessen Augen noch immer geöffnet waren.

«Vielleicht haben wir eine Chance, Ray. Ich habe in einer der Säulen einen Lüftungsschacht entdeckt.»

«Dann beeil dich. Aber geh ohne mich. Ich kann mich kaum noch bewegen. Und mir ist schwindelig ...»

Marcas begriff, dass Robinson recht hatte. Die einzige Möglichkeit, aus diesem unterirdischen Gefängnis zu entkommen, war, durch das Rohr zu klettern. Aber es blieb zu hoffen, dass es sich nicht zu einem dünnen Schlauch verjüngte.

Marcas wischte seinem zitternden Kollegen die Stirn ab. Der farbige Polizist stöhnte.

«Hau ab und beeil dich! Du hast keine Zeit zu verlieren», krächzte er mit belegter Stimme, während ihm die Lider schwer wurden. «Von Mittag bis ... Mitternacht, Bruder.» Dann gab er ein Seufzen von sich, und sein Blick wurde starr.

«Von Mittag bis Mitternacht, Bruder», antwortete Marcas leise. «Ich komme dich holen, das verspreche ich dir.»

Er schloss dem Toten die Augen und bedeckte dessen Gesicht mit seiner blutbefleckten Jacke.

Schließlich wandte er sich wieder der Säule zu und untersuchte das Gitter genauer. Die Stäbe waren dünn und ein wenig verrostet. Marcas holte mit dem Fuß aus und trat mit voller Wucht dagegen. Das Metall zerbarst.

Er vergrößerte das entstandene Loch mit den Händen und blickte in den dunklen Schacht.

Eilig lief Marcas zurück und griff nach der Taschenlampe, die zwischen den beiden Leichen auf dem Boden lag. Mit der Taschenlampe leuchtete Marcas dann in die Säule hinein.

Sie schien hohl und breit genug, dass sich ein Mensch darin hinaufstemmen konnte. Kurz holte er tief Luft, klemmte sich die Taschenlampe unter seinen Gürtel und machte sich dann auf den Weg.

Schon bald schmerzten seine Handflächen von dem rauen Stein. Nachdem er etwa drei Viertel der Säule erklommen hatte, hielt er einen Moment inne, um zu verschnaufen. Seine Arm- und Beinmuskeln brannten. Fast wäre er weggerutscht, konnte sich jedoch gerade noch halten. Noch einmal holte er tief Luft und kletterte dann weiter. Der Stein ging in eine Art Rohr über.

Als Marcas das nächste Mal mit der Taschenlampe nach oben leuchtete, stellte er fest, dass das Rohr genau vor ihm eine Kurve machte.

Der Kommissar zwängte sich durch die Biegung. Dahinter wurde das Rohr weniger steil, dafür so schmal, dass er sich flach auf den Bauch pressen musste.

Verbissen kroch er weiter. Immer öfter stieß er sich nun den Kopf, weil das Rohr stetig schmaler wurde. Doch er gab nicht auf. Es war die einzige Möglichkeit, dem Tod zu entkommen.

Plötzlich nahm er einen vertrauten Geruch wahr. Es roch nach Meer, und Marcas glaubte, Salz auf der Zunge zu spüren. Es konnte also nicht mehr weit bis nach draußen sein. Auch bemerkte er ein leises, kaum hörbares Surren.

Abermals hielt er seine Lampe nach vorne und sah zehn Meter vor sich einen enormen Lüftungsventilator.

Nun wurde das Rohr wieder etwas breiter, und er zog sich weiter hoch. Das Vibrieren wurde lauter, je näher er kam.

Als Marcas den Ventilator endlich erreicht hatte, stieß er die Taschenlampe ruckartig zwischen die Blätter. Das Knirschen von zerquetschendem Metall schmerzte in seinen Ohren. Das Gerät ruckte, dann setzte die Rotation aus. Marcas konnte sich gerade eben zwischen zwei der Ventilatorblätter hindurchzwängen.

Seine Taschenlampe hatte den Geist aufgegeben, doch aus dem Schacht kam nun schwaches Licht. Es konnte nicht mehr weit sein!

Nach einigen Minuten gelangte Marcas an ein größeres, engmaschiges Metallgitter, in dem unzählige alte Vogelfedern hingen. Dahinter, vermutete er, wäre er endlich draußen. Licht strömte herein, und er konnte bereits deutlich seine Umgebung erkennen.

Marcas versuchte, so ruhig wie möglich zu bleiben, atmete tief durch und nahm all seine Kraft zusammen. Mit einem Schrei stieß er gegen das Gitter – und spürte, wie es nachgab. Er zwängte sich durch die Öffnung, streckte den Kopf aus dem Rohr und blickte in einen riesigen Scheinwerfer.

Marcas stemmte sich hinaus und landete auf einer dichten, feuchten Grasfläche. Erschöpft ließ er sich fallen. Zwar war er völlig außer Atem, seine Glieder schmerzten und seine Kehle brannte, aber er war gerettet.

Als er schließlich aufschaute, glaubte er zu träumen.

Über allem erhob sich in ihrer ganzen Pracht, angestrahlt von dem diffusen Licht diverser Scheinwerfer, riesig, fast irreal vor dem Sternenhimmel – die Freiheitsstatue.

Obwohl sich sein Kopf drehte, nahm Marcas die grünen Reflexe in den Falten ihres Umhangs wahr. Er sah das marmorne Gesicht mit den gemeißelten Lippen, das große, flache Nasenbein, den finsteren Blick. Und auf der Stirn sah er die Krone mit den Spitzen, die sich in den Himmel zu bohren schienen.

Marcas wollte sich aufrichten, doch ihm fehlte die Kraft. Seine Augen tränten, und er war wie benommen. Die Göttin der Freiheit sah ihn fast wohlwollend an. Er glaubte, sie würde sich im nächsten Moment mit ihrer Fackel zu ihm hinabbeugen.

Plötzlich wurde alles um ihn herum dunkel.

106
Paris
25. April 1382
Nachmittags

Flamel stand in einem kleinen unterirdischen Raum, der durch die an den Wänden aufgereihten Fässer noch enger wirkte. In der Mitte thronte ein Ofen, das Herzstück für die Arbeit eines Alchemisten. Alte Texte aus der arabischen Welt bezeichneten diese Art Ofen als Athanor. Flamel hatte ihn aus hitzebeständigem Backstein selbst gebaut. Unten auf dem Steinboden entzündete man das Feuer, das den Bereich darüber erhitzte. Hier befand sich ein eiförmiges Glasgefäß, die Retorte.

Lange Zeit war Flamel davon ausgegangen, dass für

den alchemistischen Prozess allein die Vorgänge in dem ovalen Glas eine Rolle spielten. Dass sich die Metalle dort durch die Kraft, die auf sie ausgeübt wurde, in Gold verwandelten. Doch mittlerweile ahnte er, dass das Feuer in der Etage darunter das bestimmende Element war. Denn entscheidend für die Umwandlung der Materie war letztlich, wie heiß das Feuer war.

Erst nach Jahren hatte Flamel verstanden, warum die Adepten vom Schlaf oder der Wut des *Drachen* sprachen und der Wichtigkeit, diesen zu bändigen. Damit war das Feuer gemeint! Das Feuer war für die Reaktion verantwortlich, sofern man es hegte und pflegte wie ein kleines Kind. Es zum Schlafen brachte, es aufweckte, es nährte, heranzog … Und es vor allem niemals erlöschen ließ. So durchlief das Metall die verschiedenen Phasen: Schwärzung, Gelbung, Weißung und schließlich Rötung. In diesen Stufen wandelte sich die Materie in der Retorte von einer Farbe zur nächsten.

Flamel erinnerte sich noch genau an den Tag vor drei Monaten, an dem ihm die Weißung gelungen war. Es war am 17. Januar gewesen. Durch das Feuer hatte sich die Materie nach und nach von Aschgrau in Pechschwarz verfärbt. Zunächst war der Kopist beunruhigt, kam es ihm doch wie ein unerklärlicher Rückschritt vor. Doch plötzlich bildete sich um die dunkle Masse zunächst ein gelber, dann ein milchig weißer Kreis, wie ein Heiligenschein. Er wurde immer breiter, bis die Materie vollständig in reinem Weiß erstrahlte.

In jenem Moment hatte Flamel gewusst, dass er nur noch eine weitere Stufe vor sich hatte: die Rötung.

Seit drei Monaten bereitete er den letzten Schritt nun vor. Jeden Tag untersuchte er die Materie auf winzige

Veränderungen in Farbe und Gewicht, doch sie schien zu schlafen wie ein Ei, das von einer unsichtbaren Kraft ausgebrütet wird. In dieser Phase musste man besonders auf das Feuer achten, das wusste Flamel. Es durfte niemals ausgehen oder auch nur schwächer werden. Manchmal blieb er über Nacht und regulierte die Temperatur mit Hilfe einer Feuerzange oder eines Blasebalgs.

Und dann war eines Abends plötzlich eine Verfärbung, ein Schillern auf der silberweißen Materie zu sehen gewesen. Auch wenn es sich nur um eine winzige Stelle handelte, wusste Flamel sofort, dass es ein Anfang war und die «Phase des Pfaus» begonnen hatte, die bald zur *rubedo*, der Rötung, führen würde. In der Sprache der Alchemisten bedeutete das, dass in einigen Stunden die gesamte Materie in der Retorte in allen Farben des Regenbogens schillern würde. Und genau das wäre der richtige Moment, um das Projektionspulver einzusetzen.

Die Materie in der Retorte sah aus wie ein Kristall, in dem sich ein unsichtbares Licht in tausend Farben brach.

Flamel holte das Säckchen hervor und strich ein letztes Mal darüber. Das Pulver knirschte. Er löste das Band, mit dem der Stoff zugeknotet war, und ließ das Pulver durch die Finger rieseln. Noch zögerte er. Das Blut pulsierte ihm in den Schläfen.

Mit einer Hand öffnete er die Retorte. Sein Herz schlug schneller. Seit Monaten war die Materie nicht mehr der Luft ausgesetzt gewesen … Flamel fürchtete, die Reaktion würde möglicherweise sofort abbrechen, doch die Materie schillerte unverändert weiter.

Das war die Entscheidung. Er nahm das Säckchen und schüttete den Inhalt in das Mundstück der Retorte. Im nächsten Moment beschlug das ovale Gefäß, und die

Farben verschwanden. Ein eiskalter Schauer lief Flamel über den Rücken. Er erstarrte.

Innerhalb der Glaswände bildete sich ein dicker Nebel, der die Materie aufzulösen schien. Dieses Mal gab es keine Hoffnung mehr … Die Reaktion, auf die er so sehnsüchtig gewartet hatte, war missglückt.

Der Kopist trat einen Schritt zurück. Zu schwer lastete das Gefühl auf seinen Schultern, jahrelang umsonst gearbeitet zu haben.

Dick und beißend zog der Rauch durch das Mundstück ab. Nach und nach wurde auf dem Boden der Retorte ein dunkler Rückstand sichtbar. Wie ein Stück verbranntes Holz, das im nächsten Moment zu Asche zerfallen würde.

Flamel spürte dicke Tränen aus den Augen quellen. Gleich würde die gerade noch glühende Materie erlöschen. Das war also der Lohn eines Lebens! Das war alles, was von einem Traum übrig geblieben war!

Er schloss die Augen und ließ den Tränen freien Lauf. Es war vorbei. Ihm blieb nur noch, zu gehen und – wenn möglich – alles zu vergessen.

Als er die Augen wieder öffnete, war das Feuer in dem Athanor erloschen. Plötzlich herrschte Finsternis in dem Gewölbe. Flamel wollte den Raum durchqueren, doch er hatte nichts, was ihm den Weg hätte leuchten können. Da sah er kurz ein Licht aufflackern. Er riss die Augen auf. Dann wieder das Licht. Ein weiteres Mal leuchtete es in der Dunkelheit.

Auf einmal erstrahlte das Glasgefäß in einem dunklen Orange. Flamel stürzte darauf zu.

Die Materie brodelte wie von einem unsichtbaren Feuer angeheizt. Unter einer rissigen braunen Schutzhaut reifte so schnell, dass man zuschauen konnte, eine gelbliche Frucht.

Flamel fiel auf die Knie.

Das Gold funkelte wie ein Stern.

107
New York
Brooklyn

Eine Stunde nachdem Jack Winthrop seinen Posten verlassen hatte, parkte ein kleiner weißer Lieferwagen vor der Hausnummer 25 in der Coffey Street. Ein Mann im Blaumann stieg eilig aus und betrat die verlassene Lagerhalle. Zielstrebig ging er auf die Tür zu, durch die man in das Untergeschoss gelangte.

Eine weitere Stunde später tauchte er wieder auf und hievte zuerst Ray Robinsons leblosen Körper, dann die Leiche von Joan Archambeau in den Lieferwagen. Danach verriegelte er den Eingang der ehemaligen Lagerhalle und fuhr das Fahrzeug ans andere Ende der Straße.

Schließlich betätigte er einen Knopf in einem schwarzen Kasten. Eine Explosion brachte die Erde zum Beben. In einer riesigen Staubwolke stürzten die Mauern der Halle ein. Zufrieden schickte der Mann seinen Bericht an die Aurora-Zentrale und fuhr los.

Als die Feuerwehr eintraf, hatten sich die wenigen Nachbarn, die es gab, bereits auf der Straße versammelt und schimpften über die Lagerhalle, die schon vor langer Zeit hätte abgerissen werden sollen. Es sei ein Glück, dass niemand in der Nähe gewesen sei. Ein Anwalt, den Aurora sofort an den Schauplatz geschickt hatte, um die Gemüter zu beruhigen, versicherte, dass Schadenersatz gezahlt würde. An der Stelle, an der das Gebäude gestanden habe, würde eine Stiftung für die Wiedereingliederung von Arbeitslosen in Brooklyn entstehen.

Einige Stunden später begannen die ersten Bagger den Schutt abzutragen und vernichteten damit jeden Hinweis auf den Eingang zu dem Gewölbe mit den beiden Säulen.

Dritter Teil

Denn wenig Wert hat alles, was seinen Preis hat.

Friedrich Nietzsche

108
New York
Flughafen Newark

Jack Winthrop massierte sich den Nacken und seufzte. Die ermüdende Beschattung hatte ihn ausgelaugt. Das war ein langweiliger Polizistenjob gewesen! Nicht zu vergleichen mit den riskanten, aber aufregenden Missionen, die er vorher erledigt hatte. Privatdetektiv zu spielen machte ihm keinen Spaß.

An den Air-France-Schaltern war viel los, aber Jack Winthrop hatte die neue Zielperson gut im Blick. Einen Großteil der Nacht war er dem Mann bereits gefolgt. Von dem Moment, in dem dieser die Lagerhalle betreten hatte, bis er wieder herausgekommen und in sein Hotel gefahren war. Was mit den beiden Männern und der Frau geschehen war, die zuvor in dem Gebäude verschwunden waren, wusste Winthrop nicht, aber das war auch nicht mehr sein Problem.

Als der Mann am Morgen mit einem Koffer in ein Taxi gestiegen war, hatte Winthrop seinen Auftraggeber kontaktiert und ihn über dessen unmittelbar bevorstehende Abreise informiert. Daraufhin hatte er die Anweisung erhalten, der Zielperson weiterhin zu folgen.

Der Mann stand jetzt in der Schlange für einen Flug nach Paris. Winthrop wusste, dass seine Mission hier enden würde. Als die Flugnummer – 019 – sowie die Ankunftszeit in Frankreich bestätigt waren, setzte er sich in ein Fast-Food-Restaurant im Abflugbereich und verfasste seinen Bericht. Hungrig schlang er einen fettigen Hamburger herunter und tippte gleichzeitig alles, was er wusste, in seinen Blackberry.

So unbefriedigend hatte er noch keine Mission empfunden. Winthrop schüttelte den Kopf. Operation Chimäre … Wer bei Aurora hatte sich bloß diesen Namen ausgedacht? Aber jetzt war es ja vorbei.

Er drückte auf «Senden». Aurora würde nun sicher einen in Europa stationierten Experten damit beauftragen, die Beschattung des Mannes in Paris fortzusetzen. Er selbst dagegen würde sich direkt zum Flughafen La Guardia begeben, wo er mit ein wenig Glück bald einen Fug nach Pensacola bekäme. Schon heute Abend könnte er wieder bei seiner Familie sein und seine Kündigung formulieren.

Winthrop holte sich noch einen Kaffee und sah durch die Scheiben den Mann, der inzwischen sein Gepäck aufgegeben hatte, geduldig in der langen Schlange vor der Sicherheitskontrolle warten.

Sein Blackberry vibrierte.

«Scheiße!», fluchte Winthrop, als er die Nachricht der Aurora-Zentrale gelesen hatte. Die Operation Chimäre war noch nicht zu Ende.

Er hastete auf den Verkaufsschalter von Air France zu und stieß eine Gruppe russischer Touristen zur Seite.

«Gibt es noch Plätze für Flug 019 nach Paris?»

Die Dame am Schalter sah ihn mitleidig an. «Leider dürfen wir keine Last-Minute-Buchungen annehmen. Aus Sicherheitsgründen. Aufgrund der verschärften Gesetze für den Lufttransport …» Sie leierte einen seit dem Attentat vom 11. September tausendmal wiederholten Text herunter. «Die Passagierlisten der internationalen Flüge werden im Vorfeld den Behörden für …»

«Das habe ich verstanden», schnitt Winthrop ihr genervt das Wort ab. «Wann geht der nächste Flug nach Paris? Schnell!»

Ein stämmiger Kerl in grauer Uniform näherte sich dem Schalter und sah ihn misstrauisch an. Winthrop mäßigte seinen Ton. Er musste vermeiden, dass der Sicherheitsbeamte ihn für verdächtig hielt. Last-Minute-Passagiere waren derzeit nicht gut angesehen. Zum Glück hatte er einen Koffer dabei, sonst würden sie ihn vermutlich gleich abführen … In den Vereinigten Staaten hatte der Sicherheitsdienst an Flughäfen inzwischen mehr Macht als der KGB in der Sowjetunion zu Breschnews Zeiten und konnte einen schon für einen schiefen Blick einlochen.

Winthrop bemühte sich um ein freundliches Lächeln und zog seinen Ausweis vom Marineverein hervor, auf dem er mit rasiertem Schädel und hochgeschlossener Uniform im Kapitänsgrad zu sehen war. Er hielt ihn dem Sicherheitsbeamten hin.

«Veteranen meines ehemaligen Regiments machen eine Spritztour nach Paris, und ich muss unbedingt dabei sein. Ich bin kein Terrorist, versprochen!», scherzte er und setzte sein dümmstes Lächeln auf.

Der Beamte nahm den Ausweis und verlangte auch nach Winthrops Pass. «Die Luftfahrtgesellschaften können keine Ausnahme machen», antwortete er, ohne Winthrops Lächeln zu erwidern. «Sie müssen warten. Und das nächste Mal rempeln Sie bitte nicht andere Passagiere an. Schönen Tag noch.»

Der Mann gab die Papiere zurück und entfernte sich.

«Alter Wichtigtuer», fluchte Winthrop innerlich, das Gesicht jedoch noch immer zu einem Lächeln verzogen. Dann wandte er sich wieder an die Schalterbeamtin.

«Also?»

«Für den Flug morgen um die gleiche Zeit habe ich noch Plätze frei», erklärte die Dame hinter dem Schalter und sah ihn mit dem freundlichen Standardblick der Stewardessen an.

Winthrop kaufte das Ticket und informierte Aurora über seine Verspätung. Er würde einen ganzen Tag warten müssen.

109
Über dem Atlantik
Flug AF 019 nach Paris

Der Bruder des Blutes nahm die Stöpsel des Kopfhörers aus dem Ohr und stürzte ein Glas Wein hinunter, das ihm die Stewardess gebracht hatte. Sie fand den Passagier, der einen großen Teddybären auf den freien Platz neben sich gesetzt hatte, rührend.

Er hatte seine Einkäufe am Fughafen erledigt: einen Pandabären für seinen Sohn und eine Cartier-Uhr für seine Frau. Er wollte sich schließlich nicht lumpen lassen.

Alles war wunderbar gelaufen. Immer wieder hatte er sich die Aufnahmen der Säulen in dem Gewölbe angeschaut und war völlig verblüfft über das, was darauf zu sehen war. Sofort hatte er den dort abgebildeten Ort wiedererkannt, so unglaublich es ihm auch schien. Er war identisch mit dem in Paris. Mitten im Herzen von Paris verbarg sich also das ultimative Geheimnis!

Der letzte und noch fehlende Name der vierten Familie war ihm jetzt egal, er konnte darauf verzichten. Wichtig war, dass er alle Störfaktoren beseitigt hatte: angefangen bei den beiden ihm bekannten Nachfahren Lambre und Archambeau, dem Farbigen und schließlich Antoine Marcas … auch er war zum höheren Licht abberufen worden.

Endlich wusste er, wo sich das Geheimnis des Goldes befand. Er wurde immer ungeduldiger und hätte einiges dafür gegeben, wenn das Flugzeug im nächsten Moment auf dem Rollfeld des Flughafens Charles de Gaulle hätte aufsetzen können.

Zärtlich betrachtete er das Plüschtier neben sich. Zu Hause würde er den Teddybären gleich vor die Zimmertür seines Sohnes setzen, der ihn dann beim Aufwachen dort finden würde. Er stellte sich sein freudiges Jauchzen, sein Lachen, seine strahlenden Augen vor. Dann verdrängte er den Gedanken. Für schwache, sentimentale Momente war jetzt keine Zeit. Er befand sich auf einer Mission, die es zu erfüllen galt.

Schließlich steckte er sich die Stöpsel des Kopfhörers wieder ins Ohr und sah sich noch einmal den Film auf dem kleinen Display seiner Videokamera an.

110
Paris
Palais Royal

Edmond Canseliet mochte es nicht, früh geweckt zu werden. Während er sich erhob, streifte sein Blick die nackte Frau, die lang ausgestreckt unter einem edlen Seidenlaken schlief. Doch er hatte keine Zeit, sich erotischen Träumereien mit seiner Assistentin hinzugeben. Leise verließ er das Schlafzimmer und ging in sein Büro. Erneut war der Signalton zu hören. Ärgerlich schaltete er ihn ab und startete das Mailprogramm.

Die Entschlüsselung der Codierung begann. *Weniger als eine Minute …*

Auf dem Bildschirm kreiste ein Briefumschlag, der wenig später innehielt, sich öffnete und den Blick auf die Nachricht von Consurgens freigab:

Aurora-Zentrale an Aurora Paris
08.25 Uhr GMT
Operation Chimäre
ASE informiert uns, dass die Zielperson, die in New York mit der Operation Chimäre in Verbindung gebracht wurde, morgen am Flughafen CDG eintreffen wird. Anbei ein Foto. Bitte für Beschattung in Paris sorgen.
ASE kommt mit dem nächsten Flug und wird dann übernehmen.
Werde mich selbst in den nächsten Stunden ebenfalls nach Paris begeben. Genaue Ankunftszeit teile ich noch mit. Bitte eine

Waffe für den Agenten bei seiner Ankunft bereithalten.

Ende

Canseliet rieb sich wütend die Augen. Ohne Vorankündigung eine Beschattung organisieren … Eine Knarre auftreiben … Sonst noch was? Was für eine blöde Idee von Consurgens.

Seit die beiden Polizisten dieses fast reine Gold gefunden hatten, schien Consurgens jedes Maß verloren zu haben. Ganz zu schweigen davon, dass er Aurora als sein persönliches Machtinstrument betrachtete und die Mitglieder der Gruppe wie Sklaven behandelte, die seinen Anweisungen zu folgen hatten.

Canseliet fluchte. Doch er wusste: Consurgens war nicht mehr der Jüngste und würde in nicht allzu langer Zeit einen Nachfolger bestimmen. Deshalb war es besser zu buckeln. Für den Moment jedenfalls, auch wenn es Canseliet vor Ungeduld in den Fingern juckte. Er schickte seine Antwort.

Aurora Paris an Aurora-Zentrale

08.35 Uhr GMT

Operation Chimäre

Anweisung erhalten, wird erledigt.

Ende

111
New York

Marcas hatte Mühe, auf dem Rücksitz im Taxi die Augen offen zu halten, so erschöpft war er.

Zu viel war geschehen, und die Bilder überschlugen sich vor seinem geistigen Auge. Die Gedanken schwirrten unruhig durch seinen Kopf. Noch immer war er sich nicht ganz sicher, ob das, was er in dem Gewölbe erlebt hatte, nicht doch ein böser Traum gewesen war.

Auf dem Rasen neben der Statue aufzuwachen, der vorwurfsvolle Blick der Touristen, die ihn aufgrund seines geschwollenen Gesichts und der zerrissenen Kleidung für einen Penner halten mussten – das alles kam ihm jetzt so unwirklich vor wie einer unheimlichen phantastischen Geschichte entsprungen. Er hatte eine der zahlreichen Fähren genommen, die die beiden Inseln Liberty und Ellis Island mit Manhattan verbanden, und weniger als zwei Stunden später war er wieder auf seinem Zimmer im Chelsea Hotel gewesen. Er hatte sogar noch die Geistesgegenwart besessen, den Rückflug nach Paris zu buchen, bevor er kraftlos ins Bett gefallen war.

Marcas reckte sich und ließ den Blick über den Himmel schweifen, der sich im Osten von New York, wo der internationale Flughafen JFK lag, langsam verdunkelte. Die Sonne setzte ihre ewige Bahn gen Westen fort, während es im Osten Nacht wurde.

Der Osten, der *Orient*, lag in Finsternis.

Wieder erinnerte sich Marcas an den letzten Blick seines Bruders aus Harlem, Ray Robinson. Er hatte versucht, das Versprechen zu halten und Robinsons Leiche zu bergen. Doch als er in die Nähe der Lagerhalle in Brooklyn kam, war alles abgesperrt. Nur noch ein Trümmerhaufen stand an der Stelle. Der Eingang zu dem unterirdischen Gewölbe war verschüttet. Nun würde der Schwarze bis in alle Ewigkeit dort unten, in seinem Mausoleum, ruhen.

Auch die Behörden hatte Marcas nicht benachrichtigt, weil sie ihn sonst wahrscheinlich in New York festgehalten hätten. Der Medienrummel wäre so groß gewesen, dass seine Chancen, den Mörder aufzuspüren, bei null liegen würden.

Ihm blieb nur eine Spur: *Cenevières*.

Seltsamerweise hatte der Mörder seinen Namen verraten. Ob es kalkuliertes Risiko oder persönliche Eitelkeit gewesen war, würde Marcas erst in Paris herausfinden. Doch das Warten nervte ihn, der Mörder hatte mindestens einen Tag Vorsprung.

Um Zeit zu gewinnen, hatte Marcas vom Hotel aus einen seiner Kollegen bei der Kripo angerufen und ihn gebeten, in den zahlreichen Datenbanken, egal ob offiziell oder inoffiziell, nach dem Namen Cenevières zu suchen. Auch mit Andrivaux hatte er gesprochen und ein Treffen mit ihm verabredet, weil er gleich nach seiner Ankunft in Paris auch die Mitgliederkartei der Großloge durchsehen wollte.

Es war seine letzte Chance, bevor der Mörder mit dem alchemistischen Geheimnis über alle Berge sein würde. Bei der Vorstellung, diesem Verrückten könne es gelingen, nach Belieben Gold herzustellen, lief es Marcas kalt den Rücken hinunter. Welche Macht dieser Wahnsinnige dann besäße!

Marcas verdrängte den Gedanken und sah erneut aus

dem Fenster. Dicke, dunkle Wolken bildeten sich am Himmel.

Er hatte nur eine einzige Spur. Cenevières. Der Bruder des Blutes.

112
Schweiz
Kanton Bern

Gerade war ihm Bescheid gegeben worden, der Bentley stehe vor dem Eingang bereit. Der Koffer befand sich bereits im Wagen, und seine Falcon 7X, ein supermoderner Jet, stand schon auf dem Rollfeld des Flughafens. Andrea Consurgens stürzte das Glas Sauermilch hinunter und bedankte sich bei seinem Bediensteten.

Der vorherrschende Wirbel, seit Aurora Paris die Nachricht geschickt hatte, Spuren alchemistischen Goldes seien aufgetaucht, war nicht wirkungslos an ihm vorübergegangen. Zwar hatte er immer damit gerechnet, dass das Geheimnis der vier Familien eines Tages gelüftet werden würde. Doch im Laufe der Zeit war ihm das Risiko immer geringer erschienen. Wegen dieser Leichtgläubigkeit galt es jetzt jedoch Notfallmaßnahmen zu ergreifen.

Während Consurgens seinen Mantel nahm, blickte er wehmütig auf das Panorama der sich vor ihm ins Unendliche erstreckenden Alpenlandschaft.

Die Tatsache, dass der zweite ASE-Agent, den er zusätzlich zu Winthrop eingesetzt hatte, in der unterirdischen Stätte zwei Leichen gefunden hatte, ließ ihn nicht kalt. Er bedauerte aufrichtig den Tod der Tochter seines

Freundes Colonel Archambeau, des viel zu früh verstorbenen Begründers der ASE. Der Abkömmling einer alten Familie hatte ihm sehr am Herzen gelegen. Schade, dass sich Vater und Tochter nie verstanden hatten.

Der Tod des Schwarzen war nebensächlich. Aber die Tatsache, dass die Leiche des Franzosen nicht in dem Gewölbe gefunden worden war, bedeutete, dass dieser entkommen sein musste. Wahrscheinlich durch den Lüftungsschacht in einer der Säulen, vermutete Cornsurgens. *Die zwei Säulen.* Er erinnerte sich an seinen ersten Besuch in dem Gewölbe unterhalb der Freiheitsstatue, an das Wunder, von dem Normalsterbliche keine Ahnung hatten …

Doch es war nicht dieser Kommissar, der Consurgens beunruhigte, sondern jener Kerl, der die heilige Stätte allein betreten und auch wieder allein verlassen hatte. Auf sein Konto gingen die beiden Morde. Er hatte sich der letzten Geheimbotschaft bemächtigt und musste beseitigt werden. Der Unbekannte würde die Puzzleteile zusammensetzen und dabei logischerweise das Geheimnis des *Buchs Adams* aufdecken.

Früher oder später würde der Kerl in das Pariser Heiligtum eindringen. Das Rätsel, das jahrhundertelang unlösbar gewesen war, schien plötzlich so durchschaubar wie eine Schnitzeljagd für Kinder.

Consurgens betrachtete durch das Fenster den wartenden Bentley. Zum ersten Mal seit vielen Jahren fühlte er sich einsam. Selbst das Gold, dem er sein ganzes Leben gewidmet hatte, stellte keinen Trost mehr dar. Jetzt hatte er nur noch ein Ziel: den Mann aufzuhalten, der den Schwur des Goldes verraten hatte.

In wenigen Stunden würde er in Frankreich sein.

113
Paris
Palais Royal

Gerade rief seine Assistentin an. Sie hatte die Waffe bei einem Händler auf dem Schwarzmarkt an der Porte de Clignancourt aufgetrieben. Ein Privatdetektiv war ebenfalls bereits angeheuert.

Canseliet war über die Effektivität seiner Mitarbeiter immer wieder verblüfft und bedankte sich höflich. Im Unterschied zu Andrea Consurgens wusste er seine Angestellten anständig zu behandeln. Stolz führte er sich die Tatsache vor Augen, dass er innerhalb kürzester Zeit die Anweisungen des Aurora-Gründers umgesetzt hatte.

Die Beschattung war bislang ohne Zwischenfälle verlaufen. Der Mann hatte den Vortag damit verbracht, sich auszuruhen, und das Haus erst heute wieder verlassen, um an der Avenue Franklin Roosevelt etwas zu essen. Danach war er in eine Ladenpassage an den Champs-Élysées gegangen. Im Moment kaufte die Zielperson, wie Consurgens ihn nannte, eine größere Taschenlampe in einem Spezialgeschäft für Sicherheitsartikel. Genauer konnte man nicht Bescheid wissen.

Canseliet lächelte zufrieden. Jetzt brauchte er nur noch seinen Bericht zum Goldmarkt abzuschicken.

Aurora Paris an Aurora-Zentrale
14.00 Uhr GMT
Kurse
Der Preis für eine Feinunze Gold (XAU) ist nach wie vor extremen Schwankungen ausgesetzt. Fünf Minen verkaufen weiterhin

einen Teil ihrer noch nicht abgebauten Bestände am Markt. Die Schwelle von 2800 Tonnen verkauftem Gold ist somit überschritten, die Menge nähert sich der Zahl der jährlichen Gesamtproduktion.

Mitteilungen

Anmerkung zu den neuesten Marktprognosen für digitale Goldwährungen, auch e-Gold genannt: Seit dieser neue Markt existiert, der nicht länger auf physischem Gold in Form von Barren oder Münzen basiert, sondern auf virtuellen Mengen, die im Internet von Brokern gekauft und gehandelt werden, besitzt Aurora einen Großteil der Anteile bei den besten Wertpapierhändlern. Die Prognosen für das laufende Jahr sind sehr gut, dennoch wiederhole ich meine Warnung: Es besteht das Risiko, dass der Handel mit traditionellem Gold dadurch einbrechen wird. Der Kurs von 10 Unzen e-Gold (3460 Dollar) liegt zwar unter dem von 10 Unzen physischem Gold (3650 Dollar), allerdings lassen sich die Transaktionen wesentlich schlechter zurückverfolgen. Vorsicht vor allzu großer Begeisterung. Wenn die Blase platzt, hätte das schwerwiegende Auswirkungen auf den traditionellen Goldmarkt.

Im Anhang die Kurse der Digital Gold Currency (DGC).

Operation Chimäre

Der aus New York eingetroffene Mann wurde seit seiner Ankunft am Flughafen beschattet.

Die entsprechenden Informationen werden an den ASE-Agenten übermittelt, sobald dieser in Paris ist und die Beschattung der Zielperson übernimmt.
Ich erwarte Sie am Flughafen Le Bourget.
Bitte geben Sie mir Ihre Ankunftszeit durch.
Ende

114
Paris
Sitz der Großloge

Vom Flughafen Charles de Gaulle aus war Marcas direkt zum Sitz der Großloge gefahren. Anderthalb Stunden im Stau hatten an seinen Nerven gezerrt.

Nun wanderte er in zerknittertem Anzug ungeduldig in Guy Andrivaux' Büro auf und ab und blickte nervös vom Großsekretär zum Großmeister, der ebenfalls informiert worden war.

Marcas war blass und müde. Er wusste, dies würde seine letzte Chance sein, den Mörder, der sich selbst als Bruder des Blutes bezeichnete, zu identifizieren: ein Phantom, ein Geist. Denn der Name Cenevières tauchte bislang in keiner Datei auf. Sein Kollege von der Kripo hatte alle verfügbaren Datenbanken vergeblich durchsucht. Marcas konnte nur hoffen, dass der Großsekretär in seinem Computer etwas finden würde.

«Und, hast du ihn?»

«Nein, immer noch nicht. Er taucht in keiner Liste und keiner Datenbank auf.»

«Cenevières, zum Teufel. Das war der Name, den er gesagt hat. Dein PC spinnt. Das kann gar nicht sein!»

Der Großmeister schritt ein und legte Marcas die Hand auf die Schulter. «Unser Bruder kann sich nicht irren», sagte der Jurist mit grauem, gewelltem Haar, «die Eingaben werden regelmäßig aktualisiert. Die Namen aller Brüder sind dort verzeichnet, sogar jene, die suspendiert oder ausgeschlossen wurden.»

Fieberhaft dachte der Kommissar nach. Irgendetwas stimmte nicht. Warum sollte der Mörder einen falschen Namen genannt haben, wenn er davon ausgegangen war, dass er, Marcas, in dem Gewölbe unter der Statue zum Tode verdammt war?

«Und wenn er Mitglied in einer anderen Großloge ist?»

Der Großmeister schüttelte den Kopf. «Nein, ich habe den Namen auch an meine Amtskollegen in den anderen Großlogen weitergegeben. Das ist zwar nicht üblich, aber als ich ihnen erklärte, dass es sich womöglich um einen Mörder handelt, haben sie alle bereitwillig ihre Datenbanken durchforstet. Vergeblich. Dein Cenevières ist offenbar in keiner französischen Freimaurerloge gemeldet.»

Verzweifelt ließ sich Marcas in einen der Sessel fallen und faltete die Hände unter dem Kinn. Er konnte doch so kurz vor dem Ziel nicht scheitern!

Guy Andrivaux erhob sich und setzte sich neben ihn. «Ich habe eine Idee. Wir können es vielleicht andersherum versuchen. Du hast uns erzählt, er sei der Nachfahre eines Freimaurers, der im 18. Jahrhundert gelebt hat und La Fayette und Archambeau nahestand.»

«Ja, das stimmt. Paul de Lambre hat …» Der Kommissar hielt inne, denn plötzlich fiel ihm ein, dass er stets behauptet hatte, ihm wäre es nicht gelungen den USB-Stick des ermordeten Bruders zu öffnen. Doch der Großsekretär, vollkommen eingenommen von seiner Idee, hatte gar nicht zugehört.

«Gehen wir also in die Archive. Vielleicht finden wir dort etwas unter dem Namen der Loge des Marquis.»

«Eine gute Idee», sagte der Großmeister und fuhr sich mit der Hand durchs Haar. «Ich empfange in der Zwischenzeit die Fernsehjournalisten, die mich zum Thema Laizismus interviewen wollen. Endlich interessieren die sich mal für etwas anderes als Verschwörungstheorien …»

Marcas und Andrivaux verließen das Büro und nahmen den Fahrstuhl, der sie in die sechste Etage brachte, wo sich die Bibliothek befand. Sie gingen zum Büro des Bibliothekars.

Pierre Moutiers war ein Bruder mit einem gepflegten schwarzen Bart, der sie sehr zuvorkommend empfing.

«Tretet doch ein.»

Das altmodisch eingerichtete Büro mit dunklen Dielen und gut gefüllten Bücherschränken bot einen phantastischen Blick über Paris. Im Norden konnte man sogar die weiße Kuppel von Sacré-Cœur erkennen. Einige Freimaurer empfanden die Basilika allerdings als Provokation, und so hatte es in den sechziger Jahren Überlegungen gegeben, ein riesiges leuchtendes Dreieck auf dem Dach der Großloge zu installieren, um die Katholiken zu ärgern.

Auf dem Schreibtisch von Moutiers stapelten sich Bücher, Manuskripte und zahlreiche Gegenstände. Darunter eine Zigarettenschachtel, wie der Kommissar interessiert bemerkte.

Andrivaux erklärte dem Bibliothekar kurz, weshalb sie hier waren. Moutiers runzelte die Stirn und machte sich Notizen.

«Die Loge, der La Fayette angehörte, ist bekannt. Sie hieß *Die Freunde der Humanität*. Das dürfte also kein Problem sein. Aber damit wissen wir noch nicht, in welcher Loge seine Freunde waren. Allerdings sollte es möglich sein, die Veteranen des Unabhängigkeitskriegs ausfindig zu machen. Mal sehen ...» Er setzte sich an seinen Computer, mit dem er Zugang zu allen Dokumenten hatte, die in der Großloge archiviert waren. «Ah, hier! Es sind mehrere Verweise. Viele unserer Brüder haben sich damals in dem Konflikt engagiert.»

«Es war ja auch ein Kampf für Freiheit und Demokratie», betonte Andrivaux.

Marcas platzte fast vor Ungeduld. «Und weiter?»

«Also, es gibt fünf Bücher, die als Klassiker zu diesem Thema gelten.»

«Wunderbar, die würden wir gern einsehen», bat der Großsekretär freundlich.

«Geht schon mal in die Bibliothek und setzt euch an einen der Tische. Ich werde sie euch gleich bringen lassen.»

Der Kommissar war beeindruckt von so viel Hilfsbereitschaft und beugte sich für den zeremoniellen Gruß der Freimaurer zu Moutiers vor. Dieser erwiderte die Geste.

«Wenn es dir irgendwie nützt, werter Bruder, helfe ich dir gerne bei den weiteren Recherchen.»

115
Paris
Champs-Élysées

Die Kunden im Geschäft für Sicherheitsartikel sahen entweder aus wie Exsoldaten oder aber finster dreinschauende Botschaftsangestellte. Sie füllten ihre kleinen Einkaufskörbe so selbstverständlich mit Wanzen-Detektoren und Spionagemikrophonen, als kauften sie gerade Käse und Gemüse im Supermarkt.

Der Bruder des Blutes zahlte bei einem Verkäufer mit kahlrasiertem Schädel und nahm die schwarze Plastiktüte in Empfang, die ein von der US Navy verwendetes Messer und eine Speziallampe enthielt, ein vom FBI anerkanntes Modell mit zweistündiger Leuchtzeit.

Beim Verlassen des Geschäfts warf er einen Blick auf die Auslage der benachbarten Buchhandlung. Auf einer Samtunterlage sah er eine jener seltenen Ausgaben, für die er sich früher hatte begeistern können: ein feines, in rotes Ziegenleder gebundenes Exemplar mit prunkvollen Vergoldungen und eingravierten Wappen. Doch er hatte sich weiterentwickelt, und inzwischen galt seine Begeisterung eher Messern, Dolchen und Degen.

Er war heute ein anderer Mensch. Ein Initiierter. Er war der Bruder des Blutes.

Bald schon würde er den Ort aufsuchen, der das Ende seiner Suche darstellte. Nach seiner Rückkehr aus New York hatte er sich Zeit genommen, sich auszuruhen und die Vorfreude zu genießen. Wenn er das Geheimnis des Goldes kannte, würde nichts mehr so sein wie vorher. In wenigen Stunden war es so weit.

Als er seinen Blick über das Schaufenster schweifen

ließ, registrierte er in der Spiegelung der Scheibe einen Mann, der ihn von der gegenüberliegenden Seite der Einkaufspassage zu beobachten schien.

Erneut tat er so, als wende er sich den Büchern zu. Aus den Augenwinkeln aber sah er, wie der Kerl ihn beobachtete, obwohl er vorgab, eine Zeitung zu lesen.

Entweder war er paranoid, oder er wurde tatsächlich verfolgt, dachte der Bruder des Blutes. Doch wer sollte ihn beschatten? Das ergab keinen Sinn. Allerdings durfte er kein unnötiges Risiko eingehen, nicht auf der letzten Etappe seiner Mission. Er musste seinen möglichen Verfolger abschütteln, und zwar so, dass dieser nicht misstrauisch wurde.

Am Ende der Einkaufspassage entdeckte er einen großen Eingang, über dem europäische Fähnchen hingen. Ein mehrsprachiges Schild pries die Vorzüge eines Hotels mit dem originellen Namen *Business Center by Seine* an. Dort herrschte ein stetiges Kommen und Gehen, vor allem von Geschäftsleuten in Anzügen.

Der Bruder des Blutes jubilierte innerlich. Mit ein wenig Glück würde er sich unsichtbar machen können.

Ohne sich noch einmal umzudrehen, ging er auf das Hotel zu und spürte dabei den unbekannten Verfolger im Nacken. Umso besser. Er würde es ihm zeigen.

Die Dame an der Rezeption verstand auf Anhieb, was er wollte. Er brauche ein Zimmer für einen wichtigen ausländischen Kunden. Einen Asiaten. Ob er die Räume ansehen dürfe, damit er sich das beste aussuchen könne?

Unverzüglich rief die Rezeptionistin nach einem Kollegen, der ihn zu den Fahrstühlen führte. Bevor sich die Tür zur Empfangshalle schloss, wagte er noch einen kurzen Blick hinaus. Sein Verfolger hatte bereits sein Handy am Ohr.

Der Bruder des Blutes entspannte sich und wandte sich dem Hotelangestellten zu.

«Könnten Sie mir auch die Notausgänge zeigen? Mein Kunde ist diesbezüglich sehr eigen. Hat wohl mit seiner Kultur zu tun.»

116
Paris
Sitz der Großloge

Andrivaux und Marcas betraten durch einen gesicherten Eingang den Lesesaal mit seinen hohen Decken, an dessen Wänden die Regale bis unter die Decke mit unzähligen Büchern bestückt waren. Sie setzten sich einander gegenüber an einen großen Tisch und warteten, bis eine Bibliothekarin schließlich behutsam einen Stapel alter Bücher vor ihnen ablegte.

«Die Bücher kommen aus dem Magazin, gehen Sie bitte vorsichtig damit um», sagte sie mit ernster Miene.

Wie versprochen gesellte sich kurz darauf Moutiers zu ihnen.

«Wie kann ich behilflich sein?», fragte der Bibliothekar.

«Wir suchen einen gewissen Cenevières, einen Waffenbruder La Fayettes und Archambeaus», erklärte Marcas, während er eines der Bücher aufschlug. Die beiden anderen taten es ihm nach.

In der arbeitsamen Stille hörte man nichts als das

Rascheln des Papiers. Nach etwa zehn Minuten hüstelte der Bibliotheksleiter und sagte: «Archambeau habe ich hier. Er ist anscheinend bekannter als der andere. Er wird hier als Vertrauter La Fayettes während des gesamten Unabhängigkeitskrieges genannt. Was seine Karriere bei den Freimaurern angeht … Also, seinem Lebenslauf in den Anmerkungen zufolge … Ja, hier. Da steht, dass er in Paris initiiert wurde, ohne Nennung des genauen Ortes oder des Datums.»

«Verdammt!», grummelte Marcas.

«Recherche ist kein langer gerader Fluss», kommentierte Moutiers den Wutausbruch des Kommissars.

«Ja, manchmal muss man in den Nebenflüssen suchen», ergänzte Andrivaux und deutete auf ein dünnes Heftchen mit einem aufwendigen Einband. «Das ist eine Schrift gegen das Freimaurertum aus dem Jahr 1815, nach dem Sturz Napoleons. Offensichtlich hat sie ein glühender Royalist verfasst. Denn er kritisiert das von den Brüdern angezettelte Komplott, das letztendlich zur Revolution führte.»

«Die alte Litanei», urteilte der Kommissar. «Aber was hat das mit unseren Recherchen zu tun?»

«Na ja, der Verfasser begnügt sich nicht damit, die Freimaurer zu beschuldigen, er denunziert sie auch. Insbesondere initiierte Aristokraten. Sie seien die wahren Verräter ihrer sozialen Klasse. Und um seine Behauptungen zu beweisen, nennt er ihren Namen und den ihrer Loge.»

«Sag nicht, dass …»

«Hier steht es: Archambeau, Mitglied in der Loge *Die Brüder des heiligen Jakob*, 1775 initiiert.»

Marcas sah den Bibliotheksleiter eindringlich an.

«Keine Sorge», erklärte der Mann. «Hab schon verstanden. Das Mitgliederverzeichnis der Loge, bin gleich wieder da.» Er verschwand zu seinem Computer.

Während der Kommissar ungeduldig auf die Tischkante klopfte, überlegte Andrivaux laut: *«Die Brüder des heiligen Jakob.* Einen derart merkwürdigen Namen für eine Loge höre ich zum ersten Mal. Normalerweise würdigt man mit dem Namen doch Freundschaft, Brüderlichkeit, Freiheit oder freimaurerische Symbole.»

«Du weißt doch, dass sie damals gern Wortspiele verwendeten, um möglichst geheimnisvoll zu klingen.»

Moutiers kehrte mit einem großen Umschlag zurück. «Da ist sie! Die Liste aller Mitglieder der Loge seit ihrer Gründung.» Er holte mehrere vergilbte Hefte hervor, die mit ordentlicher, aber winziger Schrift beschrieben waren.

«Teilen wir es uns auf?», fragte Marcas.

«Wir sollten mit dem Jahr von Archambeaus Initiation anfangen», schlug Andrivaux vor.

«Gut, suchen wir also nach 1775.»

Sie beugten sich über die Seiten des entsprechenden Jahres, und der Großsekretär las jeden einzelnen Namen, den Grad und die Funktion innerhalb der Loge laut vor.

Doch dem Kommissar fehlte die Geduld. «Kannst du nicht direkt zu C gehen?»

Schnell blätterte der Sekretär vor. «Hier, C… Ça… Ce…»

«Cenevières, da ist er!», rief der Bibliotheksleiter.

In zarter, geschwungener Schrift stand der Name ganz unten in einer Spalte: *Cenevières, Alexis de, initiiert am 23. Februar 1776.*

Moutiers legte den Finger auf ein Sternchen und eine

verblasste Zahl am Rand: 275. «Seht mal, das bedeutet, jemand hat eine Anmerkung zu ihm gemacht, und zwar auf Seite 275. Dafür brauchen wir allerdings ein anderes Heft. Mal sehen …»

Schneller, dachte Marcas, *schneller, oder ich bekomme einen Anfall.*

«Hier», sagte Moutiers, nachdem er ein weiteres Heft hervorgeholt hatte, «eine nachträglich hinzugefügte Anmerkung. Wartet, ich versuche, sie zu entziffern … *Bruder Alexis de Cenevières ist 1837 im ehrwürdigen Alter von 87 Jahren verschieden. Er hat eine wichtige Rolle im amerikanischen Unabhängigkeitskrieg gespielt. Um seiner zu gedenken, wurde zu seinem 50-jährigen Todestag eine Trauerloge unter der Leitung seines Urenkels, Louis de Cenevières von der Loge* Elsass-Lothringen, *abgehalten.*»

«Die freimaurerische Tradition hat in dieser Familie also Bestand», freute sich Marcas. «Gibt es irgendetwas über diesen Enkel Louis?»

Ein Lächeln machte sich auf dem Gesicht des Bibliotheksleiters breit. «Kein Problem, *Elsass-Lothringen* war eine der bekanntesten Logen in der zweiten Hälfte des 19. Jahrhunderts. Schriftsteller, Politiker, Funktionäre und Wissenschaftler kamen hier im Namen des Patriotismus zusammen. Die Loge galt übrigens als Vorreiter der franko-amerikanischen Freundschaft.»

Endlich konnte Marcas die Frage stellen, die ihm seit New York unter den Nägeln brannte: «Gehörte auch der Architekt Auguste Bartholdi, der die Freiheitsstatue entworfen hat, dieser Loge an?»

Moutiers erhob sich. «Wenn du mich einen kurzen Blick in seine Biographie werfen lässt, kann ich es dir gleich sagen.»

Der Kommissar wusste: Von dieser Antwort hing alles ab.

117
Paris
Palais Royal

«Mein lieber Edmond, Sie haben für meinen Geschmack schon immer einen allzu offensichtlichen Hang zu unserer Lieblingsmaterie gehabt.»

Andrea Consurgens musterte das extravagante Büro des Pariser Goldhändlers. Ihm selbst wäre niemals in den Sinn gekommen, sein Haus so protzig einzurichten. Canseliet hingegen gehörte zu denjenigen Aurora-Mitgliedern, die von der Ästhetik des Edelmetalls überwältigt waren, die es physisch besitzen, es berühren und auf sich wirken lassen mussten. In ihrem Verbund hatten insgesamt vier Mitglieder diese Obsession. Zwar konnten die anderen ohne Gold auch nicht leben, aber sie stellten ihre Abhängigkeit glücklicherweise nicht derart offensichtlich zur Schau.

«Jedem das Seine. Wie geht es jetzt weiter?»

Der Schweizer schlug die Beine übereinander und neigte den Kopf. «Wir müssen den Mann abhören lassen, der seit New York unsere Zielperson ist.»

Canseliet erschauderte; die Art und Weise, wie Consurgens das Wort aussprach, ließ darauf schließen, dass der «Zielperson» Unangenehmes bevorstand. Er hatte von den Aktivitäten der ASE-Agenten gehört, wollte aber lieber keine Details wissen. Seit der letzten, eilig einberufenen Zusammenkunft in Consurgens' Haus in der Schweiz war seine Begeisterung für Aurora merklich abgekühlt. Diese Geschichte mit dem alchemistischen Gold behagte ihm nicht. Es musste wieder Ruhe einkehren.

«Ist Ihnen eigentlich bewusst, dass wir uns hier nicht im Mittleren Orient oder in irgendeiner Bananenrepublik befinden?»

«Ja, und?», erwiderte Consurgens abwesend.

«Die Art von Aktivitäten auf französischem Boden könnte schwerwiegende Folgen haben.»

Andrea Consurgens sah Canseliet wohlwollend an. «Ich kann Ihre Bedenken nachvollziehen. Aber stellen Sie sich vor, was geschieht, wenn das Geheimnis des alchemistischen Goldes an die Öffentlichkeit gerät. Oder aber in die falschen Hände – was ich bei unserer Zielperson befürchte. Die Folgen wären katastrophal. Alles bräche zusammen.»

«Ich weiß, das Ende der Welt … Genau das habe ich zu den Polizisten gesagt, als sie hier vor mir saßen, genau dort, wo Sie jetzt sitzen, dennoch …»

Das vergoldete Telefon auf dem Schreibtisch klingelte. Canseliet nahm ab und runzelte die Stirn. Er sagte nur ein einziges Wort: «Niete.» Dann legte er wieder auf.

«Die Zielperson konnte entkommen», gab er kleinlaut zu, «es tut mir wirklich leid, ich werde …»

Consurgens zuckte nicht mit der Wimper. Er lächelte noch immer.

Der Goldhändler hielt verwundert inne. «Ich hatte damit gerechnet, dass die Nachricht Sie fürchterlich wütend machen würde.»

«Ich werde niemals wütend. Das ist ein Gefühl, das ich

mitsamt seinem bitteren Beigeschmack schon lange vergessen habe. Außerdem: Wenn unser Mann der ist, der ich glaube, weiß ich, was er vorhat.»

118
Paris
Sitz der Großloge

Moutiers war mit einem dicken Buch in der Hand zurückgekehrt. Er blätterte darin herum, während er sprach. «Auguste Bartholdi wurde am 14. Oktober 1875 in der Loge *Elsass-Lothringen* initiiert, einige Tage bevor das franko-amerikanische Bündnis geschlossen wurde. Damals traten viele bekannte Freimaurer bei, angefangen beim Historiker Henri Martin, der damals Großmeister war.»

Marcas rieb sich die Hände. «Cenevières, La Fayette, Archambeau und jetzt Bartholdi. Na, das ist ja ein Volltreffer!»

Andrivaux konnte die Begeisterung des Kommissars nicht ganz teilen. «Wenn ich richtig verstanden habe, suchen wir einen Mörder, der direkt oder indirekt von einem gewissen …», er schaute in das Heft, «Alexis de Cenevières abstammt. Und dessen Nachfahren ebenfalls Freimaurer gewesen sind, wie dieser Louis de Cenevières, ein Mitglied der Loge *Elsass-Lothringen*. Aber ich verstehe nicht, was Bartholdi damit zu tun hat …»

Marcas wurde plötzlich klar, dass er Andrivaux und Moutiers unmöglich erklären konnte, dass er unter der von Bruder Bartholdi entworfenen Freiheitsstatue auf ein heiliges Gewölbe gestoßen war, das ebenfalls Bartholdi erbaut haben musste.

«Zufall. Simpler Zufall. Wenn man erst mal anfängt zu suchen, sieht man plötzlich überall Zusammenhänge. Verfolgen wir die Spur von diesem Louis de Cenevières weiter. Sie wird uns zu Paul de Lambres Mörder führen.»

«Dafür müssen wir uns alle Unterlagen vornehmen, die es über die Loge *Elsass-Lothringen* gibt», seufzte Andrivaux, «das wird Wochen dauern.»

Moutiers schüttelte den Kopf. «Nein, wie gesagt handelt es sich um eine bekannte Loge. Entsprechend sind die Archive komplett sortiert. Es gibt sogar ein digitales Register.»

Der Großsekretär sah erleichtert aus. «Also, an die Arbeit. Antoine, welchen Teil willst du übernehmen?»

«Ich würde gern die Zeichnungen durchsehen, die Louis de Cenevières während der Tempelarbeiten in *Elsass-Lothringen* gehalten hat.»

«Kein Problem», antwortete Moutiers und zeigte auf einen Computer. «Ich habe schon die Suchmaschine aufgerufen.»

«Wir dagegen», erkannte Andrivaux, «haben den aufwendigeren Teil erwischt: Wir müssen die Mitgliederverzeichnisse dieser Loge bis zur Gegenwart durchforsten. Wenn wir Glück haben, stoßen wir auf irgendeinen Hinweis auf diesen Cenevières.»

Marcas setzte sich vor den Rechner und gab einen Suchbefehl ein. Kurz darauf erschienen drei Ergebnisse, die er den anderen beiden laut vorlas.

«Der war aber nicht gerade fleißig, unser Bruder Cenevières», scherzte Moutiers, während er die Quellen notierte, um sie an die Bibliothekarin weiterzugeben. «Nur drei Vorträge während seiner gesamten Freimaurerkarriere.»

«Ich fürchte, dass wir dagegen deutlich mehr zu lesen haben werden», seufzte der Großsekretär.

«Stimmt», bestätigte der Bibliotheksleiter, der sich ebenfalls vor einen Rechner gesetzt und einen Suchbefehl eingegeben hatte. Die Ergebnisliste seiner Suche nach dem Namen Cenevières wurde auf dem Bildschirm immer länger. Nach einem Blick darauf fuhr er fort: «Wir müssen in den anderen Saal. Da sind die entsprechenden Regale.»

Während die Bibliothekarin dem Kommissar eine dünne Mappe brachte, machten sich Andrivaux und Moutiers auf den Weg.

Marcas öffnete die Mappe. Sie enthielt drei handgeschriebene Zeichnungen. Bei den beiden ersten handelte es sich um Pflichtarbeiten, die Cenevières während der Lehrlingszeit verfasst haben musste. Marcas legte sie beiseite, um sich auf die dritte zu konzentrieren.

Er faltete die in der Mitte geknickten Seiten auseinander und überflog das Titelblatt.

Zeichnung
gehalten am 25. November 1891 von
Bruder Louis de Cenevières:
Der Eiffelturm

Aufmerksam las Marcas die ersten sechs Seiten des Vortrags, auf denen sehr technisch der Bau des Turms erklärt wurde. Erwähnung fanden auch die Anforderungen, die an Ingenieure und Zimmerleute gestellt wurden, die in der Höhe herumkletterten, um die einzelnen Teile zusammenzusetzen. An sich nichts Spannendes, abgesehen von der letzten Seite:

Wie ihr wisst, werte Brüder, hat Eiffels Büro auch am Gerüst der amerikanischen Freiheitsstatue mitgewirkt, ein großzügiges Geschenk Frankreichs an unsere amerikanischen Freunde. Die wichtige Rolle, die unsere Logen bei der umfangreichen Unterstützung des franko-amerikanischen Komitees gespielt haben, das diesen tollkühnen Bau Wirklichkeit werden ließ, ist euch allen bekannt. Bruder Bartholdi hat eine wunderbare Zeichnung über die Gedanken und Ideen im Zusammenhang mit der Statue gehalten.

Ohne allzu sehr ins Detail zu gehen, gilt doch das Gleiche auch für den Bau des Turms des werten Herrn Eiffel. Die kühnen mathematischen Berechnungen dieses klugen Geistes haben gemeinsam mit exakt ausgeführten Metallarbeiten zur Errichtung des höchsten Turms der Welt geführt. Eine Säule zum Ruhme der Menschheit. Genau wie die der Freiheit gewidmete Statue unseres Bruders Bartholdi.

Als Freimaurer kann ich mir keine größere Befriedigung vorstellen, als am Bau dieser beiden vollkommenen Bauwerke diesseits und jenseits des Atlantiks mitgewirkt zu haben. Ich wage sogar das Gleichnis, dass der Turm und die Statue wie Jachin und Boas sind, die zwei Säulen, auf denen der Welttempel ruht.

Das Herz des Kommissars machte einen Sprung. Hier war der Bezug zu den beiden Säulen. Alles passte zusammen. Er las weiter.

Ich hoffe, dass diese beiden Wunder wie die Cheopspyramide auch nach Hunderten von Jahren, wenn wir längst zu Staub geworden und vergessen sind, noch immer stehen werden, um der Menschheit zu einer gerechteren und aufgeklärten Gesellschaft zu verhelfen.

Ich möchte die Gelegenheit nutzen, um mich bei drei anderen Brüdern zu bedanken, die ebenfalls zur Errichtung dieser beiden Säulen beigetragen haben. Meine Freunde der goldenen Wahrheit stehen nicht gern im Rampenlicht, und dennoch möchte ich sie hier würdigen. Ihr Name wird diesen Tempel nicht verlassen. Ich spreche von meinen Waffenbrüdern La Fayette, Archambeau und –

Der dritte Name war ausgelöscht. Und die Zeichnung endete mit den üblichen Danksagungen.

Mist, dachte Marcas. Er fühlte sich benommen. Die Rede des Bruders Cenevières war deutlich, und die Anspielungen auf die beiden Säulen waren klar formuliert. Alles war da, die goldene Wahrheit, die Waffenbrüder … Und vor allem der Name der zweiten Säule neben der Freiheitsstatue: der Eiffelturm.

119
Paris
9. Arrondissement

Jetzt wollte er kein Risiko mehr eingehen. Der Bruder des Blutes ging schnell. In ein paar Minuten würde er zu Hause sein.

Eine Frage blieb jedoch unbeantwortet. Wer hatte ihn beschattet? Er ging noch schneller, um seinen Verstand anzukurbeln. All seine Feinde waren tot. Von den Nachfahren der vier Familien gab es nur noch ihn. *Vier?*

Er beschleunigte abermals. Wieder vernahm er die leise Stimme in seinem Kopf. Er mochte sie nicht. Jedes Mal hatte sie ihm Unglück gebracht. Und das letzte Mal … Er spürte seinen Herzschlag. Nein, er war jetzt ein neuer Mensch, ein Initiierter. Und ein Bruder war nicht abergläubisch.

Was sagte sie ihm also? Was? Der vierte Nachkomme? Absurd! Es hatte nie eine vierte Familie gegeben. Niemals! Die drei Brüder horteten das Geheimnis und niemand anders. Sie waren es, die die Mär eines vierten Bruders erfunden hatten, um die Spuren zu verwischen. Aber ihn hatten sie nicht täuschen können. Nein, einen Vierten gab es nicht! Das war nichts als eine Legende!

Der Bruder des Blutes fing an zu lachen. Befremdet sahen ihn die Passanten an. Er wurde langsamer. Seine eigene Begeisterung hatte ihn beruhigt. Er war jetzt stark. Die Stimme machte ihm keine Angst mehr.

Nein, nur er war noch übrig. Er war der Erbe.

Vor der Eingangstür verlangsamte er den Schritt und sah sich noch einmal um. Reine Vorsichtsmaßnahme. Er war sich sicher, dass ihm niemand gefolgt war. Vielleicht war auch nur seine Phantasie mit ihm durchgegangen, mehr nicht. Das kam manchmal vor.

Er tippte den Zugangscode ein und trat durch die Tür. Die Eingangshalle war leer. Nur bei der Concierge brannte Licht. Als ihr Gesicht im Fenster erschien, grüßte er mit einer kurzen Handbewegung und stieg dann schnell in den Aufzug. Um diese Tageszeit war sein Sohn in der Schule und seine Frau in einer ihrer Boutiquen.

Er musste sich vorbereiten. Eine lange Nacht lag vor ihm. Nachdem er seine Tasche auf das Sofa gestellt hatte, ging er im Kopf die Liste der Dinge durch, die er einpacken musste: Taschenlampe, Messer, Mütze, Overall. Und natürlich die Skizze der drei Symbole, um den Mechanismus am Eingang der heiligen Stätte zu finden. Auf der Säule hatte er sie sofort erkannt. Ohne jeden Zweifel. Aber er wollte sichergehen.

Fehlte nur noch eine Kleinigkeit: der Stadtplan von Paris. Er faltete ihn auseinander und suchte das entsprechende Arrondissement. Mit dem Finger fuhr er über die Stelle, zu der er musste – und verharrte direkt neben dem Eiffelturm.

120
Paris
Sitz der Großloge

Es wurde bereits dunkel, als Moutiers, Andrivaux und Marcas den Stammbaum der Cenevières fertiggestellt hatten. Dank der Tatsache, dass alle männlichen Familienmitglieder Freimaurer gewesen sind, war es ihnen gelungen, die einzelnen Ahnen Jahrzehnt für Jahrzehnt aufzulisten. Zumindest bis zum Zweiten Weltkrieg. Danach hatte es eine überraschende Änderung gegeben.

Den alten Unterlagen zufolge hatte ein gewisser André Cenevières, seines Zeichens Freimaurer und Widerstandskämpfer, nach dem Krieg erwirkt, seinen Namen zu wechseln. Fortan nannte er sich Hauptmann Hautefort. Ab 1945 wurden aus den Cenevières also die Hauteforts.

«Wir haben jetzt alle Mitgliederverzeichnisse seit dem erstmaligen Auftauchen des Namens Cenevières durchgesehen», erklärte Andrivaux und rieb sich den Rücken, der vom langen Sitzen schmerzte.

«Zum Glück sind Freimaurer oft gewissenhafte Menschen. Wenn sich nach dem Krieg nicht ein Schreiber die Mühe gemacht hätte, die Namensänderung und den Grund aufzuschreiben, wären wir nicht so weit, wie wir jetzt sind», bemerkte Moutiers.

«Aber wir müssen weitermachen», erklärte Marcas. «Schließlich läuft der Mörder noch immer frei herum.»

«Gut», stimmte Andrivaux zu, «gehen wir in mein Büro und durchsuchen im Computer das aktuelle zentrale Mitgliederverzeichnis nach dem Namen Hautefort.»

Schell wurden sie fündig. Es gab drei Hauteforts. Alle waren Mitglieder in Provinzlogen.

«Kannst du herausfinden, wie alt sie sind?»

«Kein Problem, das Geburtsdatum steht bei ihren persönlichen Daten. Siehst du?»

Der Kommissar rechnete schnell nach und schlug dann mit der Hand auf den Tisch. Sie waren alle über sechzig Jahre alt.

«Der Bruder des Blutes ist jünger. Das passt nicht. Mist …»

Andrivaux hob die Hände als Zeichen der Kapitulation. «Mehr können wir nicht tun. Hör mal, Antoine, vielleicht gibt es auch eine viel einfachere Erklärung.»

«Und welche?»

«Na, dass dein Killer gar kein Freimaurer ist.»

Der Kommissar verzog missmutig das Gesicht. «Das kann nicht sein. Dieser Mistkerl weiß zu viel über uns, unsere Gewohnheiten und Riten …»

«Aber vieles von dem ist doch seit langem bekannt. Das kann man inzwischen sogar im Internet nachlesen. Oder in Werken wie *Freimaurerei für Dummies*.»

«Nein, dieser Kerl ist eindeutig fasziniert, ja besessen von der Freimaurerei …»

«Fasziniert bedeutet aber nicht initiiert», unterbrach ihn Moutiers. «Das eröffnet tatsächlich ganz neue Perspektiven.»

«Was willst du damit sagen?»

«Die Abgelehnten. Diejenigen, die gern Freimaurer geworden wären, aber nicht aufgenommen wurden. Das ist eine neue Spur, der es nachzugehen gilt. Schließlich –»

«Ja, natürlich!», unterbrach ihn Marcas. «Das Verzeichnis derer, für die die *Kugelung* negativ ausging.»

Der Großsekretär tippte zuerst einen Code und dann den gesuchten Namen ein. Kurze Zeit später lächelte er triumphierend.

«Wir haben ihn! Ich drucke sein Datenblatt aus. Im Anhang gibt es noch eine Notiz zu ihm.»

Der Laserdrucker spuckte ein Blatt Papier mit dem Siegel der Großloge aus. Marcas griff danach.

Alexandre Hautefort. Geboren am 21. Juni 1960, verheiratet, ein Kind. Wohnhaft: 12, Rue de la Grange-Batelière, 75009 Paris. Hat um Aufnahme in die Loge *Die Kinder des Tubalcaïn* angesucht. Wurde abgelehnt. Eigentlich werden die Gründe für eine Ablehnung aus Prinzip nicht festgehalten. In diesem Fall hat jedoch ein besonderer Umstand den Meister vom Stuhl zu folgender Anmerkung veranlasst: Einer der drei Brüder des Befragungskomitees, ein Mediziner, hat herausgefunden, dass der *Neophyt*, Alexandre Hautefort, lange Zeit Patient in einer psychiatrischen Klinik war. Ein informelles Gespräch mit dem Chefarzt der Klinik hat zu dem Entschluss geführt, den Suchenden erst nach seiner vollkommenen Genesung zur Initiierung zuzulassen.

Marcas schrieb sich die Adresse des Verdächtigen auf. «Rue de la Grange-Batelière, aber das ist ja ganz in der Nähe. Verdammt, der Kerl wohnt um die Ecke!»

121
Paris
Quartier Latin

Gelangweilt saß Jack Winthrop in einem Café auf der Place Saint-André-des-Arts. Nach mehreren Stunden, die er hier bereits wartete, war der Charme der Umgebung und des Blicks – immerhin auf den berühmten Saint-Michel-Brunnen – verpufft. Zwar hatte er sich anfangs noch über die Touristen amüsiert, die sich vor dem Brunnen mit der Statue fotografieren ließen, aber nach einer Weile konnten ihn weder grölende Italiener noch der Anblick der in rote Plastikponchos gekleideten Japaner erheitern.

Deshalb seufzte Winthrop vor Erleichterung, als sein Blackberry endlich vibrierte.

Aurora-Zentrale an ASE
Operation Chimäre
Anweisungen
Beschattung abgeblasen. Begeben Sie sich sofort an den Quai Branly auf Höhe des Eiffelturms. Wenn Sie vor Ort sind, kontaktieren Sie mich direkt unter der untenstehenden Mobilnummer für neue Anweisungen.
Ende

Winthrop las die Nachricht ein zweites Mal und hatte es plötzlich eilig.

Nachdem er gezahlt hatte, tastete er ungläubig über die kaum wahrnehmbare Ausbeulung, die von seiner Pistole unter der dicken Lederjacke herrührte. Die Zastava M57, die ihm von Aurora zur Verfügung gestellt worden war, war eine serbische Waffe, die bei der Balkan-Mafia sehr beliebt war. Er hingegen mochte die Waffe nicht, seit sie bei einer früheren Mission im Kosovo Ladehemmungen gehabt hatte.

Unvorhersehbare Situationen waren Teil seiner Arbeit, und seine Auftraggeber fühlten sich sicherer, wenn sie wussten, dass er eine Waffe bei sich trug. Das gehörte dazu, genauso wie der kurze graue Bürstenschnitt, die Muskeln, die sich unter dem enganliegenden T-Shirt abzeichneten, und die Schuhe mit der Stahlkappe.

Neben dem Brunnen hielt ein Polizeiwagen, und drei uniformierte Beamte stiegen aus. Winthrop erhob sich vorsichtshalber und ging aufs Geratewohl in Richtung Musée Cluny.

Eben noch hatte er darüber nachgedacht, den Job an den Nagel zu hängen, nach Hause zu fahren und sich seiner Familie zu widmen, und jetzt wurde er womöglich mitten in Paris in eine Schießerei verwickelt … Der Gedanke, am Fuß des Eiffelturms rumzuballern, behagte ihm überhaupt nicht. Zumal er keinerlei Vertrauen in diese verdammte serbische Waffe hatte. Aber er wusste nur zu gut, was ihm blühen würde, wenn er sich den Anweisungen von Aurora widersetzte.

Unvermittelt blieb er vor einem Schaufenster mit Reitzubehör stehen. Fasziniert betrachtete er all die Gegenstände, die ihn an seine Kindheit erinnerten, die er an der mexikanischen Grenze verbracht hatte. Die langen Ausritte auf staubigen Wegen, Rinder, die mit dem Lasso eingefangen wurden. Neugierig betrachtete er Stulpenstiefel, glänzende Steigbügel, Riemen, Leinen und eine Peitsche, die dort ausgestellt waren.

Es war eine Peitsche aus dunklem Leder … Beim Reiten wurden Peitschen schon lange nicht mehr benutzt, doch in seiner Kommandoeinheit hatte man ihm beigebracht, wie man sie als wirksame Waffe einsetzen konnte, um einen Feind damit auszuschalten und … wenn es sein musste, auch mehr.

Jack Winthrop wusste, das war die Lösung.

122
Paris
9. Arrondissement
Rue de la Grange-Batelière

Marcas stieß die große Eingangstür auf. Der Boden aus feinstem Marmor illustrierte den Lebensstandard der Hausbewohner. Am Ende der Halle befand sich eine Glastür, die zu dem Treppenaufgang im Empire-Stil führte. Schon kam ihm die Concierge entgegen, die ihn hereingelassen hatte. Die junge Frau mit blondem, fast weißem Haar sah ihn herablassend an.

«Sie wünschen?», fragte sie mit stark russischem Akzent.

«Polizei», antwortete Marcas und drückte die Tür vollständig auf.

«Ähm, ich … Ich bin Studentin. Ich habe meine Papiere nicht bei mir», murmelte sie und klang plötzlich kleinlaut.

Der Kommissar lächelte sie breit an. «Keine Sorge. Ich brauche lediglich ein paar Infos über Monsieur Hautefort, er wohnt doch in diesem Haus, oder?»

«Ja, in der sechsten Etage. Obwohl … Nein, eigentlich …»

Marcas runzelte die Stirn und räusperte sich, um seine Stimme voller klingen zu lassen. Jahrelange Erfahrung als Kommissar hatte ihm gezeigt, dass das sehr wirksam war. «Das ist keine Antwort.»

«Also, bis vor dem Unglück vor drei Jahren hat er hier gewohnt. Seitdem sieht man ihn nicht mehr sehr oft, den Armen. Aber heute ist er kurz hier gewesen. Vor einer Stunde ist er wieder gegangen.»

Marcas dachte darüber nach. «Unglück, sagten Sie?»

«Es war tragisch. Monsieur Hautefort war an dem Abend, als in seine Wohnung eingebrochen wurde, nicht zu Hause. Seine Frau war mit dem Sohn allein. Beide wurden von dem Einbrecher ermordet! Monsieur Hautefort hat das nicht verkraftet und ist sechs Monate in einer psychiatrischen Klinik gewesen. Aber seitdem ist er nicht mehr derselbe Mensch.»

Marcas verschränkte die Arme vor der Brust und sah sie eindringlich an. «Was meinen Sie damit?»

«Na ja. Er redet manchmal so vor sich hin, als würde er sich mit seiner Familie unterhalten. Er ruft dann nach seinem Kind und so ... Das ist wirklich unheimlich. Von seiner letzten Reise hat er sogar ein Stofftier mitgebracht, als wäre sein Sohn noch am Leben! Der Arme ...»

«Weiß das denn sein Arzt oder seine Verwandten?»

«Keine Ahnung, ich mische mich nicht in das Leben anderer Leute ein. Er benimmt sich ansonsten ja auch normal. Und wen sollte ich schon informieren, Familie hat er ja nicht mehr.»

«Haben Sie einen Zweitschlüssel?», fragte der Kommissar mit gewichtiger Miene.

«Ja, aber ich darf ihn keinem Fremden geben. Und Sie brauchen sowieso einen Durchsuchungsbefehl, oder?»

«Nur in amerikanischen Filmen. In Frankreich braucht man ein von einem Richter unterschriebenes Rechtshilfeersuchen. Das habe ich allerdings auch nicht. Aber um Ihre Aufenthaltsgenehmigung zu überprüfen, brauche ich so etwas nicht, wenn Sie verstehen, was ich meine», fügte er mit ernstem Ton hinzu.

«Ähmmm ... hier», sagte sie und reichte ihm einen Schlüsselbund.

«Danke», brummte Marcas, griff danach und ging zum Aufzug. Er fuhr in die sechste Etage.

Die Wohnungstür ließ sich ohne Schwierigkeiten öffnen. Er schaltete das Licht ein und fuhr erschrocken zurück, als plötzlich eine Katze laut miauend den Flur entlangkam. Sie verschwand jedoch schnell in einem der Zimmer, und Marcas atmete tief durch. Er sah sich um.

Die Wohnung war groß und elegant eingerichtet. Zeitgenössische Kunstwerke hingen an den weißen Wänden. Vermutlich Originale. Auf einer Kommode stand ein Rahmen mit einem Foto. Marcas nahm ihn in die Hand. Eine etwa vierzigjährige Frau mit warmem Lächeln hielt einen acht- oder zehnjährigen Jungen in den Armen. Marcas stellte den Rahmen wieder an seinen Platz und begann jedes einzelne Zimmer zu durchsuchen, in der Hoffnung, einen entscheidenden Hinweis zu finden.

Ein seltsamer Geruch hing in der Wohnung. Die Atmosphäre war bedrückend, und er fühlte sich unbehaglich. Im Flur stolperte er über ein Stofftier. Dann stieß er eine Tür zu seiner Rechten auf und trat in ein Kinderzimmer, das mit Postern von Manga-Helden und Sängern der Castingshow *Star Academy* dekoriert war. Auf dem Bett und dem Teppich lagen überall Spielzeuge und Kleidungsstücke verteilt, als würde der junge Bewohner jeden Moment hereinkommen.

Die Concierge hatte recht, alles wies darauf hin, dass Hautefort die Wohnung in ihrem früheren Zustand gelassen hatte, um sich der Illusion hinzugeben, sein Sohn und seine Frau seien noch am Leben.

Wie würde er, Marcas, reagieren, wenn man seinen Sohn ermordete?

Plötzlich empfand er Mitleid mit dem Mann. Er sah

in ihm nicht mehr den skrupellosen Killer, sondern einen armen Kerl, der, besessen von seiner tödlichen Suche, wahnsinnig geworden war. Er lebte in der Illusion, eine Familie zu haben, Freimaurer zu sein, sein Leben im Griff zu haben und das Schicksal anderer beeinflussen zu können.

Marcas ging ins nächste Zimmer, das Arbeitszimmer. Als er das Licht einschaltete, erstarrte er.

Vor ihm stand, mit erhobenem Degen, der Mörder.

123
Paris
7. Arrondissement

Andrea Consurgens hatte sich vor dem Eiffelturm absetzen lassen. Jedes Mal bewunderte er die «Eiserne Dame» aufs Neue – wie ein Tourist, der sie zum ersten Mal sah. Die stattliche Schönheit, streng und üppig zugleich mit den unzähligen miteinander verbundenen Stahlträgern, begeisterte ihn immer wieder. Nachts war der Turm durch die Beleuchtung, die ihn in einem leuchtenden Gold erstrahlen ließ, sogar noch eindrucksvoller.

Beeindruckt ging er unter dem riesigen Halbrund aus gebogenem Stahl hindurch. Dieser Gustave Eiffel hatte Größe besessen und der Engstirnigkeit seiner Zeit getrotzt, indem er diese gigantische Arbeit vollbrachte. Consurgens nickte kurz anerkennend in Richtung der Büste des weltbekannten Ingenieurs, die auf einem Sockel vor dem Turm stand. Allerdings bedauerte er, der die faszinierende Geschichte dieses Bauwerks in- und auswendig kannte, dass ein ebenfalls sehr interessanter Mann in Vergessenheit geraten war: der Ingenieur Maurice Kœchlin, der Gustave Eiffel auf die Idee zu dem Turm gebracht und von Anfang bis Ende unermüdlich daran mitgearbeitet hatte. Einige Jahre zuvor war er bereits mit dem Überbau der New Yorker Freiheitsstatue beauftragt gewesen.

Consurgens ging schnellen Schrittes zum Marsfeld. Zu dieser späten Stunde waren nur noch wenige Menschen unterwegs. Die beleuchteten Fenster der großbürgerlichen Häuser am Rande des Platzes erhellten die Grünanlagen bis zur École Militaire und warfen lange Schatten.

Lediglich zwei Jogger und ein Spaziergänger mit einem Labrador kreuzten seinen Weg. Kurz vor der Friedensmauer der Künstlerin Clara Halter bog er links ab. Er ging noch an einem verlassenen Karussell vorbei, dann hatte er sein Ziel erreicht.

Bewegt betrachtete Consurgens das abseitig gelegene Denkmal: *das Monument zu Ehren der Menschenrechte*. Es war 1989, anlässlich der Zweihundertjahrfeier der Unabhängigkeit, von einem gewissen Yvan Theimer errichtet worden. Nun stand es jedoch verloren in einer Ecke des Marsfelds, erdrückt von der Silhouette des Eiffelturms. Die meisten Pariser hatten noch nie davon gehört.

Es erinnerte an ein Mausoleum. Zwei grüne Säulen aus Bronze erhoben sich vor der zur Park gewandten Seite des Monuments. Dazwischen befand sich auf halber Höhe ein perfektes Freimaurer-Dreieck, das an mehreren Stellen Löcher aufwies. Vor den Säulen standen zwei Skulpturen: eine Frau mit ausgestreckten Armen, zu deren Füßen ein Kind mit einem seltsamen zylindrischen

Hut auf dem Kopf stand, und ihnen gegenüber ein Mann im Talar.

Jeden Tag gingen unzählige Menschen an diesem steinernen Sarg vorbei, ohne auch nur die geringste Neugier zu zeigen. Niemand hinterfragte die Fülle an Symbolen, die man auch als Profaner erkennen konnte. Wer außer spielenden Kindern hatte sich die Bronzefiguren je angeschaut? Zwischen republikanischen Wahrzeichen und Skulpturen zur Unabhängigkeit wimmelte es auch von freimaurerischen Symbolen. Als hätte der Architekt ein Buch aus Stein und Bronze erschaffen, in dem alle Symbole der Demokratie im Aufbruch vereint waren – wenn auch in einer nicht zu entschlüsselnden Unordnung.

Consurgens vergewisserte sich, dass ihm niemand gefolgt war, bevor er die Stufen hinaufstieg, die zu den beiden Säulen führten. Er bückte sich und drückte dann auf einen kleinen, in eine Metallplatte eingravierten Pelikan, der den Schnabel gesenkt hatte. Das Metall gab nach. Consurgens richtete sich wieder auf und ging zu der Frauenstatue. Vor ihr blieb er stehen und betrachtete einen Moment ihr zartes, ernstes Gesicht. Dann drückte er auf ein Auge in einem Dreieck, mit dem die eingravierte Menschenrechtserklärung verziert war. Das kleine Dreieck gab ebenfalls nach.

Zufrieden ging Consurgens rechts um das Monument herum und stellte sich auf der gegenüberliegenden Seite vor eine große Tür, die aussah, als wäre sie aus Erz. Daneben standen wiederum zwei Säulen, dieses Mal aus Stein und nicht aus Bronze.

Abermals schaute sich Consurgens um und trat dann vor die Tür, an der kein Schloss zu sehen war. Bei genauerer Betrachtung jedoch konnte man Angeln zwischen Tür und Mauer erkennen. Der Aurora-Gründer drückte auf ein drittes Symbol, einen vertikal nach oben gerichteten Degen. Auch dieses Symbol gab nach.

Mit einem kurzen metallischen Klicken öffnete sich die Tür.

Andrea Consurgens schlüpfte ins Innere des Monuments und schloss die Tür wieder hinter sich. Er stand vor einer rechteckigen, zwei Meter langen Öffnung im Boden, in der man nach unten führende Stufen erahnen konnte.

124
Paris
Rue de la Grange-Batelière

Starr vor Schreck blickte Marcas in das Gesicht des Bruders des Blutes.

Sein Abbild prangte auf einer Staffelei. Ein mehr als zwei Meter großes Bild, auf dem ein Mann im Freimaurerschurz mit einem Degen in der Hand zu sehen war. Ein erstaunlich realistisches Gemälde. Der Mann blickte geradeaus und lächelte herablassend. Er war blond, zwischen vierzig und fünfzig Jahre alt und strahlte etwas Unheimliches aus, ohne dass Marcas hätte sagen können, warum. Die schmalen Augen unterstrichen seinen seltsamen Blick. Marcas erkannte die Augen, die er in den Schlitzen der Maske gesehen hatte.

Auf dem Bild stand der Mann zwischen den beiden Säulen Jachin und Boas auf einem schwarz-weiß gemusterten musivischen Pflaster. Ein Freimaurer wie aus dem

Bilderbuch. Hinter ihm waren traditionelle Symbole wie Winkelmaß, Zirkel, Totenkopf und Pendel zu sehen.

Dem Kommissar war unwohl. Er fühlte sich von dem Mann auf dem Gemälde beobachtet. Schließlich ging er um das Bild herum und warf einen Blick auf die Bücherregale. Sie waren mit Dutzenden Werken über das Freimaurertum gefüllt: spezielle Bände zur Symbolik, Abhandlungen über Hochgrade und Monographien über die Riten in den Rachegraden. An der Wand war mit Reißzwecken ein alter Plan befestigt, auf dem das Gangsystem unterhalb der Großloge dargestellt war. Auf dem Schreibtisch fand Marcas Rechnungen, ausgestellt auf den Namen Alexandre Hautefort. Damit bestand an dessen Identität kein Zweifel mehr.

Eine Rechnung bestätigte den Wechsel der Telefongesellschaft für einen Zweitwohnsitz im Departement Essonne. Auch zwei Mobilnummern waren dort aufgelistet. Marcas steckte die Rechnungen ein und setzte sich in einen Sessel. Jetzt galt es die richtige Entscheidung zu treffen.

Es gab zwei Möglichkeiten. Entweder rief er den beleibten Bruder an, seinen Kollegen, der offiziell mit den Ermittlungen beauftragt war, und gab alle Informationen an ihn weiter. Dann würde man eine Truppe zu der auf der Rechnung angegebenen Adresse schicken und einen Suchbefehl erlassen. Oder er spielte weiter den Einzelkämpfer und riskierte erneut Kopf und Kragen …

Marcas betrachtete das Gemälde. Beim Anblick des hochnäsigen Kerls empfand er Abscheu. Wieder sah er die Gesichter der Opfer vor sich: Paul de Lambre, der junge Suchende, Ray Robinson und Joan Archambeau.

Ein medizinischer Gutachter würde den Mörder

höchstwahrscheinlich als unzurechnungsfähig einstufen und in eine psychiatrische Klinik einweisen. Seine Opfer würden also niemals gerächt werden.

Der Kommissar merkte, dass er sich vor Zorn von seinen Emotionen mitreißen ließ. Rache hatte nichts mit Gerechtigkeit zu tun, sie war nur ein obszöner, grinsender Abklatsch davon. Also musste er jegliches Gefühl unterbinden, das eine objektive Analyse behinderte.

Während der letzten Jahre hatte er Seminare zur Täterprofilerstellung besucht, eine bei der Polizei noch immer ungewöhnliche Form der Weiterbildung. Aber er hatte es nicht bereut und war heute sogar froh darüber.

Unabhängig von der Art des Verbrechens war die oberste Motivation von Serienmördern immer das Streben nach Macht. Die absolute Macht über Leben und Tod des anderen.

Für den Bruder des Blutes hatte die Suche nach dem Gold zu einer Zuspitzung des Mordtriebs geführt. Um seine Taten vor sich selbst zu rechtfertigen, hatte er sich eingeredet, den Rachegrad innezuhaben.

Der Kommissar stützte die Hände aufs Kinn und sah den Mann auf dem Gemälde lange an. Schließlich traf er eine Entscheidung. Er zog eine der Rechnungen aus der Tasche und nahm sein Handy.

Dann wählte er die Nummer des Mörders.

125
Paris
7. Arrondissement
Marsfeld

Das Taxi setzte den Bruder des Blutes direkt vor dem Eiffelturm ab. Er schulterte seine Tasche und warf einen kurzen Blick auf den majestätischen Turm, dessen Spitze in den Wolken verschwand, und wandte sich dann schnell nach links, wo sich sein eigentliches Ziel befand. In nur wenigen Minuten würde niemand mehr auf ihn achten.

Die kostenlose öffentliche Toilette befand sich diskret in einer Ecke der Grünanlagen. Der Mörder öffnete die Tür und verschwand darin. Die Kabine, die regelmäßig desinfiziert wurde, war winzig. Ein durchdringender Chlorgeruch hing in der Luft. Doch solche Kleinigkeiten konnten ihm nichts anhaben. Der Bruder des Blutes holte Taschenlampe, Messer, Seil, eine Mütze und einen weißen Overall aus der Tasche. Er zog den Overall über seine Kleidung. Der Stoff wies noch einige Flecken auf, ein Andenken an seine Ausflüge in die Kanalisation unterhalb der Großloge. Auf dem Rücken des Overalls stand *Stadt Paris – Kontrolldienst*.

Einfach, aber wirkungsvoll. Das Einfachste funktionierte immer am besten. Man brauchte nur mit irgendetwas offiziell Aussehendem herumzulaufen, und schon wurde man durchgelassen. Entweder war es den meisten wirklich egal, oder die Menschen waren tatsächlich so unterwürfig, dass sie einfach Respekt für die Obrigkeit empfanden, egal welche.

Der Bruder des Blutes lächelte hinterhältig. An den Mumpitz, den die Freimaurer erzählten, um als große

Demokraten dazustehen, hatte er jedenfalls nie geglaubt. Gleichheit, Brüderlichkeit, das war alles nur hohles, wichtigtuerisches Gerede, um darüber hinwegzutäuschen, dass man einer der unzugänglichsten und mächtigsten Clubs des gesellschaftlichen Lebens war. Alle Profanen, alle nicht Initiierten mussten mit Herablassung, wenn nicht gar Verachtung bedacht werden. Sonst würde der Bund aufweichen.

Nein, Freimaurer waren eine Elite und sollten es auch wieder werden. Deshalb war es unerlässlich, sie zu reinigen. Und das würde er tun, wenn er erst Herr über das Gold war.

Der Mörder schnallte sich noch einen Handwerkergürtel mit zahlreichen Schraubenziehern und Zangen über den Overall. Das wirkte noch überzeugender. Dann überprüfte er noch einmal, ob er die Skizze mit den drei Symbolen eingesteckt hatte, die ihm Einlass zu dem Monument verschaffen würden.

Schließlich nahm er seine Tasche, versicherte sich, dass er nichts vergessen hatte, steckte sein Handy in eine der Overalltaschen und verließ die Toilette.

Entschlossenen Schrittes ging er durch eine Gruppe japanischer Touristen hindurch, deren Führer gerade von den Besonderheiten des Eiffelturms schwärmte, als sein Handy vibrierte. Er hatte eine neue Nachricht erhalten.

126
Paris
9. Arrondissement

Marcas verließ die Wohnung in der Rue de la Grange-Batelière, ohne zu wissen, was er als Nächstes tun sollte. Er hatte den Mörder angerufen, ihn jedoch unter keiner der beiden Nummern erreicht. Dass er eine Nachricht hinterlassen hatte, bereute er jetzt. Es war wirklich dumm und töricht gewesen. Wie würde der Mann reagieren, wenn er erfuhr, dass er, Marcas, noch am Leben war?

Der Kommissar fluchte über sich selbst. Er hatte sich einem Mörder gegenüber wie ein Bruder verhalten. Ein grober Fehler, zudem ein gefährlicher.

Er betrat eine Bar und bestellte einen Cognac. Er brauchte jetzt einen Drink. Das verlassene Kinderzimmer hatte ihn tief getroffen. Es hatte ausgesehen, als würde der Junge im nächsten Moment zurückkommen. Erneut dachte er darüber nach, wie er selbst sich verhalten würde, wenn sein Sohn auf einmal tot wäre. Plötzlich erinnerte er sich wieder an die unheimliche Begegnung im Kino. Der Mörder hatte keinerlei Skrupel gezeigt und ihn und seinen Sohn ganz klar bedroht.

Der Kommissar trank das Glas aus und stellte es so kräftig wieder auf den Tisch, dass es fast brach. Er hatte einen Fehler begangen. Gerade als er den Arm hob, um erneut zu bestellen, klingelte sein Handy.

Jack Winthrop war am Treffpunkt angekommen. Er kannte den Eiffelturm bislang nur aus dem Fernsehen und war beeindruckt von der riesigen Metallkonstruktion, die sich über ihm erhob. Wie ein eiserner Riese zwischen

Himmel und Erde kam ihm das Bauwerk vor. Wenn er einen Fotoapparat dabeigehabt hätte, hätte er ein paar Bilder für seine Familie gemacht.

Er blickte sich um. Niemand war ihm gefolgt. Um ihn herum waren nur vereinzelt Touristengruppen. Winthrop ging dichter an den Turm, um die direkte Umgebung besser beobachten zu können. Auf eine böse Überraschung wenige Stunden vor seiner Kündigung hatte er keine Lust. Er war auf der Hut.

Gerade war ihm ein Mann in einem weißen Overall aufgefallen, der sich einen Weg durch eine Gruppe Japaner bahnte. Der Mann trug eine Mütze, und auf seinem Rücken war ein Schriftzug zu sehen. Jack Winthrop versuchte, ihn zu entziffern: *Paris … Kontroll…* Ein Angestellter der Stadt also. Einer dieser Typen, die Blätter zusammenfegten wahrscheinlich. Der Arbeiter hatte ein Handy am Ohr. Als er sich für einen kurzen Moment im Lichtkegel einer Straßenlaterne befand, erstarrte Winthrop. Jetzt erkannte er, wer es war. Es traf ihn wie ein Schlag. Er musste die Aurora-Zentrale anrufen. Sofort.

127
Paris
9. Arrondissement

Das Klingeln des Handys riss den Kommissar aus seinen düsteren Gedanken. Er fingerte nach seinem Telefon und drückte auf den Knopf, um das Gespräch anzunehmen. Die Stimme, die er am anderen Ende der Leitung vernahm, schnürte ihm die Kehle zu.

«Marcas, liebster Bruder, du bist ein wahres Wunder!» Der Tonfall des Mörders klang scherzhaft, mit einer Prise unterdrückter Gereiztheit. «Aber du rufst doch nicht von der Freiheitsstatue aus an, oder?»

«Ich bin entkommen. Wo bist du?», entgegnete Marcas.

«Blöde Frage. Du enttäuschst mich. Da ist es mir schon lieber, wenn du wie ein Einbrecher in meine Wohnung eindringst und alles durchwühlst.»

«Woher weißt du das?»

«Du lässt wirklich nach. Wo hättest du sonst meine Nummer erfahren sollen? Und –»

«Hautefort», schnitt ihm Marcas das Wort ab. «Ich habe das Zimmer deines Sohnes gesehen.»

Am anderen Ende der Leitung herrschte Stille. Dann räusperte sich der Mörder und sprach weiter. Seine Stimme klang jetzt müde, beinahe unbeteiligt.

«Mein Sohn, Alex, ja und? Willst du ihn benutzen, um dich zu rächen?»

Der Kommissar zögerte. Hintergrundgeräusche waren zu hören, als befände sich sein Gesprächspartner inmitten einer Menschenmenge. Er beschloss, auf das Spiel einzugehen.

«Nein. Ich würde einem Bruder oder dessen Familie niemals etwas antun. Du bist ein Initiierter wie ich.»

«Initiiert ja, aber nicht wie du. Ich habe eine Mission, und die werde ich erfüllen. Ich nähere mich übrigens gerade meinem Ziel.»

Marcas musste Zeit gewinnen, um die Geräusche zu identifizieren. Diese vielen fremd klingenden Stimmen …

«Hat es dir die Sprache verschlagen, werter Bruder?

Stell dir vor, ich bin dem Geheimnis ganz nahe! Nur wenige Schritte davon entfernt!»

Der Mörder wollte ihn nervös machen. Marcas beschloss, aufs Ganze zu gehen. Doch dann, als hätte Hautefort das Handy vom Ohr genommen, hörte er plötzlich deutlich eine Frauenstimme: *«Please look at the bottom. 320 metres. Mister Eiffel said that …»*

Marcas sprang von seinem Stuhl auf, warf einen Schein auf den Tresen und hastete aus der Bar. Während er bereits nach einem Taxi Ausschau hielt, drang die eisige Stimme des Mörders noch einmal durch das Handy.

«Sobald das Geheimnis meins ist, werde ich dich umbringen, Marcas. Komm nur zu mir, wenn du dich traust.»

128
Paris
Marsfeld
Monument zu Ehren der Menschenrechte

In wenigen Momenten würde er wahren Reichtum erleben und das höchste Geheimnis des Goldes in den Händen halten: den Stein der Weisen. Warum hatte der Bulle seine Familie ins Spiel gebracht? Warum nur? Für einen Augenblick war Hautefort verwirrt. Dann riss er sich zusammen. Er musste aufhören, sich Fragen zu stellen. Er musste die Fassung wiedergewinnen, seine Mission erfüllen.

Dann stand er vor dem Monument, das den Menschenrechten gewidmet war und an einen ägyptischen

Tempel erinnerte. Genau das hatte er auf der unterirdischen Säule in New York gesehen. Der Bruder des Blutes musste an den Vers von Baudelaire denken: *«Im Tempel der Natur, in Säulengängen / durch die oft Worte hallen, fremd, verwirrt.»*

Er hatte die Botschaft der Säulen verstanden, hatte Wahrheit von Illusion zu trennen gewusst und düstere Mächte besiegt, die sich ihm in den Weg stellen wollten.

Hautefort ging an dem Monument entlang und drückte nacheinander auf die drei Symbole. Den Pelikan, das Auge im Dreieck und schließlich auf den Degen. Die Tür öffnete sich, doch der Bruder des Blutes verschwendete keinen Blick auf den Raum mit den kahlen Wänden. Seine Augen waren auf die Treppe gerichtet, deren Stufen unter die Erde führten. Er schloss die Tür, holte seine Taschenlampe hervor und stieg entschlossenen Schrittes die Treppe hinab. In der anderen Hand hielt er ein Messer. Er war der *Auserwählte*, der Berufene. Ihm war das Geheimnis versprochen.

Als er am Fuß der Treppe ankam, fiel der Lichtkegel der Taschenlampe auf ein ungewöhnliches Gebilde, das in der Mitte des Raumes thronte. Goldstaub schwebte in der Luft. Der Bruder des Blutes machte einen Schritt nach vorn. Er erkannte den Athanor, den alchemistischen Ofen, und darüber die Retorte, die Glasblase, die das Projektionspulver, den sogenannten Stein der Weisen, hervorbrachte. Diese edelste aller Substanzen, mit der man jedes Metall in reines Gold verwandeln konnte.

Hautefort stürzte darauf zu, doch die Retorte war leer.

«Hast du etwa geglaubt, es sei noch etwas da?»

Die Stimme kam aus einer dunklen Ecke des Raums.

Hautefort ließ vor Schreck die Taschenlampe fallen und presste sich gegen die Wand.

Aus der Dunkelheit tauchte ein Mann auf. Er hatte weißes Haar und schmale Augen, die an eine lauernde Raubkatze erinnerten.

«Wer sind Sie?», brüllte Hautefort und fuchtelte mit seinem Messer in der Luft herum.

«Das weißt du genau. Genauso wie ich weiß, dass du der Erbe der Cenevières bist. Und ich weiß auch, warum du hier bist, an diesem heiligen Ort.»

«Sie lügen!»

«Nein. Dieser Ort besteht seit vielen Jahrhunderten. Hier hat Nicolas Flamel seine alchemistischen Arbeiten durchgeführt, nachdem er das *Buch Adams* entschlüsselt hatte. Damals war diese Gegend hier ein ruhiger und friedlicher Landstrich, weit ab vom Trubel des Viertels, in dem er lebte. Das Gutshaus wurde später abgerissen, den Keller mit dem Labor hat man versiegelt. Doch nachdem die Nachfahren der Waffenbrüder beschlossen, sich am Bau der Freiheitsstatue und des Eiffelturms zu beteiligen, hat einer der Nachfahren in die Säulen unter der Statue einen Hinweis auf den Ort eingravieren lassen, wie du selbst gesehen hast.»

«Sie lügen noch immer! Die Bilder auf der Säule sind über hundert Jahre alt, und das Monument, in dem wir uns befinden, ist von 1989!»

«Das Monument ist ein Nachbau der Abbildung auf der Säule. Flamels Labor sollte versteckt bleiben. Die Frauenfigur vor der Tür ist Flore de Cenevières, und das Kind symbolisiert das Wissen. Der Mann ihnen gegenüber ist niemand anders als Nicolas Flamel.»

«Und wo ist das Gold? Das reine Gold?»

Der Mann zeigte mit dem Finger nach oben und krächzte mit heiserer Stimme: «Verstehst du nicht das Zeichen? Verstehst du seine Botschaft nicht? Über dem Gold, dem gesamten Gold der Welt, stehen die Menschenrechte. Glaube mir, ich weiß, wovon ich rede. Ich habe beim Bau lange genug mit dem Architekten gesprochen …»

Hautefort ging drohend auf den weißhaarigen Mann zu und zischte: «Zum letzten Mal, wer sind Sie?»

Der Angesprochene fuhr sich mit den Händen übers Gesicht. «Ich bin der vierte Nachfahre, das lebende Gedächtnis der miteinander verwobenen Lebenswege unserer vier Familien. Derjenige, der im Besitz des Geheimnisses ist.»

Der Bruder des Blutes brach in hysterisches Gelächter aus. «Sie sind doch nur ein alter seniler Greis, der nicht mehr lange zu leben hat!»

«Das trifft eher auf dich zu. Dein Blut trägt, so leid es mir tut, die Gene des Wahnsinns in sich. Eines Wahnsinns, der sich über Jahrhunderte zurückverfolgen lässt. Bis zu dem Tag, an dem eine gewisse Flore de Cenevières von einem Teufel vergewaltigt wurde, den man den Folterer nannte. Und jetzt lebt dieser Wahnsinn wieder auf, fast siebenhundert Jahre nachdem Flamel dem Geheimnis der Goldherstellung auf die Spur gekommen ist.»

Der Bruder des Blutes begann zu keuchen. Er hatte nicht so viele Hindernisse überwunden, so viele Geheimnisse entschlüsselt, so viel Blut fließen lassen, um jetzt aufzugeben.

«Wo ist der Stein der Weisen, mit dem man alchemistisches Gold herstellen kann?»

Der Mann trat neben den leeren Ofen. «Es ist nur

noch sehr wenig davon übrig, und ich werde dir sagen, warum. Die Brüder, die während der Aufklärung unsere Bruderschaft begründeten, haben ihn nie gefunden. Sie haben lediglich Flamels Erbe bewahrt.»

«Lügner! Ich will das Gold, ich will den Stein der Weisen!», schrie Hautefort.

Sein Gegenüber lachte trocken. «In deinen Augen sehe ich nichts als Habgier. Im Laufe der Jahrhunderte hat man sich damit begnügt, eine Botschaft weiterzugeben. Die des *Buchs Adams*, die Botschaft Flamels, doch der Schlüssel dazu fehlte. Die Brüder der vier Familien dagegen hatten jeder einen Anteil des Steins der Weisen geerbt. Und sie haben sich dessen bedient.»

«Was haben sie damit gemacht?»

«Sie haben Gutes getan. Gold sollte nicht mehr der Grund für Blutvergießen oder Gewalt sein. Damals sind die vier Nachfahren zu den Freimaurern gestoßen. Zu Bruder La Fayettes Lebzeiten haben sie die amerikanische Unabhängigkeit finanziert, die fast von den Engländern niedergeschlagen worden wäre. Dann haben sie während der Französischen Revolution interveniert. Zunächst diskret, doch als der Aufruhr in Terror ausartete, haben sie beschlossen, sich nicht mehr in politische Angelegenheiten einzumischen. Stattdessen bauten sie lieber Krankenhäuser, Schulen und Bibliotheken und errichteten diverse Monumente, um ihren Überzeugungen Symbolkraft zu verleihen. An der Freiheitsstatue mitsamt dem unterirdischen Gewölbe und den beiden Säulen zum Beispiel und auch am Eiffelturm …» Er hatte ohne Unterbrechung geredet und holte nun tief Luft, bevor er weitersprach. «Dadurch ist der Stein der Weisen nach und nach geschrumpft. Und dann kamen die beiden Weltkriege.

Aufgrund der Wirren der Zeit haben die Familien den Kontakt zueinander verloren und lediglich jeweils ihren Teil des Geheimnisses weitergegeben. Und nun willst du das gesamte Rätsel lösen?»

Hautefort hielt sich die Hände vors Gesicht. «Monumente und Krankenhäuser sind mir egal! Sie sprechen mit dem Bruder des Blutes!» Seine Hände sanken wieder herab, und seine weit aufgerissenen Augen glänzten, als brenne in ihnen ein unkontrollierbares Fieber. Von einem Moment auf den nächsten konnte er nicht mehr klar denken. Wirre Bilder schossen ihm durch den Kopf. All die unnötigen Opfer, deren vergossenes Blut nun nach Gerechtigkeit verlangte. Plötzlich sah er seine Frau und seinen Sohn wieder vor sich. Ihre am Boden liegenden Körper. Leblos. Dann ein Krankenhauszimmer …

Hautefort verdrängte die grausame Szene. Der Alte hatte ihn durcheinandergebracht. Er musste sich auf das Gold konzentrieren. Das war alles, was ihm noch blieb. «Sagen Sie jetzt sofort, wo sich der Rest des Steins befindet, oder ich steche mit meinem Messer zu.»

Mit geheimnisvoller Miene hob der Fremde die Hand. «In der Nähe steht ein berühmtes Bauwerk. Was noch übrig ist, liegt dort versteckt. Ein halbes Kilo nur, aus dem man aber mehrere Tonnen Gold produzieren kann.»

«Was erzählen Sie da? Meinen Sie den Eiffelturm?»

Der Mann zuckte mit den Achseln. «Immerhin hat sich einer deiner Vorfahren an dem Bau beteiligt. Er war einer der ‹Indianer›, wie man damals die schwindelfreien Zimmerleute nannte, die am Turm gearbeitet haben. Paul de Lambres Urgroßvater arbeitete als Ingenieur bei Gustave Eiffel. Beide waren Freimaurer in der Loge *Elsass-Lothringen*. Und um nun deine Frage zu beantworten: Der

Rest des Steins steckt im Eiffelturm, er wurde am damals höchsten Punkt des Bauwerks versteckt – dem Leuchtturm.»

Hautefort zog das Messer und hielt es dem Mann an die Kehle. «Nun sagen Sie schon, wie ich daran komme.»

«Er ist in Gustave Eiffels ehemaligem Büro auf der obersten Plattform des Turms, in der kleinen Kiste neben der Wachsfigur des Ingenieurs.»

«Sind das auch keine Lügen? Eigentlich müsste ich Sie auf der Stelle umbringen. Aber Sie bleiben so lange hier, bis ich nachgesehen habe, ob die Geschichte stimmt.»

Der Bruder des Blutes versetzte dem alten Mann einen kräftigen Tritt vors Knie. Ein unschönes Knacken war zu hören. Der Mann brach zusammen.

«Bete, dass deine Geschichte stimmt», zischte Hautefort.

«Für dich müsste man beten», murmelte der Verletzte. Doch er hörte nur noch ein hysterisches Lachen und sich entfernende Schritte.

Mit einem Knall, der durch die jahrhundertealte Stille des Labors des Nicolas Flamel schallte, schlug die schwere Tür zu.

Trotz des Schmerzes schleppte er sich bis zur Wand, lehnte sich dagegen und zog sein Handy hervor. Jetzt war es an der Zeit, dass Winthrop eingriff.

129
Paris
Marsfeld

Von Norden war Nebel aufgezogen und legte sich über die Stadt. Die ersten Schwaden hatten bereits das gegenüberliegende Ufer der Seine erreicht. Lange würde es nicht mehr dauern, bis der gesamte Eiffelturm eingehüllt wäre. Die nahegelegene Place de Trocadéro war bereits vom Nebel verschluckt.

Auf der Suche nach Hautefort eilte Marcas zwischen den Pfeilern des Eiffelturms hindurch. Er war wütend. Erst die Freiheitsstatue, jetzt der Eiffelturm – mit dem Bruder des Blutes machte man eine wahre Touristentour.

Er musterte die Touristen und hätte dabei fast zwei junge Frauen mit schwarzen T-Shirts angerempelt, auf denen die seltsamen Namen *Aloha* und *Raven* standen. Unfreundlich sahen sie ihn an.

Abermals holte Marcas sein Handy hervor und rief Hautefort an, doch es meldete sich nur die Mailbox. Zornig legte Marcas auf. Er musste den Mann finden!

Hautefort lehnte sich von außen gegen die schwere Tür. Ein hämmernder Schmerz brachte seinen Schädel fast zum Zerbersten. Der Arzt hatte ihn gewarnt: Solche Anfälle kämen immer, wenn er sich aufregte. Nur wenn er sich beruhigte, konnte er wieder in die Realität zurückfinden.

Doch die Worte des weishaarigen Alten schwirrten ihm durch den Kopf. Und obwohl er langsam atmete, wie man es ihm in der Klinik beigebracht hatte, wurde ihm nun schwindelig. Alles um ihn herum war in Nebel getaucht. Taumelnd stolperte er um das Monument herum.

Einzig der Eiffelturm erstrahlte, von unzähligen Lichtern erleuchtet, in vollem Glanz. Daran konnte Hautefort sich auf dem dämmerigen Marsfeld orientieren. Als er die Stufen des Monuments hinunterstieg, glaubte er zu sehen, wie ein Kind mit einem drolligen Hut die Arme nach ihm ausstreckte.

Sein Sohn.

Es war unmöglich. Er war doch in der Wohnung geblieben. Doch hinter dem Jungen entdeckte er nun auch seine Frau, mit ausgestreckten Armen und vorwurfsvollem Blick.

Das ergab keinen Sinn. Hautefort rieb sich die Augen, und als er sie wieder öffnete, waren die beiden verschwunden. Stattdessen sah er die zwei Statuen vor sich. Keuchend hastete er auf den Eiffelturm zu.

Mehrere Touristengruppen hatten sich unter den Bögen versammelt.

Hautefort ging zu dem Pfeiler, von wo man mit zwei Fahrstühlen bis zur obersten Plattform gelangen konnte. Er bezahlte und stieg mit einer Handvoll Besucher in den Aufzug, die trotz des aufziehenden Nebels auf eine interessante Aussicht hofften.

Als der Lift sich langsam in Bewegung setzte und die Erde unter ihnen sich immer weiter entfernte, entdeckte Hautefort plötzlich den Kommissar. Er stieß einen unterdrückten Schrei aus.

Da waren sie wieder, die Halluzinationen. Dieses Mal war es der Kommissar, der ihn mit weit aufgerissenen Augen von unten beobachtete. Hautefort sah sich in der

Kabine um. Vielleicht waren alle Komplizen. Vorsicht war geboten.

Marcas lief auf den Pfeiler zu, in dessen Fahrstuhl er Hautefort entdeckt hatte. Der Mann sah genauso aus wie auf dem Gemälde: hochnäsig und arrogant. Der Bruder des Blutes war zum Greifen nahe.

Bis dieser Aufzug wieder unten wäre, würde es allerdings zu lange dauern, deshalb rannte Marcas zum nächsten Pfeiler und wartete dort auf den Fahrstuhl, der gerade von der ersten Etage wieder herunterkam. Er rechnete sich aus, dass der Mörder ungefähr zehn Minuten Vorsprung haben würde, bis er selbst oben ankäme.

Inzwischen hatte der Nebel den Turm erreicht, die beiden höheren Plattformen waren von unten bereits nicht mehr zu sehen. Die Schwaden senkten sich immer tiefer zwischen die Stahlträger.

Marcas betrat eilig die Kabine.

Hautefort stieg auf der ersten Plattform aus und ging zu einem weiteren Fahrstuhl, der bis ganz nach oben führte. Der Nebel beherrschte auch hier bereits fast alles, weiter als zwei Meter konnte man inzwischen nicht mehr sehen.

Beinahe wäre Hautefort gegen einen Bauzaun gestoßen, da der Bereich um das Geländer wegen Reparaturen abgesperrt war. In seiner Tasche suchte er nach der Taschenlampe. In seinem Kopf herrschte ein kaum aushaltbarer Druck, als klemmte er in einem Schraubstock. Er musste sich beeilen.

Als er gerade umkehren wollte, spürte er eine Hand auf der Schulter. Er fuhr herum und sah einen großgewachsenen Fremden vor sich, der ihn anlächelte. Noch so ein blöder Tourist, ein Amerikaner oder Engländer vielleicht. Hautefort schüttelte die Hand ab, um seinen Weg fortzusetzen, doch der Mann ließ nicht locker.

Bevor der Bruder des Blutes noch etwas sagen konnte, bekam er plötzlich einen Schlag in die Magengrube, der ihn auf die Knie sinken ließ. Der Geschmack von Blut füllte seinen Mund.

Jack Winthrop empfand keinerlei Mitleid mit dem Mann. Er führte lediglich Auroras Anweisungen aus.

Nachdem er sich versichert hatte, dass ihn niemand beobachtete, versetzte er dem Mörder einen zweiten Schlag, dieses Mal auf die Schläfe.

Sein Opfer krümmte sich auf dem Boden. Es hatte keine Ahnung, wer er war.

Plötzlich durchschnitt ein Schrei den Nebel.

«Stopp! Lassen Sie den Mann!»

130
Paris
Eiffelturm

Jack Winthrop drehte sich um und erkannte den Typen, den er in Harlem beschattet hatte. Er war in Auroras Plan allerdings nicht vorgesehen.

«Ich bin von der Polizei. Dieser Mann wird wegen Mordes gesucht!», rief Marcas.

Einen Moment lang war Winthrop ratlos. Hautefort nutzte die Gelegenheit, um dem Amerikaner gegen die

Knie zu treten. Dieser schrie auf, verlor das Gleichgewicht und stürzte zu Boden. Der Bruder des Blutes setzte nach und schlug seinem Gegner mit voller Wucht die Taschenlampe auf den Schädel. Winthrop brach zusammen.

Hautefort drehte sich zu Marcas um. «Du hast mich gerettet, mein Bruder. Welche Ironie ...», spottete er, ließ die Taschenlampe fallen und zückte stattdessen sein Messer.

«Nimm die Waffe runter! Es ist vorbei», fuhr der Kommissar ihn an.

«Nichts ist vorbei. In wenigen Augenblicken werde ich dich und den anderen Idioten vom Turm werfen. Und dann hole ich mir, was mir zusteht, werter Bruder.»

Marcas trat einen Schritt auf Hautefort zu, um diesem das Messer aus der Hand zu schlagen, doch der Bruder des Blutes stieß blitzartig zu und bohrte die Waffe in Marcas' Schulter.

Der Kommissar schrie vor Schmerzen auf. Als sein Gegner ihm anschließend auch noch ins Gesicht trat, ging er zu Boden. Er spuckte Blut und krümmte sich vor Schmerzen.

Triumphierend hielt Hautefort das Messer auf Marcas gerichtet.

«Ich bin der Wind und der Sturm. Der Rachebruder. Ich bin der Bruder des Blutes!»

«Du bist nichts, Hautefort!», schrie Marcas mit letzter Kraft. «Du bist niemals Freimaurer gewesen. Deine Aufnahme wurde abgewiesen. Deine Familie ist tot, ein Einbrecher hat sie ermordet. Danach bist du in eine Anstalt eingewiesen worden. Erinnere dich!»

«Nein, das stimmt nicht. Ich bin, wer ich bin!», brüllte

der Mörder. Doch vor seinen Augen verschwamm alles. Plötzlich sah er geisterhafte, gelb schimmernde Silhouetten auf sich zukommen, deren Gesichter mit einer feinen Goldschicht bedeckt waren. Als er sie erkannte, wich er zurück: Joan Archambeau, Paul de Lambre, der farbige New Yorker Polizist, der Suchende aus der Dunklen Kammer … Sie streckten die Arme nach ihm aus. Weitere Schatten tauchten aus der Dunkelheit auf. Die Obdachlosen, der Journalist aus Saint-Ouen … Seine Opfer.

«Keiner kommt näher, oder ich bringe euch alle um!», schrie er, die Augen voller Hass.

Marcas blickte sich um. Niemand war da.

Plötzlich durchzuckte es Hautefort. Er sah zwei weitere Figuren aus dem Nebel treten: seinen Sohn und seine Frau. Auch sie waren mit Gold bestäubt.

Und mit einem Mal verstand er, warum sie unter den Opfern waren. Jetzt konnte er sich wieder erinnern. Die Wohnung in der Rue de la Grange-Batelière … die leblosen Körper auf dem Boden … ein Mann mit einem blutigen Knüppel in den Händen … jetzt sah er den Mann im Spiegel, in seiner Wohnung. Es war sein Gesicht. *Er* hatte sie totgeschlagen, weil sie sich über ihn lustig gemacht hatten. Sie hatten ihn nicht ernst genommen. Niemand hatte es jemals getan.

So war er zum Bruder des Blutes geworden.

Schallend lachte er auf. Auch das ergab nun Sinn. Um die Mission beginnen zu können, hatte er sich als Erstes von den engsten Fesseln befreien müssen. Und nun würde er die goldenen Gestalten verdrängen müssen. Er musste stärker sein als sie. Er musste seine Mission beenden.

Langsam sah er sie im Nebel verschwinden. Als er

den Kommissar am Hemdkragen hochzog, lachte er so hysterisch, dass er kaum noch Luft bekam.

«Ich habe sie getötet! Ich habe meine eigene Familie umgebracht. Es war nur alles in meinem Gedächtnis vergraben! Die Geschichte mit dem Einbrecher habe ich erfunden, und diese idiotischen Polizisten haben mir die Geschichte auch noch geglaubt. Sie hatten ja solches Mitleid mit mir, weil ich meine Frau und meinen Sohn verloren hatte! Aber ihr Tod war es wert. Und auch du verdienst einen Tod, der deiner würdig ist, werter Bruder. Jetzt hat auch dein letztes Stündlein geschlagen.»

Hautefort schielte auf die Absperrung und grinste zufrieden.

«Was hältst du von einem Gleitflug?», feixte er und schleifte Marcas hinter den Bauzaun. «Ein zerschmetterter Bulle unter dem Eiffelturm. Der Arme hat nicht aufgepasst und ist bedauerlicherweise runtergefallen.»

Der Kommissar krümmte sich vor Schmerzen, seine Schulter brannte, und der Kiefer quälte ihn höllisch. Verzweifelt griff er nach einem Pfosten, doch Hautefort kam ihm zuvor und trat ihm aufs Handgelenk.

Der Mörder zerrte Marcas weiter bis zum Rand und zog ihn dann hoch, sodass sein Kopf über dem Abgrund hing. «Sieh mal, wie schön es da unten aussieht. In wenigen Sekunden wirst du dort sein. Adieu, falscher Bruder.»

Mit der Energie eines Verzweifelten hielt sich der Kommissar an der Kante fest und rammte gleichzeitig dem Mörder einen Fuß in die Seite. Doch Hautefort ließ nicht los. Im Gegenteil, er packte ihn noch fester.

Marcas sah sich schon ins Leere stürzen, als er auf einmal ein seltsames Geräusch wahrnahm. Es klang wie ein Peitschenhieb. Abrupt ließ Hautefort ihn los, schrie gellend auf und fuchtelte wild mit den Armen. Sein Kopf schoss hoch.

Der Kommissar rappelte sich auf. An der Absperrung kniete der Mann, den Hautefort eben niedergestreckt hatte, und hielt eine Peitsche in der Hand. Das Ende des Leders hatte sich um Hauteforts Hals gewickelt. Doch der Unbekannte schien von dem Schlag mit der Taschenlampe noch benommen zu sein. Sein Oberkörper schwankte, und schließlich brach er mit schmerzverzerrtem Gesicht bewusstlos zusammen.

Hautefort befreite sich umständlich von der Peitsche und murmelte Hasstiraden.

Marcas nutzte die Gelegenheit, um ihm mit aller Kraft gegen den Knöchel zu treten. Während Hautefort aufbrüllte, stürzte der Kommissar sich auf ihn und versetzte ihm einen Schlag in die Magengrube. Der Mörder krümmte sich zusammen und blieb auf dem Boden liegen. Als Marcas sich umsah, entdeckte er an einem Pfeiler ein Stahlseil, das die Bauarbeiter zurückgelassen hatten.

Bevor der Bruder des Blutes sich wieder erheben konnte, kniete Marcas über ihm und versuchte, ihn mit einer Drahtschlinge zu fesseln.

Hautefort wehrte sich heftig und boxte dem Kommissar in die Seite. Das Stahlseil legte sich um Hauteforts Hals. Dann jedoch, als Marcas gerade eine weitere Schlinge um den Körper des Mannes legen wollte, warf dieser ihn plötzlich mit einem kräftigen Ruck ab. Hautefort richtete sich auf und versuchte, sich von der Schlinge zu befreien, die ihm die Kehle zuschnürte.

«Du willst doch wohl keinen Bruder umbringen?

Ich bin der Bruder des Blutes! Ich habe dich verurteilt, ich …»

Langsam kam er auf Marcas zu. Doch noch bevor er den Satz beenden konnte, trat der am Boden liegende Kommissar ihn in den Bauch. Hautefort fiel zurück und krachte gegen das marode Geländer. Er schrie entsetzt auf, als er spürte, dass es nachgab und er das Gleichgewicht verlor.

«Nein! Ich bin der Auserwählte … der Bruder des …»

Mit weit aufgerissenen Augen sah er Marcas ein letztes Mal an, dann stürzte Hautefort ins Nichts. Das Stahlseil wickelte sich rasend schnell ab, und Marcas starrte wie hypnotisiert auf die Stahlwinde.

Schließlich durchschnitt ein kurzes Geräusch die Stille – das Stahlseil war jetzt vollkommen gespannt.

Der Bruder des Blutes baumelte erhängt im Nebel.

131
Paris
7. Arrondissement
Am folgenden Tag

Das Taxi blieb an der Ecke Avenue de la Motte-Picquet und Rue le Play stehen. Der Fahrer stieg aus, um seinem Passagier, einem weißhaarigen Mann, der sich auf einen Stock stützte, die Tür zu öffnen.

«Geht es?»

Ein zerknitterter Schein wurde ihm in die Hand gedrückt. «Ja, danke. Ich habe im Laufe der Zeit schon anderes erlebt.»

Der Fahrer sah seinem Fahrgast hinterher, wie er unsicher über das Marsfeld ging. Von Westen war Wind aufgezogen und brachte die Baumkronen zum Schwanken. Es sah nach Regen aus.

Unbeeindruckt von der Witterung, setzte Andrea Consurgens seinen Weg fort. Bevor er in die Schweiz zurückfliegen würde, wollte er unbedingt drei Kunstwerke, die ihm am Herzen lagen, noch einmal sehen. Drei symbolische Werke.

Als er das Monument zu Ehren der Menschenrechte erreichte, wo außer ihm niemand zu sehen war, machte er eine wohlwollende Geste in Richtung der weiblichen Statue. Des Abbilds von Flore de Cenevières. Dann ging er weiter.

Die schwere Tür des Monuments war wieder verriegelt, und das Labor würde abermals in Vergessenheit geraten.

Kurze Zeit später stand er am Fuß der «Eisernen Dame». Andrea Consurgens ließ seinen Blick über die unzähligen Touristen schweifen, die sich hier tummelten. Die ganze Welt war zugegen: alle Rassen, alle Sprachen, alle Glaubensrichtungen, vereint an einem Ort.

Sicher hätte der Ingenieur Eiffel niemals zu träumen gewagt, dass Menschen von überall her kommen würden, um sein Werk zu bewundern. Hatte er doch während seiner letzten Lebensjahre gar erbittert darum kämpfen müssen, dass sein Turm nicht abgerissen wurde. Wer von den Touristen, die eilig unter der gewaltigen, hoch aufragenden Metallkonstruktion hindurchliefen, wusste schon, dass der Turm fast verschwunden wäre, dass kulturlose Politiker, engstirnige Funktionäre und voreingenommene Journalisten alles darangesetzt hatten, um die alte Dame auf den Schrottplatz zu verbannen?

Der Aurora-Gründer lächelte. Die Schrotthändler hätten eine schöne Überraschung erlebt, wenn sie sich mit dem Schneidbrenner ans Werk gemacht hätten!

Eine Besuchergruppe war unter dem westlichen Pfeiler stehen geblieben. Ihre Fremdenführerin, eine grauhaarige Frau, zeigte nach oben und begann mit ihrem Vortrag.

Consurgens blieb stehen und hörte zu. Die Geschichte von Gustave Eiffel und seinen Mitarbeitern faszinierte ihn immer wieder aufs Neue. Die Zimmerleute in schwindelnder Höhe, die Ingenieure, die das Unmögliche möglich gemacht und Paris diese Perle geschenkt hatten, die in der Krone der Stadt noch gefehlt hatte.

Mit vom Wind verzerrter Stimme setzte die Fremdenführerin ihren Vortrag fort. Offensichtlich beherrschte sie ihr Thema. Kein einziges Detail fehlte.

Andrea Consurgens nickte zufrieden und wandte sich ab. Jahrhunderte hatte es gedauert, bis die Menschen für einige Minuten ihre Unterschiede vergessen und sich angesichts der Erhabenheit eines Werkes vereint fühlen konnten.

Als er sich gerade wieder auf den Weg machen wollte, trug ihm der Wind einige Sätze zu.

«Dennoch gibt es immer noch ein Geheimnis, das bis heute nicht aufgeklärt wurde. Wie ist es Gustave Eiffel gelungen, dass diese Metallkonstruktion Widerstandskraft und Geschmeidigkeit zugleich ausstrahlt? …»

Plötzlich begann die Gruppe der Zuhörer zu jubeln, weil die Beleuchtung des Turms eingeschaltet worden war. Die naive Begeisterung der Touristen amüsierte Consurgens. Aber es war in der Tat schön, wenn der Turm so golden im Dunkel erstrahlte. Er lächelte ein wenig.

Die Antwort auf die Frage der Fremdenführerin war so einfach: weil dort das Gold war, dort, vor ihren Augen. Alchemistisches Gold. Direkt vor ihrer Nase: in den Stahlträgern, den acht Millionen Tonnen Metall, den Nieten, vom Boden bis zur dritten Plattform, entlang der Fahrstühle, in den Treppenstufen, in den Seilen zum Verspannen, unter den Tausenden von Glühlampen, auf den Plattformen, im Geländer, auf dem sie sich abstützten … alchemistisches Gold, formbar und ewig, als Legierung unter den Stahl gemischt. Für niemanden sichtbar und bei Beleuchtung doch zu sehen. Consurgens meinte sogar, das leichte Schwingen des edlen Metalls wahrzunehmen.

Ein Turm aus Gold. Aus reinstem Gold.

Eine Szene kam ihm in den Sinn. Es war lange her, sehr lange. Das Marsfeld war damals noch eine große flache Ebene gewesen, hundert Meter von seinem ehemaligen alchemistischen Labor entfernt. Bruder Gustave hatte damals mit seinen Ingenieuren Maß genommen. Er wollte einen Turm zum Ruhm des Fortschritts, zum Sieg der Wissenschaft und zum Triumph der Vernunft errichten. Dreihundert Meter hoch sollte er sich in den Himmel erstrecken, das höchste Bauwerk der Welt. Doppelt so hoch wie die Pyramiden, höher als die höchste Kathedrale, die die Christenheit je zum Ruhme Gottes errichtet hatte. Das achte Weltwunder.

Consurgens hatte den temperamentvollen Ingenieur noch gut vor Augen, seine Begeisterung für etwas, was zu jenem Zeitpunkt nur auf dem Papier existierte. Und er, Andrea Consurgens, Besitzer der Eisenfabriken Levallois-Perret, hatte die Idee großartig gefunden, drei

Jahre nach der Freiheitsstatue des Bruders Bartholdi ein zweites Monument zu errichten. Also ließ er die perfekte Legierung herstellen, die gerade genug alchemistisches Gold enthielt, um die riesige Metallkonstruktion im Wind geschmeidig zu machen. Diejenigen, die mit dem Schmelzprozess beauftragt waren – es waren ausnahmslos Logenbrüder –, hatten das Geheimnis für sich behalten.

Für die Freimaurer wurde der Turm das Symbol des freien Wortes und des Lichts, das die Welt erhellen sollte. Von dieser symbolischen Bedeutung jedoch ahnten Millionen Profane nichts.

Consurgens blickte hinauf zu dem Turm, der in die Nacht strahlte. Dann entfernte er sich mit großen Schritten in Richtung Quai Branly, um ein Stück an der Seine entlangzuspazieren, die ihm seit seiner Jugend vertraut war. Paris hatte sich verändert, doch der Fluss folgte unabänderlich seinem Lauf.

Er erreichte die Pont de Grennelle und blieb vor dem dritten Kunstwerk stehen, das ihm am Herzen lag. Der Freiheitsstatue – oder zumindest der perfekten Kopie des New Yorker Originals.

Auch sie war wunderschön. Wie oft hatte er mit den Vertretern der anderen Familien diskutiert, damit sie Bruder Bartholdi beim Bau der Statue unterstützten. Er hatte nichts vergessen: die Tempelarbeiten in der Loge *Elsass-Lothringen*, die Bankette des Bundes zur franko-amerikanischen Freundschaft, die Reisen nach New York, um die Brüder jenseits des Atlantiks für die Idee zu begeistern. Dann das entscheidende Treffen mit Joseph Pulitzer, dem Chef einer der wichtigsten New Yorker Tageszeitungen, der sich für die Statue einsetzte. Und die Unterredung mit dem Bruder Richard Hunt, dem amerikanischen Architekten des Sockels. Die *cornerstone*-Zeremonie. Anschließend der geheime Bau des Gewölbes mit den beiden Säulen, wo sich die Freimaurer einmal im Jahr versammelten.

Er zog seine Brieftasche aus der Jacke und holte ein zweifach geknicktes, abgegriffenes Blatt Papier daraus hervor. Lächelnd faltete er es auf. Es war die Fotokopie des Einbands eines Freimaurer-Handbuchs, das er 1838 für die Brüder herausgegeben hatte. Die Radierung einer nackten Frau war darauf zu sehen, die mit einem Spiegel in der nach oben ausgestreckten Hand einem Brunnen entstieg. Zu ihren Füßen freimaurerische Symbole, Winkelmaß und Zirkel, Degen, Totenkopf … Der Degen war der des Bruders La Fayette. Consurgens hatte La Fayette damals gut gekannt, als dieser einen Teil seines Goldes für die große Sache der Unabhängigkeit und Freiheit eingesetzt hatte.

Auf der Rückseite des Blattes war eine weitere Radierung abgedruckt, die Titelseite der Zeitschrift *Der Freimaurer* vom Juli 1864, zweiundzwanzig Jahre vor der Errichtung der Freiheitsstatue auf Liberty Island. Darauf hielt eine in eine Toga gehüllte Frau eine Fackel in der rechten und die Erklärung der Menschenrechte in der linken Hand. Hinzugefügt war die Devise: *Die Fackel, die Licht bringt und nicht Feuer*.

Andrea Consurgens mochte den Satz. Die Fackel als Zeichen der Erleuchtung und nicht der zerstörerischen Flammen. Für ihn war es mehr als nur ein Satz, es war ein Credo, bei dem ihm noch immer ein Schauder über den Rücken lief. Genauso wie damals, als er das 1883 von seiner Freundin Emma Lazarus verfasste Gedicht zum ersten Mal las, das auf dem Sockel der Freiheitsstatue eingraviert war.

Andrea Consurgens faltete das Papier wieder zusammen und steckte es zurück in die Tasche. Es war Zeit zu gehen, sein Jet wartete. Ein letztes Mal dachte er an Eiffel und Bartholdi, die beiden großen Köpfe, die Genies ihrer Zeit. Zwei Brüder, die die Säulen errichtet hatten, die das Gewölbe stützen.

Dann rief er Winthrop an, um sich von ihm abholen zu lassen. Es gefiel ihm, dass den Amerikaner das Gold kaltließ. Denn auch ihn, Andrea Consurgens, interessierte das Edelmetall nicht – seit es ihm vor vielen Jahrhunderten gelungen war, es mit eigenen Händen herzustellen.

Durch das Trinkgold, das er mit Hilfe des Steines der Weisen hergestellt hatte, war er unsterblich geworden. Und hatte seitdem jegliches Interesse an Gold verloren. Doch er wusste, wie viel Macht es über die Menschen besaß, und er verachtete die anderen Aurora-Mitglieder, die blind vor Gier waren. Deshalb hielt er sie wie Hunde an der Leine. Denn Aurora hatte er nur gegründet, um die extremsten Auswirkungen kontrollieren zu können.

Die Zeit würde kommen, in der es kein Gold auf Erden mehr gab und das Geheimnis der Alchemisten gelüftet werden würde. Doch noch war es nicht so weit. Noch operierte die Aurora-Gruppe.

Und ihr Meister, Nicolas Flamel, wachte persönlich darüber.

Epilog

New York
Freiheitsstatue
Einen Monat später

Dicke schwarze Wolken hingen über New York und kündigten ein gewaltiges Gewitter an. Dennoch war die Luft mild und fast warm.

«Papa, guck mal!»

Der Junge hatte sich gegen den Sockel der Statue gelehnt. Er bedeutete Marcas, der im Schneidersitz auf dem Rasen saß und wie hypnotisiert die riesige Statue mit der Krone betrachtete, zu ihm zu kommen.

«Da steht was auf Englisch drauf, kannst du mir das mal übersetzen?», rief sein Sohn.

Schweren Herzens ließ sich Marcas aus seinen Gedanken reißen und erhob sich. Noch immer fragte er sich, ob er dieses unterirdische Abenteuer hier tatsächlich erlebt hatte. Aus Neugier wollte er die Stelle finden, wo das Rohr geendet hatte, durch das er nach dem traumatischen Erlebnis aus dem Gewölbe entkommen war. Doch er hatte die Öffnung nicht mehr finden können.

Jetzt lag dort ein Betonklotz.

Er winkte seinem Sohn zu, der langsam ungeduldig wurde. Die Reise nach New York war eine gute Idee gewesen – für sie beide. Und um Ray Robinson die letzte Ehre zu erweisen.

Marcas hatte einen Akazienzweig an der Statue niedergelegt, der wie in der Hirams-Legende den Ort kennzeichnen sollte, wo der Bruder gestorben war. Und die kleine Kugel Gold, die er zusammen mit der Karte in dem Tempel gefunden hatte, hatte er Ray Robinsons Loge gespendet. Anonym.

Die Zeit seit dem Tod des Mörders war schnell vergangen. Marcas hatte dem beleibten Bruder alles erzählt, der nur die Hälfte glauben wollte, die Ermittlungen jedoch diskret einstellen ließ.

Der Tod des Mannes, der vom Eiffelturm baumelte, war offiziell als Selbstmord deklariert worden, was die Medien befriedigte. Allerdings hatte Marcas nicht herausfinden können, wer der unbekannte Amerikaner war, der ihm im Kampf gegen den Bruder des Blutes geholfen hatte und dann spurlos verschwunden war.

Einige Tage später hatten der Kommissar und seine Brüder eine *Trauerloge* für ihren verstorbenen Bruder Lambre abgehalten. Dann hatte Marcas die ganze Geschichte aufgeschrieben und die Seiten Andrivaux mit der Bitte anvertraut, sie nach seinem Tod seinem Sohn zukommen zu lassen.

Marcas ging zum Sockel der Statue und legte seinem Sohn die Hand auf die Schulter.

«Was heißt das?», wollte dieser wissen und zeigte auf das in eine Bronzetafel gravierte Gedicht.

Marcas las sich den Text durch und lächelte. «Das ist sehr schön. Es geht um Freiheit und Hoffnung. Und um das einzige Gold, das der Mühe wert ist.»

«Nun mach schon, übersetz doch endlich», forderte sein Sohn ungeduldig. Marcas begann und gab sich Mühe, entsprechende Reime zu finden.

«Ihr Licht Willkommen aller Welt bereitet,
den Blick auf den Hafen sanft gebreitet,
durch den zwei Städte für immer vereint mit Macht.
Behaltet, alte Länder, die antike Pracht,
sagt sie uns stumm. Gebt mir die Müden und die Armen,
den Geknechteten schenk ich Erbarmen.
Schickt sie mir, die Heimatlosen, vom Elend zu Getriebenen gemacht,
Für sie hab ich am Tor das Licht … des Goldes entfacht.»

Mit einem Mal bahnte sich ein Sonnenstrahl den Weg durch die bedrohlich dunkle Wolkenmasse und erleuchtete die Statue. Das goldene Licht in ihrer erhobenen Hand strahlte.

Das Gold der Freiheit.

ANHANG

Die Freiheitsstatue als Monument freimaurerischer Inspiration

Auf den ersten Blick mag es ungewöhnlich erscheinen, in der Freiheitsstatue etwas Esoterisches zu sehen, und dennoch … Es gibt verschwörerische Interpretationen, die Statue repräsentiere eigentlich die Göttin Ischtar, die berühmte Prostituierte von Babylon, oder eine Art weiblichen Luzifer. Sie sei errichtet worden, um Christus zu ersetzen.

Um diese eigenwilligen Thesen zu unterstreichen, berufen sich deren Verfasser auf die Tatsache, dass Frédéric Auguste Bartholdi Freimaurer war und das Freimaurertum sowohl in Frankreich als auch in den Vereinigten Staaten eine wichtige Rolle bei der Errichtung der Statue gespielt hat. Für die Anhänger der Verschwörungstheorie, die im Freimaurertum eine geheime Macht sehen, die überall ihre Finger im Spiel hat, ist es dann kein großer Schritt mehr, in der armen New Yorker Lady den Archetypus des Bösen zu sehen …

Was aber findet man, wenn man sich seriöseren Quellen zuwendet?

In dem sehr informativen Werk *La Statue de la Liberté, le livre du centenaire* bestätigen die Autoren Christian Blanchet und Bertrand Dard den Einfluss des Freimaurertums: «Direkt oder indirekt haben die Logen und die Freimaurer die Statue während ihrer gesamten Entstehung und durch die ihr gewidmeten Zeremonien – insbesondere der Grundsteinlegung für den Sockel in New York – mit ihrer Symbolik entscheidend geprägt. Auf einer Ausgabe der 1847 gegründeten Zeitschrift *Le Franc-Maçon* ist tatsächlich eine Frau mit einer Fackel abgebildet, die in der linken Hand Gesetzesrollen hält. [...] Bartholdi war hin- und hergerissen zwischen seiner inneren Verbundenheit mit den Werten der Antike und seinen intellektuellen Entdeckungen im esoterischen Bereich.»

Das bedeutet allerdings nicht, dass die Freimaurer bei der Entstehung tonangebend waren; Bartholdi ist bis heute der unbestrittene Urheber des Werks.

In der Bibliothek der Loge *Grand Orient de France* haben wir mehrere Radierungen gefunden. Darauf sind jeweils Frauen mit erhobenem Arm zu sehen, die einen Spiegel oder eine Fackel halten; dabei handelt es sich um den Umschlag eines Freimaurer-Handbuchs beziehungsweise die Titelseite einer internen Zeitschrift für Logenbrüder, die beide einige Jahre vor dem Bau der Statue erschienen sind.

Zudem sind wir auf zwei Texte gestoßen, die Bartholdis freimaurerisches Engagement ein wenig erhellen. Der erste stammt vom Dezember 1945 und ist der internen Freimaurerzeitschrift *Le Symbolisme* entnommen, die von dem Freimaurerbruder Lantoine Albert herausgegeben wurde. Der Artikel trägt den Titel «Bartholdi und das Freimaurertum». Darin erfährt man, dass der Bildhauer am 14. Oktober 1875 in der Loge *Elsass-Lothringen* aufgenommen wurde. Dieser Loge gehörten mächtige Politiker, Ingenieure, Intellektuelle und Künstler an, die ihre patriotische Gesinnung und – wie man heute sagen würde – ihre proamerikanische Haltung verband.

Der Autor des Textes geht sogar noch weiter: «Man

kann sich vorstellen, wie sehr die Loge die Gründung eines franko-amerikanischen Komitees begrüßte und unterstützte, das anlässlich des hundertjährigen Jubiläums der amerikanischen Unabhängigkeit mit einer besonderen Spende aufwarten wollte. [...] Für die Loge war es auch ein Symbol der Freiheit, das die Staaten, in denen es noch Sklaverei gab, als Zeichen verstehen sollten.»

Der zweite Text ist ein Sammelband, der im Januar 1891 in der Loge *Elsass-Lothringen* gehaltene Vorträge enthält. Darin befindet sich ein Kapitel mit dem Titel *Bartholdis Statue als Aufklärerin der Welt, von Br. Bartholdi. Tempelarbeiten vom 13. November 1884 und 10. März 1887.*

Es handelt sich um Mitschriften, die während dieser Tempelarbeiten gemacht wurden: «Am 6. November 1875 haben sich die französischen und amerikanischen Brüder zu einem Bankett im Hôtel du Louvre versammelt – darunter die Nachfahren La Fayettes und Rochambeaus –, um feierlich das französisch-amerikanische Bündnis zu begründen. Der Entwurf des Bildhauers Bartholdi wurde begeistert aufgenommen.»

Lesenswert ist in diesem Zusammenhang auch *Bartholdi* von Robert Belot und Daniel Bermont Perrin aus dem Jahr 2004.

Man weiß, dass Bartholdi schon bei einem Ägyptenaufenthalt im Jahre 1867, während des Baus des Suezkanals, die Idee zu einer monumentalen Statue hatte. Am Eingang des Suezkanals sollte eine Statue im ägyptischen Stil gebaut werden, eine Frau, die eine Fackel hochhält, mit dem Titel *Fortschritt bringt Licht nach Asien*. Zwei Jahre später zog Ägyptens Vizekönig das Projekt jedoch mit der Begründung zurück, es sei zu teuer. Enttäuscht kehrte Bartholdi nach Frankreich zurück und nahm schließlich

Kontakt zu Édouard René Lefebvre de Laboulaye auf, einem liberalen Republikaner. Lefebvre war Mitglied des *Institut de France* und ein großer Bewunderer der Vereinigten Staaten und ihres Systems. Diesem einflussreichen Mann war die Freundschaft zwischen den beiden Nationen ein wichtiges Anliegen. Um das Bündnis zu festigen und es für die Außenwelt zu illustrieren, engagierte er sich für die Idee, den USA ein entsprechendes Geschenk zu machen, und versammelte einflussreiche Freunde um sich, darunter die Nachfahren des Marquis de La Fayette, seines Waffenbruders, des Marquis de Rochambeau, und Henri Martins, allesamt Freimaurer.

Bartholdi, der Laboulaye bereits einige Jahre zuvor kennengelernt hatte, war begeistert und die Idee der Freiheitsstatue damit geboren. Anschließend reiste Bartholdi mit Empfehlungen des Republikaners in die Vereinigten Staaten. Als er während seines New-York-Besuchs Bedloe Island sah, war die Sache für ihn sofort klar. «Hier soll meine Statue errichtet werden. Hier, wo die Menschen die Neue Welt zum ersten Mal sehen. Hier, wo die Freiheit zwischen den beiden Welten erstrahlt.»

Auch die amerikanischen Freimaurer heben ihre Rolle bei der Errichtung der Statue gern hervor. Der stellvertretende Meister vom Stuhl der Großloge von New York, R.W. Robert C. Singer, hat eine Zeichnung zu diesem Thema gehalten: *Masonry and the Statue of Liberty*. Vor allem die *cornerstone*-Zeremonie zu Beginn der Sockelarbeiten auf Bedloe Island beschreibt er ausführlich. In einer kleinen Kiste befanden sich eine Abschrift der amerikanischen Verfassung, zwanzig Bronzeorden der Präsidenten, New Yorker Zeitungen, ein Porträt Bartholdis, ein Gedicht über die Statue und eine Liste der Beamten der Großloge. Der legendäre Journalist Pulitzer hat übrigens geholfen, die Statue in den Medien populär zu machen und die nötigen finanziellen Mittel zu beschaffen, um den Sockel zu finanzieren.

Der Eiffelturm

Das Gold im Eiffelturm ist eine Erfindung der Autoren, allerdings ist das Freimaurertum tatsächlich recht eng mit der Geschichte des Monuments verbunden.

Gustave Eiffel realisierte die Idee der Ingenieure Émile Nouguier und Maurice Kœchlin, die 1884 planten, den höchsten Turm der Welt zu bauen. Errichtet anlässlich der Weltausstellung 1889 zu Ehren der Vernunft und der Wissenschaft, sind die Namen der größten Gelehrten darauf eingraviert. Aber ist er ein freimaurerisches Symbol? Die Meinungen, ob Gustave Eiffel selbst einer Loge angehörte, gehen auseinander. In einigen Verzeichnissen über berühmte Freimaurer wird er genannt, andere Quellen bezweifeln das. Im April 2007 hat der amtierende Großmeister der Loge *Grand Orient*, Jean-Michel Quillardet, gemeinsam mit Pierre Buisseret ein Buch mit dem Titel *Initiation à la franc-maçonnerie* veröffentlicht, in dem er behauptet, Gustave Eiffel sei Freimaurer gewesen und habe den Turm als freimaurerisches Zeichen gesehen. Fest steht wohl, dass Gustave Eiffel zur Verwirklichung seines Ziels die Unterstützung wichtiger Freimaurer genoss: Jules Grévy, der damals Staatspräsident war, sowie René Goblet, Ratspräsident von 1886 bis 1887 und Mitglied der Loge *La Clémente Amitié*. Letzterem war es besonders wichtig, dass der Turm noch vor Sacré-Cœur fertiggestellt wurde. Katholische Kreise hatten den Bau von Sacré-Cœur beschlossen, als Zeichen der Buße Frankreichs für die Sünden angesichts der Niederlage gegen Deutschland und für die Zeit der Pariser Kommune. Die Republikaner engagierten sich damals für den Eiffelturm. Die Anekdote, dass Freimaurer auf dem Gebäude der Großloge *Grand Orient* ein leuchtendes freimaurerisches Symbol installieren wollten, um Sacré-Cœur zu überstrahlen, stimmt übrigens …

Wenn man Artikel aus dieser Zeit liest, stellt man fest, dass die verbalen Attacken gegen den Turm, «das grässliche Eisenmonstrum», außerordentlich scharf waren. Selbst berühmte Leute wie Guy de Maupassant oder Charles Garnier bedienten sich ihrer. Heute gilt er als Wahrzeichen von Paris und erfreut sich weltweiter Beliebtheit.

Einige Freimaurer weisen darauf hin, dass der Eiffelturm drei Plattformen hat, was angeblich den drei Stufen – Lehrling, Geselle, Meister – in der Freimaurerei entspricht. Bei dem Licht, das von der Spitze des Eiffelturms durch den nächtlichen Pariser Himmel schweift, wird die Analogie zu einem Leuchtfeuer betont.

Gold, das sagenumwobene Edelmetall

Die meisten der allgemeinen Zahlen über den Goldmarkt, die in den Botschaften der Aurora-Mitglieder genannt werden, sind korrekt (Preise, Transaktionsvolumina etc). Die Informationen stammen aus unterschiedlichen Quellen. Das Buch von Peter L. Bernstein *Die Macht des Goldes* liefert einen faszinierenden Abriss der Geschichte des Edelmetalls von der Antike bis in die Gegenwart. Zudem haben wir die Webseiten des World Gold Council, der offiziellen internationalen Goldorganisation, www.gold.org sowie wirtschaftliche Studien über die Kursschwankungen zurate gezogen.

Die Idee, dass eine Gruppe anonymer Finanziers hinter den Kulissen den Goldmarkt beeinflusst, ist entstanden, als wir uns die Webseite von GATA, dem Gold Antitrust Action Committee, angeschaut haben, einem Bündnis, das das System der Kurskartelle anprangert (www.gata.org). Unabhängig davon, ob die dort verbreiteten Informationen zuverlässig sind, bot die Vorstellung eines konspirativen Gold-Clubs einen guten Stoff.

In dem Kapitel, in dem sich die Aurora-Mitglieder in der Schweiz treffen, kommt die Frage auf, ob es technisch möglich sei, Blei in Gold umzuwandeln. Theoretisch ist das möglich. Wichtige Informationen lieferte dazu ein Artikel der Zeitschrift *Élementaire* über den GANIL, den «Grand Accélérateur National d'Ions Lourds» (Großer Nationaler Teilchenbeschleuniger für Schwerionen). Der Teilchenbeschleuniger steht in Caen und ist der französischen Atomenergiekommission unterstellt. In dem Artikel wird erklärt, dass man dem Blei lediglich drei Protonen und acht Neutronen rauben müsse, um es in Gold umzuwandeln. Die Kosten dafür wären jedoch enorm.

Als kleine Anekdote am Rande: Ein sehr bekannter Freimaurer hat übrigens den Goldmarkt im 17./18. Jahrhundert entscheidend geprägt. Es handelt sich dabei um Sir Isaac Newton, der bekannt ist für seine Entdeckungen auf dem Gebiet der universellen Schwerkraft. Nur wenige Leute wissen, dass dieser berühmte Gelehrte bis zum Ende seines Lebens Alchemie betrieben hat. Er war von Edelmetallen fasziniert und stand 1696 dem Münzwesen der englischen Krone vor, einer der einflussreichsten Posten im Hinblick auf die königlichen Finanzen. Er war der Erste, der einen genauen Umtauschkurs mit Geld etablierte – für die Goldspezialisten eine historische Entscheidung.

Das Monument zu Ehren der Menschenrechte in Paris

Das 1989 vom tschechischen Architekten Yvan Theimer anlässlich der 200-Jahr-Feier der Französischen Revolution erbaute Denkmal gibt es wirklich. Doch es wird eigenartigerweise tatsächlich kaum beachtet. Vergessen steht es, nur wenige Schritte vom Eiffelturm entfernt, auf dem Marsfeld. Auf den Säulen sind zahlreiche Symbole eingraviert. Auch die Tür und der Stein regen die Phantasie an. Seltsamerweise sieht man an der Eingangstür kein Schloss, allerdings weisen die Angeln darauf hin, dass sie zu öffnen ist. Ein weiteres Detail: Wenn man durch eines der Löcher in der westlichen Mauer schaut, sieht man, dass die Tür auch von innen graviert ist. Ein sehr schönes Kunstwerk, das eine Wiederentdeckung wert ist.

Das amerikanische Freimaurertum

In den Vereinigten Staaten hat die Freimaurerei eine andere Tradition als in Frankreich und Europa. Die Tempel sind von außen als solche zu erkennen, sie sind prunkvoller, und die Mitglieder rühmen sich offen mit ihrer Zugehörigkeit. Freimaurer werben im Fernsehen für sich und organisieren Kurse, Konzerte und Sammlungen für wohltätige oder medizinische Zwecke. Dennoch gibt es auch dort relativ geschlossene freimaurerische Zirkel und diskretere Logen. Wie in Europa haben auch amerikanische Freimaurer Erzfeinde wie den Ku-Klux-Klan, rechtsextremistische Bewegungen, religiöse Fanatiker und jegliche Form von Verschwörern. Die Freimaurer stehen hinter der föderalen Regierung, den Präsidenten (viele waren Freimaurer), dem Dollar (man beachte das Auge und das Dreieck auf dem grünen Schein) und dem militärindustriellen Komplex.

Die schwarze Loge *Prince Hall* existiert wirklich und ist fest in der afro-amerikanischen Mittelklasse verankert. Seit ihrer Gründung hat sie viel zur Emanzipation und Integration dieser Bevölkerungsgruppe beigetragen. Allerdings führen sie keine Voodoo-Läden – unser Buch brauchte hier ein wenig zusätzliche Würze –, sondern widmen sich höchst ehrbaren Dingen. Die Freimaurer-Zugehörigkeit der Jazzgrößen Count Basie, Duke Ellington und Louis Armstrong sowie des Boxers Ray Sugar Robinson ist belegt.

Nicolas Flamel

Um Nicolas Flamel ranken sich unzählige Legenden, was dazu geführt hat, dass in keinem Lexikon und keiner Enzyklopädie eine zusammenhängende Biographie zu finden ist. Im Gegenteil, es sieht so aus, als würde sein Leben und Wirken im Laufe der Jahrhunderte immer undurchsichtiger.

Romanschriftsteller sollten sich über ein so unscharfes Bild jedoch nicht beschweren, da es Raum für die eigene Phantasie lässt. Jemand, dessen Existenz schon zu Lebzeiten legendär war, eignet sich wunderbar, um daraus das Schicksal einer Romanfigur zu weben.

Léo Larguier, der anspruchsvolle Romancier und feinfühlige Poet, hat unter dem Titel *Faiseur d'or, Nicolas Flamel* ein Porträt des berühmten Alchemisten verfasst, das diesem wohl am ehesten gerecht wird.

Angeblich ist Nicolas Flamel 1330 in Pontoise zur Welt gekommen. Von seiner Kindheit und Jugend ist nichts bekannt. In der ersten Hälfte des 14. Jahrhunderts machte er in Paris eine Lehre als Schreiber. Als Meister eröffnete er ein Geschäft neben der Kirche Saint-Jacques-de-la-Boucherie, in der sogenannten «Straße der Schriftsteller», die später beim Bau der Rue de Rivoli verschwunden ist. Allerdings wurde in diesem Viertel mit einer Rue Flamel und einer Rue Pernelle des großen Alchemisten und seiner Frau gedacht.

Auch über Flamels Arbeit lässt sich nichts Endgültiges sagen. Ein «Schreiber» konnte im 14. Jahrhundert sowohl mit der Prüfung von Rechnungsbüchern und notariellen Akten betraut gewesen sein als auch mit dem Abschreiben von Büchern und dem Illustrieren wertvoller Manuskripte. So ist Flamel bei uns zum Kopisten und Buchmaler geworden. Darüber hinaus führte Nicolas Flamel anscheinend auch eine Schreibschule für Kinder.

Die Existenz seiner Frau Pernelle beziehungsweise ihr Charakter werden hingegen selten in Frage gestellt: Einhellig wird sie als sanfte Ehefrau beschrieben, zweimal verwitwet, bevor sie Flamel ehelichte, mildtätig, fromm und geduldig. Allerdings spielt sie in den Legenden, die sich um ihren Mann ranken, keine Rolle. Sie starb am 11. November 1397. Flamel ließ ihr als Grabstätte eine Pyramide errichten, in die Esoteriker viel hineininterpretiert haben. Er ließ Verse hineingravieren, die ihre Großzügigkeit gegenüber den Armen betonten.

Dieses kleinbürgerliche Pariser Ehepaar wäre der Nachwelt also niemals in besonderer Erinnerung geblieben, wenn nicht ein fremder, abgezehrter Ausländer Nicolas Flamel ein Buch verkauft hätte, das dessen Leben auf den Kopf stellen sollte.

Von diesem Buch weiß man zweifelsfrei nur den Titel – *Das Buch Abrahams des Juden, das Buch der wahren Praktik in der göttlichen Magie* – sowie die Anzahl der Seiten: 21 Blätter. Sicher ist, dass es mit kolorierten Zeichnungen illustriert war. Obwohl regelmäßig Ausgaben des Werkes veröffentlicht wurden, ist über den genauen Inhalt nichts bekannt. In diesem Roman taucht es in veränderter Form als *Buch Adams* auf.

Flamel war von dem mysteriösen Buch und insbesondere von den Illustrationen fasziniert. Er war überzeugt davon, dass es das Geheimnis der Umwandlung von Metallen in reines Gold enthielt, und verbrachte Jahre damit, alles über «den wahren Umgang mit der edlen Wissenschaft der Alchemie» herauszufinden, wie er es formulierte. Trotz intensiver Beschäftigung mit dem Thema blieb ihm der Sinn des Textes aber lange verschlossen.

Hinzu kam, dass die Alchemie – obwohl sich auch Krone und Kirche heimlich dafür interessierten – als ketzerisch galt: eine gottlose Neugier und dämonische Praxis, die direkt in die Hölle führte. In jenen unruhigen Zeiten, in denen abwechselnd die Pest bzw. die Engländer das Land verwüsteten, war die Angst vor dem Jenseits allseits gegenwärtig. Auch Flamel fürchtete wegen seiner heimlichen Recherchen um sein Seelenheil.

Diese Angst war es wahrscheinlich auch, die ihn schließlich dazu trieb, nach Santiago de Compostela zu pilgern. Das Grab von Jakobus dem Älteren war seit dem Ende der Kreuzzüge zum spirituellen Zentrum des Abendlandes geworden, ein magischer Anziehungspunkt für die gesamte Christenheit. Trotz des beschwerlichen und gefährlichen Wegs drängten Pilger in Scharen dorthin, in der Hoffnung, von ihren Sünden erlöst zu werden. Für Flamel hatte die Reise einen anderen Sinn: Er suchte nach einer Antwort auf die Frage, die ihn umtrieb.

Indem er sich also mit dem Buch, eingenäht ins Futter seines Umhangs, auf den Weg machte, übergab er die Suche in die Hände göttlicher Vorsehung: Wenn seine Vermutung nicht haltlos und nur seiner Phantasie entsprungen war, würde Gott ihm ein Zeichen schicken, ansonsten …

Gott nahm sich jedoch Zeit, bis er ein Zeichen schickte. Das Wunder geschah schließlich in einer schäbigen Herberge in Nordspanien, wo Flamel mit einem schlimmen Fieber kämpfte. Der Arzt, nach dem der Herbergsvater hatte schicken lassen, ein Jude namens Canchès, entpuppte sich als begeisterter Alchemist. An einem einfachen Wortspiel, das dieser benutzte, erkannte Flamel die geheime Leidenschaft des Landarztes und zeigte ihm daraufhin das *Buch Abrahams*.

Flamel beschloss, Canchès mit nach Paris zu nehmen. Doch sein Begleiter starb in Orléans, erschöpft von der Reise. Dennoch hatten die Gespräche mit dem Mann ungeheure Auswirkungen auf sein Denken. Sobald er wieder in Paris war, richtete Flamel sich ein Labor ein und begann mit den Experimenten.

Der Überlieferung zufolge brauchte Flamel Jahre, um die einzelnen Phasen des chemischen Prozesses zu durchlaufen, bis ihm schließlich am «fünfundzwanzigsten Tag im April 1382 gegen fünf Uhr am Nachmittag» die Herstellung reinen Goldes gelang, wie Flamel selbst berichtet. Das behaupten zumindest seine Exegeten, die sich auf ein schriftliches Dokument berufen, das man dem berühmten Alchemisten zuschreibt.

Demselben Dokument zufolge gelang es Flamel, vier Mal Gold herzustellen. Ob er es danach noch einmal versucht hat, ist nicht bekannt.

Obwohl sich das Ehepaar diskret verhielt und Flamel im Verborgenen arbeitete, dauerte es nicht lange, bis zuerst die Nachbarn und dann auch die Obrigkeit gewisse Veränderungen wahrnahmen. Nicht dass sich der zurückgezogene und bescheidene Lebensstil des Ehepaars Flamel geändert hätte, aber ihre zahlreichen Spenden an die Kirche und ihre großzügigen Gaben für die Armen ließen auf geheime finanzielle Quellen schließen. Ganz zu schweigen davon, dass sie mehrere Häuser im Viertel kauften – von denen eins auch heute noch steht. Daraus ist die Legende um Flamel, den großen Alchemisten, entstanden. Seine Großzügigkeit ist für viele seiner Biographen der stichhaltige Beweis, dass er tatsächlich den Stein der Weisen entdeckt hat und im großen Stil Gold herstellen konnte. Andere meinen, die Wahrheit sei nicht ganz so rühmlich. Durch Immobilienspekulationen sei er reich geworden, unter anderem durch den unrechtmäßigen Erwerb von Objekten, die Juden geraubt worden seien. Die alchemistische Entdeckung habe Flamel nur dazu gedient, vom zweifelhaften Ursprung seines Reichtums abzulenken.

Nach seinem Tod, wahrscheinlich um das Jahr 1417, haben die Menschen in Scharen sein Haus gestürmt und es durchwühlt und verwüstet, bis es schließlich zusammenbrach.

Doch das bedeutete nicht das Ende des Mythos um Flamel, im Gegenteil: Es wurde behauptet, die Alchemie könne weit mehr, als Metall in Gold umzuwandeln. Der für dieses Wunder verantwortliche Stein der Weisen, das Projektionspulver, wäre noch für weitere fabelhafte Phänomene verantwortlich, zum Beispiel Unsterblichkeit. Eine Eigenschaft, die sich Flamel mehreren Zeugen zufolge zu eigen gemacht hat. Ein gewisser Paul Lucas berichtet von einem Gespräch, das er mit Flamel in der Türkei geführt habe – zwei Jahrhunderte nach dessen Tod. Noch besser: 1761 besucht Flamel, von seiner Frau und ihrem gemeinsamen Sohn begleitet, angeblich eine Opernaufführung, während deren er von mehreren Anwesenden erkannt wurde.

Gold und Unsterblichkeit, das ist der ideale Stoff für Legenden.

Das Schloss der Cenevières

Die Figur der Flore trägt im Roman den Nachnamen Cenevières nach einer Gemeinde im Departement Lot, die wiederum nach einem alten Schloss benannt ist, dessen Ursprünge ins Mittelalter zurückreichen. Hinter der Renaissancefassade des Schlosses Cenevières verbirgt sich ein geheimer Schatz: ein alchemistisches Labor, von dem noch der Athanor aus dem frühen 16. Jahrhundert erhalten ist. Dieser Ofen entspricht dem im letzten Kapitel über Flamel beschriebenen.

Ebenso finden sich in dem Labor wunderschöne, imposante Fresken, die mit Hilfe von mythologischen Figuren und Szenen den alchemistischen Prozess beschreiben. Einige Bilder sind im Laufe der Zeit verblasst, doch viele sind noch deutlich zu erkennen und warten auf ihre Entschlüsselung durch einen begeisterten Alchemisten.

Freimaurerisches Glossar

Allsehendes Auge: Allegorisches Symbol des Göttlichen. Lidloses Auge in einem gleichseitigen Dreieck.

Aufseher: Erster und Zweiter Aufseher. Sie tagen im *Occident*. Jeder von ihnen leitet eine Kolonne, d. h. eine Gruppe von Freimaurern während der Arbeiten in der *Bauhütte*.

Bauhütte: Versammlung der Freimaurer in der *Loge*.

Beamter: Freimaurer, der von den Brüdern gewählt ist, die *Bauhütte* zu leiten.

Bruder: So nennen sich die Freimaurer untereinander.

Dreipunktebrüder: Abwertender Begriff für Freimaurer.

Dunkle Kammer: Raum im Logenhaus, in dem sich der *Suchende* vor der Aufnahme besinnt.

Erkennungszeichen: Symbolische Gesten (Zeichen, Worte, Griffe), um sich gegenüber anderen Brüdern als Freimaurer auszuweisen.

Grade: Es gibt drei Grade: Lehrling, Geselle, Meister.

Grand Orient de France (GOdF): Größte französische freimaurerische Großloge, undogmatisch. Ca. 46 000 Mitglieder.

Großer Baumeister: Auch «Allmächtiger Baumeister aller Welten». Symbolischer Begriff für das Schöpfungsprinzip.

Großer Experte: *Beamter*, der das Initiationsritual und das Übergangsritual zu einem höheren Grad vollzieht.

Großloge: Logenverband. In Frankreich sind die wichtigsten GOdF *(Grand Orient de France)*, GLF *(Grande Loge de France)*, GLNF *(Grande Loge Nationale Française)*, GLFF *(Grande Loge Féminine de France)* sowie *Droit humain*.

Großmeister: Vorsitzender der *Großloge*.

Großsekretär: Ist für die Verwaltung innerhalb der *Großloge* zuständig.

Hammer: Das Werkzeug ist ein wichtiges freimaurerisches Symbol und steht für Pflichtbewusstsein, aber auch für Macht.

Hiram: Der Legende zufolge war er der Architekt des salomonischen Tempels (an dessen Eingang sich die beiden *Säulen* Jachin und Boas befanden). Er wurde von drei bösen Gesellen umgebracht, die ihm seine Geheimnisse um die Erlangung des Meistergrads entlocken wollten. Sagenhafter Ahne aller Freimaurer. Er wird auch *Sohn der Witwe* genannt.

Hochgrad: Nach dem Meistergrad gibt es weitere *Grade*, die in weiterführenden *Logen*, sogenannten Perfektionslogen, erlangt werden können. Nach dem schottischen Ritus gibt es 33 *Grade*, die allerdings nicht über die ersten drei *Grade* hinausführen, sondern diese vertiefen, in einigen Logen unter anderem auch die Rachegrade.

Kettenbildung: Die Bruderkette ist ein Gedenkritual am Ende der *Tempelarbeit*.

Knotenschnur: Symbol für die Verbundenheit. Sie war früher ein Arbeitsgerät der Bauhandwerker, bei dem die Knotenabstände als Maßeinheiten dienten.

Kubischer Stein: Auch «Behauener Stein». Symbol des Gesellengrades. Idealbild eines Bausteins, der sich lückenlos in ein Bauwerk einfügt. Freimaurer betrachten sich symbolisch als einen Stein, der im irdischen Leben nicht fertig wird.

Kugelung: Eine demokratische Abstimmung, bei der darüber entschieden wird, ob ein neues Mitglied in die *Loge* aufgenommen wird, auch «Ballotage» oder «Ballotierung» genannt. Jedes Logenmitglied hat zwei Kugeln in unterschiedlicher Farbe in der Hand.

Loge: Ort der Versammlung und der Arbeit der Freimaurer während der *Tempelarbeit*.

Meister vom Stuhl: Freimaurermeister, der von seinesgleichen gewählt wurde, um die *Bauhütte* als Vorsitzender der *Loge* zu leiten. Befindet sich im *Osten*.

Musivisches Pflaster: Schachbrettförmiges Viereck in der Mitte der *Loge*.

Neophyt: Siehe *Suchender*.

Occident: Siehe *Westen*.

Orient: Siehe *Osten*.

Osten: Der Osten der *Loge*, auch *Orient* genannt. Symbolischer Ort, an dem sich der *Meister vom Stuhl*, der *Redner* und der *Sekretär* während der *Tempelarbeit* befinden.

Profane: Alle Personen, die nicht Freimaurer sind.

Redner: Einer von zwei *Beamten* im *Orient*.

Requisiten: Objekte von symbolischer Bedeutung zur Veranschaulichung eines Lehrinhalts.

Ritus: Ritual, das die Arbeiten in der *Loge* regelt. Die zwei am häufigsten praktizierten Riten sind der französische und der schottische Ritus.

Säulen: Sie befinden sich am Eingang des *Tempels* und heißen Jachin und Boas. Symbolisch gesehen, tragen sie das Universum.

Schurz: Wird um die Taille getragen. Unterscheidet sich je nach *Grad*.

Sekretär: Stellt die Ereignisse der *Tempelarbeit* in einem Protokoll zusammen.

Sohn der Witwe: Hier als Bezeichnung für Freimaurer. *Hiram* wurde so genannt.

Sternenzelt: Symbolische Bezeichnung für die Decke der *Loge*.

Suchender: Jemand, der den Wunsch geäußert hat, in eine *Loge* aufgenommen zu werden.

Tafelloge: Festmahl nach rituellen Anlässen (z. B. Initiation). Vom Brudermahl unterscheidet sie sich durch die höhere Feierlichkeit.

Taxil, Leo: Französischer Schriftsteller, der im 19. Jahrhundert gelebt hat und unter anderem für seine antifreimaurerischen Schriften bekannt ist.

Tempel: Bezeichnung der *Loge* während einer *Tempelarbeit*.

Tempelarbeit: Versammlung in einer *Loge*.

Torwächter: *Beamter*, der während der *Tempelarbeit* die Tür des *Tempels* bewacht.

Trauerloge: Rituelle Arbeit, die dem Gedenken an verstorbene Brüder gilt.

Unbehauener Stein: Auch «Rauer Stein». Symbol für den jungen Freimaurer, der lernen muss, den Stein (sich selbst) zu bearbeiten.

Westen: Der Westen der *Loge*, auch *Occident* genannt, wo sich der Erste und der Zweite *Aufseher* sowie der *Torwächter* während der *Tempelarbeit* befinden.

Winkelmaß: Siehe *Zirkel*.

Zeichnung: In der *Loge* gehaltener ritueller Vortrag.

Zirkel: Zusammen mit dem *Winkelmaß* eines der beiden symbolischen Hauptwerkzeuge der Freimaurer.

Danksagung

Wir sind seit 2005 beim dritten Abenteuer unseres freimaurerischen Kommissars angelangt!

Wenn der werte Antoine Marcas noch immer ermittelt, verdankt er das auch einigen Personen, die uns in unterschiedlichen Bereichen geholfen haben. Die Liste der Danksagung fällt deshalb dieses Mal umfangreicher aus:

Unserem Verleger Jean-Claude Dubost sowie François Laurent und Nicolas Watrin, dass sie stets Vertrauen in uns hatten. Déborah Druba und Céline Thoulouze für ihre Geduld beim Redigieren des Manuskripts. Sie haben so viele Fehler ausgemerzt, dass man sich fast schämen muss.

Einen Großteil seines Erfolgs verdankt Marcas den Buchhändlern, die uns von Anfang an unterstützt haben. Alle zu nennen ist unmöglich.

Ebenso gebührt den Verlagsvertretern Dank, allen voran Rolande Gerberon.

Dank auch an Laurent für seine klugen Ratschläge und an Estelle, der wir mit ihrem kleinen Vito viel Glück wünschen.

Unser Dank gilt außerdem Raven und Aloha, die kurz im Buch auftauchen. Sie haben eine wunderbare Webseite zum freimaurerischen Krimi/Thriller aufgebaut. Wir sind mit beiden in ständigem Kontakt – via Internet. Vielen Dank für euren Elan.

Danke auch an Béa und Anne F., die sich neuen Abenteuern zugewandt haben.

Genauso wie Frédérika für ihre genaue Lektüre und die scharfsinnigen Fragen.

Und Pierre Mollier, dem Direktor der Bibliothek, der Archive und des Museums der Loge *Grand Orient de France*, der uns Zugang zu wertvollen Dokumenten gewährte und den Besuch hinter die Kulissen des GOdF ermöglicht hat, was bei der Planung unserer Morde sehr hilfreich war …

Danken möchten wir auch Jean-Michel Quillardet, dem amtierenden Großmeister des GOdF für seine geistige Offenheit.

Und Éric für das unauffindbare Werk über die Entstehung des Eiffelturms sowie Ambre B. für das über New York.

Das Grundgerüst für dieses Marcas-Abenteuer ist in einer bezaubernden Gegend am spanischen Mittelmeer entstanden, in Llança. Herzlichen Dank an Soizic und seine Eltern für ihr von Licht durchflutetes Apartment, in dem es sich so gut schreiben ließ …